La maison des masques

CANDACE CAMP

La maison des masques

Jade

Titre original :
SECRETS OF THE HEART
publié par MIRA®

Traduction française de MARIE-JOSÉ LAMORLETTE

Photos de couverture
Calèche : © F. ACCORNERO / T. SCHLUCK
Rue : © PHOTODISC BLUE / GETTY IMAGES
Londres : © JOSE FUSTE RAGA / CORBIS

83-85, boulevard Vincent-Auriol 75646 PARIS CEDEX 13.
ISBN 2-280-09393-6 — ISSN 1773-7192

1

Rachel s'adossa aux moelleux coussins en velours qui garnissaient la banquette de la berline et réprima un soupir. Elle enviait grandement sa compagne de voyage, bénie par le prompt sommeil de la jeunesse.

Pour sa part, malgré le bercement monotone du coche, il lui était impossible de dormir. Elle ne parvenait pas à se défaire de l'étrange état de morosité — voire de tristesse — qui l'habitait depuis qu'elles avaient quitté Westhampton la veille au matin.

Quand Michael l'avait aidée à monter en voiture, elle avait éprouvé une envie presque irrésistible de reporter encore son départ. Mais c'eût été déraisonnable. Elle avait déjà repoussé ce voyage de trois jours. Elle ne pouvait se permettre de retenir davantage Gabriela, que ses tuteurs attendaient à Darkwater chez Devin et Miranda.

Un cri sonore retentit soudain à l'extérieur de l'habitacle, l'arrachant à ses rêvasseries.

Elle écarta un coin du rideau qui voilait la portière et n'aperçut que des branches d'arbres découpées sur la grisaille du crépuscule. Puis il y eut un autre cri, poussé par le cocher, cette fois, et l'attelage fut projeté en avant. Peu après, un coup de feu claqua. Rachel lâcha précipitamment le rideau, terrifiée.

La voix du cocher résonna de nouveau : il ordonnait aux chevaux de s'arrêter. La berline s'immobilisa dans un soubresaut. Rachel s'agrippa à la poignée en cuir qui pendait à sa portée. Face à elle, rudement tirée de son somme, Gabriela tomba de son siège avec une exclamation de surprise. Elle se releva aussitôt et se rassit, les yeux écarquillés.

— Que se passe-t-il ? chuchota-t-elle.

— Je l'ignore, répondit Rachel en s'efforçant de ne pas trahir sa frayeur.

La seule explication qui lui venait à l'esprit était une attaque par des bandits de grand chemin. Toutefois, ce genre d'incident lui paraissait surprenant, si loin de Londres.

Des voix montaient derrière la portière. Elle replia nerveusement ses doigts au creux de ses paumes en se promettant d'être courageuse ; elle était responsable de l'adolescente confiée à sa garde, elle ne devait pas l'oublier.

Un instant, elle essaya d'imaginer ce que ses belles-sœurs feraient à sa place — que ce fût l'indomptable Miranda avec sa témérité d'Américaine, ou l'efficace Jessica dotée du sang-froid d'une fille de militaire

A tout prendre, cependant, elle eût de loin préféré la présence rassurante de son mari.

La portière s'ouvrit et une silhouette vêtue de noir

grimpa dans l'habitacle. Rachel fit de son mieux pour rester impassible. L'individu était de petite taille. Sa tenue sombre et le foulard qui masquait le bas de son visage lui donnaient l'air sinistre, mais si elle lui remettait sa bourse, se dit-elle, il disparaîtrait sans demander son reste, et l'incident serait clos sans dommage pour personne.

Bizarrement, l'homme commença par regarder autour de lui avec une expression étonnée. Puis il riva des yeux ahuris sur Rachel.

— Saperlotte ! lâcha-t-il d'un ton plaintif, avant d'arracher son masque. Où est le patron ?

Son désarroi était si comique que la terreur de la jeune femme s'évapora aussitôt.

— Je vous demande pardon ? rétorqua-t-elle, heureuse de constater que sa voix ne tremblait pas.

— Sa Seigneurie ! reprit l'intrus. C'est pourtant sa voiture, non ? Il y a sa marque sur la portière !

— Cet attelage appartient à lord Westhampton et il porte ses armoiries, en effet, confirma Rachel.

— Westhampton. C'est bien à lui que je voulais causer. Il n'est pas là ?

— Le comte est resté sur ses terres.

— Miséricorde ! Vous seriez pas sa dame, par hasard ?

— Je suis lady Westhampton.

— Bon. Alors c'est un moindre mal. Vous pourrez lui transmettre le message, je suppose.

— Le message ?

Plus cette scène abracadabrante se poursuivait, plus la comtesse avait la sensation de tomber des nues.

— Oui. Dites-y que c'est Geordie le Rouge qui l'envoie. Dites-y qu'il ouvre l'œil, et le bon. Y a du danger dans l'air.

Rachel le considéra fixement, clouée par la stupeur.

— Pardon ? répéta-t-elle.

— D'après moi, y se rapproche un peu trop du but et y en a qu'apprécient guère, expliqua le petit homme. Le bruit court qu'on cherche à lui régler son compte.

La jeune femme battit des cils, incapable de trouver une réponse adéquate à une déclaration aussi ahurissante. Geordie sourit largement.

— Faut pas m'en vouloir, milady, mais j'vais être forcé de vous prendre quèq'chose. Histoire de donner le change aux autres, vous comprenez ?

Du menton, il désigna les pendants d'émeraudes qui ornaient les lobes de la comtesse.

— Ces boucles, là, elles feraient mon affaire.

Rachel étouffa un cri et couvrit de ses mains les précieux bijoux.

— Non ! Pas cela, je vous en prie ! C'est un présent de mon époux à l'occasion de notre mariage.

Geordie grimaça.

— Ah, bon. J'voudrais pas froisser le patron, c'est un fait.

Rachel s'empressa d'ouvrir son réticule et en tira sa bourse.

— Accepteriez-vous de l'argent ?

L'homme prit la bourse, la soupesa et sourit derechef.

— Marché conclu, milady.

Il souleva son couvre-chef avec respect.

— Vous avez du cran, comme Sa Seigneurie. C'est un plaisir de travailler avec vous.

Là-dessus, il salua Gabriela.

— Miss… Bonne soirée à vous deux, mesdames.

Il remit son foulard en place, se tourna, rouvrit la portière et sauta légèrement à terre.

Restées seules, les deux passagères se dévisagèrent en silence, éberluées. Il y eut sur la route un brouhaha de voix masculines, suivi de hennissements et d'un bruit de sabots qui s'éloignaient.

— Qu'est-ce que c'est que cette histoire ? s'enquit la jeune fille, les yeux aussi larges que des soucoupes.

— Je n'en ai aucune idée, répondit Rachel.

Peu après, la portière se rouvrit et le cocher passa un visage inquiet dans l'habitacle.

— Vous n'avez pas de mal, milady ?

— Non, Daniels. Cet homme n'était pas bien méchant.

— Ils étaient quatre, armés de pistolets ! Jenks et moi, on a pensé qu'il valait mieux ne pas les contrarier, pour éviter qu'ils s'en prennent à vous et à la jeune miss. Monsieur le comte m'aurait écorché vif, s'ils vous avaient causé le moindre tort.

Cette remarque parut fort outrée à la comtesse. Son

mari était le plus posé des hommes, et pas le genre de maître à punir ses serviteurs pour des incidents échappant à leur contrôle.

— Vous avez bien agi, déclara-t-elle d'un ton rassurant. Maintenant, remettons-nous en route.

— Oui, milady.

Le cocher s'inclina et referma la portière. Son siège grinça, et bientôt la berline s'ébranla. Rachel s'adressa à l'adolescente dont elle avait la charge.

— N'avez-vous pas été trop secouée, Gabriela ?

— Oh non ! répondit la jeune fille avec enthousiasme. Cette aventure m'a paru terriblement excitante !

— Si l'on veut, observa la comtesse d'un ton plus réservé.

— C'était la première fois que je voyais un bandit de grand chemin.

— Moi aussi.

— Et quelle chose extraordinaire, qu'il ait eu l'air de connaître oncle Michael !

— En effet.

Rachel eût été beaucoup moins surprise si le « bandit » en question avait mentionné son frère, le bouillant Devin Aincourt. Jusqu'à son récent mariage avec la riche héritière américaine qui l'avait miraculeusement conduit à se ranger, Dev avait fréquenté sa part de personnages peu convenables. Mais Michael ? Une telle éventualité paraissait absurde.

Lord Westhampton était la parfaite incarnation du *gentleman farmer* anglais — affable, loyal, généreux, conscient de ses devoirs et de ses responsabilités. Son titre était l'un des plus anciens et des plus respectés du royaume, et contrairement à son père il n'avait jamais rien fait qui pût le ternir.

Il passait le plus clair de son temps dans son domaine campagnard, à superviser la rénovation du château et des dépendances, ainsi qu'à expérimenter les dernières innovations en matière d'agriculture et de gestion des terres.

Par ailleurs, l'un de ses vifs plaisirs était de correspondre avec des gens lettrés et cultivés qui partageaient ses centres d'intérêt — grands propriétaires terriens américains, savants, agronomes, professeurs renommés des deux côtés de l'Atlantique. L'imaginer en relation avec un bandit de grand chemin était tout simplement stupide — et l'idée qu'il puisse courir un danger quelconque semblait encore plus aberrante.

Qu'avait dit cet homme, déjà ? Que Michael « se rapprochait un peu trop du but », et qu'on cherchait « à lui régler son compte » ?

La jeune femme secoua la tête, déconcertée.

Elle ne connaissait pas le moindre ennemi à son époux. Les seuls différends qu'il avait pu avoir avec des tiers concernaient des questions tout à fait théoriques, et se réglaient toujours à l'amiable. Quant aux rares critiques qu'elle ait entendues à son sujet, les pires le présentaient sous un jour un peu trop respectable, un peu trop sérieux et partant assez ennuyeux. Des griefs qui ne justifiaient nullement qu'on en veuille à sa vie !

— C'est ridicule, déclara-t-elle à sa compagne. Michael n'a rien d'un aventurier. Cet homme a dû commettre une erreur.

Elle se pencha vers la jeune fille et lui prit la main afin de la tranquilliser. Gabriela avait beau adorer les mystères en tout genre, elle avait traversé assez d'épreuves durant sa courte existence — récemment encore — pour ne pas lui échauffer inutilement l'esprit.

Après avoir perdu ses parents à l'âge de huit ans, Gaby Carstairs avait été recueillie par un grand-oncle qu'elle aimait tendrement, le général Streathern. Ce dernier était mort dans des circonstances assez troubles, trois mois plus tôt, après avoir désigné comme nouveau tuteur de sa pupille le duc de Cleybourne, beau-frère de Rachel, veuf inconsolable de sa sœur aînée Caroline.

Après ce deuil brutal, la comtesse était restée très proche de Richard. La perte tragique de son épouse et de sa petite fille lors d'un accident l'avait plongé quatre années durant dans une morosité maladive qui inquiétait grandement son entourage. Et puis le miracle avait eu lieu : après avoir cruellement rejeté Gabriela, arrivée chez lui peu avant Noël, le duc n'avait pu résister à la personnalité flamboyante de la gouvernante de cette dernière, Jessica Maitland, qui avait réussi à le tirer de son marasme avec une énergie peu commune.

Ils s'étaient épris l'un de l'autre, pour la plus grande joie de Gaby, mais un ancien scandale touchant le père de Jessica avait provoqué alors d'autres drames en série — y compris un meurtre perpétré au château de Cleybourne.

Ces multiples péripéties étaient survenues en l'espace de quelques jours, alors que les Westhampton et d'autres hôtes moins recommandables étaient bloqués chez le duc en raison d'une violente tempête de neige. Le calme rétabli, Richard et Jessica s'étaient mariés et avaient confié leur pupille à Rachel et Michael pour deux mois — le temps de profiter de leur lune de miel et de s'installer dans leur nouvelle vie.

Durant ce laps de temps, l'adolescente s'était déjà vivement attachée à sa famille d'adoption. Et la comtesse, qui lui rendait son affection, tenait avant tout à la préserver de nouveaux tourments.

— Ne vous inquiétez pas, ma douce, insista-t-elle en lui pressant gentiment les doigts. Personne ne peut vouloir de mal à Michael, j'en suis certaine. Il s'agit de toute évidence d'une méprise. Quel dangereux secret le comte pourrait-il être sur le point d'éventer, hormis une nouvelle méthode de rotation des cultures ?

Gabriela sourit, rassérénée.

— Oui, bien sûr. Un homme aussi charmant qu'oncle Michael ne peut avoir de fréquentations aussi dangereuses. Vous devez être très heureuse de l'avoir pour époux.

La plupart des gens partageaient cette opinion, Rachel le savait. Michael Trent n'était pas seulement riche, titré et issu d'une des meilleures familles d'Angleterre

— ce qui eût suffi à rendre une telle union des plus enviables —, il était également un mari généreux et attentionné.

Il pourvoyait largement sa femme en toilettes, bijoux et allocations diverses, et s'il préférait vivre à la campagne il ne lui imposait pas ses choix. Elle restait libre de résider où elle le souhaitait, de passer la Saison dans leur élégante résidence londonienne, d'y donner des réceptions recherchées, de mener l'existence distrayante et variée d'une personne en vue dans la haute société.

Entourée d'un large cercle d'amis et d'une cour d'admirateurs empressés, lady Westhampton était considérée comme l'une des beautés régnantes de l'aristocratie anglaise. En bref, sa vie était parfaite — à condition de se résoudre à un mariage de pure forme.

Il n'y avait pas d'amour entre Michael et elle. Ils vivaient séparés, en bons amis qui n'avaient jamais partagé une chambre à coucher ni la moindre déclaration de tendresse ou de passion. Et se savoir responsable de cette situation n'allégeait pas le fardeau de Rachel.

Elle sourit à sa jeune compagne, en espérant ne pas paraître trop crispée.

— Oui, acquiesça-t-elle. J'ai beaucoup de chance d'être la comtesse de Westhampton.

Des torches avaient été allumées devant le manoir de Darkwater, en l'honneur des arrivantes. Le domaine des « Eaux-Noires » ne devait ce nom ténébreux qu'à un étang voisin, aussi sombre que la nuit, car la gentilhommière elle-même était construite dans une belle pierre crayeuse qui prenait des reflets dorés au soleil.

A une heure aussi tardive, il était impossible d'apprécier à leur juste valeur la délicatesse des sculptures séculaires et des fenêtres à meneaux qui ornaient l'immense façade. Mais Rachel, qui avait grandi dans cette maison, les connaissait par cœur. Dès que le coche s'arrêta au bas du perron, elle ouvrit la portière et se pencha afin d'admirer la propriété familiale des Aincourt, résidence des comtes de Ravenscar.

Jenks, le laquais de Michael, s'empressa de descendre de son perchoir. Il déplia le marchepied et tendit la main aux voyageuses.

A l'instant où elles émergeaient de l'habitacle, la porte d'entrée s'ouvrit et deux valets s'avancèrent à leur rencontre, portant des chandeliers éclairés. Un homme âgé les suivait, fort digne dans sa tenue sombre de majordome.

— Lady Westhampton ! s'exclama-t-il avec un large sourire. Je suis si heureux de vous accueillir de nouveau à Darkwater ! Nous vous avons attendue toute la journée.

A son tour, Rachel sourit chaleureusement au fidèle domestique qui l'avait connue toute petite.

— Bonsoir, Cummings. Permettez-moi de vous présenter miss Gabriela Carstairs, la pupille du duc de Cleybourne.

Le majordome s'inclina avec solennité.

— Soyez la bienvenue, miss Carstairs. Le duc et la

duchesse étaient fort impatients de vous retrouver. Ah ! les voici, justement !

Faisant fi de toute cérémonie, et bravant la froideur de la soirée, les membres de la maisonnée dévalaient déjà les marches du perron. En premier lieu venait une grande jeune femme rousse, superbe, accompagnée d'un bel homme aux cheveux et aux yeux noirs ; leur visage rayonnait. Derrière eux, une ravissante personne alourdie par une grossesse avancée donnait le bras à un gentilhomme au charme époustouflant. Ils étaient flanqués d'une jeune fille qui avait à peu près l'âge de Gabriela.

— Gaby !

La nouvelle duchesse de Cleybourne ouvrit largement les bras pour étreindre son ancienne élève, qu'elle avait éduquée pendant six ans et considérait presque comme sa propre fille.

— Miss Jessie ! répondit Gabriela en se jetant à son cou avec une affection pleine de fougue.

Ces premiers transports achevés, l'adolescente s'écarta et dédia une petite révérence intimidée à son tuteur — qui avait été jadis le meilleur ami de son père.

— Votre Grâce.

Le sourire du duc s'élargit ; il lui tendit les deux mains.

— Voyons, Gabriela ! N'étions-nous pas convenus d'oublier les formalités ?

La jeune fille l'enlaça tendrement.

— Bonsoir, oncle Richard. Je suis très heureuse de vous revoir.

Ensemble, ils se tournèrent vers Rachel, qui avait été prise d'assaut par son frère Devin et sa belle-sœur Miranda. Le duc présenta sa pupille au comte et à la comtesse de Ravenscar, puis désigna malicieusement la jeune fille debout près de lui.

— Voici quelqu'un qui grille de faire votre connaissance, Gabriela : miss Veronica Upshaw, la demi-sœur de lady Ravenscar, qui est juste un peu plus âgée que vous ; elle a eu quinze ans le mois dernier.

Veronica s'avança en souriant vers Gaby. Elle était délicieuse, avec des cheveux châtain clair et de grands yeux bleus, mais ne ressemblait pas du tout à Miranda. Ce qui était naturel, se souvint Rachel, car elles n'avaient aucun lien de sang ; Veronica était la fille de la deuxième femme de M. Upshaw, Elizabeth, une veuve anglaise partie se remarier aux Etats-Unis. Désormais, les Upshaw vivaient à Londres, mais Devin et Miranda accueillaient souvent la jeune fille pour qu'elle profite de l'air de la campagne.

Les deux adolescentes auraient bien le temps de rejoindre la capitale pour y faire leurs débuts ensemble, songea encore Rachel avec un petit sourire ravi. Et les cercles de bon ton ne résisteraient pas à ces charmantes demoiselles, lorsqu'elles évolueraient sous la houlette d'une duchesse et d'une comtesse !

Au milieu des rires et des bavardages, le petit groupe regagna la maison. Veronica entraîna aussitôt Gabriela dans sa chambre du premier étage, tandis que les adultes se rendaient dans le salon de musique sis au rez-de-chaussée.

Tout naturellement, Jessica et Miranda demandèrent à Rachel si son voyage s'était bien passé. La jeune femme répondit avec un calme étudié :

— Fort bien, hormis un arrêt dû à un bandit de grand chemin. A quelques lieues d'ici.

Ses quatre compagnons la dévisagèrent d'un air stupéfait.

— Quoi ? s'écria Devin. Es-tu sérieuse ?

— Tout à fait. Ce fut un incident… singulier.

— Singulier ! répéta son frère d'un ton ulcéré. C'est tout ce que tu trouves à dire ?

Rachel esquissa un petit sourire tendu.

— Je pense que tu emploierais le même terme, si tu avais assisté à la scène.

— Vous n'avez pas été blessée, au moins ? s'enquit Miranda avec inquiétude.

— Non. Cet homme ne m'a pas menacée. Il a juste pris la bourse que je lui ai offerte… pour « donner le change » à ses compagnons, à ce qu'il m'a dit.

Le duc et le comte échangèrent un coup d'œil intrigué.

— Y a-t-il eu récemment de telles attaques dans la région, Dev ? demanda Richard.

— Non, pas que je sache. Le Derbyshire est moins couru que les environs de Londres, dans ce domaine. Les voyageurs fortunés y sont rares.

— Ce n'était pas l'argent qui intéressait cet individu, reprit Rachel.

Son frère — aussi brun qu'elle, et doté d'un regard aussi vert — la considéra d'un air soupçonneux.

— Quoi, alors ?

— Eh bien… c'est très étrange. Il pensait trouver Michael dans ma voiture, qu'il a reconnue à nos armoiries. Je ne vois pas comment il pouvait espérer rencontrer mon mari sur cette route… à moins qu'il nous ait suivis depuis Westhampton. Et dans ce cas, je ne comprends pas non plus qu'il ait attendu si longtemps pour nous accoster. Quoi qu'il en soit, il voulait prévenir Michael… d'un danger qui le menace. D'après lui, Westhampton « se rapproche un peu trop du but » et quelqu'un cherche à l'éliminer.

De nouveau, un silence médusé accueillit ses paroles.

— Es-tu sûre d'avoir bien entendu ? demanda Devin au bout d'un moment.

— Oui. Gabriela pourra en témoigner. Le personnage en question, un certain « Geordie le Rouge », nous a arrêtés dans le seul dessein de transmettre ce message. Il voulait prendre mes boucles d'oreilles afin de justifier son attaque, sans plus ; j'ai réussi à le convaincre de se contenter de ma bourse et il est parti.

— Excusez-moi, glissa Jessica, mais je connais peu lord Westhampton. Que peuvent signifier ces paroles ?

— Je n'en ai aucune idée, répondit Rachel. J'espérais que Richard ou Dev pourraient éclairer ma lanterne

— dans le cas où il s'agirait d'une mystérieuse conspiration masculine, à propos de je ne sais trop quoi. Vous auriez pu décider de garder le secret afin de ne pas m'inquiéter, par exemple, ajouta-t-elle avec un regard interrogateur à son frère.

Devin secoua la tête, perplexe.

— Non, je ne sais rien de plus que toi. Et si j'avais eu l'envie de garder un secret d'homme à homme, je te prie de croire que Miranda se serait chargée de me l'extirper, déclara-t-il tendrement, en considérant son épouse.

Elle lui répondit par un sourire ourlé de délicieuses fossettes.

— Peut-être est-ce une sorte de jeu ? suggéra-t-elle. Michael m'a avoué une fois qu'il est friand d'énigmes, devinettes et autres intrigues de ce genre.

— C'est exact, acquiesça Devin.

— On peut penser aussi que cet individu n'avait pas toute sa raison, intervint Richard. A mon avis, le mieux serait d'envoyer à Westhampton une lettre exposant cette affaire. Il est le plus à même d'en juger.

— Oui, vous avez raison, approuva Rachel. Je lui écrirai dès ce soir.

— Un palefrenier lui portera cette lettre demain à la première heure, déclara Ravenscar. Je suis certain qu'il n'y a là rien de sérieux, mais il est préférable de s'en assurer.

Là-dessus, beaux-frères et belles-sœurs se séparèrent pour la nuit. Une fois dans sa chambre, Rachel s'installa à un petit secrétaire et rédigea la missive destinée à son mari. Elle lui relata l'incident en détail et ajouta quelques questions personnelles. Après quoi elle confia le pli à Devin, qui le remit aussitôt au chef palefrenier avec l'ordre de partir à l'aube pour Westhampton sur l'un de ses meilleurs chevaux. Ainsi, Michael serait averti le plus rapidement possible de ce qui s'était passé.

Néanmoins, la comtesse ne se sentit pas apaisée pour autant. Tandis qu'elle se dévêtait et brossait ses boucles de jais, ses pensées ne cessaient de revenir au mystère — réel ou inventé — qui entourait son époux. Subitement, il lui semblait qu'elle n'était plus sûre de rien à son sujet.

Que savait-elle de Michael, en dehors de ce qu'il voulait bien lui révéler ?

Elle croyait tout connaître de sa vie, ou presque, parce qu'elle n'en ignorait aucun des détails matériels. Elle aurait pu citer les domaines qui l'intéressaient, les mets qu'il appréciait et ceux qu'il n'aimait pas, les clubs qu'il fréquentait, le nom de son bottier, de son tailleur, de la plupart de ses amis et même de ses correspondants réguliers.

Mais elle était loin de partager avec lui l'intimité qui liait Dev et Miranda, par exemple ; cette proximité qui unissait deux êtres en profondeur, parce qu'ils se côtoyaient charnellement. Comme si le commerce des corps abolissait les barrières entre les âmes et les esprits.

De fait, son mari et elle demeuraient étrangers l'un

à l'autre. Et depuis cette rencontre avec l'individu masqué, elle ne pouvait s'empêcher de se demander s'il n'existait pas un autre Michael, qu'elle n'avait jamais soupçonné.

Certes, l'homme en question était peut-être fou, comme l'avait suggéré Richard. Peut-être, aussi, lui avait-elle soufflé elle-même le nom de Westhampton, alors qu'il prévoyait de s'adresser à une autre personne.

Tout cela pouvait n'être qu'un cocasse concours de circonstances. Après tout, Cleybourne fréquentait son époux depuis plus longtemps qu'elle, et il avait paru tout aussi ébahi par cette histoire.

Il n'en restait pas moins qu'un doute s'était immiscé dans son esprit. Un doute qui n'aurait pas dû, ni pu exister si elle avait été absolument certaine de bien connaître celui dont elle portait le nom.

Elle soupira et observa un instant son reflet dans le miroir de la coiffeuse.

A vingt-sept ans, elle était encore belle, séduisante et désirable, elle le savait. Dotée du célèbre charme des Aincourt, que partageait son frère.

Certains de ses admirateurs lui dédiaient toujours des vers passionnés vantant sa chevelure d'ébène, ses prunelles d'émeraude, son teint d'albâtre et sa silhouette de sylphide. Ses traits fins n'étaient pas encore marqués par les rides de l'âge. Physiquement, elle avait gardé l'aspect de la jeunesse. Mais au fond d'elle-même, elle n'était plus depuis longtemps l'insouciante et naïve créature que Michael avait rencontrée huit ans plus tôt — et épousée un an après.

A cette évocation, sa main se crispa involontairement sur le manche de sa brosse.

Elle s'était mariée comme elle le devait, comme la société s'y attendait, comme son père l'exigeait.

Du même coup, elle avait renoncé à ses rêves et à ses espoirs de bonheur. Elle avait fait taire les désirs de son cœur. Dans la plus vive douleur, mais comment aurait-elle pu agir autrement ?

Son père avait eu raison. Si elle n'avait pas épousé Michael, le scandale aurait détruit sa famille, terni sa propre réputation et celle de son fiancé, qui ne méritait pas un tel opprobre. Elle avait donc fait son devoir, se condamnant par là même au désespoir.

Elle s'était liée pour la vie à un homme qu'elle n'avait pas choisi, et séparée pour toujours de celui qu'elle aimait.

2

Rachel se rappelait avec une parfaite acuité la soirée où elle avait fait la connaissance de Michael.

Il s'agissait d'un raout donné par lady Wetherford, une réception épuisante où la moitié du Tout-Londres semblait s'être rassemblée.

Au milieu de la presse qui régnait dans les salons, elle se souvenait beaucoup plus vaguement de l'instant où sa mère et elle avaient été présentées par leur hôtesse à lord Westhampton.

La première impression que lui avait faite le comte était celle d'un grand homme blond, plus âgé qu'elle, au physique agréable mais sans charme particulier.

Maintenant, après des années de pratique du personnage en question, elle savait que Michael devait être impeccablement vêtu de noir, avec cette élégance discrète et raffinée qui le caractérisait. Sans doute lui avait-il offert l'image du parfait gentilhomme anglais, puisqu'il était tout cela. Anglais, gentilhomme jusqu'au bout des ongles et parfait en tout point.

Mais la jeune fille qu'elle était à l'époque — souriante et gracieuse, car elle avait le cœur en fête — ne lui avait accordé que peu d'intérêt. Et si elle avait bavardé poliment avec lui un moment, échangeant quelques remarques banales sur le temps, l'atmosphère étouffante du lieu ou sa soirée de la veille à l'Opéra, ses pensées étaient ailleurs.

Tous ses sens étaient tendus vers le seul homme qui comptait à ses yeux, celui qu'elle recherchait à chacune de ses sorties en société — et qui lui avait causé ce soir-là la plus grande joie de son existence.

Car c'était ce soir-là, précisément, qu'Anthony Birkshaw lui avait avoué son amour. Et c'était cet événement, non sa rencontre avec Michael, qui lui avait rendu cette soirée inoubliable.

Un petit sourire nostalgique se dessina sur ses lèvres, tandis qu'elle évoquait rêveusement la période la plus heureuse de sa vie.

Elle avait dix-neuf ans, et profitait avec un an de retard sur la règle établie de sa première Saison. Ses parents qui manquaient d'argent, à leur habitude, avaient dû attendre que le duc de Cleybourne, mari de Caroline, leur avance la somme nécessaire à ses débuts dans le monde.

Rachel avait parfaitement conscience de ses responsabilités, à savoir qu'elle devait faire de son mieux pour renflouer les caisses de la famille. Nul ne s'attendait à la voir décrocher un aussi beau parti que sa sœur — un duc n'était pas chose courante —, mais ses atouts personnels et le renom des Aincourt étaient à même de lui procurer un mari fort convenable.

Que les comtes de Ravenscar aient toujours été incapables de conserver leur fortune ne nuisait pas à la réputation de leur lignée, hautement considérée en Angleterre.

La jeune fille, alors, ne songeait pas à remettre en cause le rôle qui lui était alloué. C'était ainsi que les gens se mariaient dans sa classe, et ces unions de convenance étaient déjà nettement plus acceptables que les mariages arrangés d'autrefois — où deux familles décidaient des décennies à l'avance de s'allier pour unir terres, fortune ou pouvoir.

Dans ces temps reculés, les époux ne s'étaient parfois jamais vus avant leurs noces. Les mœurs s'étaient civilisées. Toutefois, ainsi que sa mère le lui avait martelé depuis son enfance, dans l'aristocratie on ne se mariait pas par amour, mais dans l'intérêt des siens. Présent et futur.

Chez les Aincourt, ce précepte revenait le plus souvent à épouser un conjoint fortuné. Le père de Rachel, un puritain rigoriste et autoritaire, assurait que les déboires financiers de générations successives de Ravenscar étaient à mettre sur le compte d'une malédiction « papiste » : celle que le prieur de l'abbaye de Branton, chassé de ses murs par le premier comte à l'époque de Henry VIII, avait lancée aux futurs occupants de l'endroit, rebaptisé Darkwater. Nul ne connaîtrait jamais le bonheur dans la demeure construite sur les ruines de son abbaye ! avait-il prédit.

Et, de fait, que ce fût pour cette raison ou à cause

d'un orgueil démesuré qui les poussait à des dépenses somptuaires, les Aincourt semblaient destinés à aller de difficultés en difficultés.

Tout le monde, cependant, s'accordait à leur reconnaître une chance : ils avaient fière allure, avec leur haute taille et la beauté frappante de leurs traits, ce qui leur permettait régulièrement de redresser une situation précaire par de riches unions. Mais certains en concluaient que leur propension aux malheurs conjugaux venait peut-être de ces mariages d'intérêt à répétition, justement.

Quoi qu'il en soit, quand Caroline et Rachel avaient été en âge de convoler, les besoins de la famille étaient plus criants que jamais. En dépit de ses principes religieux fort stricts et de son tempérament acariâtre, leur père aimait le luxe et ne se privait de rien. Et comme il avait rompu tout lien avec son fils Devin, à qui il reprochait une vie débauchée, il incombait à ses filles d'assurer son avenir.

Rachel se préparait donc avec docilité à suivre l'exemple de sa sœur, tout en espérant secrètement qu'obéir à la volonté paternelle ne l'empêcherait pas de faire elle aussi un mariage d'amour. Car il était de notoriété publique que le duc de Cleybourne était passionnément épris de sa femme ; et celle-ci semblait lui retourner ses sentiments — même si, beaucoup plus tard, cette passion s'était révélée moins partagée qu'elle en avait l'air.

En tout cas, la jeune fille se promettait au moins de profiter amplement de cette période de conquête pour connaître tous les plaisirs de la capitale : porter les toilettes neuves et les robes de bal achetées en vue de ses débuts, sortir, danser, aller au théâtre et à l'Opéra, jouir pleinement des divertissements qui lui avaient manqué jusqu'alors dans le Derbyshire, où elle menait une existence recluse dans une demeure décrépite.

Le succès qu'elle avait remporté dès ses premières apparitions en public avait dépassé tous ses espoirs. Sa vie était rapidement devenue un tourbillon de festivités, et lorsqu'elle avait été admise chez Almack, les salons les plus sélects de Londres, son carnet de bal n'avait cessé de se remplir. Avant chaque soirée, elle recevait un nombre incroyable de bouquets à agrafer à son corsage, et les soupirants se pressaient à sa porte.

Pourtant, très vite, Rachel n'avait eu d'yeux que pour un seul homme. Elle avait rencontré Anthony Birkshaw deux semaines à peine après son arrivée, et à l'instant où elle l'avait aperçu il avait incarné son prince charmant.

C'était un beau jeune homme de quelques années de plus qu'elle, dont les manières ouvertes et franches l'avaient immédiatement séduite. Avec ses épais cheveux bruns qui bouclaient sur son front et ses yeux sombres, bordés de longs cils noirs, il avait tout d'un poète, avait-elle pensé. Et pour son plus grand bonheur, Anthony s'était également épris d'elle.

Mais il savait se tenir, lui, contrairement à des sots tels que Jasper Hopkins ou Perry Overhill qui restaient piqués au bord de la piste, à la contempler fixement au lieu d'inviter d'autres débutantes.

En gentilhomme distingué, Anthony se contentait des deux danses rituelles qu'une jeune fille pouvait accorder à un cavalier qui n'était pas son fiancé officiel — après quoi il détournait discrètement son attention de Rachel de manière à ne pas susciter de ragots sur son compte.

Cette fameuse nuit, cependant, après une valse langoureuse il avait invité la jeune fille à faire le tour des salons à son bras — et il lui avait déclaré sa flamme.

A partir de cet instant, Rachel n'avait plus touché terre. Elle avait passé le restant de la Saison dans un état extatique. Anthony et elle n'étaient jamais seuls, mais leur amour se nourrissait de regards, de rêveries et de valses lentes. De rencontres « providentielles » à la bibliothèque de prêt, également, car cet été-là Rachel fut reprise d'une véritable passion pour la lecture.

Elle conservait précieusement à son chevet les bouquets que son amoureux lui envoyait, et pressait les fleurs entre les pages de ses livres lorsqu'elles commençaient à se faner. Parfois, à l'occasion de très grandes soirées, ils parvenaient à s'éclipser un instant derrière un pilier, sur une terrasse ou dans des jardins noyés de pénombre. Ils se murmuraient des mots tendres, se confiaient l'ardent bonheur qui les habitait, échangeaient quelques chastes baisers. La jeune fille vivait pour de tels moments.

Perdue dans la brume dorée de son premier amour,

Rachel ne prêtait guère attention aux visites de lord Westhampton, ou à ses invitations à danser avec lui. Toute à Anthony, elle voyait à peine ses autres soupirants — et ne songeait même pas à inclure le comte dans leur nombre. Il avait presque dix ans de plus qu'elle, était un proche ami du duc, et elle mettait leurs rencontres sur le compte de son amitié avec Richard.

Comme la maison londonienne des Aincourt avait été vendue quelques années plus tôt, Rachel logeait avec les siens dans l'imposante demeure des Cleybourne, et ne s'étonnait nullement de voir Michael Trent se joindre à eux de plus en plus souvent.

A ses yeux, cet homme sérieux et réservé n'avait rien de commun avec les jeunes gens qui s'empressaient autour d'elle pour lui offrir un rafraîchissement, ramasser un gant ou la conduire à table.

Eût-elle été plus expérimentée, elle aurait compris que cette façon de se distinguer de ses admirateurs « ordinaires », jeunes blancs-becs frivoles qui ne songeaient qu'à se divertir en la courtisant, était la preuve d'un intérêt plus profond. Lord Westhampton ne s'abaissait pas aux jeux mondains de la séduction ; en recherchant autrement la compagnie de Rachel, il laissait voir à ses parents que ses intentions n'avaient rien de futile.

La jeune fille pensait peu à lui.

Si elle s'était accordé le temps d'y réfléchir, sans doute eût-elle reconnu que le comte lui plaisait assez. C'était un compagnon agréable, calme et posé, qui l'écoutait avec attention quand elle lui parlait — et se contentait de sourire aux maladresses qui lui échappaient.

Comme elle ne le comptait pas parmi ses soupirants déclarés, Rachel n'éprouvait pas le besoin de briller à ses yeux, ni de le charmer. Les autres ne lui importaient guère non plus, comparés à Anthony, mais elle tenait pour la forme à garder autour d'elle un cercle de prétendants assidus. C'était de mise dans le monde, quand on était une jeune femme recherchée, et elle s'astreignait à badiner aimablement avec les uns et les autres, à faire preuve d'esprit et de coquetterie, sans jamais favoriser un gentilhomme en particulier.

De fait, ses entretiens avec le comte la reposaient. Elle pouvait se montrer totalement naturelle avec lui, et le traitait avec la même confiance que les amis de sa sœur ou de son frère aînés. Si elle rencontrait un problème d'étiquette, ou s'interrogeait sur l'exacte position sociale de quelqu'un, elle savait que lord Westhampton était la personne à consulter. Mais le seul à occuper son cœur restait Anthony.

Et puis, un jour de fin juillet, lord Ravenscar la convoqua dans la bibliothèque avec sa mère.

Le pouls de Rachel s'emballa, ses joues rosirent. Un tel entretien ne pouvait concerner qu'un sujet d'importance, et elle songea tout de suite à Anthony. Le jeune homme avait dû demander sa main au comte ! Elle était si candide et si éprise de son amoureux que c'était pour elle la seule conclusion possible à ce merveilleux été.

Son père se tenait debout derrière une table, l'air

aussi imposant et écrasant que de coutume. La jeune fille avait toujours craint cet homme sévère, confit dans ses principes et dénué de tout sens de l'humour.

Peu enclin à s'intéresser à sa progéniture, il ne la voyait généralement que le dimanche ; la famille au complet se rendait à l'église du village, après quoi elle rentrait au manoir pour y subir une longue lecture paternelle de la Bible, un enseignement de catéchisme et un examen de conscience concernant les péchés que chacun avait pu commettre durant la semaine.

Lord Ravenscar estimait que les enfants étaient sur terre pour honorer leur géniteur et lui obéir. Toute tentative de rébellion était immédiatement étouffée dans l'œuf. Rachel avait assisté durant son enfance aux terribles disputes qui opposaient son père à Devin — jusqu'à ce que le comte chasse son fils de la demeure familiale et lui interdise d'y revenir. Elle n'avait revu son frère bien-aimé que l'été précédent, et avait beaucoup souffert de cette rupture.

Profondément marquée par les fureurs paternelles, qu'elle redoutait plus que tout, elle avait fait en sorte de les éviter en prenant soin de ne jamais s'opposer ouvertement à cet homme tyrannique. Elle avait ses opinions, mais les gardait pour elle.

Ce jour-là, cependant, le comte souriait et semblait fort satisfait.

— Eh bien, Rachel ! lança-t-il d'un ton enjoué. J'imagine que tu as une petite idée de ce qui t'amène ici.

— Je… pense le savoir, répondit-elle avec quelque

hésitation, car elle n'aurait jamais cru que la proposition d'Anthony réjouirait son père à ce point.

Elle ignorait tout de la fortune de son prétendant, mais elle savait qu'il n'était que le dernier rejeton d'un fils cadet, ce qui lui ôtait tout espoir de titre ou d'héritage. Et bien que la famille Birkshaw fût parfaitement respectable, elle voyait mal en quoi les perspectives d'avenir du jeune homme pouvaient paraître aussi exaltantes à lord Ravenscar.

— Le contraire me surprendrait, ma fille, reprit ce dernier sans se départir de son étonnante cordialité. Et tu peux te féliciter de ton succès. A défaut d'être duc, comme le mari de ta sœur, lord Westhampton n'en est pas moins un excellent parti. Un titre, des terres, une lignée qui remonte aux barons de Guillaume le Conquérant... Je suis ravi qu'il se soit entiché de toi, d'autant qu'il est prêt à déposer une somme fort généreuse dans ta corbeille de mariage. Bien sûr, les détails restent à régler et le comte tient d'abord à te présenter lui-même sa demande. Mais nous connaissons ta réponse d'avance, n'est-ce pas ?

Le sang s'était retiré du visage de Rachel.

— Lord... Westhampton ? répéta-t-elle d'une voix blanche, saisie d'un vertige qui lui fit redouter un instant de s'évanouir sur place. Lord Westhampton a demandé ma main ?

Son père parut fort surpris de sa réaction. Il se rembrunit et la couvrit d'un regard soupçonneux.

— Naturellement ! Pourquoi te montres-tu si étonnée ?

Songeais-tu à quelqu'un d'autre ? Te serais-tu engagée auprès d'un autre ?

Sa voix enflait dangereusement à chacune de ses questions, annonçant l'une de ses terribles colères.

— Bien sûr que non, répondit lady Ravenscar en s'avançant pour poser une main sur le bras de Rachel. Qu'allez-vous supposer là, mon ami ? Cette enfant est tout simplement abasourdie qu'un homme de l'importance de lord Westhampton ait jeté son dévolu sur elle — ce qui se comprend. N'importe quelle jeune fille de la modestie de Rachel se montrerait aussi bouleversée qu'elle, croyez-moi.

— Oui, vous avez raison, convint le comte, aisément persuadé que la plus docile de ses enfants ne pouvait songer à refuser une offre aussi flatteuse. Je me suis emporté un peu vite, pardonnez-moi.

La comtesse imprima ses doigts dans le bras de sa fille, une mise en garde sans ambiguïté.

— Maintenant, si vous le permettez, nous allons vous laisser, déclara-t-elle. Rachel et moi devons discuter de la toilette qu'elle portera pour recevoir lord Westhampton.

Sur ces mots, elle entraîna fermement l'intéressée hors de la pièce, laissant son époux se féliciter d'avoir gagné haut la main un second gendre aussi prestigieux. Car le mérite de cette victoire lui revenait, il n'en doutait pas.

Dès qu'elle eut refermé la porte du boudoir où elle avait poussé sa benjamine, lady Ravenscar explosa :

— Pour l'amour du ciel, Rachel, où as-tu la tête ? Tu m'as causé une belle frayeur ! N'était-il pas évident que Westhampton allait te demander en mariage ? Il a hanté cette maison tout l'été !

Le visage de la jeune fille exprimait le plus profond désarroi.

— Je croyais qu'il venait voir Richard… Ils sont amis depuis si longtemps !

Sa mère poussa un soupir exaspéré.

— Et moi qui pensais que tu l'attirais fort habilement dans tes filets, en te montrant modeste et sans apprêt ! Enfin… Le résultat est le même, grâce au ciel. L'amour rend les hommes aveugles, le comte est certainement convaincu que tu lui retournes ses sentiments. A présent, passons à la suite. Je présume que Westhampton viendra te parler cet après-midi, puisque ton père lui a donné son consentement. Il faut choisir ta robe, et demander à Caroline de te prêter sa femme de chambre pour te coiffer. Tu dois être ravissante, mais ne pas avoir l'air de t'attendre à une proposition.

Pendant cette tirade, Rachel oscillait entre la panique et l'incrédulité. Dans son épouvante, elle revint au nom qu'elle donnait à sa mère quand elle était petite — et qui allait si mal à cette femme froide et réservée.

— Maman ! Je ne puis accepter lord Westhampton, cela m'est absolument…

Devant la mine stupéfaite de la comtesse, elle n'acheva pas sa phrase.

— As-tu perdu la raison ? s'exclama lady Ravenscar,

la voix aussi cinglante qu'un coup de cravache. Pourquoi ne pourrais-tu l'accepter ?

Soudain, elle retint son souffle, l'air horrifié.

— Grands dieux ! Ton père aurait-il vu juste ? Te serais-tu engagée ailleurs ? Pour l'amour du ciel, ma fille, aurais-tu permis à un homme… d'abuser de tes faveurs ?

Un mélange d'effroi et de fureur crispait ses traits. Rachel étouffa un cri choqué.

— Maman ! Comment pouvez-vous imaginer… Jamais nous n'aurions seulement songé à une chose pareille !

— A la bonne heure.

La comtesse soupira, soulagée, avant de reprendre :

— Dans ce cas, rien n'est perdu. Mais qui t'a envoûtée de la sorte ? J'ai peine à croire que je ne me sois aperçue de rien !

— Il s'agit de M. Birkshaw, répondit Rachel. Anthony Birkshaw. Il n'a pas commis la moindre inconvenance, je vous assure. Il s'est montré de la plus grande discrétion, afin d'éviter toute rumeur gênante à mon sujet.

— Birkshaw ! se récria lady Ravenscar, dont la stupeur fit très vite place à l'horreur. Ce freluquet sans le sou a osé te charmer ? Oh ! Rachel ! Comment as-tu pu te laisser prendre à ses discours ? J'espère que tu ne lui as pas fait de promesse inconsidérée ! Il ne pourrait t'en tenir rigueur, d'ailleurs, puisqu'il n'a pas eu la courtoisie — ou le courage — de parler à ton père.

— Il n'a pas été question de mariage entre nous,

mère. Anthony — je veux dire M. Birkshaw — ne se serait jamais autorisé de telles libertés, de même qu'il n'a jamais exigé de moi le moindre engagement. Je vous l'ai dit, on ne peut trouver jeune homme plus respectueux des formes que lui. Ce sont ces qualités qui font que je l'aime, et je sais qu'il m'aime aussi. Aussi, quand père m'a appelée tout à l'heure, ai-je pensé qu'il s'était déclaré…

La comtesse jeta à sa fille un regard empreint d'un brin de pitié.

— Voyons, ma chère enfant ! Tu ne pouvais espérer que Ravenscar agréerait la demande d'un garçon qui n'a aucun avenir assuré ! Son père est le troisième fils de lord Moreston, et la famille Birkshaw regorge de rejetons mâles. Il faudrait une épidémie de peste, au moins, pour que ce jeune homme hérite d'un titre, et ce ne serait que celui de baron ! Il est invraisemblable qu'il ait pu songer un instant à courtiser la fille d'un comte.

— C'est de moi qu'il s'est épris, mère, pas du rang de mon père, rétorqua Rachel avec plus d'aspérité qu'elle n'en avait l'habitude.

Lady Ravenscar secoua la tête.

— Veux-tu que je te dise ? Vous êtes aussi sots l'un que l'autre. Et tu ferais bien de t'ôter au plus vite ces bêtises de la tête. Je compte sur toi pour faire bonne figure à lord Westhampton, tantôt, afin de ne pas éveiller ses soupçons.

Le cœur de la jeune fille se retourna dans sa poitrine.

— Encore une fois, maman, je ne puis accepter sa demande ! protesta-t-elle. Je le connais à peine… et j'aime quelqu'un d'autre !

— Il n'y a aucune raison qu'il l'apprenne, ma fille, et tu as tout intérêt à ce que ton père ne l'apprenne pas non plus. Je te l'ai dit maintes fois, les femmes de notre classe ne se marient pas par amour, trancha la comtesse.

— Caroline aime Richard !

— Ta sœur a eu la sagesse de ne pas engager son cœur avant d'avoir trouvé un excellent parti, et le duc a pu sans mal l'amener à partager ses sentiments. J'attendais la même chose de toi. Lord Westhampton te paraîtrait tout à fait aimable, si tu n'avais pas commis la folie d'engager tes affections ailleurs. Franchement, Rachel, tu me déçois grandement. Nous n'avons pas fait tous ces sacrifices pour te permettre de passer l'été à te divertir ! Ton père a dû ravaler sa fierté, accepter un prêt de Cleybourne afin de financer ta Saison, et c'est ainsi que tu le remercies ? Tu es venue à Londres pour faire un beau mariage, ma fille, pas pour autre chose — et j'ajoute que tu le savais parfaitement. Oserais-tu prétendre le contraire ?

Rachel avait la sensation que l'univers s'écroulait autour d'elle. Son rêve de bonheur était subitement réduit en cendres, et elle mesurait à quel point elle s'était montrée crédule en escomptant le soutien de ses parents.

— Non, bien sûr, murmura-t-elle, les larmes aux yeux. Mais je ne pouvais prévoir ce qui m'arriverait…

— Je suis la première à déplorer de ne pas l'avoir évité, crois-moi, affirma sa mère d'un ton implacable. Tu épouseras lord Westhampton, et à dater de ce jour je demanderai à Caroline d'interdire sa porte à M. Birkshaw.

Ces paroles firent à la jeune fille l'effet d'un coup de poignard en plein cœur.

— Mère, je vous en prie ! implora-t-elle douloureusement.

Lady Ravenscar lui rendit son regard, inébranlable.

— Si cela ne suffit pas, j'informerai ton père de la situation et c'est lui qui se chargera d'éconduire ce jeune homme. Est-ce clair ?

Rachel vacilla sous le choc. Une telle menace lui était intolérable. Elle ne pouvait supporter l'idée d'Anthony aux prises avec le courroux du comte.

— Tu te remettras de ce caprice, insista la comtesse en lui lacérant le cœur de plus belle. Je sais que cela te semble impossible aujourd'hui, mais les amours de jeunesse s'oublient vite, je t'en donne ma parole. Dans quelques semaines à peine, quand tu seras absorbée par les préparatifs de ton mariage et de ton trousseau, cette toquade te paraîtra absurde.

— Non, nia Rachel d'une voix étranglée. Jamais je n'oublierai Anthony.

— Il le faudra bien, ma fille, car tu ne l'épouseras pas. Tu as tout loisir de refuser la meilleure proposition que tu puisses espérer, si tu y tiens, mais M. Birkshaw ne sera jamais ton mari. Vu sa situation, il est dans l'obligation de faire un mariage d'argent, lui aussi. Et s'il a commis l'erreur de penser que tu avais de la fortune, c'est fort regrettable.

— L'attirance qu'il a pour moi n'a rien à voir avec des questions matérielles ! se défendit Rachel, en pleurs. Nous nous aimons !

— Je te le répète, c'est un amour sans espoir, martela lady Ravenscar. Ton père et moi ne donnerons jamais notre consentement à ce mariage. Et si tu pousses la folie à refuser lord Westhampton pour cette sottise, tu le regretteras toute ta vie, je te le garantis.

Effondrée, la jeune fille se laissa choir sur le siège le plus proche et se mit à sangloter, le visage dans ses mains. Sa mère la considéra un instant d'un air exaspéré, puis elle tira de sa poche un mouchoir de batiste et le lui tendit.

— Pleure donc, si cela peut te soulager. Quand tu auras fini, allonge-toi un moment et pose un linge humide sur tes yeux. Tu ne peux décemment recevoir lord Westhampton avec un visage tuméfié par les larmes.

— Si je dois l'épouser de force, j'en mourrai ! assura Rachel d'une voix brisée.

— Mais non, riposta la comtesse. Tu n'es pas la première à te croire désespérément éprise, ma petite, et ce genre d'illusion n'a jamais tué personne.

Elle soupira.

— Encore une fois, tu es libre de refuser l'avenir doré que te propose le comte. Si tu ne peux supporter l'idée de devenir lady Westhampton, une femme enviée, choyée par un époux prêt à combler le moindre de tes vœux, tant pis pour toi. Je n'ose imaginer la réaction de ton père, mais je réussirai peut-être à l'amadouer — à condition que tu te trouves un autre mari convenable d'ici la fin de la Saison. Et souviens-toi qu'aucun de tes autres soupirants ne vaudra sir Michael Trent, l'un des meilleurs partis d'Angleterre après ton beau-frère.

Rachel la dévisagea, saisie d'horreur à la perspective de devoir poursuivre cette mascarade dans l'état où elle se trouvait.

— Vous ne pouvez exiger une telle épreuve de moi, mère !

— Est-ce à dire que tu préfères rester vieille fille ? Si nous rentrons bredouilles à Darkwater, tu n'auras plus l'occasion de rencontrer des gentilshommes à marier. Ne compte pas sur ton père pour t'offrir une seconde Saison. Après une déception pareille, je doute qu'il veuille encore entendre parler de toi.

Rachel frémit en se représentant les scènes terribles auxquelles elle avait réussi à échapper jusqu'alors ; elle y aurait droit à coup sûr, si sa mère ne la soutenait pas.

— Maman..., gémit-elle, au désespoir.

— Je ne peux rien pour toi, mon enfant. Tu n'as que deux possibilités : faire ton devoir envers ta famille en épousant lord Westhampton et en menant une existence enviable, ou rester à Darkwater avec nous jusqu'à notre mort. Après quoi tu rejoindras Caroline comme dame de compagnie.

Lady Ravenscar força sa fille à se lever et la poussa vers la porte.

— Regagne ta chambre, maintenant. Je vais demander à une soubrette de t'apporter des tranches de concombre et un linge mouillé. Pendant que tu te reposeras, réfléchis bien à ce que je viens de te dire, à tout ce que nous avons fait pour toi — et aux conséquences désastreuses de ton refus pour nous tous, si tu persistes à ne pas vouloir épouser lord Westhampton. Quand tu auras pesé le pour et le contre, je suis sûre que tu sauras prendre la bonne décision.

Près de huit ans après cette scène, Rachel se remémorait encore la douleur et l'hébétude qui l'avaient terrassée au cours des heures qui avaient suivi.

Accablée par un chagrin sans fond, elle avait pleuré jusqu'à n'avoir plus de larmes — au grand dam de la soubrette qui s'affairait à son chevet.

Son amertume était immense.

Comment avait-elle pu croire que son père renoncerait à ses ambitions pour lui permettre d'être heureuse ? se répétait-elle, désespérée.

Et comment envisager de passer le reste de ses jours emmurée à Darkwater, sujette au mépris glacial de lord Ravenscar ? Car elle ne pourrait jamais épouser Anthony sans le consentement de son père, elle le savait. Et même si elle attendait ses vingt et un ans pour le faire, elle n'ignorait pas non plus que sa mère avait raison : malgré l'amour sincère qu'il lui portait, le jeune homme n'était pas en mesure d'assurer l'entretien d'une épouse aussi désargentée que lui…

Cet après-midi-là, après une longue lutte, elle avait renoncé pour toujours à ses rêves de bonheur.

Elle s'était résignée à voir le monde tel qu'il était. Un monde où une fille de bonne famille devait se marier pour complaire à ses parents, où un gentilhomme sans fortune — à moins de trouver à s'employer quelque part — n'avait d'autre ressource que d'épouser une héritière.

Puis elle était descendue au rez-de-chaussée, et avait accepté la demande en mariage de lord Westhampton.

3

Michael s'éveilla en sursaut. En nage, le cœur battant, le sang en ébullition, il demeura immobile un moment — le temps de revenir lentement à la réalité.

Il avait encore rêvé de Rachel. Les détails de ce rêve lui échappaient, mais les sensations qui lui en restaient étaient toujours les mêmes : un mélange de joie, de plaisir très vif et de chagrin, comme chaque fois qu'il rêvait de sa femme.

Lorsqu'il était avec elle, tout cela l'habitait aussi — en mille fois plus fort. La différence entre ses rêves et la réalité, c'est que dans ses rêves il n'était pas paralysé par l'intensité de son amour, par ce désir impossible à exprimer qui le rendait nerveux, raide et maladroit.

Dans ses rêves, il réussissait à lui parler, à l'embrasser, à la caresser, à partager avec elle cette passion explosive qui lui demeurait interdite dans la vie. C'était alors que le chagrin s'infiltrait dans sa conscience, lui rappelant que ces moments de bonheur infini n'étaient que chimères.

Ces dérives revêtaient toujours une acuité accrue quand Rachel avait séjourné quelque temps à Westhampton.

Dans la période qui suivait son départ, il rêvait beaucoup, et souvent. Ensuite, avec l'absence, ses rêves s'espaçaient et s'estompaient.

Un an environ après leur mariage, il s'était rendu compte qu'il était plus facile pour lui de vivre sans elle. La félicité que lui procurait la présence de sa femme exigeait de lui une contrepartie si douloureuse qu'elle en devenait insupportable. La côtoyer journellement sans pouvoir la toucher, sans pouvoir être son mari au plein sens du terme, savoir qu'elle ne lui rendrait jamais l'amour si vif qu'il lui portait, l'épreuve était trop cruelle.

Pis encore, il savait que depuis sept ans Rachel vivait un martyre identique, enfermée dans un chagrin muet, privée comme lui de l'être qu'elle aimait et qui ne lui appartiendrait jamais. De tout son cœur, il aurait voulu lui épargner cette souffrance. Malheureusement, il savait aussi que c'était lui qui la lui avait imposée. Qui l'avait condamnée à une existence sans amour.

Avec un soupir, il repoussa ses couvertures et se leva. L'air frais lui fit l'effet d'un baume apaisant sur sa peau échauffée. Il se versa un verre d'eau, but goulûment et se dirigea vers la fenêtre. Derrière l'épaisse tenture de velours, l'aube pointait sur les collines du Lake District, la belle région verdoyante émaillée de lacs où se dressait sa non moins belle demeure.

Il était inutile qu'il se recouche, pensa-t-il, mais il était tout aussi inutile qu'il se hâte de commencer sa journée. Elle serait creuse et vaine, comme après chaque départ de Rachel. La maison lui paraîtrait plus vide encore — d'autant que cette fois sa femme avait prolongé son séjour, et que durant ces deux mois Gabriela les avait comblés de ses rires et de sa fraîcheur juvénile. Un enfant manquait aussi à ces murs, depuis bien trop longtemps.

La présence de l'adolescente avait rendu leurs relations plus faciles, moins tendues. En outre, Rachel avait paru plus heureuse qu'il ne l'avait jamais vue depuis leur mariage. Le fait que Devin et Richard aient enfin trouvé le bonheur l'avait rassérénée, il le savait, car elle les aimait tous deux profondément et s'était longtemps tourmentée à leur sujet. Le fait d'avoir à s'occuper de Gabriela avait également concouru à la rendre plus gaie — ce qui avait encore accru les remords de son mari.

Elle était faite pour être mère, et il l'avait aussi privée de ce bonheur-là en l'épousant. Lorsqu'il avait demandé la main de Rachel, il avait espéré lui donner des enfants, persuadé que l'amour qu'il lui portait l'amènerait un jour à l'aimer aussi. Il était convaincu, alors, que leur union prendrait tôt ou tard un tour naturel. Mais il se berçait d'illusions, ignorant que la femme de ses rêves avait déjà donné son cœur à un autre.

Sans doute avait-il été bien naïf, pour ne pas s'aviser qu'elle était amoureuse lorsqu'il l'avait rencontrée. Sa seule excuse était qu'il connaissait mieux les livres que les femmes, bien qu'il approchât à l'époque de ses trente ans.

Il avait fait le choix d'une jeunesse studieuse et réservée

par opposition à son père, dont les mœurs dissolues avaient jeté l'opprobre sur le nom des Westhampton. Sir Henry Trent se vantait d'être un bon vivant ; il mangeait à l'excès, buvait à l'excès, folâtrait à l'excès — des habitudes qu'il n'avait pas jugé utile de changer quand son propre père l'avait contraint à se marier.

Michael ressemblait à sa mère, une femme posée et intelligente qui préférait la lecture et les plaisirs de l'esprit aux frivolités et aux toilettes. Et s'il avait accepté par devoir d'apprendre tout ce qu'un gentleman était tenu de connaître — l'équitation, le tir, la chasse, la boxe et l'escrime, matières viriles qu'il avait mis un point d'honneur à maîtriser parfaitement —, il estimait qu'il avait mieux à faire que d'y consacrer son temps. Il aimait à s'instruire, à réfléchir sans fin aux mystères de l'univers. Sa soif de connaissances égalait celle de son père pour la bonne chère, l'alcool et la luxure.

Il méprisait les manières grossières et brutales de son géniteur, le détestait pour la honte qu'il attirait sur sa famille et la souffrance qu'il causait à son épouse. Très jeune, il s'était juré de ne jamais lui ressembler. En réaction à la prodigalité de sir Henry, il était économe et bon gestionnaire ; à son avidité, il se comportait en ascète ; à son tempérament emporté, il dominait ses émotions et gardait toujours le plus grand calme.

Ses études à l'université d'Oxford l'avaient enchanté. Il s'y était fait des amis qui partageaient ses goûts et ses aspirations. A la mort de son père — qui s'était rompu le cou en tombant de cheval, une nuit où il rentrait ivre chez lui —, il était revenu vivre à Westhampton, appréciant la solitude de la campagne qui lui permettait de lire, de restaurer la propriété familiale et de correspondre avec ses anciens condisciples.

La seule parenthèse importante dans cette existence paisible avait été due à la guerre. Un de ses amis, membre du gouvernement, lui avait demandé de l'aider à démanteler un réseau d'espions à la solde de Bonaparte. Sir Robert Blount, qui connaissait le goût de Michael pour les exercices intellectuels, lui avait proposé de déchiffrer les messages codés de l'ennemi. Il avait réussi brillamment, et ce succès l'avait amené à se mêler de plus près aux affaires secrètes du royaume.

Au début, il s'était dit qu'il acceptait de telles activités par patriotisme et pour le plaisir d'exercer ses facultés mentales. Mais assez vite, et non sans scrupule, il s'était pris au jeu.

Il avait constaté avec quelque contrariété qu'il aimait le danger, ainsi que l'excitation des défis à relever pour vaincre ses adversaires. Puis il avait découvert qu'il possédait de surcroît un talent certain pour les mascarades en tout genre — ce qui lui permettait de s'intégrer aux cercles les plus divers sans être remarqué. La discrétion de son comportement et son physique relativement banal — même s'il était plutôt beau garçon — l'aidaient à passer inaperçu dans la plupart des milieux.

La guerre finie, il était revenu à son existence rangée. Il lui avait passablement déplu, alors, de se rendre compte que le piment de l'aventure lui manquait. Ce penchant lui rappelait par trop son père. Pour le reste, il n'était pas pressé de se marier. Lorsqu'il lui arrivait d'y penser, il se disait qu'il finirait un jour ou l'autre par épouser une femme de bonne naissance qui partagerait ses goûts, avec qui il fonderait une famille et vivrait paisiblement. Il ne s'attendait pas au coup de foudre qui allait le frapper lorsqu'il poserait les yeux sur Rachel Aincourt.

Il était à Londres pour y passer une partie de la Saison, à son habitude, et accompagnait son ami Peregrin Overhill dans une grande soirée. Depuis quelques jours, Perry ne cessait de chanter les louanges d'une jeune beauté nouvellement arrivée dans la capitale ; mais comme il s'entichait constamment d'une débutante après l'autre, sans pour autant les courtiser, Michael n'avait prêté que peu d'attention à ses descriptions enthousiastes de la benjamine de lord Ravenscar. Qu'elle fût ravissante n'avait pas de quoi le surprendre. Proche ami du duc de Cleybourne, il appréciait le charme éclatant de son épouse, Caroline Aincourt.

Néanmoins, lorsqu'il avait pénétré dans la salle de bal bondée et aperçu Rachel drapée dans une simple robe blanche, il avait été conquis sur-le-champ. Plus que belle, elle était merveilleuse. Grande et mince, le visage rayonnant d'une pureté extraordinaire, elle avait un teint de pêche et d'immenses yeux verts, ourlés de cils aussi noirs que les boucles qui couronnaient sa tête délicate. Quant à son sourire, Michael n'aurait pas eu de mots pour le décrire : il lui retournait le cœur.

En un instant, sa vie tranquille et routinière avait basculé dans le tumulte glorieux et chaotique de la passion.

Il oublia aussitôt tous ses projets d'un mariage paisible et simplement « bien assorti ». Dès qu'il traversa la pièce pour aller parler à Rachel, dès qu'il s'adressa à elle, il sut qu'elle était la femme de sa vie. Celle qu'il voulait épouser. Cette jeune fille à la voix douce et au sourire éblouissant éveillait en lui un tel amour, une telle émotion, qu'il ne pourrait jamais éprouver des sentiments aussi forts pour une autre, il en était certain.

Il se mit donc à la courtiser avec un empressement discret, ne manquant pas une occasion de lui rendre visite, de l'inviter en promenade dans son tilbury — avec un chaperon, bien sûr —, de lui réclamer les deux danses auxquelles les usages lui permettaient de prétendre dans chaque soirée. Les relations amicales qui le liaient à Richard Cleybourne l'aidaient grandement ; très vite, la duchesse et sa mère — à qui l'intérêt qu'il portait à Rachel n'avait pas échappé — firent en sorte de le mêler à toutes les distractions familiales.

Vu son âge et son sérieux, il ne se targuait pas d'être le prince charmant romantique dont une aussi jeune fille pouvait rêver. Mais il n'ignorait pas non plus que son titre, sa fortune, ses bonnes manières et son physique agréable faisaient de lui un excellent parti aux yeux de lord et lady Ravenscar. Et si Rachel, de toute évidence, n'était pas éprise de lui, il se disait qu'il ne tarderait pas à gagner son cœur.

Elle ne déclinait jamais ses offres de sorties dans Rotten Row ou Hyde Park, et semblait toujours plutôt contente de s'entretenir avec lui. En d'autres circonstances, il se serait moins pressé et eût attendu que les sentiments de Rachel évoluent vers un tendre penchant à son égard. Seulement il savait par le duc que Ravenscar, en proie à d'éternelles difficultés financières, était prêt à donner sa fille au premier bon parti qui se présenterait. L'un des prétendants les plus plausibles étant un veuf acariâtre, assez âgé pour être le père de l'intéressée, Michael estima qu'il n'était nullement vaniteux de sa part de considérer que miss Aincourt serait plus heureuse avec lui.

Il avait à peine envisagé qu'elle pût rejeter sa proposition. Les jeunes filles de sa classe suivaient généralement les désirs de leurs parents et Rachel elle-même, pensait-il, devait être consciente qu'il représentait l'une des meilleures opportunités envisageables pour elle. Aussi, bien qu'elle ait accepté sa demande d'un air abattu et les yeux un peu rouges, lui avait-il semblé, il avait mis ce manque d'enthousiasme sur le fait qu'il n'avait rien d'un ardent chevalier apte à faire rêver une damoiselle de son âge.

Cela ne l'empêcherait pas de faire son bonheur, s'était-il promis. Il l'entourerait de tant d'égards, de gentillesse, de respect et de considération qu'elle finirait par s'attacher à lui ; et s'il ne parvenait pas à attiser en elle les feux de la passion, du moins escomptait-il obtenir à la longue le tendre amour d'une épouse.

Il se serait évidemment montré moins optimiste, s'il avait su qu'il avait un rival — et que l'amour de Rachel appartenait définitivement à ce dernier.

Chaque fois qu'il y repensait, une douleur poignante lui transperçait le cœur. Avec un soupir, il laissa retomber la tenture et s'éloigna de la fenêtre. Puis il enfila sa robe de chambre et se laissa choir dans un fauteuil, le regard vague, perdu dans l'évocation de la plus cruelle déconvenue de son existence : ce terrible soir où il avait découvert, deux jours avant son mariage, que sa fiancée s'était enfuie avec un autre homme.

Leurs noces devaient être célébrées ici même, à Westhampton, dans la pittoresque petite église en pierre du village qui avait vu convoler tous les précédents comtes depuis des temps immémoriaux. Le château était plein à craquer d'amis et de membres des deux familles, le restant des hôtes à loger étant hébergé à l'auberge ou chez sir Edward Moreton, un gentilhomme voisin dont l'épouse avait aimablement proposé son assistance.

L'ambiance était à la fête. Michael ne se souvenait pas d'avoir été aussi heureux de sa vie, car il lui semblait que Rachel s'était réchauffée à son égard au cours des derniers mois. Depuis l'annonce de leurs fiançailles, ils avaient pu passer un peu plus de temps en tête à tête, leurs chaperons se tenant discrètement à l'écart pour leur permettre de se parler plus librement. Et il était désormais autorisé, lors des bals, à l'inviter aussi souvent qu'il le souhaitait sans susciter de ragots importuns.

Au fil de ces rencontres, la jeune fille paraissait prendre de plus en plus de plaisir à sa compagnie. Ses espoirs de conquérir son cœur s'étaient donc renforcés, et il attendait impatiemment que la pesante cérémonie de mariage soit passée pour profiter enfin d'une bienheureuse solitude avec son épouse.

L'avant-veille de l'événement, alors qu'ils quittaient ensemble le salon de musique après une joyeuse soirée entre amis, il avait songé avec bonheur au moment où ils pourraient se retirer dans leurs appartements. Il n'avait pas l'intention de consommer leur union dès la première nuit, malgré l'ardent désir que Rachel lui inspirait, car il voulait d'abord l'habituer à lui et l'amener peu à peu à l'intimité dont il rêvait. Pour rien au monde il n'eût voulu la brusquer ou l'effrayer, il l'aimait trop pour cela. Néanmoins, il savourait déjà par avance ces heures délicieuses où il pourrait lui prouver sa tendresse sans être embarrassé par la présence d'un chaperon. Il lui avait si souvent semblé, depuis leur engagement, qu'une telle félicité n'arriverait jamais !

Ce soir-là, sa fiancée lui avait paru moins enjouée que de coutume, et en baissant les yeux vers elle il la trouva un peu pâle. La proximité de leur nuit de noces devait la rendre nerveuse, se dit-il. Alors, au moment où ils longeaient l'orangerie plongée dans l'obscurité, il l'entraîna brusquement à l'intérieur.

— Que se passe-t-il ? chuchota-t-elle, rivant sur lui de grands yeux surpris.

Michael lui sourit.

— Rien. Je voulais seulement vous rassurer.

— Me rassurer ? A quel propos ?

— Je ne sais pas. Le mariage, la réception, ce qui suivra… Vous n'avez pas à vous inquiéter, ma douce. Tout au long de ces épreuves, je serai avec vous et vous pourrez compter sur mon soutien.

— Merci, murmura Rachel.

Elle détourna les yeux, mais il eut le temps d'apercevoir une larme qui brillait au bord de ses cils noirs. Plaçant une main sous son menton, il l'obligea gentiment à le regarder en face.

— Ayez confiance en moi, mon ange. Vous le pouvez, je vous en donne ma parole. Je ne vous causerai pas le moindre mal. Jamais.

— Oh ! Michael…

La voix de la jeune fille se brisa. Elle posa les doigts sur la main de son fiancé.

— Vous êtes le meilleur des hommes. Je suis… indigne de vous.

Il sourit de nouveau.

— Quelle absurdité ! Vous êtes la perfection faite femme.

Submergé par l'amour qu'elle lui inspirait, Michael se pencha sur elle et l'embrassa. Avec douceur, ainsi qu'il se l'était promis. Ses lèvres étaient si tendres, si chaudes, elles lui laissaient présager de telles délices qu'un désir brûlant s'empara de lui. Il l'enlaça et approfondit son baiser, la pressant contre lui, savourant cet instant merveilleux dont il rêvait depuis des mois.

L'idée que cette femme unique serait bientôt à lui, qu'il aurait bientôt tout loisir de l'apprivoiser par ses caresses, de lui enseigner et de découvrir avec elle les mille et un secrets de la passion amoureuse, l'emplissait d'exultation.

Un frisson de volupté le parcourut. Il n'avait pas la moindre envie de mettre fin à cette étreinte, de s'écarter de ce corps ravissant qui le rendait fou de bonheur et d'impatience, mais il le devait. S'il continuait, ses débordements allaient effrayer sa fiancée.

Lorsqu'il recula d'un pas, Rachel le dévisagea d'un air stupéfait. Ses lèvres roses étaient humides et gonflées, marquées par la pression de sa propre bouche — un spectacle si attirant qu'il sentit son désir s'enflammer de plus belle. Il recula derechef et se racla la gorge, l'esprit en déroute.

— Je vous demande pardon, déclara-t-il d'une voix rauque. Je n'aurais pas dû… Je pense qu'il vaudrait mieux… que nous nous souhaitions une bonne nuit.

— Oui, milord, répondit Rachel dans un souffle.

Après quoi elle pirouetta sur elle-même et quitta la serre en toute hâte. Michael esquissa un pas pour la suivre, redoutant de l'avoir terrifiée, mais il se reprit à temps. S'il se lançait à sa poursuite, se dit-il, il allait l'inquiéter davantage encore.

Comment s'étonner qu'un tel baiser l'ait épouvantée ? se reprocha-t-il vertement. Il avait été incapable de contenir sa passion, lui qui se flattait d'exercer un contrôle absolu sur lui-même. Après des mois d'efforts pour endiguer son désir, il avait brusquement laissé tomber sa garde. La beauté de Rachel avait eu raison de ses sages résolutions. Il ferait bien de se montrer prudent lorsqu'il se retrouverait seul avec elle le soir de leur mariage, se dit-il encore. D'ici là, il l'éviterait le plus possible. Si sa fougue l'avait choquée, nul doute que sa mère et sa sœur seraient mieux placées que lui pour la rassurer.

Là-dessus, il se rendit dans son cabinet de travail et se versa un cognac. Il s'y trouvait encore une heure plus tard, apaisé et plongé dans un livre, quand on frappa légèrement à sa porte. C'était son majordome, qui paraissait assez gêné.

— Pardonnez-moi de vous déranger, monsieur le comte, mais… votre chef palefrenier souhaiterait vous parler, annonça-t-il d'un ton hésitant. L'affaire semble assez urgente. Il vous attend à la porte de derrière.

— Il doit s'agir d'un de mes chevaux, déclara Michael en se levant. J'y vais.

Tanner travaillait au château depuis plus de vingt ans, et n'était pas du genre à s'affoler pour une broutille. Quand Michael le rejoignit à l'extérieur, il fut surpris par sa mine lugubre et éprouva aussitôt une vive appréhension.

— Qu'y a-t-il ? demanda-t-il sans préambule. Un problème avec Saladin ?

L'étalon noir était sa monture favorite ; un animal de grande valeur, doté d'une grâce et d'une vélocité extraordinaires.

— Non, milord, répondit l'homme en triturant son bonnet entre ses doigts nerveux. Saladin est en pleine forme. C'est une histoire d'un tout autre ordre, bien ennuyeuse à mon sens.

Il détourna les yeux, embarrassé.

— Parlez, Tanner. Je vous écoute.

— Voilà… Dougie est venu me trouver à l'instant, pour me rapporter quelque chose qu'il venait de voir. Vous connaissez ce garçon, milord, vous savez qu'il a la tête sur les épaules et qu'on peut lui faire confiance…

— Oui, c'est un excellent valet d'écurie. Qu'a-t-il vu de si alarmant ?

Tanner inspira à fond, avant de lâcher d'un trait :

— Il croit avoir vu miss Aincourt, milord. En bas des jardins, près du chemin qui mène aux pâturages.

Michael s'attendait à tout, sauf à cela.

— Ma fiancée ? Dehors à une heure pareille ?

Le palefrenier baissa les yeux.

— Oui, milord. Dougie est sûr de ne pas s'être trompé. Il a été fort surpris, comme vous pouvez l'imaginer. Il s'est approché d'un peu plus près… et il a constaté que miss Aincourt… s'entretenait avec un homme.

Le sang de Michael se glaça dans ses veines. Il enfonça ses ongles dans ses paumes.

— Continuez, ordonna-t-il avec un calme qui l'étonna lui-même.

Tanner déglutit péniblement.

— Au début, il a pensé que c'était vous. Il s'apprêtait donc à s'éloigner, quand tout à coup… il a entendu un hennissement. Il s'est retourné et a distingué un cheval bai attaché à un arbre, dans l'ombre. Ce n'était pas l'un des nôtres. Le pauv' gars ne savait plus que faire, milord. Il ne voulait pas laisser miss Aincourt seule avec un étranger, vous comprenez ? Le temps qu'il se décide, l'homme s'est tourné pour détacher son cheval. Dougie a vu son visage, il assure que ce n'est pas quelqu'un de sa connaissance. Juste après, l'individu en question a… a aidé votre promise à se mettre en selle. Puis il est monté derrière elle… et ils sont partis.

Tandis que son palefrenier scrutait les dalles de l'allée, fort mal à l'aise, Michael eut la sensation qu'un direct à l'estomac lui avait coupé le souffle. Il revit brusquement l'expression choquée de Rachel, après son baiser. Etait-ce la vigueur de son emportement qui l'avait poussée à s'enfuir ? Ce n'était pas certain, s'il songeait à l'étrangeté de son attitude au cours de la soirée. Sans doute avait-elle prévu cette fuite avant le dîner.

Il inspira et s'efforça de remettre un peu d'ordre dans ses idées.

— Dougie les a vus partir, sans erreur possible ? insista-t-il.

— Oui, milord. J'vous jure qu'il n'avait pas bu, j'ai reniflé son haleine, répondit Tanner d'un ton navré. Je m'suis dit qu'il fallait vous prévenir au plus vite.

— Vous avez bien fait. Je vais régler cette affaire. Inutile de vous préciser…

— Personne n'en saura rien, monsieur le comte, je vous en donne ma parole ! s'empressa d'assurer le palefrenier. Dougie est déjà prévenu qu'il sera congédié sans certificat, si un seul mot lui échappe.

— Merci, Tanner.

Michael rentra dans la maison, anéanti, et monta frapper à la porte de lord Ravenscar. Ce dernier lui ouvrit, l'air furieux, en bonnet de nuit et robe de chambre. Rapidement, le jeune homme lui expliqua à voix basse de quoi il retournait. Le comte le toisa un moment avec stupeur, puis ses joues s'enflammèrent.

— Quoi ? Vous osez insinuer…

— Je n'insinue rien du tout, coupa froidement son futur gendre. Je souhaite juste que lady Ravenscar se rende dans la chambre de miss Aincourt, afin de vérifier si elle s'y trouve.

Le comte parut sur le point de lui claquer sa porte au nez. Puis il se ressaisit et fit demi-tour pour aller parler à sa femme. Peu après, la comtesse sortit en toute hâte, un peignoir jeté sur les épaules et les rubans de son bonnet flottant derrière elle. Elle était livide. Michael, aussitôt, eut la certitude qu'elle était au courant de quelque chose.

Les deux hommes la suivirent plus posément. Alors qu'ils arrivaient près de la porte de la jeune fille, lady Ravenscar parut sur le seuil, les traits défaits. Elle tenta d'articuler quelques mots, mais n'y parvint pas.

D'un geste impatient, son époux l'écarta et se rua dans la pièce. Michael saisit le bras de la comtesse, qui semblait prête à défaillir.

— Elle est donc partie ? s'enquit-il à mi-voix.

Lady Ravenscar hocha la tête, les yeux pleins de larmes. Elle porta ses mains à ses joues.

— Que va dire mon mari, grands dieux !

Michael la fit entrer, referma la porte derrière eux et l'aida à s'asseoir. Piqué au milieu de la chambre, Ravenscar était en train de passer d'un état de choc à la fureur la plus intense.

— A-t-elle emporté des affaires ? demanda rapidement le jeune homme, de manière à couper court à l'explosion qui se préparait.

La comtesse fit signe que non.

— Je ne crois pas. Son nécessaire de toilette est là, indiqua-t-elle en désignant la coiffeuse sur laquelle étaient posés un peigne, une brosse et un miroir à main rehaussés d'argent.

Michael parcourut la chambre du regard. Le lit avait été ouvert, le feu éteint. Une chemise de nuit en linon était jetée sur la courtepointe. Rachel avait dû se dévêtir pour ne pas attirer l'attention de sa soubrette, pensa-t-il, puis se rhabiller et sortir en cachette. Apparemment, elle n'avait pas laissé de lettre. Avait-elle eu l'intention de revenir, se demanda-t-il, ou avait-elle évité avec soin de signaler son départ, afin de retarder les recherches ?

— Avez-vous une idée de l'identité de cet homme ? questionna-t-il.

— Bien sûr que non ! s'écria Ravenscar.

Sa femme lui jeta un bref coup d'œil, mais ne dit rien. Michael se tourna vers le comte.

— Ils ne sont pas partis depuis longtemps, et d'après

mon valet d'écurie ils montent à deux. Si nous faisons vite, nous avons une chance de les rattraper. Voulez-vous m'accompagner ?

Cramoisi, Ravenscar acquiesça brièvement.

— Je vais m'habiller.

Il sortit d'un pas furibond. Michael retint la comtesse qui s'apprêtait à le suivre.

— Connaissez-vous le nom de cet individu, madame ?

La mère de Rachel lui jeta un regard désespéré.

— J'ai un doute, je l'avoue. Avant votre demande, cette petite sotte s'était entichée d'un jeune freluquet… indigne d'elle. Je me suis aussitôt assurée qu'il ne serait plus reçu chez mon gendre, et depuis Rachel n'est jamais restée seule. Elle ne l'a pas revu depuis quatre mois, j'en suis certaine. Je pensais qu'elle l'avait oublié.

— De qui s'agit-il ? insista Michael, aux dépens de sa fierté.

— D'Anthony Birkshaw.

— Birkshaw ?

Le comte fouilla un instant dans sa mémoire et se souvint vaguement d'un séduisant jeune homme brun, à la taille bien prise et au regard de velours, qu'il avait vu danser quelquefois avec Rachel.

— Elle l'aimait donc lorsqu'elle a accepté ma proposition ?

— L'aimer ? Cette enfant ne sait rien de l'amour ! se récria lady Ravenscar avec dédain. Il a du charme et elle s'est sentie flattée de ses attentions, voilà tout. Je me suis chargée de la rappeler à ses devoirs. Franchement, je ne comprends pas ce qui lui a pris de gâcher son avenir de cette façon !

« Ses devoirs. » « Son avenir. » C'était donc tout ce qu'il représentait pour Rachel, pensa Michael, un poids sur la poitrine. A ses yeux, il n'était qu'une obligation imposée par sa famille.

L'espoir qu'il nourrissait de se faire aimer d'elle s'évanouit douloureusement. Au tout dernier moment, elle n'avait pu supporter l'idée de devenir sa femme. Ce constat lui lacérait le cœur.

En cet instant, il avait eu envie d'abandonner la jeune fille à son amour, de se retirer chez lui, de se lover dans sa souffrance et de confier à Ravenscar le pensum d'avertir leurs invités. Mais il savait qu'il ne le pouvait pas.

Le comte était trop courroucé pour le laisser rattraper seul sa benjamine. Il serait capable des pires excès. En outre, si cette fuite s'ébruitait, la réputation de Rachel serait ruinée à jamais. Ce scandale l'éclabousserait aussi, lui, mais à la différence de sa fiancée il s'en remettrait ; il regagnerait sa propriété le temps que la tempête s'apaise, après quoi nombre de mères seraient ravies de le voir revenir sur le marché matrimonial. Londres et ses ragots ne lui manqueraient guère jusqu'à la prochaine saison mondaine ; d'ici là, il se souciait fort peu d'essuyer œillades apitoyées, chuchotis malveillants ou interrogations perfides sur les raisons qui avaient pu pousser la petite Aincourt à de telles extrémités.

Rachel, en revanche, serait marquée à vie par cette sottise. Abandonner un riche fiancé au pied de l'autel pour aller se marier à la sauvette à Gretna Green, ce qui supposait de passer plusieurs nuits seule avec un homme qui n'était pas son époux, lui vaudrait un déshonneur durable. Elle ne serait plus reçue nulle part — en admettant qu'elle ait encore la possibilité d'évoluer dans son ancien milieu. Mais il était plus probable qu'elle mènerait une existence de pauvresse, contrainte à des économies draconiennes, environnée d'une horde d'enfants qu'elle aurait le plus grand mal à nourrir dans un logement de fortune.

Eût-il été animé par un esprit de vengeance, de telles perspectives auraient pu le réjouir et panser sa blessure d'amour-propre. Ce n'était pas le cas. Malgré son amertume, Michael ne pouvait supporter l'idée de condamner Rachel à un sort aussi cruel. Il lui en voulait de l'avoir trahi, certes, mais il ne lui souhaitait aucun mal. Elle était trop jeune, trop naïve pour payer jusqu'à son dernier jour une erreur d'adolescence. Alors, quittant lady Ravenscar, il avait rejoint le comte pour se lancer aux trousses de sa fiancée.

4

Avec un nouveau soupir, Michael se leva et passa une main lasse sur son visage. Il y avait longtemps qu'il ne s'était remémoré cette nuit de cauchemar. Elle l'avait hanté constamment durant les deux premières années de son mariage, puis, par la force des choses, la brûlure s'était peu à peu estompée de sa mémoire. Mais il suffisait qu'il y repense pour qu'elle resurgisse, intacte et toujours aussi douloureuse.

Il ressentait encore le chagrin de plomb qui pesait sur son cœur, lorsqu'il s'était élancé sur les traces des jeunes tourtereaux ; son angoisse à l'idée de ce qu'il allait découvrir ; sa douleur en songeant que Rachel avait risqué si gros pour le fuir.

Cette nuit-là, il avait eu deux révélations : les abîmes de souffrance que pouvait apporter l'amour — et la profondeur de l'attachement qui le liait corps et âme à Rachel. Un attachement si fort qu'il était prêt à tout pour la sauver, si elle lui accordait cette chance… et si l'occasion lui en était donnée.

Il fut interrompu dans ses pensées par la servante chargée de rallumer le feu avant son lever. Surprise de le voir debout, elle vaqua silencieusement à sa tâche et s'éclipsa sans un mot. Michael sonna pour qu'on lui monte son petit déjeuner. Ensuite son valet de chambre lui apporterait de l'eau chaude pour qu'il se rase, disposerait ses vêtements sur son lit et la journée commencerait. Mais auparavant, les mains tendues vers la chaleur bienvenue des flammes en ce petit matin de mars, il se laissa reprendre par l'évocation de cette fameuse nuit.

Ravenscar et lui n'avaient pas eu de peine à suivre le chemin emprunté par la monture doublement chargée des fuyards. Cette piste les avait conduits jusqu'au village, où ils s'étaient arrêtés à l'auberge afin d'interroger l'aubergiste. Celui-ci leur répondit qu'un jeune homme était venu le trouver une heure auparavant, en effet, pour lui demander s'il avait un attelage à louer. Une jeune femme l'attendait dans la cour, mais elle avait la tête couverte d'une capuche, et il n'avait pu voir son visage.

— Des connaissances à vous, milord ? s'enquit-il avec un mélange de curiosité et de respect.

Rassuré, Michael lui décocha un sourire vaguement amusé, en se félicitant de l'expérience qu'il avait acquise pendant la guerre pour dissimuler ses sentiments.

— Oui, un gentilhomme au sang un peu trop vif qui s'est cru offensé, et a quitté précipitamment le château en compagnie de son épouse, déclara-t-il. J'espère pouvoir le rattraper et le ramener à la raison avant qu'il ne soumette la malheureuse à trop rude épreuve.

— Je comprends, acquiesça l'aubergiste. Et j'avoue qu'il m'a paru fort mal préparé à ce genre d'expédition. Comme je n'avais pas de voiture à lui offrir, je lui ai conseillé de se rendre au relais de poste de Coxley, le plus important des environs.

— Parfait, répondit Michael. Nous allons essayer de le rejoindre là-bas. Merci de votre aide.

Il gratifia son interlocuteur d'un souverain en or, afin de se conserver sa loyauté, et rejoignit le comte.

— Ce benêt cherche à louer un équipage à cette heure de la nuit ! maugréa-t-il, furieux. Comment a-t-il pu enlever une jeune fille sans avoir prévu les détails matériels de leur fuite ? Ou il n'a rien dans la cervelle, ou il est dénué de tout scrupule !

Ils repartirent à fond de train, et atteignirent le relais de Coxley peu après minuit. Aucune voiture ne se trouvait dans la cour, prête à partir, mais de la lumière brillait encore aux vitres de l'auberge. Lorsqu'ils frappèrent, ce fut le tenancier qui leur ouvrit, hors de lui. Michael lui expliqua qu'ils recherchaient un jeune couple ; du pouce, l'homme indiqua une porte close au fond de la salle.

— Ces deux oiseaux attendent dans le salon privé, monsieur, et vous me ferez une belle faveur si vous parvenez à raisonner ce jeune coq ! déclara-t-il d'un ton ulcéré. Il insiste pour que je réveille mes valets d'écurie afin de lui préparer une voiture sur-le-champ ! Ce freluquet ne tient pas en place, et refuse de passer la nuit dans une « sordide auberge de campagne », selon ses propres dires !

— Ce n'est pas le tact qui le caractérise, convint posément Michael. Soyez tranquille, nous allons nous en occuper. Vous pouvez rejoindre votre lit, mon brave ; ces jeunes gens repartiront avec nous.

— Merci, monsieur, agréa l'aubergiste avec un soulagement évident. Je vois que vous êtes un homme de qualité, vous !

Il jeta un regard noir en direction du salon, saisit sa chandelle et disparut d'un pas lourd dans un couloir.

Dès qu'il fut hors de vue, Ravenscar se rua sur la porte qu'il ouvrit violemment, sans prévenir, et pénétra dans la pièce. Michael s'empressa de le suivre et de refermer derrière eux.

Rachel était assise dans un fauteuil, l'air épuisé, la tête appuyée sur une main. Un jeune homme brun faisait les cent pas devant elle, son visage avenant crispé par l'impatience. Il se tourna brusquement vers les arrivants et se figea, cloué de stupeur.

— Bonté divine ! s'exclama-t-il en les reconnaissant.

Ce cri tira Rachel de sa torpeur. Elle leva la tête et se figea à son tour, saisie. Puis elle bondit sur ses pieds, les mains nouées sur sa jupe, avec une telle expression de terreur que Michael en eut de nouveau le cœur transpercé.

— P… père ! bafouilla-t-elle. Lord… lord Westhampton !

— T'imaginais-tu que tu parviendrais à nous échapper ? rugit Ravenscar, rouge de fureur. Pensais-tu que nous te laisserions t'enfuir sans tenter de te rattraper ? Il faut que tu aies perdu l'esprit, ma pauvre fille ! Et tout sens des convenances !

— Lord Ravenscar..., intervint Michael en se portant à sa hauteur.

Le comte lui jeta un regard glacial.

— Taisez-vous, Westhampton. Cette jeune écervelée n'est pas encore votre épouse, ce que je déplore. C'est à moi de m'occuper d'elle.

Il refit face à sa fille, les traits contractés.

— Ta mère est prostrée de chagrin. Tu as causé notre ruine à tous, en t'enfuyant de la sorte !

Rachel devint plus pâle encore ; ses beaux yeux se brouillèrent de larmes.

— Je suis désolée, père. Tellement désolée... Je ne voulais blesser personne, je vous assure.

Son compagnon s'interposa entre elle et son père.

— Je suis le seul fautif, milord. C'est moi qui ai supplié Rachel de me suivre et de m'épouser.

— Croyez-vous que j'en doute ? tonna Ravenscar. Ma fille manque par trop d'audace et de malice pour avoir eu une idée pareille ! Je suppose qu'il vous a fallu la séduire, pour l'entraîner dans cette aventure !

— Milord ! se récria Anthony d'un ton offusqué. Comment pouvez-vous... Je n'ai nullement offensé Rachel, je vous le jure ! L'amour que je lui porte est le plus pur qui soit !

D'écarlate, le comte vira au cramoisi. La témérité du jeune homme le laissa sans voix.

— Vous avez une bien étrange façon de prouver votre attachement à cette jeune personne, intervint Michael d'un ton sec. En la convainquant de s'enfuir avec vous à la veille de son mariage, alors qu'une foule d'invités de marque sont réunis chez moi, vous l'avez exposée au pire des scandales. En outre, vous l'avez poussée à trahir sa parole alors que vous n'avez pas les moyens d'entretenir une épouse. Votre manque de prévoyance est flagrant : vous n'avez même pas eu le bon sens de louer un attelage avant de l'enlever ! conclut-il avec mépris.

Anthony s'empourpra sous l'insulte.

— Vous avez d'excellentes raisons de me haïr, milord, mais mon intention n'était pas de vous causer du tort, je vous en fais le serment. Simplement, je n'ai pu supporter l'idée que Rachel appartienne à un autre. Mon amour pour elle est trop vif.

Il se tourna vers la jeune fille qui lui sourit à travers ses larmes, le visage illuminé de tendresse. Michael eut la sensation qu'on lui plongeait dans le ventre une lame chauffée à blanc. Jamais Rachel ne l'avait regardé de cette façon-là, et il comprit en cet instant qu'elle ne l'aimerait jamais.

Bouleversé, il fit volte-face pour se donner le temps de se ressaisir et alla s'appuyer des deux mains au buffet, les yeux rivés sur le bois grossier qu'il ne voyait pas. Il n'avait devant lui que la perspective d'une existence dévastée par l'absence de la femme qu'il adorait. D'une vie entière privée d'amour.

— Trop vif ! reprit Ravenscar d'un ton virulent. Dites plutôt que votre sottise est sans limites ! En l'espace de quelques heures, vous avez détruit l'avenir de ma fille et sa réputation ! Elle passera désormais pour une personne aux mœurs dissolues, et plus aucun homme ne voudra l'épouser !

— Je serai son mari ! affirma Anthony avec flamme.

— Il faudrait d'abord que vous me passiez sur le corps, jeune insensé ! Vous avez causé des dommages irréparables à ma famille, et vous voudriez que je vous accorde la main de ma fille ? Comment vous proposiez-vous d'assurer sa subsistance, si je puis le savoir ? Espériez-vous la faire vivre dans un pied-à-terre de célibataire, avec pour seul revenu la piètre pension versée par votre père ?

— J'ai prévu de trouver une position, milord, répondit le jeune homme d'un ton crispé.

— Une position ! Secrétaire particulier de quelque gentilhomme, je présume ? Ce travail est fort mal rétribué, mon jeune ami. De surcroît, un secrétaire doit être une personne de confiance, et je vois mal un aristocrate confier ses affaires privées à un malotru qui a enlevé une jeune fille à la veille de ses noces ! Cette remarque vaut également pour n'importe quelle fonction officielle, ce qui vous ôte tout espoir de gagner décemment votre vie. Peut-être réussirez-vous à la rigueur à décrocher un emploi de caissier ou de greffier, mais votre réputation ne vous y aidera pas, je vous le garantis. Je connais votre situation, Birkshaw.

Vous êtes contraint de faire un mariage d'argent, et si vous comptiez sur ma fille pour renflouer vos finances, vous vous êtes lourdement trompé. Pensiez-vous par hasard que je me sentirais tenu de vous la donner si vous la déshonoriez ? Envisagiez-vous de vivre à mes crochets toute votre existence ?

Anthony crispa les mâchoires.

— De tels calculs ne m'ont pas effleuré l'esprit, milord. Je ne suis pas un parasite, et j'ai le sens de l'honneur.

— Le sens de l'honneur ! s'esclaffa le comte. Laissez-moi rire ! De quoi auriez-vous vécu *demain*, si vous aviez eu le temps d'épouser votre dulcinée ?

Le jeune homme se décomposa.

— Je… ne sais pas, milord, admit-il honteusement.

— Vous ne le savez pas, et dans votre folie vous vous êtes permis de ruiner ma famille !

Un sanglot étouffé échappa à Rachel. Son père la considéra durement.

— Je n'attendais pas cela de vous, miss, déclara-t-il d'un ton âpre. Je comptais plutôt sur votre frère pour détruire la réputation des Aincourt, avec sa vie dissipée, mais je constate un peu tard que vous êtes faits du même bois, tous les deux. Vous n'avez ni décence ni moralité ! Vous ne valez pas mieux qu'une femme dévoyée !

Un flot de larmes roula sur les joues de la jeune fille. Elle tremblait de chagrin.

— Père, je vous en prie ! implora-t-elle. Je n'ai rien fait de mal !

Michael se détourna brusquement.

— De grâce, Ravenscar, contenez-vous.

— Me contenir, alors que cette petite traînée va nous fermer les meilleures maisons d'Angleterre, à sa mère et à moi ? Elle a souillé notre nom d'une tache indélébile ! Je n'oserai plus mettre le pied dans un club respectable ! Et vous voudriez que je me contienne ?

— Je regrette le tort que je vous ai causé, père ! Je n'ai pas songé aux conséquences de mon acte, je l'avoue, reconnut Rachel en couvrant son visage de ses mains, désespérée.

— Tu m'en diras tant ! persifla le comte avec aigreur. Si tu avais réfléchi un instant, tu aurais imaginé sans peine les railleries qui vont nous attendre demain, quand il faudra annoncer à nos invités qu'il n'y a plus de mariage ! Le Tout-Londres va en faire des gorges chaudes, crois-moi ! Et comment Westhampton va-t-il se tirer de cette affaire, à ton avis ?

Rachel releva la tête, l'air épouvanté.

— Pour rien au monde, je n'aurais voulu…

— Que tu l'aies voulu ou non, le résultat est le même, ma fille : tu as ridiculisé et déshonoré un homme respectable, qui ne méritait certainement pas…

— Assez ! coupa Michael en s'avançant vers eux. Il suffit, milord. Personne ne sera déshonoré, aucune réputation ne sera entachée, pour la simple raison que nul n'aura vent de cette affaire.

— Quoi ? s'exclama Ravenscar, aussi stupéfait que les deux jeunes gens. Par quel miracle comptez-vous étouffer ce scandale ?

— Il n'y aura pas de scandale… si miss Aincourt accepte de m'épouser comme prévu dans deux jours.

Le comte le dévisagea, ahuri.

— Vous voulez encore d'elle, après une telle folie ?

Michael se retint fermement de poser les yeux sur la jeune fille.

— C'est le seul moyen que nous ayons de garder le secret. Je suis persuadé que M. Birkshaw, s'il aime votre fille autant qu'il le dit, aura la décence de quitter la région et de ne jamais souffler mot de ce qui vient de se passer.

Il fixa sur le jeune homme un regard intense. Anthony, très pâle, baissa les paupières et hocha la tête.

— Mes domestiques sauront rester discrets, reprit Michael. Je peux compter sur leur absolue loyauté. Comme je puis compter sur la vôtre et celle de lady Ravenscar, à n'en pas douter, ajouta-t-il en considérant le comte.

Ce dernier acquiesça avec empressement.

— Cela va sans dire !

— Dans ce cas, si nous regagnons discrètement le château et si le mariage a lieu normalement dans deux jours, ainsi que je l'espère, cette malheureuse affaire sera close sans dommages pour quiconque.

Il y eut un long silence. Michael se tourna enfin vers Rachel qui s'essuyait les joues, la tête basse.

— Eh bien, miss Aincourt ? Etes-vous disposée à m'épouser vendredi ?

— Naturellement ! s'exclama Ravenscar. Elle peut

s'estimer heureuse que vous renouveliez votre offre, dans de telles conditions !

— Je vous en prie, milord. C'est la réponse de votre fille que je veux entendre. Il apparaît que Rachel m'avait accepté à contrecœur une première fois, je ne tiens pas à ce que cela se reproduise. La décision vous appartient, miss Aincourt.

Rachel releva vers Michael des yeux encore brillants de larmes.

— Oui, je vous épouserai vendredi, répondit-elle d'un ton sourd. Je suis vraiment navrée. Ma conduite a été inexcusable. Je… vous remercie de votre générosité.

Michael hocha la tête avec gravité. Il était intervenu parce qu'il ne supportait plus d'entendre son père la rudoyer de la sorte ; l'idée de la renvoyer à un tyran pareil, qui l'humilierait sa vie entière, le révulsait. Mais il ne s'abusait pas sur ses mobiles : il savait qu'il agissait surtout par égoïsme, pour la garder auprès de lui, et se méprisait de cette bassesse. Il voulait lier la vie de Rachel à la sienne, même si elle en aimait un autre.

Birkshaw lâcha une plainte rauque, tourna les talons et quitta la pièce sous le regard meurtri de la jeune femme, qui ne fit rien pour le retenir.

Peu après, tous trois quittèrent l'auberge et regagnèrent le domaine en silence, Rachel assise en amazone derrière son père. Deux jours plus tard, comme convenu, elle devint lady Westhampton.

Sept ans s'étaient écoulés depuis cet épisode, et leur union demeurait de pure forme.

Longtemps, Michael avait espéré que sa femme finirait par se départir de sa froideur à son égard ; qu'un jour ou l'autre, à défaut de l'aimer, elle se sentirait liée à lui par assez d'affection ou d'estime pour qu'ils mènent enfin une vie conjugale normale, et qu'elle ait le bonheur d'engendrer des enfants.

Juste avant la cérémonie, il avait tenu à la rassurer : connaissant ses sentiments, il n'exigerait rien d'elle tant qu'elle ne le déciderait pas de son propre chef. Mais jamais, au grand jamais, il n'aurait pensé que cette séparation de corps s'éterniserait à ce point…

Les premiers temps, il s'était montré parfaitement courtois et réservé avec elle. Ils avaient passé leur lune de miel à Paris, de nouveau accessible aux citoyens britanniques, mais le romantisme de la capitale française et ses divertissements n'avaient nullement amadoué Rachel. La porte de communication qui reliait leurs deux chambres était restée close.

De retour à Londres, cette situation s'était prolongée. La jeune femme s'était prudemment engagée dans sa nouvelle vie mondaine, et avait vite remporté des succès spectaculaires en qualité d'hôtesse. Michael la secondait de son mieux, l'aidait de ses conseils ; elle lui en savait gré et lui témoignait de la sympathie. Mais leurs relations en restaient là. Il ignorait si elle aimait toujours Anthony Birkshaw, et ne se serait jamais permis de le lui demander. Il savait seulement qu'elle n'avait pas revu le jeune homme, son unique exigence.

Ce qui était sûr, en revanche, c'était qu'elle n'éprouvait toujours aucun amour pour lui.

Au bout d'un an, la frustration qu'il éprouvait lui était devenue intolérable. Il avait décidé de se retirer à Westhampton, en laissant courtoisement et aimablement à Rachel la possibilité de rester à Londres si elle le souhaitait. Elle n'avait pas décliné son offre.

Son retour dans le Nord avait été pénible et amer. Aucune des activités qu'il affectionnait jadis n'était parvenue à tromper sa solitude. Rachel lui manquait trop. Ce premier hiver avait été dur. Six autres l'avaient suivi.

Sa femme et lui menaient des vies séparées. Il se rendait quelquefois à Londres durant la Saison, afin de maintenir les apparences ; Rachel venait passer la période de Noël à Westhampton. Officiellement, ils restaient mariés, mais de fait ils ne l'avaient jamais été. Et si Michael s'était accoutumé à cette situation, au fond de lui il ne s'y était jamais résigné.

On frappa discrètement à sa porte. Son valet de chambre entra, posa le plateau du petit déjeuner sur la table basse et tira les rideaux.

— Bonjour, milord, déclara-t-il d'un ton poli avant de servir le thé et de découvrir les plats.

Garson était l'archétype du domestique stylé. Très attaché à l'étiquette, il ne se serait jamais autorisé la moindre familiarité avec son maître, bien qu'il le servît fidèlement depuis près de quinze ans.

Ce matin-là, cependant, il resta debout près du comte

pendant que celui-ci avalait quelques gorgées de thé. Michael finit par lui jeter un regard interrogateur.

— Avez-vous quelque chose à me dire, Garson ?

Le valet joignit ses mains sur sa taille d'un geste précieux.

— Une personne s'est présentée au château ce matin de bonne heure, milord. Un palefrenier de lord Ravenscar, ai-je cru comprendre. Il a quitté Darkwater hier matin et a galopé jusqu'ici d'une traite.

— Juste ciel ! s'exclama Michael en se levant d'un bond. Serait-il arrivé quelque chose de fâcheux à lady Westhampton ?

— Non. Cet homme m'a assuré que tout allait bien, milord, sans quoi je vous aurais remis cette note sur-le-champ.

Il tira un billet de sa poche et le tendit à son maître, qui le lui arracha d'un geste sec.

— Sapristi, Garson, pourquoi ne l'avez-vous pas fait ?

Le domestique affecta une mine blessée.

— Je tenais à ce que vous preniez votre thé d'abord, milord.

Michael grogna, brisa le cachet de cire et déplia la missive, rédigée de la main de Rachel. Il la parcourut rapidement, poussa un juron sonore et se rassit, afin de la relire avec soin.

— Bonté divine ! s'exclama-t-il encore.

Son valet s'attardait ostensiblement dans la chambre, attendant de savoir quelle raison avait pu pousser la comtesse à écrire de façon aussi urgente après son départ. Comme lord Westhampton ne disait rien, il finit par poser la question qui lui brûlait les lèvres :

— J'espère qu'il ne s'agit pas de mauvaises nouvelles, milord ?

La mine renfrognée, Michael tapota nerveusement le bras de son fauteuil.

— Si. Ce sont de très mauvaises nouvelles, même si elles ne concernent pas directement ma femme. Préparez mes bagages, Garson. Nous partons rejoindre lady Westhampton à Darkwater.

5

Assise à l'autre bout du salon, Rachel jeta un coup d'œil amusé à Jessica. Celle-ci se tenait debout près de Miranda et contemplait le tricot de sa belle-sœur, les lèvres serrées.

La future mère leva la tête et soupira.

— Oh ! ne vous retenez pas ! Riez donc à votre aise ! Je sais que cela ne ressemble à rien.

Jessica commença par protester, puis elle abandonna et s'esclaffa gaiement.

— C'est vrai, cela ne ressemble à rien. Que vouliez-vous faire au juste ?

— Je n'en ai pas la moindre idée, avoua Miranda en riant à son tour. Apparemment, mon éducation comporte de terribles lacunes. Tout ce que Rachel et vous accomplissez si aisément me semble insurmontable.

— Mais nous, nous ne savons pas manier une carabine, observa Rachel avec un sourire taquin.

L'épouse de Devin, fille d'un homme d'affaires américain qui avait fait fortune dans le commerce des fourrures, avait été élevée d'une manière inconcevable pour elle. Miranda accompagnait son père dans le Grand Nord, où elle fréquentait des Peaux-Rouges et des trappeurs. Pour se défendre, elle avait appris à se servir d'une arme à feu, mais aussi d'un poignard. Par la suite, quand le commerce de M. Upshaw était devenu florissant, elle s'était occupée de tenir ses comptes et d'investir son argent. Ses acquisitions immobilières dans la cité de New York, en plein essor, avaient rapidement doublé, puis triplé leur fortune.

Rachel s'était prise d'une vive affection pour la jeune femme, qui avait arraché son frère à une vie de débauche ; il n'en restait pas moins que l'indomptable énergie de Miranda la laissait souvent pantoise — et assez déconcertée quant à ses propres facultés.

— Peut-être, acquiesça Miranda, mais tirer à la carabine n'est guère utile pour accueillir un enfant. Je préférerais savoir tricoter une couverture, ajouta-t-elle avec un regard envieux au moelleux carré jaune pâle que Jessica avait posé sur sa chaise. Qui vous a appris ?

— L'ordonnance de mon père, répondit la jeune femme en riant de plus belle. Ce brave homme savait tout faire, hormis les travaux de couture délicats et la broderie qui n'étaient pas son fort. Pour la robe de baptême et autres brassières, vous ferez donc mieux de compter sur Rachel.

Celle-ci leur sourit.

— Je me suis mise à l'œuvre dès que j'ai appris la bonne nouvelle, Miranda. Avec le plus grand plaisir.

Comme il était étrange de penser qu'un an plus tôt elle

ne connaissait pas encore ces deux femmes, devenues de si bonnes amies pour elle, songea-t-elle.

Bizarrement, sa belle-sœur fit la même remarque à voix haute.

— Quand j'ai épousé Devin, je n'imaginais pas que mon mariage m'apporterait de surcroît des amies aussi précieuses que vous l'êtes, dit-elle. Je n'avais jamais eu de vraies confidentes, avant vous.

Rachel n'en fut guère surprise. La personnalité affirmée de Miranda avait de quoi intimider des jeunes personnes moins assurées qu'elle — mais elle expliquait aussi son entente quasi immédiate avec Jessica, dotée du fougueux tempérament que l'on prêtait aux rousses. Toutes deux étaient franches, directes et sans concession. De fait, elle voyait mal ce qui les attirait en elle ; elle n'avait pas leur force de caractère, et aurait gagé que ni l'une ni l'autre n'auraient commis les mêmes erreurs qu'elle dans l'orientation de leur existence.

Elle se remit à coudre à petits points précis, appliquant des bandes de dentelle sur le vêtement de satin blanc destiné au bébé de Miranda. Jessica s'approcha pour admirer son travail.

— C'est magnifique, déclara-t-elle. Vous êtes une couturière hors pair.

— Merci, répondit Rachel avec une pointe de tristesse.

Depuis qu'elle confectionnait ce minuscule trousseau, il lui arrivait de plus en plus souvent d'éprouver une nostalgie poignante en songeant aux enfants qu'elle n'avait pas eus, et qu'elle n'aurait sans doute jamais. C'était une partie du prix qu'elle avait à payer pour les folies de sa jeunesse, se dit-elle. Et peut-être la plus douloureuse. Mais elle était habituée à dissimuler sa peine, et son sourire n'en trahit rien.

Alors qu'elle renfilait son aiguille, des voix masculines résonnèrent soudain dans le vestibule. Les trois femmes levèrent aussitôt la tête.

— Nos cavaliers sont de retour ! s'exclama joyeusement Jessica.

— Il était temps, observa Miranda, les yeux brillants. J'étais sur le point de demander à la cuisinière de retarder le dîner.

Devin entra le premier, aussi séduisant et souriant qu'à son habitude.

— Devinez qui nous avons rencontré en route ! lança-t-il d'un ton malicieux.

Richard apparut derrière lui, suivi... d'un grand homme blond aux yeux gris.

— Michael ! s'écria Rachel.

Elle bondit sur ses pieds, le visage illuminé d'un immense sourire. Son cœur s'était brusquement emballé, et la joie lui faisait tourner la tête. Elle s'avança d'un pas, puis elle s'arrêta, embarrassée.

— Que... que faites-vous ici ? demanda-t-elle.

— Je m'ennuyais de vous, répondit son mari d'un ton léger.

Il la rejoignit et prit sa main pour la porter à ses lèvres.

— De fait, Westhampton m'a paru terriblement morne, après votre départ. Les rires de Gabriela me manquaient.

— Vous trouverez certainement plus d'agitation ici, commenta Jessica d'un ton amusé. Gaby et Veronica s'entendent comme deux larrons en foire !

Michael salua ses belles-sœurs et complimenta Miranda sur « l'heureux événement » qu'elle attendait. Le cœur serré, Rachel constata qu'il se montrait plus enjoué et plus chaleureux avec les deux jeunes femmes qu'avec elle.

— Nous sommes ravis de vous voir, déclara la jeune lady Ravenscar. Nous étions navrés que vous n'ayez pu accompagner Rachel.

— Si j'avais su que des bandits de grand chemin allaient attaquer la voiture de ma femme, je serais parti avec elle, répondit Westhampton. De fait, j'ai décidé de l'escorter jusqu'à Londres.

— Excellente idée, approuva Devin. J'envisageais de m'en charger moi-même.

— Ne sois pas stupide, lança Rachel à son frère. Un tel incident ne se reproduira certainement pas.

Elle se tourna vers son époux.

— Je crains que vous ne vous soyez dérangé pour rien.

— Pas pour rien, répondit poliment le comte. J'aurai le plaisir de votre compagnie.

C'était le genre de galanterie anodine qu'un gentilhomme adressait à la première femme venue, pensa

Rachel. Aussitôt, elle se reprocha sa mesquinerie. Elle n'avait nullement à se plaindre. Maintes épouses lui envieraient un mari aussi généreux, aussi attentionné, et qui la laissait aussi libre. Ce léger sentiment d'insatisfaction lui venait seulement du spectacle que lui offraient ses belles-sœurs, si clairement éprises de leur conjoint… qui le leur rendaient bien.

— Qui était cet homme, Michael ? s'enquit Miranda sans s'encombrer des circonlocutions propres au Vieux Continent. Le connaissiez-vous réellement ?

Son beau-frère lui décocha un large sourire.

— Franchement, ma chère, pensez-vous que je sois du genre à frayer avec un bandit de grand chemin ? Non. Ou bien cet individu était un faible d'esprit, ou bien… il s'est agi d'une plaisanterie farfelue organisée par un de mes amis. C'est la seule explication que j'aie réussi à trouver. Ce plaisantin a pu louer les services d'un bandit de pacotille pour me causer une fausse frayeur — hypothèse qui expliquerait le désarroi du bonhomme en constatant que je ne me trouvais pas dans ma voiture.

— Etrange façon de s'amuser, observa Jessica.

— Je corresponds avec des personnages assez excentriques. Certains sont de vrais génies, mais leur intelligence démesurée s'accompagne parfois d'un curieux sens de l'humour.

— En effet, maugréa Devin. Je ne vois pas ce qu'il y a d'amusant à terrifier des voyageurs — et moins encore des voyageuses.

Michael avait évité de regarder sa femme durant cet exposé, et par une sorte d'intuition bizarre celle-ci eut la certitude qu'il mentait. Elle eût aimé le pousser dans ses retranchements, mais pouvait difficilement le faire devant les membres de leur famille.

A cet instant, il se tourna vers elle.

— Bien sûr, j'ai écrit sur-le-champ aux personnes susceptibles d'avoir organisé cette fausse attaque, afin d'en avoir le cœur net, précisa-t-il. Toutefois, s'il s'agissait d'autre chose, j'ai jugé plus sage de poursuivre ce voyage avec vous.

De nouveau, Rachel se reprocha ses mauvaises pensées. Qu'allait-elle imaginer ? De toute évidence, son mari était à cent lieues d'entretenir des relations aussi équivoques, ou d'échafauder pareilles manigances !

— Merci, répondit-elle aimablement. Votre présence rendra mon retour à Londres beaucoup plus agréable.

En prononçant ces mots, elle s'avisa qu'ils n'avaient rien d'une simple politesse. De fait, Michael lui avait manqué pendant la première partie du trajet, et elle se rendait subitement compte qu'elle avait été triste de le quitter, après ces deux mois — presque trois — passés auprès de lui. Sa morosité n'avait pas d'autre cause. Son mari était un compagnon charmant, doté d'un humour tranquille et de si nombreux centres d'intérêt qu'il était impossible de s'ennuyer avec lui. Il lui avait rendu cette période hivernale si plaisante et si reposante à la fois, qu'elle se prit soudain à souhaiter de le voir rester quelque temps à Londres avec elle.

Curieusement, Jessica exprima la même idée.

— N'envisagez-vous pas de passer la Saison en ville, cette année ?

Rachel surprit le regard de Michael posé sur elle, avant qu'il se tourne vers la duchesse pour lui répondre.

— Cela me tenterait, je l'avoue. Malheureusement, le printemps et le début de l'été sont des époques fort remplies à la campagne et je me dois d'être à Westhampton afin de surveiller les récoltes. J'ai en cours plusieurs expérimentations qui requièrent toute mon attention.

En elle-même, Rachel songea que son intendant était parfaitement au courant de ses plans et qu'il aurait pu aisément le remplacer durant quelques semaines. Mais elle savait que son mari préférait la solitude de sa retraite aux tourbillons de la société londonienne. Après l'effort louable qu'il avait fourni pour demeurer auprès d'elle la première année de leur mariage — par souci des convenances, supposait-elle —, il n'avait plus cherché à forcer sa nature. Nul doute qu'il lui était plus facile de vivre loin d'elle, sans avoir à se remémorer jour après jour en la voyant la trahison dont elle s'était rendue coupable avant leur mariage. Un écart qui pesait lourdement sur leur vie conjugale, et dont l'évocation la faisait encore souffrir sept ans après.

Miranda tira sur le cordon de service.

— Je vais demander aux domestiques de préparer…

Elle s'interrompit brusquement, les sourcils froncés.

— Oh ! je suis désolée ! J'avais oublié que votre chambre habituelle est en cours de rénovation. Nous accélérons les travaux, afin que le plus gros de la décoration intérieure soit achevé avant la naissance du bébé.

Elle jeta un coup d'œil inquiet à Rachel, puis à Michael. Comme tous leurs proches, elle n'ignorait pas qu'ils vivaient séparés et faisaient chambre à part. Et bien que cette habitude n'ait rien de surprenant dans l'aristocratie anglaise, la jeune femme soupçonnait sa belle-sœur et son beau-frère de la pousser à l'extrême, et de ne jamais avoir partagé le même lit. Comment faire ? se demanda-t-elle, fort embarrassée. Proposer d'aménager une chambre de fortune pour le comte mettrait cruellement en lumière la bizarrerie de leur couple, qu'ils s'efforçaient de cacher. D'un autre côté, leur imposer de dormir ensemble risquait de les placer dans une situation des plus gênantes.

Michael la sauva en rompant d'un ton léger le silence qui s'était abattu sur la pièce :

— Je n'aurai pas l'impudence d'exiger une chambre individuelle en sachant quelle somme de travail vous fournissez depuis sept mois pour restaurer cette demeure, Miranda ! Dites à votre valet de mettre mes bagages dans la chambre de Rachel, ce sera très bien ainsi.

— Merci, répondit la jeune lady Ravenscar soulagée.

Rachel n'avait pu s'empêcher de rougir, et se sentait fort mal à l'aise.

— Je suppose que vous souhaitez vous rafraîchir après votre voyage, dit-elle à son mari. Je vous conduis.

Evitant de croiser le regard de leurs compagnons, elle s'empressa de tourner les talons et se dirigea vers la porte. Michael la suivit, mais elle se garda tout autant de tourner les yeux vers lui tandis qu'ils montaient au premier. Sa réaction était ridicule, elle le savait, car nul autour d'eux ne se leurrait sur la réalité de son mariage. Toutefois, par pudeur, elle tenait à rester discrète sur cet état de fait.

— Ne soyez pas inquiète, lui murmura Westhampton. Nous n'aurons aucun mal à faire installer un lit de camp dans votre garde-robe. Si je me souviens bien, elle est assez spacieuse.

— En effet, répondit Rachel qui se trouva plus ridicule encore d'avoir insisté pour le guider.

Depuis sept ans, il connaissait parfaitement les lieux. Peut-être s'attendait-il à des reproches concernant la décision qu'il avait prise sans la consulter, se dit-elle. Mais elle savait bien qu'il avait agi au mieux, afin d'ôter un souci à leur hôtesse.

Alors qu'ils gravissaient le grand escalier, elle chercha un moyen de briser le silence. Elle souhaitait lui exprimer son plaisir de le voir à Darkwater, mais ne trouvait pas la formulation qui convenait.

— Vous avez été fort aimable de vous donner la peine de me rejoindre, déclara-t-elle enfin. Je suis sûre que ce n'était pas nécessaire.

— Peut-être pas, répondit Michael sur le même ton

poli, mais dans le doute mieux vaut se montrer prudent. De quoi aurais-je eu l'air, si j'avais laissé mon épouse voyager seule après un tel incident ?

Bien sûr, pensa Rachel avec un petit pincement au cœur. Les apparences, toujours. Leur union ne reposait que sur cela.

Elle hocha la tête et s'engagea la première dans le couloir qui menait à sa chambre.

— Voilà, dit-elle en ouvrant la porte. C'est ici.

Elle parcourut du regard la pièce familière, s'arrêta sur le grand lit à baldaquin dans lequel elle avait dormi la majeure partie de sa vie et se sentit rougir derechef. L'idée d'avoir à se préparer pour la nuit à proximité de son époux la paralysait à l'avance. Ils n'avaient jamais partagé une chambre, fût-ce dans des lits séparés, et il ne l'avait jamais vue plus dévêtue qu'en peignoir. Comment allaient-ils se tirer de cette épreuve ? s'interrogea-t-elle avec appréhension.

Déjà, le fait qu'il doive se laver et se changer entre ces murs lui posait un problème auquel elle préférait échapper.

— Eh bien… je vous laisse, annonça-t-elle avec un petit sourire forcé. Je vais… prévenir Gabriela de votre arrivée ; elle va en être enchantée.

Elle ressortit aussitôt, referma vivement la porte derrière elle — et se tint un moment immobile dans le couloir, en proie à un tumulte d'émotions. Comment avaient-ils pu en arriver là ? se demanda-t-elle avec chagrin. Mais elle ne connaissait que trop la réponse à cette question. Ce mariage de pure forme, c'était elle qui en portait la responsabilité. Et elle seule.

Quand Michael avait demandé sa main, il l'aimait. Par la suite, il avait fait preuve de beaucoup de gentillesse et de patience à son égard. Eût-elle essayé de l'aimer en retour, ou au moins de lui témoigner de l'affection, sans doute auraient-ils pu, à la longue, se frayer un chemin vers une union satisfaisante. Mais lorsqu'ils s'étaient mariés, il était déjà trop tard ; elle avait tout gâché.

Trois jours avant la date du mariage, la mère de Rachel l'avait prise à part. En termes voilés, elle lui avait expliqué à quoi elle devait s'attendre lors de sa nuit de noces. Malgré le flou étudié de cet exposé, la jeune fille avait été choquée et même effrayée. Elle avait eu du mal à saisir ce qui devait exactement se passer, mais elle en avait retiré l'impression de quelque chose d'impudique et de déplaisant. Et quand lady Ravenscar avait insisté à plusieurs reprises sur le fait qu'elle ne devait pas s'inquiéter, « que la douleur serait brève », sa panique n'avait plus connu de bornes.

Elle passa le plus clair de la journée suivante à s'interroger sur ces terrifiants mystères, sans parvenir à en trouver la clé. Et pour ne rien arranger, alors qu'elle pénétrait dans le grand salon au cours de l'après-midi, elle y trouva Antony Birkshaw en train de converser avec deux cousins de son fiancé.

Elle n'avait pas revu le jeune homme depuis quatre mois, et cette rencontre impromptue lui causa un choc. Elle avait presque oublié à quel point il était séduisant, avec cette masse de boucles sombres qui retombait sur son front, ce profil de médaille et ce regard de velours frangé de longs cils noirs. Le sourire rayonnant qui éclaira son visage dès qu'il l'aperçut lui donna un coup au cœur. En un instant, tous les sentiments qu'elle éprouvait pour lui refirent surface et elle eut envie de rire, de crier de joie, de jeter ses bras autour de son cou et de l'entraîner hors de la pièce. Elle dut rassembler toute sa volonté pour le saluer de façon convenable.

Durant le reste de sa visite, ils ne se parlèrent pratiquement pas. Mais quand Anthony se leva pour prendre congé, et qu'il s'inclina poliment devant elle afin de lui baiser la main, elle l'entendit murmurer :

— Venez me retrouver ce soir au bas des jardins. A dix heures.

Rachel ne répondit pas. De fait, elle n'avait pas l'intention de le rejoindre. Bien que le revoir l'ait fortement ébranlée, et qu'elle ne pût nier l'amour toujours aussi vif qu'elle lui portait, elle savait qu'elle ne pouvait se permettre de lui parler seule à seul, et moins encore d'accepter un rendez-vous secret dans l'obscurité du parc. Elle aimait Anthony, mais elle s'était liée à Michael par un engagement d'honneur, auquel elle n'imaginait pas se soustraire.

Et puis, ce soir-là, son fiancé l'avait embrassée pour la première fois. Ce baiser fougueux et passionné contrastait si fort avec la retenue habituelle du comte, il avait fait naître en elle des sensations si troublantes et si inquiétantes qu'elle avait pris peur. Il lui avait semblé se trouver brusquement au bord d'un abîme inconnu, plus effrayant encore que le bras musclé de Michael qui la serrait étroitement contre lui. En un éclair, sa panique de la veille s'était ranimée ; en courant, elle était montée chercher une mante pour se couvrir. Puis elle s'était envolée vers le fond du jardin, où elle avait retrouvé Anthony quelques minutes plus tard.

Le jeune homme l'attendait. Elle se rua vers lui, le cœur gonflé d'amour et de gratitude. Ainsi, malgré tous les obstacles mis par sa famille, il n'avait pas renoncé à elle ! Il était venu la sauver au dernier moment, pareil à un chevalier des temps passés !

Il la prit dans ses bras et l'enlaça tendrement, sa tête brune posée sur la sienne.

— Rachel, mon amour..., murmura-t-il. Mon seul et unique amour. J'ai eu si peur que vous ne veniez pas, que vos parents aient réussi à vous détourner de moi.

— Jamais ! protesta-t-elle d'une voix rauque, en s'écartant pour plonger son regard dans le sien.

En cet instant, elle était totalement sincère. Elle était certaine qu'elle aimerait Anthony jusqu'à son dernier souffle, que rien ni personne ne parviendrait à étouffer cet amour. Toute sa vie, mariée à un homme qu'elle n'aimait pas, elle resterait fidèle à celui qu'elle avait choisi. Dût-elle supporter des années le violent chagrin qu'elle éprouvait en cette seconde.

— Je vous aimerai toujours, affirma-t-elle.

— Alors épousez-moi.

Rachel le dévisagea, horrifiée.

— C'est impossible ! Je suis promise à lord Westhampton.

— Vous ne pouvez épouser un homme que vous n'aimez pas, insista Anthony d'un ton sourd, vibrant d'émotion.

— Mais vous savez bien que mon père…

— Il n'en saura rien. Venez avec moi, tout de suite. Nous nous rendrons à Gretna Green, où nous pourrons nous marier sans autorisation. A partir de ce moment, vous serez ma femme et votre père ne pourra plus rien vous imposer. S'il se lance à notre poursuite, je me chargerai de lui. Et nous serons réunis pour le restant de notre existence.

— Nous n'avons pas d'argent, Anthony !

— Qu'importe l'argent, quand on est heureux ? Préférez-vous passer votre vie dans cet immense château glacé, sans amour, ou dans un petit cottage douillet, avec moi ?

— Je rêve de vivre avec vous, vous le savez bien !

— Dans ce cas, nous n'avons nul besoin de fortune. Je travaillerai. Lord Muggeridge m'a dit la semaine dernière qu'il avait besoin d'un secrétaire, je sais qu'il m'engagerait volontiers. Il n'y a pas de honte à gagner sa vie honnêtement.

— Bien sûr que non !

— De toute manière, savoir que la fin de la journée me ramènera auprès de vous justifiera tous les sacrifices, ajouta le jeune homme, les yeux brillants d'amour.

Rachel lui rendit son regard, le cœur étreint par une

profonde émotion. Elle décida d'ignorer la petite voix qui la rappelait froidement à l'ordre, de ne voir que la flamme merveilleuse qui brûlait pour elle dans les prunelles sombres de son amoureux. Cet amour était si doux, si tendre, comparé à la passion farouche qu'elle avait vue étinceler subitement dans les yeux gris de son fiancé, un moment plus tôt.

Anthony était pour elle un abri sûr, sans danger. La joie pure et chaude qui l'illuminait de l'intérieur n'avait rien à voir avec les sensations dérangeantes qui s'étaient insinuées au creux de son ventre quand Michael l'avait embrassée. Rien n'était plus important au monde que l'amour, se répéta-t-elle. Elle n'était pas une mercenaire avide de conclure un mariage avantageux.

Elle s'imagina brièvement remontant l'allée de la petite église bondée au bras de lord Ravenscar, comme elle avait pensé le faire, pour se diriger vers l'étranger qui prévoyait de la lier à lui jusqu'à sa mort. Corps et âme. Un frisson la parcourut, mais ses scrupules la reprirent.

— Tout le monde s'attend à ce que j'épouse lord Westhampton, murmura-t-elle, hésitante.

— Et vous, qu'attendez-vous de vous-même ? se récria Anthony. Une existence sincère, conforme à vos vœux, ou une vie d'hypocrisie qui vous contraindra à vous donner sans amour à un homme que vous n'avez pas choisi ? Je vous en supplie, mon ange… Ne m'imposez pas ce martyre.

— Oui, vous avez raison, s'empressa d'acquiescer

Rachel. Il m'est impossible d'imaginer… ce que vous dites.

— Alors marions-nous, ma douce. Et profitons ensemble des délices d'un hymen qui nous transportera de bonheur.

— Oui ! accepta-t-elle en se jetant à son cou. Je n'appartiendrai à nul autre que vous, j'en fais le serment. Partons, mon amour !

Radieux, Anthony la hissa sur son cheval et monta devant elle. Lorsqu'ils s'enfoncèrent ensemble dans la nuit, Rachel connut d'abord quelques minutes de totale félicité. Serrant de ses deux bras la taille de l'homme qu'elle aimait, la joue collée à son dos musclé, elle ne songeait qu'à la joie sans fin qui l'attendait.

Les choses commencèrent à se gâter dans la cour de l'auberge, où elle attendait dans l'ombre pendant que le jeune homme tentait en vain de se procurer un attelage. La réalité montrait déjà le bout de son nez. Avoir à se cacher comme une criminelle lui parut fort désagréable, et ce n'était qu'un début.

Ils durent repartir bredouilles, sur un cheval qui ne tarda pas à fatiguer sous leur double poids. Tandis qu'ils avançaient lourdement sur le bas-côté de la route, Rachel se mit à réfléchir à ce qu'elle avait fait — et à ce qui se produirait le lendemain matin, quand Michael et ses parents découvriraient qu'elle n'était plus là. Elle ne leur avait même pas laissé un billet. Penseraient-ils qu'il lui était arrivé malheur ? Lanceraient-ils des recherches pour la retrouver ?

Plus ils avançaient, plus son inquiétude et sa mauvaise conscience s'aggravaient. Lorsqu'ils arrivèrent au relais de poste du village voisin, elle avait pris toute la mesure de sa folie, et l'énormité de sa faute l'écrasait. Prostrée dans un fauteuil du petit salon particulier où ils s'étaient réfugiés, transie par l'air glacé de la nuit et recrue de fatigue, elle suivit avec anxiété les démêlés d'Anthony avec l'aubergiste qui refusait de leur préparer une voiture à une heure aussi tardive.

Il était clair que l'homme ne croyait pas un mot de l'histoire concoctée par son compagnon, et la façon dont il la regardait la rendait malade. C'était ainsi qu'on la regarderait désormais, comprit-elle soudain. Avec le mépris que l'on réservait aux femmes dévoyées. Elle fut prise d'une terrible envie de pleurer. Elle voulait faire demi-tour, rentrer sur-le-champ à Westhampton.

Mais le pire de tout, ce fut quand la porte s'ouvrit brusquement devant son père, suivi de Michael. Le courroux de lord Ravenscar la crucifia, d'autant plus vivement qu'au fond de son cœur elle lui donnait raison. A la pensée de tous ceux qui allaient souffrir par sa faute, des conséquences dramatiques que sa légèreté allait provoquer sur sa propre vie et celle de ses proches, elle se sentit effondrée. Elle serait mise au ban de la bonne société, mais ses parents aussi. Sans l'argent que son mariage aurait dû leur rapporter, ils ne pourraient restaurer Darkwater qui allait tomber en ruine. Et ils devraient tous, jusqu'à la fin de leur existence, vivre aux crochets de Richard et de Caroline.

Et la fureur de son père n'était rien encore, comparée à l'expression figée de Michael. Quand elle le vit, blême et les traits tirés, elle mesura brusquement l'ampleur des torts qu'elle lui avait causés.

Il tenait à elle, elle le savait. Même s'il avait été attiré par le charme de son physique et la noblesse de son lignage, comme beaucoup d'autres, il fallait qu'il ait nourri à son égard des sentiments assez vifs, pour accepter de passer sur la situation financière déplorable des Aincourt. Mais en découvrant la douleur qui hantait ses yeux gris, ce soir-là, elle avait compris qu'il l'aimait plus profondément qu'elle l'avait cru.

Sa fuite avait été pour lui un affront personnel, une preuve éclatante qu'il ne signifiait rien pour elle. Elle n'avait pas eu l'intention de le blesser, ni de le faire souffrir, mais il était évident qu'elle était parvenue à ce résultat.

Et que dire de ce qu'il aurait à subir de la part de ses pairs ? Elle l'avait ridiculisé, en l'abandonnant à la veille de leur mariage. Par sa faute, il serait l'objet de remarques ironiques, de regards méprisants ou apitoyés, alors qu'il était le plus estimable et le plus honorable des hommes. Il avait toujours été parfait avec elle, et elle le récompensait de sa gentillesse par une conduite égoïste et cruelle. Même si elle n'avait pas *voulu* lui nuire, elle l'avait fait, en se montrant aussi stupide qu'irréfléchie.

Une honte brûlante l'avait submergée, et elle s'était sentie plus coupable encore quand Michael, avec une générosité inouïe, avait proposé de tout arranger en l'épousant quand même.

En larmes, torturée par les remords, elle avait regagné le château en sa compagnie et celle de son père. Durant tout le trajet, son fiancé ne l'avait pas regardée et ne lui avait pas adressé la parole une seule fois.

Le lendemain matin, elle eut droit à un nouveau sermon cinglant de lord Ravenscar. Après quoi le comte la confia à sa mère, déclarant qu'il ne voulait plus avoir affaire à elle.

— Lord Westhampton n'avait pas d'autre moyen d'éviter qu'un scandale entache son nom, observa la comtesse. C'est la seule raison qui a pu le pousser à ravaler sa fierté, j'en suis certaine. Néanmoins, peu de gentilshommes se seraient résignés à une telle solution.

Elle soupira amèrement.

— Je ne comprends pas ce qui a pu te passer par la tête, ma pauvre fille. Attends-toi à devoir racheter cette offense ta vie entière, maintenant. D'ailleurs, c'est tout ce que tu mérites. Ta sœur a été épouvantée, en apprenant ce que tu as fait.

— Moi aussi, murmura sombrement Rachel.

Alors que sa mère lui jetait une œillade intriguée, on frappa à la porte et une soubrette entra.

— Lord Westhampton désire parler à miss Aincourt dans son cabinet de travail, milady, annonça-t-elle avec une courbette, avant de ressortir aussitôt.

La comtesse prit une mine alarmée.

— Aurait-il changé d'avis ?

Un frisson d'appréhension parcourut l'échine de la jeune fille, mais elle se ressaisit.

— Non, assura-t-elle d'une voix ferme. Le comte n'est pas homme à revenir sur sa parole.

— Je l'espère pour toi, mon enfant.

Lady Ravenscar la parcourut d'un regard critique, arrangea un pli de sa jupe, fit bouffer les manches de son corsage.

— Et j'espère aussi que tu sauras te montrer suffisamment repentante.

— Je le suis, croyez-moi, répondit Rachel qui se sentait toujours écrasée par le poids de sa faute.

Le cœur contracté, elle descendit au rez-de-chaussée et traversa le grand vestibule en direction du cabinet de travail du comte. La porte était ouverte, lord Westhampton se tenait debout au milieu de la pièce, le dos tourné. Rachel marqua une pause sur le seuil, le temps de rassembler ses forces, puis elle entra.

En l'entendant, Michael se détourna et croisa brièvement son regard, avant de l'esquiver.

— Miss Aincourt. Merci d'avoir répondu à ma demande.

Il lui désigna un siège, ferma la porte et vint s'asseoir face à elle.

— Je… regrette vivement que vous ne m'ayez pas informé de votre situation, miss Aincourt, déclara-t-il en entrant aussitôt dans le vif du sujet.

Rachel releva les yeux vers lui, les mains nouées dans son giron.

— Je suis désolée, milord, répondit-elle d'une voix altérée. Je ne pensais vraiment pas vous soumettre à une telle épreuve, je vous en donne ma parole. Quand j'ai accepté votre proposition, j'étais fermement décidée… à ne plus revoir M. Birkshaw. C'est un pur hasard qui m'a remise en sa présence ici même, acheva-t-elle dans un murmure. Pour mon malheur.

— Je vous crois. Néanmoins, j'aurais préféré être au courant de vos relations avec ce jeune homme. Les choses eussent été… plus faciles pour moi, et ma déception moins vive.

— J'en suis consciente, reconnut Rachel dans un souffle. Je vous prie de nouveau d'accepter mes regrets.

Michael la considéra un instant, puis il se leva brusquement et se mit à arpenter la pièce.

— Ce que je souhaiterais savoir maintenant, miss Aincourt, c'est si vous êtes réellement disposée à m'épouser, ou si vous ne faites qu'obéir à la volonté de votre père. Je ne tiens nullement à vous imposer un mariage forcé. Si vous le désirez, je vous laisse la possibilité de vous délier de votre engagement. Je me chargerai d'en faire l'annonce.

Elle le dévisagea, les yeux emplis de larmes devant le sacrifice qu'il s'apprêtait à consentir pour sauver sa réputation. Si elle renonçait à l'épouser, ainsi qu'il le lui proposait, il porterait la responsabilité de leur rupture ; car tout le monde penserait qu'il s'était mal conduit à son égard, pour la pousser à une telle extrémité.

— Non, refusa-t-elle, la gorge nouée. Je n'ai aucun

désir de revenir sur ma décision. La… pénible scène à laquelle vous avez assisté hier soir, à mon grand regret, m'a permis de voir la réalité en face. Cette fuite n'a été qu'une réaction impulsive et stupide, qui ne pouvait me mener à rien de bon. M. Birkshaw… a lui-même admis son erreur, vous avez pu le constater. Je sais que je vous ai donné des raisons de douter de moi, mais cet épisode est définitivement classé, milord. Je vous en fais le serment.

Elle marqua une pause, avant d'ajouter d'un ton hésitant :

— A moins que vous ne vouliez plus de moi, bien sûr.

Michael lui jeta un bref coup d'œil et détourna les yeux, comme s'il ne pouvait supporter de la regarder plus longtemps. Rachel en éprouva un chagrin poignant.

— Non, je n'ai pas changé d'avis, répondit-il d'un ton détaché. Ce mariage reste la meilleure solution pour nous deux. Ce ne sera facile ni pour vous… ni pour moi, je le sais, mais au moins nous éviterons un scandale.

— Je vous remercie de votre bonté, murmura Rachel, les yeux baissés sur ses mains jointes.

Son fiancé s'éclaircit la voix.

— Toutefois, reprit-il, compte tenu des circonstances… et de vos sentiments, il est évident que je n'attendrai pas de vous… que nous vivions comme mari et femme. Cette union restera de pure forme. Nous ferons chambre à part.

La jeune fille releva la tête, stupéfaite. Etait-il en train de dire qu'il comptait lui épargner les pénibles relations dépeintes par sa mère ? Elle en éprouva d'abord un vif soulagement, mais il ne dura pas, aussitôt remplacé par la peine et l'humiliation. Lord Westhampton ne ressentait plus la moindre attirance à son égard, c'était clair. Par sa sottise, elle l'avait détourné d'elle et tué l'amour qu'il lui portait. Sans doute la méprisait-il, à présent. Peut-être même le dégoûtait-elle…

Elle méritait ce rejet, elle le savait. Comment aurait-il pu continuer à la chérir et à l'estimer, après la blessure qu'elle lui avait infligée ? Il était trop bien élevé pour lui exprimer son mépris, mais sa décision le traduisait assez.

— Je comprends, acquiesça-t-elle simplement, le cœur lourd.

— J'espère cependant que votre condition de femme mariée ne vous pèsera pas trop, poursuivit Michael d'un ton crispé. Permettez-moi seulement de vous spécifier… que j'accorde un grand prix à la réputation de mon nom, et que je ne pourrai accepter la moindre entorse à mon honneur.

Une vive rougeur empourpra les joues de Rachel.

— De grâce, milord, croyez bien que je n'ai aucune intention de vous nuire davantage ! se récria-t-elle d'une voix sourde. Je ne suis pas aussi irresponsable que j'ai pu vous le paraître. Ce qui s'est passé hier… n'a été qu'un coup de folie, que je ne m'explique pas moi-même. Il est hors de question qu'une telle aberration se reproduise.

— Je l'admets, miss Aincourt, car je sais que vous êtes une personne loyale. Néanmoins, aussi pénible que ce soit pour nous deux, je dois vous demander votre promesse… de ne plus revoir M. Birkshaw.

La jeune fille lui jeta un regard horrifié.

— Naturellement ! Soyez assuré que ma conduite sera toujours irréprochable, et que je respecterai scrupuleusement les vœux de notre mariage. Je vous en fais le serment.

Michael l'étudia un instant, le visage indéchiffrable, les mâchoires serrées.

— Merci. Cela dit, gardez à l'esprit que les gens qui nous entourent sont à l'affût du moindre écart, et qu'à la première imprudence de votre part, fût-elle la plus légère…

— Lord Westhampton !

Rachel bondit sur ses pieds, les poings noués.

— Je vous le répète, je ne ferai rien qui puisse vous causer du tort. Jamais. Je mesure trop ce que je vous dois pour vous manquer de reconnaissance en nuisant à votre réputation — ou à la mienne.

— Merci.

Le comte esquissa un sourire forcé, de pure politesse.

— Vous pouvez disposer, miss Aincourt. A demain.

Cet entretien avait donné le ton de leur mariage, qui

avait à peine varié depuis. Leurs relations restaient formelles ; courtoises, mais distantes, et teintées d'une sorte de raideur embarrassée. Sur le moment, Rachel avait apprécié de ne pas devoir feindre à l'égard de son époux des transports qu'elle n'éprouvait pas ; elle était encore trop dévastée par la perte d'Anthony pour pouvoir supporter ne fût-ce qu'un baiser d'un autre homme que lui. A cette idée, son corps se glaçait.

Au fil du temps, cependant, elle en était venue à penser — de plus en plus souvent — qu'une part capitale manquait à son existence. Elle n'avait pas d'enfants, n'était pas même une femme au vrai sens du terme. Le vide de sa vie conjugale lui pesait, surtout lorsqu'elle voyait le bonheur éclatant des nouveaux couples qui l'entouraient.

Son mariage était une telle mascarade, que la simple perspective de passer une nuit dans la même chambre que son mari lui posait un problème insurmontable, se dit-elle avec une ironie amère, en considérant tristement la porte qu'elle venait de refermer. Mais elle ne pouvait s'en prendre qu'à elle-même.

Plus encore que de coutume, elle regretta sa brève folie d'antan, qui la privait depuis sept ans — et la priverait sans doute à jamais — de joies dont elle était maintenant, trop tard, en mesure d'estimer la valeur.

6

Pour la dixième fois au moins de la soirée, Rachel consulta discrètement la ravissante pendule dorée qui ornait la cheminée du salon de musique. Il lui semblait que depuis quelques minutes les aiguilles accéléraient leur course, la rapprochant de plus en plus vite du moment où tout le monde se retirerait pour la nuit.

Durant tout le dîner et les aimables distractions qui avaient suivi, elle avait eu l'estomac noué par l'anxiété. A peine avait-elle pu suivre la conversation de ses proches, ou apprécier le récital de piano donné par Gabriela et Veronica. De fait, elle n'était qu'à demi présente, la moitié de son esprit occupé par ce qu'elle ferait quand Michael et elle regagneraient l'étage.

Imaginer sa femme de chambre en train de la dévêtir devant son mari suffisait à lui enflammer les joues. Ce serait terriblement humiliant… et en même temps cette idée l'emplissait d'un trouble étrange. Elle ne pouvait s'empêcher de se demander comment Michael réagirait à une telle scène. La contemplerait-il ouvertement ? Se détournerait-il, cachant poliment son désintérêt ?

En vérité, elle était incapable de dire si son époux

était préoccupé ou non par la bizarrerie de leur vie maritale.

Bien qu'elle n'ait aucune expérience pratique des rapports conjugaux, elle n'était plus aussi naïve qu'autrefois. Depuis son mariage, elle avait eu maintes occasions d'entendre des femmes mariées discuter devant elle de questions intimes — convaincues qu'elle partageait leurs connaissances en ce domaine. Certes, ces confidences restaient presque aussi voilées que les avertissements de sa mère, à l'époque ; toutefois, à la longue, Rachel avait fini par comprendre peu ou prou de quoi il retournait.

Apparemment, les hommes étaient bien plus intéressés par la « chose » que leur femme, ce qui les conduisait souvent à rompre leurs vœux de fidélité en ayant des liaisons ou en entretenant des maîtresses. Et fréquemment aussi, au vif étonnement de Rachel, ces épouses bafouées paraissaient plutôt soulagées d'être libérées de leur devoir conjugal. Mais la jeune femme avait également constaté qu'un bon nombre de dames prenaient grand plaisir aux attentions de leur mari — et elle n'avait qu'à voir la mine rayonnante de ses belles-sœurs certains matins pour s'en convaincre.

De toute évidence, quand un amour était partagé, la passion charnelle n'avait rien de désagréable, au contraire. Ces derniers temps, Rachel s'interrogeait avec une curiosité de plus en plus grande sur les réactions qui seraient les siennes face à ce genre d'intimité physique. Se sentirait-elle comblée, comme Jessica ou

Miranda, ou n'éprouverait-elle qu'une sorte de dégoût résigné, comme sa mère ?

Cela dépendrait certainement beaucoup de Michael, se disait-elle. Et ce n'était pas l'estime polie qui les liait qui lui permettait d'affiner son jugement sur ce point.

Son mari appréciait sa compagnie, elle le savait, il lui témoignait même parfois une sorte d'amitié respectueuse. Et elle pouvait compter sur lui en toute occasion, lorsqu'elle avait un problème à résoudre. Mais tout cela était bien loin de l'intense émotion qui lui gonflait le cœur dès qu'elle apercevait Anthony, autrefois.

Conformément à sa promesse, elle n'avait plus jamais revu son ancien soupirant. Michael était le seul homme présent dans sa vie et il n'y en aurait jamais d'autre. De ce fait, si elle devait un jour perdre son innocence, ce serait obligatoirement avec lui. Aussi, lorsqu'elle s'abandonnait aux rêveries qui la hantaient de plus en plus fréquemment, lui semblait-il, était-ce son mari qu'elle se représentait en train de l'embrasser ou de poser les mains sur elle… Mais ces fantasmes lui paraissaient si bizarres et si improbables qu'elle s'empressait aussitôt de les chasser.

Elle était bien sotte de songer à ce qui lui manquait, convint-elle en elle-même. Nombre d'épouses, si elles connaissaient sa situation, la trouveraient fort chanceuse de profiter des avantages du mariage sans en subir les inconvénients. Et pourtant, certains soirs comme celui-ci, son esprit ne pouvait s'empêcher de fuir vers des contrées inconnues.

Elle aurait aimé savoir, une fois au moins, ce qu'elle ressentirait en se dévêtant sous le regard de son mari. Ou s'il lui ôtait sa brosse de la main pour brosser lui-même ses longs cheveux noirs, ainsi qu'il arrivait à Devin de le faire, d'après Miranda. Ou encore, ce qu'elle éprouverait à être allongée près de lui dans le même lit, écoutant sa respiration, percevant la chaleur de son corps.

Elle rougit de nouveau, et porta les yeux en direction de Michael. Assis près de la maîtresse de maison, il l'écoutait lui décrire les travaux qu'elle avait engagés à Darkwater depuis son mariage et souriait de temps à autre en hochant la tête, ses prunelles grises brillant d'intérêt. Une fois de plus, constata-t-elle, il paraissait plus à l'aise que lorsqu'il était avec elle.

L'étudiant à la dérobée, elle se dit qu'il était bel homme. Il ne possédait pas le charme dévastateur de Devin, dont les yeux verts et les cheveux noirs faisaient se pâmer toutes les femmes, ni la séduction ténébreuse de Richard, mais il était agréable à contempler. Ses cheveux d'un blond sombre, émaillés de mèches plus claires en été, lui donnaient un air angélique ; son regard grave, intelligent et expressif, avait parfois l'éclat du vif-argent. Quant à sa bouche ferme, bien dessinée, elle était fort attirante — et paraissait plus sensuelle encore avec cette petite cicatrice qui ornait le coin de sa lèvre supérieure.

Soudain confuse, Rachel se demanda quelle serait la réaction de son mari, s'il pouvait deviner ses pensées.

Lui arrivait-il de regretter sa décision de ne pas partager son lit ? Se demandait-il parfois ce qu'ils auraient pu vivre, si leur union avait été différente ? Eprouvait-il la même nervosité qu'elle, à l'idée de dormir pour la première fois dans la même chambre que sa femme, ou cette perspective le laissait-elle indifférent ?

Elle était si absorbée par ces questions qu'elle n'entendit pas Jessica s'adresser à elle. Au bout d'un moment, sa belle-sœur insista :

— Rachel ? M'entendez-vous ?

Elle sursauta et se tourna vers la belle jeune femme rousse qui avait remplacé Caroline au côté du duc de Cleybourne.

— Je suis désolée. Je n'avais pas noté que vous me parliez.

Jessica se mit à rire.

— Je m'en suis rendu compte ! Mon discours n'a pas eu l'heur de vous tirer de votre torpeur, apparemment.

— Vraiment, je suis navrée, répéta Rachel en rougissant. Que disiez-vous ?

— Rien d'important. Et ne vous excusez pas, je tombe de sommeil, moi aussi.

Devin s'approcha d'elles, souriant.

— Nous avons tous pris des habitudes campagnardes, à ce qu'il semble. Je me lève maintenant à l'heure où j'avais coutume de me coucher à Londres. La lumière du matin est trop belle pour rester couché.

Rachel rendit son sourire à son frère.

— Je suis si heureuse que tu te sois remis à peindre,

Dev ! Tes toiles de ces derniers mois sont magnifiques.

— Merci, mais tout le mérite en revient à Miranda, répondit lord Ravenscar en tournant un visage rayonnant vers son épouse. As-tu déjà vu pareil brin de femme ? Son énergie m'époustoufle. Personne ne peut lui résister, pas même moi !

Il rit tendrement, avant de revenir à sa sœur avec plus de gravité.

— Tu m'as rendu un fier service, en me poussant à la courtiser.

— J'en suis la première ravie, répondit Rachel.

Son frère la considéra un instant avec attention.

— Si seulement…

Il s'interrompit aussitôt.

— Si seulement quoi ? insista la jeune femme.

— Rien. Je crois que Miranda commence à déteindre sur moi, avec sa manie de se mêler de ce qui ne la regarde pas.

L'air légèrement embarrassé, il se tourna de nouveau vers son épouse et l'apostropha à travers la pièce :

— Miranda, ma colombe ! Je sais que tu n'es jamais fatiguée, mais songe à ce pauvre Michael qui a parcouru des lieues à cheval, aujourd'hui. Je suppose qu'il lui presse de rejoindre son lit.

Immédiatement, la jeune comtesse prit un air contrit.

— Oh ! je suis désolée, Michael ! C'était un tel plaisir

pour moi de pouvoir discuter de ces questions matérielles que je n'ai pas vu passer le temps.

— Tranquillisez-vous, répondit galamment son beau-frère. Je ne me suis pas ennuyé un instant. Mais dans votre état, je présume qu'il vous faut beaucoup de sommeil.

— Je n'ai jamais été une grosse dormeuse, affirma la future mère. Néanmoins, Dev s'inquiète tellement pour moi que je me sens obligée de lui complaire, ajouta-t-elle avec un sourire espiègle à son mari.

Sur ce, elle se leva et la soirée prit fin. Alors que les uns et les autres se souhaitaient une bonne nuit, Rachel sentit son pouls s'emballer follement. Elle fit de son mieux pour conserver un visage serein.

Michael la rejoignit et lui offrit son bras. Elle posa sa main sur sa manche, en espérant qu'il ne percevrait pas le tremblement nerveux de ses doigts, et le suivit dans le vestibule. En dépit de ses efforts, elle fut incapable de trouver quelque chose à dire pour rompre le silence qui planait entre eux ; plus il se prolongeait, plus il lui semblait lourd — au point que les deux couples qui montaient derrière eux devaient s'en rendre compte, pensait-elle avec une gêne croissante.

Lorsqu'ils arrivèrent devant sa porte, Michael l'ouvrit et s'écarta poliment pour la laisser entrer la première, après quoi il entra à son tour et referma derrière lui. Rachel lui fit face, les mains glacées.

Sans la regarder, il se dirigea vers la garde-robe et jeta un coup d'œil à l'intérieur.

— Parfait, déclara-t-il. On m'a installé le lit de camp que j'ai demandé.

Il se tourna vers sa femme.

— Vous pouvez appeler votre femme de chambre, si vous voulez. Je vais descendre lire un moment à la bibliothèque, afin de vous laisser vous préparer.

— Oh, oui, bien sûr, balbutia Rachel, confuse de n'avoir pas eu cette idée elle-même. Merci.

Michael inclina la tête et regagna la porte.

— Bonne nuit, dit-il, la main sur la poignée.

— Bonne nuit, répondit Rachel en le regardant sortir.

Elle se sentait immensément soulagée, et reconnaissante à son mari d'avoir su régler de manière aussi simple une situation aussi embarrassante. Il ne se laissait jamais prendre en défaut, pensa-t-elle avec admiration. Et si elle éprouvait un curieux flottement, il ne pouvait être dû à de la déception. C'était une réaction normale à la tension nerveuse qui l'avait habitée pendant des heures, se dit-elle. Pour rien.

Avec un soupir, elle tendit la main vers le cordon de service.

Michael redescendit posément au rez-de-chaussée.

S'obliger à quitter d'un air tranquille la chambre de Rachel avait mis ses nerfs à rude épreuve. Toute la soirée, il avait pensé à la nuit qui l'attendait — ces longues heures d'insomnie, à quelques mètres du lit où sa femme dormirait seule. Ce serait un miracle s'il réussissait à fermer l'œil avant l'aube, se dit-il. Et il devrait se faire violence pour ne pas aller la rejoindre, se couler entre ses draps, connaître enfin la douce chaleur de son corps près du sien.

Il en avait le droit, bien sûr. Nul ne songerait à le lui reprocher — sauf Rachel. Et, malheureusement, son opinion était la seule qui comptait à ses yeux.

Avant leur mariage, il s'était engagé à ne rien exiger d'elle, afin de ménager sa sensibilité. Les sept années qui s'étaient écoulées depuis n'avaient pas invalidé cette promesse. Il avait certes espéré qu'elle changerait d'attitude à son égard, qu'elle s'adoucirait et accueillerait un rapprochement avec bienveillance, mais cela ne s'était jamais produit. S'il se faufilait près d'elle cette nuit, nul doute qu'elle en serait épouvantée.

Il serait donc contraint de ronger son frein en silence, et cela promettait de ne pas être facile. Il frémissait déjà de désir, en l'imaginant en train de se dévêtir à l'instant même. Toute la soirée, aussi, il avait rêvé d'envoyer promener sa femme de chambre pour se charger personnellement de cette tâche délicieuse. Il s'était vu dégrafant les crochets qui fermaient le dos de sa robe, en écarter les pans, promener les doigts sur sa peau nue — plus douce que le satin de son corsage. Ensuite, il aurait posé les lèvres sur le tracé délicat de ses vertèbres, glissé les mains autour de sa taille, et il serait remonté lentement le long de son buste… jusqu'à sentir sous ses paumes l'exquise rondeur de ses seins blancs.

Il frissonna de plus belle, se rappelant avec ironie la façon dont il avait feint d'écouter la musique jouée par les deux jeunes filles, ainsi que l'exposé de Miranda dont il n'avait pas saisi un traître mot. Il était bien trop concentré sur tout ce qu'il s'interdirait de faire un moment plus tard.

Une fois dans la bibliothèque, il monta la mèche de sa lampe à huile et se dirigea vers les rayons du fond, en quête d'un ouvrage qui le passionnerait assez pour lui permettre d'oublier Rachel. Un choix qui risquait fort de s'avérer impossible.

— Michael ? lança soudain une voix d'homme, derrière lui.

Il sursauta et pivota sur lui-même. Richard se tenait sur le seuil, les bras croisés, un sourire narquois sur les lèvres.

— Cleybourne ! s'exclama le comte avec un brin de méfiance. Vous m'avez fait peur. Et je dois dire que je suis surpris de vous voir ici.

— Vous avez raison de l'être, répondit son beau-frère en refermant la porte derrière lui. A cette heure, je préférerais être au lit avec ma femme.

— Dans ce cas, pourquoi n'y êtes-vous point ?

Le duc pinça la bouche.

— Parce que je tiens à savoir ce qui se trame, mon cher. Par tous les diables, dans quelle affaire trempez-vous encore ? Qui était l'homme qui a arrêté la voiture de Rachel ? Inutile de vous préciser que je n'ai pas cru un mot de votre histoire. Dev et votre femme ont l'air de ne rien soupçonner, mais n'oubliez pas que je connais votre double vie, moi !

Michael le considéra un moment en silence, puis il finit par hocher la tête.

— Entendu. Je vais vous parler franchement — bien que je ne sache pas encore au juste de quoi il retourne. Ce Geordie le Rouge est un bandit de grand chemin qui m'a fourni des informations, jadis. Le problème, c'est que je ne vois pas du tout à quoi il fait allusion dans ce fameux « message ».

Il fronça les sourcils, la mine absorbée.

— Je me demande s'il ne cherchait pas simplement à m'escroquer, en espérant que je le paierais pour ce faux service. Ce qui est sûr, c'est qu'il perdra l'envie de recommencer, quand je l'aurai retrouvé !

— Rachel semblait totalement décontenancée par cet incident. Ne sait-elle donc rien de vos activités secrètes ?

— Non. Je ne lui ai jamais parlé du rôle que j'ai joué pendant la guerre contre la France, et je n'ai pas jugé utile de lui révéler que je continuais à seconder Rob pour élucider certaines affaires policières. A quoi bon l'inquiéter ? En outre, moins de gens sont au courant, mieux c'est. En dehors de Rob et de vous, il n'y a que deux ou trois de mes amis qui connaissent ma « double vie ». Et si vous voulez tout savoir, en cet instant précis je regrette de vous avoir mis dans le secret.

Richard le dévisagea, stupéfait.

— Bonté divine ! Comment vous arrangez-vous pour dissimuler une chose pareille à votre femme ?

Michael haussa les épaules.

— Ce n'est pas bien difficile. La plupart du temps, elle vit à Londres et moi à Westhampton.

— Quand vous ne rôdez pas quelque part dans l'un de vos incroyables déguisements.

— Justement. Si je m'absente une semaine ou deux, elle l'ignore.

Son beau-frère lui jeta un coup d'œil dubitatif.

— A mon avis, elle n'apprécierait guère ces disparitions. Et moins encore le fait que vous les lui cachiez.

— C'est bien pour cela que je n'ai pas l'intention de la mettre au courant. Ni du passé ni du présent.

Richard esquissa un demi-sourire.

— Un autre que vous n'eût pas hésité à se vanter de ses prouesses militaires, afin d'impressionner sa jeune épouse.

— Arrêter une poignée d'espions en résolvant quelques énigmes n'avait rien de très héroïque.

Le duc comprenait parfaitement les réticences de son interlocuteur, qui lui avait avoué un jour ses craintes de retrouver en lui-même les penchants aventureux de son père et son goût pour le danger.

— C'est vous qui le dites, et nous savons tous deux que votre rôle ne s'est pas arrêté là, observa-t-il. Néanmoins, je ne vois pas en quoi Rachel serait choquée d'apprendre que vous secondez les limiers de Bow Street, de temps à autre.

Michael lui lança un regard excédé.

— Si je commence à lui révéler certains détails, elle voudra tout savoir, ce qui entraînera des explications sans fin. En outre, quand j'ai accepté ma première affaire, c'était purement pour rendre service à un magistrat ami de Rob — et Rachel ne se trouvait pas avec moi. Je ne pouvais guère lui relater ma mission dans une lettre ! Et j'ignorais que le magistrat en question reviendrait à la charge l'année suivante. En bref, quand j'ai compris que j'avais mis le doigt dans un engrenage, il était déjà trop tard pour en informer ma femme.

Richard hocha la tête, sceptique.

— Ce que je sais, moi, c'est que Jessica me ferait passer un mauvais quart d'heure, si elle découvrait de telles choses sur mon compte. Et ne parlons pas de Miranda !

— Rachel ne leur ressemble pas, rétorqua Michael. Elle n'est pas fille de militaire, ni fille de trappeur. C'est une jeune personne sensible et impressionnable, élevée dans l'aristocratie anglaise, qui ignore tout des réalités sordides dont grouillent les bas-fonds de Londres. Elle serait horrifiée d'apprendre que j'évolue dans de tels milieux. Cela ne ferait que la bouleverser et l'inquiéter inutilement.

De fait, il aurait parfois donné cher pour s'ouvrir à sa femme des mystères qu'il avait à résoudre, en discuter avec elle, connaître son opinion sur le sujet. De tels échanges l'auraient comblé. Mais il s'en était toujours abstenu, afin de la préserver.

— Peut-être…, admit le duc sans paraître convaincu pour autant. Toutefois, j'ai pu constater au cours des derniers mois que les femmes sont beaucoup plus fortes que nous le pensons. Vous pourriez être surpris des réactions de la vôtre, à l'occasion.

Il se garda de dévoiler le fond de ses pensées, à savoir que deux époux devaient être intimement unis pour partager ce genre de secret. Or, bien que Michael ne lui ait jamais parlé de la fuite de Rachel à la veille de leur mariage, Caroline ne s'était pas montrée aussi discrète — et il se doutait que la brèche entre lord et lady Westhampton n'avait jamais été colmatée.

Cela le peinait grandement, autant pour le comte qui était son ami depuis plus de quinze ans, que pour Rachel qui l'avait si loyalement soutenu durant sa longue période de deuil. Il aurait tout donné pour les aider à oublier le passé et à connaître enfin un vrai bonheur, comme celui qu'il vivait avec Jessica, mais il devinait que Michael n'eût guère apprécié une telle interférence de sa part.

— Qui en veut à votre vie ? demanda-t-il tout à trac, certain que son compagnon ne lui avait pas tout dit.

Michael leva les yeux au ciel.

— Personne que je connaisse, et sincèrement je ne vois pas qui pourrait vouloir me supprimer. Je suis loin d'avoir résolu l'affaire qui m'occupe en ce moment, et je ne pense pas non plus qu'elle puisse justifier un meurtre.

— De quoi s'agit-il ? s'enquit Richard, les sourcils froncés.

— D'un manuscrit du XIe siècle, volé au comte de Setworth qui le conservait dans un cabinet secret. Une pièce de grande valeur. Nul ne connaît le mécanisme qui permet d'ouvrir le cabinet en question, hormis les deux fils du comte, mais il assure évidemment qu'ils sont au-dessus de tout soupçon… Les domestiques semblent exclus aussi. La seule piste qui paraît digne d'intérêt est que Setworth a donné une réception chez lui quelques semaines avant le vol, et qu'il a montré son trésor à certains de ses invités. A défaut d'être revenus eux-mêmes, ces gens ont pu ébruiter le secret… qui serait tombé dans l'oreille d'une personne malhonnête. Mais pour l'heure, je n'ai encore rien trouvé.

— Quel lien pourrait-il y avoir avec l'avertissement de Geordie le Rouge ?

Michael haussa de nouveau les épaules.

— Qui sait ? Peut-être suis-je plus près du coupable que je ne m'en doute… Quoi qu'il en soit, je dois poursuivre mon enquête. Et faire en sorte de protéger Rachel durant son séjour à Londres, si jamais le voleur décidait de s'en prendre à elle pour m'intimider.

— Allez-vous lui tenir compagnie durant la Saison, pour une fois ? questionna le duc avec intérêt.

Son ami fit signe que non. Bien que cette idée le tentât beaucoup, et qu'il l'ait caressée tout au long du trajet jusqu'à Darkwater, il y avait renoncé. Par sagesse.

— Hormis le fait que cette décision risquerait d'éveiller ses soupçons, cela m'est impossible. J'ai écrit à Cooper, de Bow Street, pour lui demander d'affecter un homme à la surveillance de ma femme et de notre hôtel particulier. Le meilleur service que je puisse rendre à Rachel est de résoudre cette énigme au plus vite, afin d'arrêter le ou les coupables. Si je dois séjourner à Londres, ce sera sous l'un de mes déguisements.

— Resterez-vous chez Lilith ?

— Oui. Et j'essaierai d'obtenir l'aide de Rob, même si, officiellement, il n'est plus en fonctions.

Richard le considéra d'un air pensif.

— Vous jouez avec le feu, Westhampton. J'espère que vous en avez conscience.

Michael ne répondit pas. Il savait pertinemment que la mise en garde de Cleybourne concernait son mariage ; mais il y avait longtemps, à ses yeux, que ce mariage ne pouvait plus être sauvé.

Quand le duc l'eut quitté, pressé de rejoindre son épouse, Michael s'attarda encore quelques minutes — mais renonça vite à trouver un livre capable de retenir son attention. Rachel avait eu tout le temps de se préparer pour la nuit et de se coucher, se dit-il. Avec un peu de chance, peut-être même serait-elle endormie. Il était inutile qu'il continue plus longtemps cette quête sans espoir.

Il décida donc de remonter, résigné à souffrir en silence jusqu'au matin. Lorsqu'il pénétra sans bruit dans la chambre, il aperçut sa femme allongée dans son lit, les paupières closes, ses cheveux noirs étalés autour d'elle sur son oreiller.

Un moment, il se tint immobile, à la contempler. Elle avait laissé une lampe allumée sur la commode, à son intention, et bien que la mèche basse n'éclairât faiblement qu'une portion de la pièce, il n'avait aucun mal à deviner dans la pénombre les contours de son corps gracile. C'était la première fois qu'il la voyait abandonnée au sommeil.

Réprimant un soupir, il s'arracha à cette vision — aussi hors d'atteinte pour lui qu'un rêve — et prit la lampe pour passer dans la garde-robe, où l'attendait sa couche spartiate. La nuit allait être longue, pensa-t-il sombrement.

7

Miranda se haussa sur la pointe des pieds afin d'embrasser sa belle-sœur, bien plus grande qu'elle.

— Je regrette que vous nous quittiez si vite, Rachel. Nous avons à peine eu le temps de nous voir. Quand je pense que Michael n'est arrivé qu'hier… On croirait qu'il a le feu aux trousses ! déclara-t-elle en jetant une œillade accusatrice à son beau-frère, qui attendait près de la voiture.

Celui-ci prit un air embarrassé.

— Je suis navré, Miranda, mais…

Comme il s'arrêtait, hésitant, sa femme décida de lui venir en aide.

— Mon époux est un vrai tyran, plaisanta-t-elle. Ainsi qu'un travailleur infatigable. Il ne sait pas se reposer.

De fait, elle soupçonnait fortement Michael d'avoir avancé leur départ pour ne pas devoir passer une deuxième nuit dans la même chambre qu'elle, ce qui la blessait quelque peu. Mais après tout, elle n'était pas fâchée non plus d'échapper à cette situation gênante.

Plus sérieusement, elle ajouta :

— Le printemps est une saison cruciale pour un

propriétaire terrien, et Michael a déjà beaucoup empiété sur son emploi du temps afin de m'escorter jusqu'à Londres. J'aurais mauvaise conscience à le retarder.

— Bon, je ne le morigénerai pas davantage, concéda la jeune femme. Mais vous devez me promettre de revenir à temps pour la naissance.

Elle prit une expression anxieuse qui ne lui ressemblait guère.

— Je souhaiterais vraiment vous avoir près de moi le moment venu. Ma belle-mère sera là, bien sûr, et votre mère a également proposé de venir, mais… je me sentirais plus rassurée si vous étiez présente. J'aurai grand besoin de votre soutien, car de fait je suis assez effrayée.

Rachel ouvrit de grands yeux, surprise par un aveu aussi inattendu de la part de son intrépide petite belle-sœur. Elle lui prit la main et la pressa d'un geste rassurant.

— Ne vous inquiétez pas. Je prévois de quitter Londres à la fin juillet, ce qui me donnera plus d'un mois d'avance sur l'heureux événement. Mais si jamais vous désirez que je vienne plus tôt, n'hésitez pas à m'écrire ; j'accourrai toutes affaires cessantes. Il y aura d'autres Saisons, alors qu'une première naissance est unique.

Miranda lui rendit son sourire.

— Merci. Je n'ose avouer mes craintes à Devin, il se met déjà dans tous ses états à mon sujet.

— Il est naturel que vous souhaitiez avoir près de vous une amie de votre âge.

— Pas n'importe laquelle. Vous êtes une sœur pour moi, Rachel. C'est de vous que j'ai besoin.

La sincérité de cette déclaration fit monter des larmes émues aux yeux de la jeune femme. Benjamine de la famille Aincourt, elle ne s'était jamais sentie nécessaire à son frère ou à sa sœur. Plus jeune qu'eux, moins douée que Devin, moins séduisante que Caroline, elle n'avait pas l'habitude que l'on compte sur elle. Aussi fut-elle profondément touchée par la confiance de Miranda, qu'elle aimait tendrement.

Elle l'enlaça une dernière fois, renouvela ses adieux à leurs proches et rejoignit enfin son mari, qui l'aida à s'installer dans la berline avant de monter à son tour. Tandis que l'attelage s'ébranlait, Rachel écarta le rideau afin de jeter un dernier regard aux siens.

— Je suis désolé de vous enlever à eux si vite, déclara Michael.

— Ce n'est pas grave, répondit-elle en lui refaisant face. Je les reverrai dans quelques mois.

Elle n'ajouta pas que c'était presque un soulagement pour elle, de quitter les deux couples de tourtereaux. Bien qu'elle fût ravie de savoir Devin et Richard plus qu'heureux en ménage, avec des épouses hors du commun, il lui pesait parfois d'assister à leurs démonstrations de tendresse — et une envie poignante lui perçait le cœur. Il suffisait d'un regard, d'une caresse furtive, d'un baiser échangé en cachette pour lui rappeler cruellement combien ces petites joies manquaient à son propre mariage.

Par moments, quand Richard souriait à Jessica d'une façon qui faisait étinceler ses yeux bleus et rosir ses pommettes, par exemple, elle essayait de s'imaginer dans la même situation. Elle aurait tout donné, pensait-elle, pour éprouver une fois au moins le bonheur rayonnant qui habitait si visiblement ses belles-sœurs. Et elle se sentait d'autant plus frustrée qu'elle savait ne devoir qu'à elle-même les privations qui la faisaient souffrir.

Lorsqu'elle avait ce genre de pensée, elle se reprochait d'être une mauvaise personne. N'allait-elle pas jusqu'à envier la grossesse de Miranda ? Elle rêvait tellement d'avoir un enfant, elle aussi ! L'existence qu'elle menait depuis son mariage, le tourbillon mondain des bals, des soirées, des réceptions, des visites, ne suffisait pas à la combler. Elle désirait être mère. Ne pas l'être lui manquait. Et à chaque année qui passait, ce besoin se faisait plus aigu.

Elle jeta un coup d'œil à son mari, assis sur l'autre banquette, et se demanda s'il lui arrivait de regretter la stérilité de leur union. Les femmes étaient plus naturellement portées que les hommes à souhaiter des enfants, supposait-elle ; toutefois, Michael devait bien être conscient de la nécessité d'avoir un héritier. Il désirait certainement un fils pour lui succéder, porter son titre, son nom et recueillir sa fortune.

Il serait un père merveilleux, songea-t-elle. Elle l'imagina se promenant dans les jardins de Westhampton en compagnie de leurs enfants — deux fils et une fille, décida-t-elle. Il leur indiquerait le nom des plantes, répondrait à leurs questions, les soulèverait dans ses bras afin qu'ils puissent observer un bourgeon sur un arbre ou un papillon en train de butiner...

— Rachel ? Vous sentez-vous bien ?

La voix de son mari la fit sursauter, la ramenant à la réalité. Elle cligna des paupières, ajustant sa vision, et constata qu'il la considérait d'un air inquiet. Elle s'aperçut, aussi, que des larmes perlaient au bout de ses cils.

— Voulez-vous que je demande au cocher de faire demi-tour ? poursuivit-il gentiment. Je n'aurais pas dû insister pour partir aussi vite. Nous pouvons passer quelques jours de plus à Darkwater, si vous le souhaitez.

Rachel lui décocha un sourire tremblant.

— Non, c'est inutile, assura-t-elle. Ce moment de mélancolie est déjà passé. Pensez-vous... que nous allons avoir une autre visite de votre protecteur ? ajouta-t-elle, désireuse de changer de sujet.

— De qui ? Oh ! Ce bandit, voulez-vous dire.

Michael se rembrunit, et un étrange éclat s'alluma soudain dans ses yeux gris. Stupéfaite, sa femme se dit qu'elle ne lui avait jamais vu une expression aussi farouche.

— Je donnerais cher pour l'avoir face à moi et lui dire ma façon de penser ! maugréa-t-il. Vous avoir causé pareille frayeur !

Très vite, il recouvra son calme habituel.

— De fait, je suis persuadé qu'il ne se remontrera pas. L'argent que vous lui avez remis a dû le satisfaire. Néanmoins, vous me connaissez : un homme averti en vaut deux, et je préfère parer à toutes les éventualités.

— Oui, je sais, acquiesça la jeune femme.

Lord Westhampton ne décidait jamais rien à la légère. Tout, dans ses actions, était méticuleusement programmé et organisé. Même lorsqu'il semblait agir sur une impulsion — en venant la rejoindre de manière impromptue à Darkwater, par exemple, ou l'hiver précédent au château de Cleybourne, où elle avait été bloquée par la neige —, la raison l'emportait toujours chez lui sur les émotions. Il obéissait avant tout à son sens du devoir.

Les choses eussent-elles été différentes, se demanda-t-elle, si elle n'avait pas commis autrefois l'erreur de s'enfuir avec Anthony ? Ferait-il ce voyage avec elle pour le simple plaisir d'être en sa compagnie ?

Elle avait du mal à concevoir, entre eux, ce genre de relation paisible et naturelle. Il leur manquait la familiarité propre aux vrais époux. Une familiarité qu'elle eût aimé connaître avec Michael, ne fût-ce que par curiosité, pour savoir ce qu'une femme éprouve quand elle partage une relation intime avec son mari.

Cette pensée lui revint souvent au cours des deux jours que dura leur trajet. A maintes reprises, observant son compagnon à la dérobée, elle se demanda comment elle réagirait s'il décidait brusquement de sortir de sa réserve pour la serrer dans ses bras et l'embrasser avec passion, comme avant leur mariage. Sans doute serait-elle beaucoup moins terrifiée qu'à l'époque, se disait-elle en rougissant et en détournant les yeux.

Elle était de plus en plus sensible à la présence physique de Michael, au timbre harmonieux de sa voix lors de leurs conversations, à son allure virile et assurée lorsqu'il la quittait un moment pour chevaucher à côté de la berline. Un trouble étrange la gagnait, qui n'avait rien à voir avec l'amour enivrant que lui inspirait jadis Anthony.

Lorsqu'ils firent halte dans une auberge pour y passer la nuit, elle resta longtemps éveillée en songeant à son mari couché dans la chambre voisine. Elle essayait d'imaginer ce que ce serait que de dormir près de lui, de sentir sa chaleur l'envelopper entre les draps. Un moment, elle eut même envie d'aller gratter à sa porte, pour voir. Lui ouvrirait-il ? L'accueillerait-il volontiers ?

Elle se reprocha aussitôt sa stupidité.

Michael ne l'aimait plus, ne la désirait plus. Ce mariage de pure convenance, c'était lui qui l'avait décidé. Eût-il souhaité autre chose entre eux, il aurait eu amplement l'occasion de le lui faire savoir, au cours de ces sept ans. Or, pas une fois, il ne lui avait laissé entendre ou deviner qu'il désirait modifier leurs relations.

Tandis qu'ils poursuivaient leur périple, le lendemain, Rachel s'interrogea encore sur l'espèce d'obsession qui semblait la tarauder depuis quelque temps. Elle n'avait pourtant rien d'une personne licencieuse. Elle n'était pas du genre à reluquer les hommes et à commenter leurs attributs virils, comme certaines dames de sa connaissance.

Ces idées devaient lui venir de son désir d'enfant, conclut-elle. Elle brûlait d'avoir un bébé à chérir, à choyer, à qui donner tout l'amour inemployé contenu dans son cœur. Cela étant, il était naturel qu'elle songeât à l'acte qui aurait pu la rendre mère.

Ce constat la rassura. C'était son besoin de maternité qui lui occupait l'esprit, et non des instincts bassement charnels, presque animaux. Que dirait Michael, si elle le lui expliquait ? Lui répondrait-il qu'il désirait être père, lui aussi, et qu'il serait ravi de faire ce qu'il fallait pour cela ? Il n'aurait certainement pas la cruauté de la repousser, en lui déclarant qu'il préférait se passer d'héritier plutôt que d'avoir à partager son lit…

Elle caressa ce projet jusqu'à leur arrivée à Londres, et même après, mais ne trouva pas le courage d'aborder la question avec son mari. S'offrir à lui de cette façon était trop embarrassant, et elle serait trop humiliée s'il refusait de satisfaire à sa demande.

Elle espérait toutefois qu'il passerait un certain temps avec elle dans la capitale. Il serait plaisant, se disait-elle, de sortir dans le monde avec lui plutôt qu'avec son amie lady Sylvia Montgomery ou l'ami de Michael, Peregrin Overhill, qui avait coutume de lui servir d'escorte. Aussi fut-elle très déçue quand son époux, le soir même, lui annonça qu'il repartirait pour Westhampton dès le lendemain.

— Demain ? se récria-t-elle. Déjà ? Vous devriez vous accorder un peu de repos ! Restez au moins deux ou trois jours, le temps de vous rendre à votre club et de voir quelques connaissances… sans oublier la visite que nous devons à Araminta.

Michael fit une grimace.

— Dois-je comprendre que vous avez besoin de renfort pour affronter ma sœur ? lança-t-il d'un ton amusé.

— Il est certainement plus facile de supporter ses critiques à deux, reconnut la jeune femme.

La sœur aînée du comte était une femme sèche et rigide, qui n'avait jamais approuvé son union avec Rachel. Elle l'avait mis en garde contre les Aincourt, connus pour leurs penchants dispendieux et l'excentricité de leur conduite. Le fait qu'il ait regagné son domaine seul, après un an de mariage, l'avait confortée dans ce jugement. Elle avait déclaré un jour à sa jeune belle-sœur que Michael, de toute évidence, regrettait de l'avoir épousée.

— Je suis désolé, répondit-il, mais il m'est impossible de déserter plus longtemps le domaine. J'ai lancé de nouvelles expérimentations sur des légumes, cette année, et je ne puis compter sur Jenks pour les suivre avec la précision scientifique qui convient.

En prononçant ces mots, Michael ne put se défendre d'un sentiment de regret, accru par l'expression désappointée de Rachel.

Il aurait eu grand plaisir à demeurer auprès de sa femme, à l'escorter dans des soirées, à danser avec elle jusqu'au petit matin. Partager sa vie quotidienne était toujours pour lui un mélange de paradis et d'enfer, qu'il prolongeait jusqu'à ce qu'il ne puisse plus endurer le supplice de la désirer sans espoir. Il la dévorait des yeux, brûlait de la caresser, de l'embrasser, de la posséder, mais retenait avec soin tout geste trop tendre ou trop familier, susceptible de briser en un instant la fragile amitié qu'ils entretenaient. Et quand il n'en pouvait plus, il s'en allait.

Cette fois-ci, cependant, d'autres motifs l'obligeaient à la quitter. Il voulait profiter de sa venue à Londres pour rencontrer Cooper, son « associé » de Bow Street, ainsi que sir Robert. Et il comptait également effectuer quelques descentes dans les bas-fonds de la capitale, dûment grimé, afin de glaner parmi les voleurs, filles de joie et autres filous qui les peuplaient d'éventuels renseignements sur son affaire — laquelle paraissait plus épineuse qu'il ne l'avait pensé jusque-là.

Ce genre d'activité eût été difficile à mener depuis son domicile privé ; en outre, s'il accompagnait Rachel dans le monde, il n'aurait plus assez de temps pour chercher des indices et conclure son enquête aussi rapidement qu'il le souhaitait.

Le matin suivant, donc, il prit congé de son épouse en lui baisant courtoisement le bout des doigts, puis il tourna les talons et s'en alla. Un valet d'écurie l'attendait au bas du perron, tenant par la bride son cheval sellé. Il enfourcha sa monture, salua le domestique d'un signe de tête et s'éloigna sans se retourner — ce qui fit qu'il ne vit pas Rachel qui le regardait partir, debout derrière la fenêtre du parloir.

Lorsqu'il eut longé deux pâtés de maisons et fut largement hors de vue de sa demeure, il changea de direction… et trotta vers un quartier mal famé de la capitale, où une autre femme l'attendait.

Michael parti, Rachel remonta dans son boudoir, se sentant vaguement triste et désœuvrée. L'étiquette, elle le savait, voulait qu'elle rendît visite à Araminta, la plus proche parente de son époux ; c'était un devoir lorsqu'elle rentrait à Londres après une longue absence.

Elle devait également aller saluer sa mère, lady Ravenscar aînée, qui profitait avec joie des distractions de la capitale maintenant qu'elle n'était plus confinée à Darkwater — ni soumise à de dures restrictions budgétaires.

Il était sans doute bien égal aux deux femmes de voir la jeune lady Westhampton, mais elles se montreraient à coup sûr gravement offensées si celle-ci ne se pliait pas aux usages.

Or, Rachel n'avait aucune envie d'accomplir cette corvée. Elle se laissa choir sur une chauffeuse, s'appuya au dossier capitonné et s'abandonna de nouveau aux pensées qui la tourmentaient depuis quelques jours.

Elle trouvait curieux que son mari soit reparti aussi vite. Etait-il impatient à ce point de la quitter ? En outre, quand il lui avait expliqué la veille qu'il ne pouvait s'attarder, il lui avait paru… légèrement mal à l'aise, comme lorsqu'elle l'avait interrogé sur l'homme qui avait arrêté leur voiture.

Pourtant, soupçonner Michael de déguiser la vérité semblait absurde. Il était l'honnêteté incarnée.

Elle se leva, irritée de remâcher sans cesse des idées aussi mesquines, et décida d'aller rendre visite à son amie Sylvia ; ce projet améliora aussitôt son humeur.

Lady Sylvia Montgomery était l'une des personnes les plus en vue des cercles huppés de Londres, une étoile scintillant au firmament de la haute société. Petite, plantureuse et dotée d'un rire argentin auquel il était impossible de résister, elle avait toujours en réserve une quantité inépuisable de ragots et de rumeurs merveilleusement distrayants. Sir Ian, son époux de vingt ans plus âgé qu'elle, l'adorait et ne cessait de s'étonner de la bonne fortune qui lui avait procuré une femme aussi agréable à côtoyer. Il n'y avait pas mieux que Sylvia pour tirer quelqu'un de son abattement.

Rachel sonna sa femme de chambre. Une heure plus tard, vêtue d'une robe vert océan fort seyante et d'une pelisse assortie, elle se mit en route.

L'après-midi était à peine entamé, et lady Montgomery n'avait encore aucun visiteur. Quand on lui annonça l'arrivée de lady Westhampton, elle se leva avec un cri de joie et se porta à la rencontre de son amie.

— Rachel, ma chérie ! s'exclama-t-elle en étreignant la jeune femme avec des transports d'affection. Il y a des

distraction par le caractère inhabituel de son intonation.

— Je voulais vous demander… Auriez-vous entendu colporter certaines rumeurs à propos de Michael ?

— Votre époux ? se récria Sylvia stupéfaite. Des rumeurs de quelle sorte, grands dieux ?

— A vrai dire, je n'en sais trop rien, avoua Rachel, consciente de la bizarrerie d'une requête aussi vague. Le bruit aurait-il couru… qu'il est impliqué dans une affaire, par exemple ?

Les sourcils finement dessinés de lady Montgomery grimpèrent encore plus haut sur son front lisse.

— Quel genre d'affaire ?

— Quelque chose d'assez secret… et d'assez dangereux.

Durant plusieurs secondes, Sylvia la considéra d'un air ahuri. Puis elle s'esclaffa gaiement.

— Est-ce une plaisanterie ? Si oui, elle est plutôt réussie, croyez-moi !

— Non, je suis très sérieuse, affirma Rachel.

Le rire argentin de son amie s'éteignit sur-le-champ.

— Voyons, ma chérie ! C'est absurde ! protesta-t-elle avec conviction. Michael est le plus rangé et le plus tranquille des hommes. Dans quoi pourrait-il tremper, d'après vous ?

— Je l'ignore. Je me rends parfaitement compte que j'ai l'air d'affabuler, mais certains incidents peu clairs ont éveillé mes doutes, ces derniers jours.

D'un ton altéré, la jeune femme fit le récit de l'étrange attaque dont elle avait été victime. Au fur et à mesure qu'elle parlait, les yeux de Sylvia s'agrandissaient. A la fin, elle en resta coite, bouche bée.

— Eh bien ? insista Rachel. Comprenez-vous la raison de ma question, maintenant ?

— Certes ! Mais que signifie tout cela ? De quoi parlait cet homme ? Qui était-il ?

— Vous en savez autant que moi.

— Qu'a dit Westhampton, quand vous l'avez informé de ces choses ?

— Il m'a conseillé de ne pas m'inquiéter, assurant que l'individu en question devait être un illuminé — à moins qu'il ne se fût agi d'une farce orchestrée par un de ses amis.

— Cela vous paraît-il plausible ?

— Non. Mon agresseur n'avait rien d'un plaisantin. Il semblait prendre sa « mission » fort au sérieux ; en outre, il m'a vraiment donné l'impression de connaître Michael, et d'être inquiet pour lui. Les correspondants de mon mari ont beau être assez excentriques, pour la plupart, je vois mal la drôlerie d'une telle mise en scène.

— Moi aussi, avoua Sylvia décontenancée.

— Ce qui accroît mes soupçons, c'est que ce bandit a poussé le zèle jusqu'à me donner son nom, en insistant pour que je le répète à Michael. Geordie le Rouge, cela vous dit-il quelque chose ?

— Non, mais je suis d'avis que Westhampton n'aurait

pas pu l'oublier, s'il avait eu l'occasion de l'entendre. Croyez-vous qu'il vous a menti ?

Rachel fronça les sourcils, perplexe.

— Je n'irai pas jusque-là, mais je dois reconnaître… qu'il m'a paru gêné, comme s'il choisissait sciemment de me dissimuler une partie de la vérité. C'est cette attitude, qui a piqué mon attention.

Lady Montgomery haussa ses épaules rondes.

— Ian ne cesse de me cacher des choses, vous savez.

— Vraiment ? releva Rachel stupéfaite. N'en êtes-vous pas froissée ?

— Non. Ce sont des broutilles. Parfois, il craint que je le réprimande — comme lorsqu'il boit de l'alcool à son club, alors que son médecin le lui a interdit à cause de sa goutte. D'autres fois, il préfère me tenir à l'écart de certains sujets parce qu'il est convaincu que je n'y entendrais rien. Les hommes nous prennent souvent pour des cervelles de linotte, seulement capables de s'intéresser à des questions de mode ou de toilette.

— Michael n'est pas ainsi, assura Rachel. Il me parle de tout, y compris de science et de philosophie — et j'avoue que je ne parviens pas toujours à le suivre. Mais il ne me traite jamais comme si j'étais d'une intelligence inférieure à la sienne.

— Dans ce cas, je ne vois qu'une explication, déclara Sylvia. Il cherche à vous protéger.

— Me protéger ? De quoi ?

— Eh bien… peut-être que cet homme a dit vrai,

en fin de compte, et que votre époux court réellement un danger quelconque. Il s'est tu afin de ne pas vous inquiéter, voilà tout.

— Il est certain que je m'inquiéterais s'il était en péril, admit Rachel, mais je serais plus fâchée encore qu'il me l'ait caché. De surcroît, cela voudrait dire qu'il m'a caché aussi les actions à l'origine de ce danger.

Son amie posa sur elle un regard plein de sagesse.

— Les hommes ont toujours eu dans leur jeunesse quelque aventure plus ou moins épineuse, qui les poursuit parfois des années plus tard, dit-elle d'un ton amène. Même les plus sages. Je gage que Michael s'est senti embarrassé, et n'a pas souhaité vous avouer une ancienne folie.

— Croyez-vous ?

— J'en suis certaine, confirma Sylvia en agitant ses boucles blondes. Et si vous désirez en savoir plus, je vous propose de m'accompagner ce soir à la réception donnée par lady Tarleton.

Rachel la considéra un instant, sceptique.

— En quoi cela pourra-t-il m'aider ?

— Lady Belmartin sera là à coup sûr, et elle sait tout ce qu'il y a à savoir sur tout le monde. Si quelqu'un est au courant d'une éventuelle incartade de votre époux, ou d'un quelconque mystère l'ayant entouré à un moment ou à un autre, ce ne peut être qu'elle.

— Je ne peux tout de même pas lui demander de but en blanc si elle a eu vent d'affaires douteuses concernant

Michael ! protesta Rachel. De quoi cela aurait-il l'air ? Ce serait le meilleur moyen de faire naître des rumeurs.

— Nous ne l'interrogerons pas de manière directe, petite sotte ! Il suffira d'amorcer habilement la conversation, et le reste viendra de lui-même. Je pourrai… la mettre au défi de critiquer lord Westhampton, par exemple. Nous verrons bien ce qu'elle répondra.

— Ne trouvera-t-elle pas cela étrange ?

— Pas le moins du monde. Telle que je la connais, elle se piquera au jeu ; et s'il y a quoi que ce soit à redire sur votre mari, nous le saurons, n'en doutez pas.

— Elle oserait s'en ouvrir devant moi ?

— Oh ! que oui, ma chérie ! Lady Belmartin se réjouira vivement de voir votre réaction. Cela ne fera qu'ajouter de l'eau à son moulin.

— Quelle horreur !

— Cette vieille douairière *est* horrible. Elle est inséparable de ma belle-mère, dotée elle aussi d'une langue de vipère, et je les ai assez pratiquées pour savoir comment les manipuler à ma guise. J'endosse le rôle de la parfaite petite écervelée, je feins de les flatter, je leur fournis quelques anecdotes croustillantes… et le tour est joué. Si vous vous montrez subjuguée par les connaissances encyclopédiques de lady Belmartin sur tous les racontars des vingt dernières années, elle vous donnera ce que vous escomptez.

Rachel réfléchit un instant. Elle s'était sentie lasse et nerveuse toute la journée, et n'avait pas prévu de sortir ce soir-là. Mais l'idée de passer la soirée seule dans son hôtel particulier n'avait rien d'attrayant non plus. Elle opina et sourit à son amie.

— Entendu. Je suis sûre que je me fais des idées et qu'elle n'aura pas la moindre vilénie à me révéler sur Michael, mais j'apprécierai d'en avoir le cœur net. Peut-être ai-je besoin de me divertir un peu, tout simplement.

— Je ne connais pas de meilleur remède, approuva sa compagne. En toute occasion.

8

Lady Montgomery passa prendre Rachel peu avant onze heures — soit avec une heure de retard seulement sur l'horaire prévu. La jeune femme, qui connaissait bien son amie, avait fait en sorte d'être prête une demi-heure après le terme convenu, afin de ne pas avoir trop longtemps à attendre.

Sylvia était étincelante dans une robe de gaze argentée, rehaussée par la parure de diamants que sir Ian lui avait offerte à la naissance de leur premier fils et héritier. Rachel avait choisi une toilette moins voyante, une longue tunique de velours bleu qui seyait à ravir à son teint clair et à ses cheveux noirs. Un ruban assorti était entremêlé à son chignon bouclé, et des saphirs ornaient discrètement ses oreilles et sa gorge.

Lorsqu'elles arrivèrent à destination, la résidence Tarleton brillait de mille feux. La file des attelages alignés devant l'entrée principale s'étirait le long d'un bloc entier. Une fois à l'intérieur, les invités devaient encore faire la queue depuis le perron jusqu'au sommet du grand escalier qui conduisait à la salle de bal, afin d'être reçus comme il se devait par leur hôtesse.

Lady Montgomery mit cette attente à profit en commentant derrière son éventail les tenues portées par leurs voisines. Rachel, elle, désespérait de trouver lady Belmartin parmi cette foule, et plus encore d'avoir l'occasion de lui parler — ce qui, finalement, serait peut-être aussi bien, se dit-elle avec un brin de couardise. Mais son amie lui assura qu'elle savait très exactement où dénicher la douairière, et le lui prouva dès qu'elles eurent présenté leurs respects à lady Tarleton.

— Lady Belmartin et ma belle-mère passent toujours leurs soirées assises, le plus loin possible de l'orchestre afin de pouvoir cancaner en paix, expliqua-t-elle en entraînant Rachel vers le fond de la salle.

Et, de fait, les deux veuves siégeaient côte à côte, drapées dans d'imposantes robes noires. Lady Belmartin était aussi petite et malingre que lady Montgomery mère était grande et corpulente, ce qui créait un contraste assez cocasse. La première avait de petits yeux noirs perçants qui complétaient sa ressemblance avec une corneille, d'autant qu'un toupet de plumes de geai émergeait de son chignon gris soigneusement coiffé.

— Sylvia, mon enfant, déclara lady Montgomery en tendant sa main à sa belle-fille d'un geste majestueux. Et lady Westhampton. Depuis quand êtes-vous rentrée à Londres ?

— Depuis hier, lady Montgomery.

Rachel adressa une révérence polie à la douairière, qui lui donnait toujours la désagréable impression d'être une débutante empruntée. La mère de sir Ian parcourut la salle d'un regard dédaigneux.

— Peu de gens convenables sont déjà de retour pour la Saison, mais on ne le dirait pas à voir la presse ambiante. Harriet n'a jamais su trier le bon grain de l'ivraie. Elle a même invité cette déplorable lady Blackheath, à ce que je vois.

La malheureuse fut taillée en pièces en quelques phrases incisives, efficacement relayées par les commentaires mordants de lady Belmartin.

— Grands dieux ! Lady Vesey est également présente ! renchérit lady Montgomery avec effroi. Je ne puis concevoir qu'Harriet ait commis une telle faute de goût.

A ce nom, Rachel se détourna vivement pour scruter l'assistance. *Leona Vesey était là !* Elle devrait veiller à ne pas croiser son chemin durant la soirée, se dit-elle. Les personnes qu'elle détestait cordialement étaient rares, mais la sulfureuse blonde en faisait partie. Bien que mariée et largement plus âgée que lui, lady Vesey avait séduit Devin alors qu'il était tout jeune encore — et l'avait gardé entre ses serres durant près de quatorze ans.

Cette liaison scandaleuse, connue de tous, avait failli coûter son avenir au jeune homme, après l'avoir séparé de son père. Par bonheur, Miranda avait triomphé de sa rivale et rendu Devin à son art, mais Rachel ne supportait toujours pas de voir la perverse créature qui avait exercé si longtemps une si mauvaise influence sur son frère.

— Les Vesey sont à deux doigts d'encourir la prison pour dettes, c'est chose publique, commenta lady Belmartin. Mais bien sûr, Leona s'est arrangée pour se gagner les faveurs d'un nouveau protecteur… qui doit être fort riche, à en juger par la babiole qu'elle porte ce soir.

Sylvia jeta une œillade de connivence à Rachel.

— Juste ciel, lady Belmartin ! déclara-t-elle d'un ton admiratif. Je ne connais personne qui possède autant d'informations que vous sur tout le monde.

— En effet, acquiesça la douairière en se rengorgeant. J'ai même eu accès à quelques-uns des secrets les mieux gardés de l'aristocratie anglaise.

Rachel se força à intervenir.

— Je suppose qu'il existe tout de même des personnes qui n'ont rien à cacher, n'est-ce pas ? s'enquit-elle d'une voix douce.

Lady Belmartin lui asséna un regard glacial.

— Balivernes ! rétorqua-t-elle sèchement. Tout le monde a ses secrets. Certains n'ont pas encore été dévoilés, c'est tout.

— A vos yeux, nul ne mène donc une existence exemplaire ? insista Sylvia. Je suis pourtant certaine que sir Ian…

La douairière émit un grognement méprisant.

— Votre mari ne vaut pas mieux que les autres, ma fille. Lady Montgomery pourrait sans doute vous en conter de belles à son sujet, mais je ne dirai rien : je ne médis pas de mes amis.

— Soit, admit Sylvia. Ian n'était peut-être pas l'homme à citer. Parlons plutôt de lord Westhampton. Je mettrais ma main au feu que vous n'avez rien à lui reprocher.

Rachel riva toute son attention sur lady Belmartin. Son cœur battait follement dans sa poitrine, ses mains étaient moites dans ses gants de satin. La redoutable commère la traversa d'un regard incisif.

— Michael Trent est votre époux, si j'ai bien compris. On peut dire que vous aviez un triste beau-père, ma petite. Un roué, un libertin sans mesure ni moralité qui a fait mourir sa pauvre femme de honte et de chagrin. Il paraît qu'il ne s'est pas privé de semer des bâtards, à Londres et ailleurs. Oh ! cela arrive, je sais bien, mais la plupart des gentilshommes ont au moins la décence d'assumer leurs responsabilités envers leurs rejetons ! Pas lui. Enfin..., conclut-elle avec un soupir résigné. C'était un cavalier hors pair ; c'est tout ce que l'on peut lui reconnaître.

— Ce portrait ne concerne pas Michael, observa Rachel avec raideur.

La douairière haussa les épaules.

— Peuh ! Les chiens ne font pas des chats, ma chère. Et le fruit ne tombe jamais très loin de l'arbre qui l'a porté.

Les joues de Rachel s'enflammèrent.

— Pardon ? Quelle calomnie injustifiée est-ce là ? Prétendez-vous que mon mari...

Lady Belmartin gloussa.

— N'allez pas m'arracher les yeux, charmante enfant !

Je disais simplement... que votre époux est un homme, voilà tout.

— Michael est un gentilhomme honorable, qui ne ressemble en rien à son père !

— Certes, admit la douairière.

La lueur maligne qui brillait dans ses prunelles déplut fortement à Rachel. Sylvia s'empressa de glisser un bras sous le sien.

— Si vous voulez bien nous excuser, lança-t-elle aux deux commères, je dois... présenter Rachel à une autre de mes amies.

— Faites, ma petite. Faites.

Lady Belmartin inclina la tête vers sa compagne, l'engageant dans une conversation à mi-voix.

— L'idée était de lui soutirer des informations, pas de la prendre de front ! chuchota Sylvia à Rachel dès qu'elles furent à bonne distance. Grâce au ciel, elle ne s'en est pas offusquée.

— De toute évidence, elle ne sait rien sur Michael, répliqua la jeune femme encore échauffée par cette algarade. Sinon, elle ne se serait pas contentée d'insinuations aussi vagues.

— Oui, c'est probable, acquiesça lady Montgomery dont l'esprit était déjà ailleurs. Vous voilà fixée, en tout cas. Il n'y a rien de trouble dans le passé de Michael, et c'est tant mieux. Oh ! regardez qui arrive ! Perry Overhill.

Rachel sourit en identifiant l'élégant gentilhomme, vêtu à la dernière mode, qui se hâtait vers elles. Peregrin

Overhill, que tous ses amis appelaient Perry, était un être charmant, bien en chair, dont l'avenant visage rond rayonnait dans presque toutes les soirées.

Malgré son amitié pour Michael, il ne partageait pas les goûts de ce dernier pour la vie rurale et cantonnait son existence aux environs de Londres. Par ailleurs, son penchant pour la toilette ne le poussait pas aux extravagances que l'on relevait chez certains excentriques : son revers ne s'ornait jamais de boutonnières de la taille d'un bouquet, il ne portait pas de gilets roses ou puce, mais il prisait la classe et le style. Son premier souci, selon son propre aveu, était son confort personnel — ce qui ne l'empêchait pas d'être un ami loyal et sûr.

Rachel avait fait sa connaissance lors de sa première Saison, quelques semaines avant de rencontrer Michael, et depuis ce temps-là Perry appartenait au cercle de ses admirateurs assidus. Il lui rendait tous les services qu'une beauté reconnue pouvait attendre de ses soupirants attitrés, sans que cela portât aux commérages. Et s'il était le seul à lui être resté fidèle depuis bientôt huit ans, la jeune femme attribuait cette constance à sa paresse naturelle plutôt qu'à un véritable penchant amoureux. De surcroît, la confiance que lord Westhampton plaçait en lui évitait tout malentendu déplaisant, un danger que Rachel avait soigneusement écarté depuis son mariage.

Perry approchait donc avec un large sourire, sa cravate de soie, piquée d'une grosse perle, légèrement de travers.

Ces maladresses faisaient partie de son charme, tout comme sa bonhomie qui l'empêchait d'être un vrai séducteur — à son vif désespoir.

— Lady Westhampton ! s'écria-t-il à quelques pas de son égérie, en lui dédiant une profonde courbette. Il m'avait bien semblé que le soleil était plus brillant aujourd'hui, mais à présent j'en sais la raison : c'était parce que vous êtes de retour parmi nous !

Rachel lui tendit sa main avec un petit rire amusé.

— Cessez vos sottises et approchez, Perry.

Il obéit et lui baisa courtoisement le bout des doigts.

— La campagne semble vous réussir, madame. Vous êtes éblouissante. Mais que Londres était morne, sans vous !

— Je suis sûre que vous avez trouvé à vous divertir.

— De maigres substituts à votre compagnie, croyez-moi.

— N'aurai-je même pas droit à un salut, Perry Overhill ? lança Sylvia d'un ton faussement blessé.

Le jeune homme se tourna vers elle et s'inclina galamment.

— Lady Montgomery. Vous êtes une véritable vision, ce soir. Une… étoile tombée du firmament.

Sylvia le considéra avec malice.

— C'est bon. Ce compliment m'autorise à vous pardonner.

— Inutile de vous demander comment vous vous

portez, reprit Rachel. Vous paraissez en grande forme, malgré ces mois de prétendu ennui.

Perry sourit avec un certain embarras.

— Comment va Michael ? s'enquit-il en jetant un coup d'œil autour de lui. Vous a-t-il accompagnée ?

— Il m'a escortée jusqu'à Londres, mais il est aussitôt reparti pour Westhampton. Vous savez dans quelle impatience le met la période des semailles.

Le jeune homme grimaça.

— Oui, je sais. Il n'en reste pas moins qu'il me devra réparation, pour avoir quitté la capitale sans me rendre visite.

— Perry… êtes-vous au courant des secrets de mon mari ? demanda soudain Rachel, saisie d'une brusque impulsion.

Son interlocuteur la dévisagea un moment, les yeux exorbités.

— Des *secrets* de Michael ? répéta-t-il enfin, l'air abasourdi. De grâce, ma chère Rachel, de quoi voulez-vous parler ?

Elle haussa les épaules.

— Je me demandais simplement si vous connaissiez certaines choses à son sujet. Des choses qu'il ne m'aurait pas dites.

Overhill la considérait à présent avec une sorte d'effroi.

— Michael n'a rien à cacher, voyons ! Qui a pu vous mettre de telles idées dans la tête ?

Il jeta un coup d'œil à Sylvia, qui se défendit en levant les mains.

— Ce n'est pas moi. Inutile de me regarder ainsi.

— Vraiment, reprit le jeune homme en fixant de nouveau Rachel, je trouve cette remarque inconsidérée. Surtout venant de vous. Tout le monde sait que votre mari vous adore et vous voue le plus grand respect. De qui tenez-vous pareille sottise ?

— De personne, reconnut la jeune femme.

Elle observait Perry avec attention, et crut noter qu'il se détendait légèrement. Comme elle avait cru déceler une certaine nervosité dans ses yeux, un moment plus tôt.

D'un ton posé, elle lui relata sa rencontre avec le bandit de grand chemin. Il l'écouta avec un vif intérêt.

— Quel danger pourrait menacer Michael ? protesta-t-il quand elle se tut. C'est du dernier ridicule ! Cet individu voulait de l'argent, voilà tout.

— Mais pourquoi a-t-il spécifié qu'il voulait parler au comte de Westhampton, comme s'il le connaissait ? insista Rachel.

Overhill cligna des paupières.

— Eh bien…

— Vous voyez ?

— Je vois que vous vous posez des questions qui vous troublent, ma chère, répondit prudemment le jeune homme, mais cela ne signifie nullement que Michael ait des secrets pour vous.

— Des secrets ? releva une voix suave, derrière eux. L'immaculé lord Westhampton ? J'en suis pétrifiée.

Perry se crispa et tourna les yeux vers l'arrivante.

— Lady Vesey.

Rachel pivota à son tour, avec une réserve égale à son aversion.

A près de quarante ans, Leona restait une créature puissamment voluptueuse, qui ne répugnait pas à offrir ses charmes abondants à tous les regards. Ce soir-là, elle était vêtue d'une tunique de mousseline vert émeraude qui voilait à peine ses courbes épanouies. Cette couleur mettait superbement en valeur sa complexion crémeuse, le blond vénitien de sa chevelure et ses prunelles fauves, qu'elle dardait sur la jeune femme avec une bonne dose de venin. Depuis que Rachel avait aidé Miranda à lui arracher Devin, sa haine pour la comtesse était plus vive encore qu'autrefois.

— Ma chère Rachel..., minauda-t-elle en feignant une sympathie mielleuse. Si vous avez des doutes sur la sincérité de votre époux, ce n'est pas à quelqu'un comme Perry qu'il faut vous adresser. M'eussiez-vous posé ce genre de question, j'aurais été ravie de vous révéler toutes les indiscrétions qui courent sur lord Westhampton.

Rachel ne se démonta pas, et soutint calmement son regard.

— Peut-être l'aurais-je fait, lady Vesey, si je vous avais estimée correctement informée — et capable d'exprimer autre chose que des calomnies ou des mensonges.

Sur ces mots, elle refit face à Perry et Sylvia, tout en regrettant d'avoir adressé la parole à cette femme. A sa place, sa mère se fût contentée de lui décocher un regard glacial et de l'ignorer superbement. Mais elle n'avait jamais su se comporter avec la froideur hautaine de lady Ravenscar.

Leona, cependant, n'était pas décidée à s'en tenir là.

— Informée, lady Westhampton, je le suis amplement, renchérit-elle. Comme une grande partie du Tout-Londres, d'ailleurs. Si j'étais vous, j'interrogerais lord Westhampton sur ses fréquentes visites à Mme Neeley. Ses réponses vous paraîtront fort instructives, j'en suis certaine.

Rachel se figea, saisie. Convaincue que son ennemie ne cherchait qu'à la blesser par des insinuations mensongères, elle ne s'attendait pas à des détails aussi précis. Mais ce qui l'alarma surtout, ce fut la réaction de Perry — qui parut épouvanté en entendant citer ce nom. De toute évidence, il ne lui était pas étranger.

Un frisson glacé la parcourut. Elle se retourna vers Leona, qui la dévisageait avec un sourire triomphant.

— Ah ! je vois que j'ai votre attention, maintenant ! observa la pulpeuse blonde d'un air satisfait.

— J'ignore de qui vous parlez, mais je suis sûre que ces affirmations ne sont que pures médisances.

Lady Vesey émit un petit rire de gorge.

— Vraiment ? Si vous en étiez aussi sûre, ma chère, je gage que vous ne resteriez pas plantée là, à espérer que je vous en dise plus. La *dame* Neeley en question — qui n'a rien d'une dame, de fait — est la tenancière d'une maison de jeu assez renommée. Dans certains cercles, évidemment. Ce lieu de plaisir… ou de débauche, selon les avis, lui appartient depuis quelques années. Plus précisément, depuis qu'elle accorde ses faveurs à votre époux.

Rachel inspira brusquement, comme si elle venait de recevoir un coup dans l'estomac. Près d'elle, Sylvia s'échauffa.

— Comment osez-vous proférer des abominations pareilles ? se récria-t-elle.

— Je l'ose parce que c'est la vérité, et que nul ne pourrait la dénier. Lilith Neeley est la maîtresse de lord Westhampton, et cela ne date pas d'hier. Michael Trent a très souvent été vu entrant chez elle ou en sortant à n'importe quelle heure du jour ou de la nuit. Ses allées et venues témoignent d'une grande familiarité avec cette personne, croyez-moi.

Perry s'interposa entre les deux femmes.

— Lady Vesey, je pense qu'il serait temps que vous vous éloigniez, déclara-t-il sèchement.

— Mais oui, bien sûr ! riposta Leona d'un ton méprisant. Il ne faut surtout pas souiller les chastes oreilles de lady Westhampton par de tels discours ! Qu'importe si tout Londres est au courant de la liaison de son mari avec Lilith Neeley, à partir du moment où sa candide innocence est préservée ?

Elle contourna souplement le jeune homme, afin d'affronter Rachel.

— Si vous étiez moins naïve et moins ignorante, ma chère, votre époux ne serait sûrement pas allé s'égarer de la sorte.

Là-dessus, elle tourna les talons et s'éloigna d'une démarche sensuelle qui trahissait hautement sa satisfaction.

Rachel la suivit des yeux, anéantie. Un grondement sourd résonnait à ses oreilles. Elle était aussi incapable de bouger que de penser, et craignait de défaillir.

— Perry…, murmura-t-elle d'une voix blanche, en tendant une main vers le jeune homme.

Celui-ci s'empressa de s'en saisir. Il la coinça fermement au creux de son coude, tout en décochant une œillade significative à lady Montgomery. Sylvia, aussitôt, se porta sur l'autre flanc de Rachel — prête à la soutenir si elle se pâmait.

Leur cavalier leur ouvrit un chemin parmi la foule et les guida jusqu'à une banquette sur laquelle la jeune femme se laissa choir, encadrée par ses amis. Sylvia lui pressa la main d'un geste rassurant.

— Ne vous souciez pas des déclarations de cette peste, conseilla-t-elle. Leona Vesey est connue pour être une menteuse invétérée. Elle dirait n'importe quoi pour vous blesser, vous le savez bien.

Rachel tourna vers elle un visage défait.

— Mais elle prétend que tout le monde est au courant !

siècles que nous ne nous sommes vues ! Avez-vous passé tout l'hiver dans la désolation de l'arrière-pays ?

— Oui, répondit Rachel avec un sourire amusé. Nous avons passé Noël au château de Cleybourne, bloqués par la neige, et ensuite… J'ai une foule de nouveautés à vous apprendre.

Les yeux bleus de Sylvia pétillèrent.

— A propos du duc, je suppose ! J'ai entendu dire qu'il s'était remarié, ce que j'ai eu du mal à croire. Est-il vrai qu'il a épousé une presque roturière, qui a dû quitter Londres il y a des années à cause d'un scandale ?

— Je vais tout vous raconter, promit Rachel.

Elles s'installèrent commodément, et Sylvia écouta avec passion le récit mouvementé de sa visiteuse — qui ne manqua pas de chanter les louanges de Jessica, ni de dissiper la fausse accusation de traîtrise qui avait pesé des années sur la réputation de son père, le major Maitland, l'obligeant à gagner sa vie comme gouvernante.

Quand elle eut terminé, expliquant qu'elle avait séjourné plus longtemps que prévu à Westhampton pour veiller sur la jeune pupille de son beau-frère, lady Montgomery garda le silence, le temps d'absorber toutes ces informations plus incroyables les unes que les autres.

Au bout d'un moment, sa compagne s'arma de courage et glissa d'une voix hésitante :

— Sylvia…

— Oui ? répondit lady Montgomery, arrachée à sa

— J'ignorais tout de ces rumeurs, objecta Sylvia, et ma belle-mère également, sans quoi j'en aurais eu des échos. La chose n'est donc sûrement pas aussi répandue que Leona l'affirme.

Rachel pivota vers leur compagnon.

— Perry ? demanda-t-elle.

— Rachel ! protesta-t-il d'un air outré. Comment pouvez-vous me poser une telle question ? Ces médisances sont fausses, évidemment !

— Pourtant, je vous ai vu réagir quand Leona a cité le nom de cette femme.

Le jeune homme battit des cils et s'empourpra.

— Eh bien… je dois confesser qu'il ne m'est pas inconnu, en effet. Mais je vous jure sur mon honneur qu'elle n'est pas la… euh… « l'habitude » de Michael.

— Jamais Westhampton ne vous serait infidèle ! renchérit Sylvia. Cette idée est ridicule. Vous n'allez tout de même pas laisser Leona Vesey vous faire douter de votre mari — elle n'espère rien d'autre. Peu lui importe de déformer la vérité, ou de savoir que vous la découvrirez tôt ou tard. L'essentiel pour elle est de vous avoir perturbée et d'avoir éveillé vos soupçons, cela lui suffit amplement.

Rachel eut un petit sourire contraint.

— Oui, vous avez raison. Je ne dois pas lui laisser voir qu'elle m'a touchée, cela lui ferait trop plaisir.

Elle s'obligea à inspirer à fond.

— Voulez-vous que nous fassions ensemble le tour

de la salle, afin de nous distraire… et de montrer que nous nous amusons ?

Ses amis acquiescèrent, et durant le reste de la soirée elle réussit à offrir un visage serein. Ce qu'elle ressentait à l'intérieur d'elle-même était une autre histoire. Contrairement à Sylvia, qui ignorait la véritable nature de son mariage, elle avait de sérieux motifs de douter de la fidélité de Michael.

Certes, son mari était un homme d'honneur — et jusqu'alors il ne lui était pas venu à l'idée qu'il ait pu rompre ses engagements envers elle. Mais maintenant que Leona avait introduit le ver du doute dans son esprit, il faisait son chemin ; et elle était bien forcée de s'avouer que l'hypothèse était plausible.

Quel homme aurait pu endurer une abstinence de sept années auprès d'une épouse qui ne partageait pas sa couche ? Une épouse qui l'avait si cruellement blessé par son inconduite, de surcroît, qu'il ne supportait même pas de la toucher ?

Les hommes mariés avaient fréquemment des maîtresses, elle le savait. Y compris ceux qui affirmaient aimer leur femme. Alors comment imaginer que Michael, dont les sentiments avaient été bafoués, ait pu faire exception à la règle ? Il n'y avait pas de quoi être surprise. Si elle n'avait pas été aussi naïve, ainsi que Leona l'avait fort justement observé, elle aurait même dû s'y attendre.

Seulement voilà : elle ne s'y attendait pas, et cette découverte lui était étrangement douloureuse. Peut-être n'était-elle blessée que dans sa fierté, ou dans son amour-propre, mais le résultat était le même : elle souffrait aussi vivement que si on lui avait planté un poignard en plein cœur. Elle mourait d'envie de courir se réfugier chez elle, de se mettre au lit et de pleurer.

Bien sûr, Leona avait pu mentir. Elle y était accoutumée. Mais comment aurait-elle pu inventer une telle histoire de toutes pièces, en l'espace d'un instant ? Elle ne pouvait prévoir qu'elle allait surprendre la question de Rachel — et cela d'autant moins que cette dernière n'aurait même pas dû se trouver là. Ce concours de circonstances ajoutait indubitablement du poids à ses dires.

Pour ce qui était de Sylvia, Rachel voulait bien croire qu'elle n'avait jamais entendu mentionner ces rumeurs. Mais cela ne signifiait pas qu'elles étaient inconsistantes. Elles n'auraient pu lui être rapportées que par son mari, et les maris épargnaient généralement à leur épouse — ou à leur mère — les informations qu'ils glanaient dans le monde parallèle où ils évoluaient pour prendre des plaisirs peu avouables. En outre, sir Ian n'aurait jamais révélé à sa femme les incartades d'un homme qui était marié à sa meilleure amie.

La chose valait sans doute aussi pour lady Belmartin, qui ne fréquentait certainement pas des habitués de maisons de jeu. Leona, en revanche, n'était pas rebutée par le vice et frayait dans les cercles les plus mal famés de la capitale, ce qui la rendait si scandaleuse aux yeux des gens de bon ton. Il y avait donc tout lieu de penser qu'elle tenait ses renseignements de source sûre.

Quant à Perry… Vu l'intensité de son effroi, Rachel était persuadée qu'il en savait beaucoup plus qu'il ne souhaitait en dire sur la fameuse Mme Neeley. Et bien qu'il ait nié avec véhémence la possibilité d'une liaison entre Michael et cette Lilith, sa terreur avait largement dépassé le choc naturel qu'il aurait pu éprouver en entendant Leona mentionner devant des dames la tenancière d'un tripot.

Mais surtout, il n'avait pas paru *surpris* que lady Vesey associe le nom de lord Westhampton à celui de cette femme. Il avait plutôt semblé horrifié à l'idée de ce qu'elle pouvait révéler.

De toute manière, raisonna la jeune femme, elle ne pouvait compter sur l'entière sincérité de Perry Overhill dans cette affaire. Il lui était attaché, certes, mais il connaissait Michael depuis plus longtemps qu'elle, et il était son ami. Sans oublier la fameuse solidarité masculine qui excluait les femmes de certains domaines.

Tout au long de ses réflexions, elle continuait à se demander pourquoi cet incident la tourmentait à ce point. Après tout, Michael et elle ne prétendaient pas s'aimer, et menaient des existences séparées. Et même si son mari l'avait tendrement chérie, autrefois, il ne l'avait épousée que pour éviter un scandale. Il était presque légitime qu'il aille chercher ailleurs ce qu'elle ne lui donnait pas — ou qu'il ne réclamait pas d'elle. En outre, s'il l'avait trompée, elle devait lui savoir gré de sa discrétion, et du respect qu'il lui avait montré.

Qu'elle n'ait rien pu soupçonner en sept ans était à mettre à son crédit.

Il n'en restait pas moins que l'éventualité d'une telle liaison la tracassait. Et qu'au fond d'elle-même, elle espérait encore avoir été abusée par Leona.

Sans doute était-elle troublée de découvrir en si peu de temps qu'elle connaissait si mal son mari, se dit-elle. Il lui semblait soudain qu'elle avait perdu des repères qu'elle croyait solides, ainsi que toutes ses certitudes. C'était comme si, brusquement, le roc sur lequel était bâtie sa vie se changeait en sables mouvants.

Malgré la bizarrerie de leur mariage, il était indéniable qu'elle se sentait l'épouse de Michael. Tout ce qu'elle était, tout ce qu'elle possédait, lui venait de lui — jusqu'aux vêtements qu'elle portait. Dès qu'elle rencontrait un problème, elle s'en ouvrait à lui et il l'aidait, ne fût-ce que par lettres.

Ils avaient aussi des habitudes, comme celle de passer ensemble la période de Noël, et jamais ils n'y auraient dérogé. Lors des dernières fêtes de fin d'année, son mari lui avait causé un vif plaisir en venant la rejoindre à l'improviste chez Richard, simplement parce qu'il s'inquiétait de son retard. C'était ainsi qu'elle voyait Michael : solide, loyal, irréprochable. Quelqu'un sur qui elle pouvait compter en toute circonstance.

De fait, bien qu'elle n'y ait jamais vraiment pensé auparavant, elle s'avisait tout à coup qu'elle était fière d'être lady Westhampton. Et pas seulement à cause du titre ou de la fortune qui y était attachée ; à cause de l'homme dont elle portait le nom.

Or, voilà que ces sentiments, qui faisaient intimement partie d'elle, étaient ébranlés coup sur coup par un bandit de grand chemin et par une personne peu recommandable — des gens qu'elle n'aurait jamais songé à associer à son mari quelque temps plus tôt. Elle avait de quoi se sentir désorientée.

Dès qu'elle put quitter la réception sans donner l'impression de fuir, Rachel s'éclipsa en compagnie de Sylvia. Elles discoururent aimablement jusqu'à ce que lady Montgomery la dépose devant sa porte. Après quoi, réprimant un soupir de soulagement à l'idée d'être enfin de retour chez elle, en sécurité, la jeune femme dédia un sourire mal assuré au valet qui la débarrassa de sa cape et s'empressa de gagner sa chambre.

Elle aurait tant voulu que Michael fût là, pour lui confier son désarroi ! Mais, bien sûr, ce souhait était stupide : comment aurait-elle pu lui parler de problèmes qui émanaient justement de lui ?

Elle congédia sa soubrette dès que celle-ci eut dégrafé les multiples crochets qui fermaient sa robe dans le dos, et ôté les épingles qui fixaient le savant échafaudage de son chignon bouclé. Ensuite, elle passa sa chemise de nuit et s'assit à sa coiffeuse pour brosser ses cheveux. Au bout d'un moment, elle fut surprise de voir des larmes silencieuses rouler sur ses joues.

Agacée, elle les chassa d'un revers de main. Ce n'était pas la fin du monde, se morigéna-t-elle. Sa vie allait continuer comme auparavant. Elle n'était même pas sûre que Leona avait dit vrai !

Si seulement elle avait pu questionner quelqu'un… Elle avait la possibilité d'écrire à Dev ou à Richard, certes, mais ce ne serait pas la même chose que de les interroger de vive voix. Il leur serait trop facile de lui mentir. Ils étaient amis avec Michael, et de surcroît ils estimeraient préférable de la protéger, fût-ce en lui cachant la vérité. Cela valait également pour Perry ; même si elle essayait de lui extorquer des aveux, elle ne serait jamais certaine de sa franchise.

Elle chercha quelle autre personne était susceptible de connaître le vrai visage de Michael. Le seul nom qui lui vint à l'esprit fut celui d'Araminta, et elle grimaça. Elle n'avait aucune envie de rendre visite à sa belle-sœur, et moins encore de lui poser une question aussi personnelle. Mais d'une part cette visite était obligatoire, et d'autre part elle pouvait compter sur l'acariâtre miss Trent pour ne pas enjoliver la réalité.

Evidemment, la sœur de Michael avait pu être tenue à l'écart de ces rumeurs, elle aussi ; toutefois, comme il était notoire qu'elle n'aimait guère Rachel, il se pouvait que des amis « bien intentionnés » l'aient mise au courant d'une situation qui portait gravement ombrage à la jeune femme.

Une telle démarche serait terriblement humiliante. Et cependant, connaître la vérité valait bien un moment d'embarras, se dit-elle. De fait, tout lui semblait préférable à l'état de doute dans lequel elle se trouvait.

Une fois couchée, elle se tourna et se retourna longtemps dans son lit, incapable de trouver le sommeil. Cent fois, elle changea d'avis et revint sur sa décision. Mais le matin venu, quand elle se leva, elle était déterminée à en finir avec ce supplice. Elle irait voir Araminta, quoi que sa belle-sœur ait à lui apprendre.

En début d'après-midi, Rachel revêtit une robe de ville de soie vert foncé, ornée d'un simple falbala le long de l'ourlet, et commanda l'attelage. Bien que la demeure de miss Trent fût assez proche, et qu'elle eût pu s'y rendre à pied, elle tenait à respecter les usages ; sa belle-sœur lui avait assez souvent reproché de ne pas se conduire conformément à sa position dans le monde.

Araminta habitait une maison stylée, de couleur crème, aussi charmante qu'agréable ; néanmoins, Rachel l'avait maintes fois entendue se plaindre avec un petit soupir que ce domicile n'avait rien de comparable avec la résidence des Westhampton — comme si elle reprochait à sa jeune belle-sœur de lui avoir pris sa place. Et celle-ci, du coup, se sentait toujours vaguement fautive de cet état de fait.

Dès que le majordome eut introduit la visiteuse dans le parloir, miss Trent fit son entrée. Moins grande que son frère, et nettement plus enrobée que lui, elle lui ressemblait toutefois par la couleur de ses cheveux et de ses yeux. Mais le calme et la courtoisie de Michael étaient remplacés chez elle par une bienséance rigide. En outre, comme elle avait sept ans de plus que son cadet, elle se sentait toujours en droit de lui dispenser ses opinions sans mâcher ses mots.

Elle salua sa belle-sœur d'un sourire pincé.

— Bonjour, Rachel. J'avais entendu dire que vous étiez de retour à Londres.

— Je suis rentrée avant-hier, en effet, répondit la jeune femme consciente de la critique implicite contenue dans cette remarque, et il m'a fallu me réinstaller dans la vie citadine. Je suis restée plus longtemps que d'habitude à Westhampton, cette année. Mon beau-frère Cleybourne, qui s'est marié peu après Noël, nous a confié sa pupille pour deux mois.

Ainsi qu'elle l'espérait, Araminta se réchauffa légèrement à la mention du duc. Sa belle-sœur serait ravie d'abreuver ses amies d'informations de première main sur la nouvelle duchesse, se dit Rachel — dont le principal souci était de détendre l'atmosphère pour amener le sujet qui l'intéressait. Aussi brossa-t-elle un portrait détaillé de Jessica et de Gabriela, suivi d'un bref résumé des événements qui s'étaient déroulés chez Richard pendant la tourmente de neige.

Satisfaite, miss Trent se lança à son tour dans un exposé fastidieux de ses activités hivernales. Rachel dut lutter pour garder les yeux ouverts et feindre un intérêt poli, tout en cherchant le moyen d'en venir où elle voulait. Finalement, incapable de trouver une transition aussi habile que discrète, elle laissa échapper tout à trac, lors d'une pause dans la conversation :

— Je voulais vous demander… Auriez-vous entendu parler, par hasard, d'une certaine Lilith Neeley ?

Elle baissa aussitôt les yeux, les joues en feu, mais perçut l'exclamation choquée que retenait sa belle-sœur. Lorsqu'elle releva les paupières, elle constata avec un coup au cœur qu'Araminta la fixait d'un air horrifié.

— Rachel ! se récria-t-elle. Comment pouvez-vous… Juste ciel ! J'ai peine à croire que vous osiez aborder un sujet aussi délicat et aussi… embarrassant.

Elle pinça les lèvres.

— Je refuse absolument de discuter de cette femme. Et sachez que vous vous porterez un grave préjudice, si vous mentionnez son nom en société. Des situations telles que celle-ci requièrent le silence, mon petit.

Rachel eut la sensation que son cœur sombrait. Ainsi, Leona n'avait pas menti : Michael avait bel et bien une liaison.

9

L'expression atterrée d'Araminta constituait la plus claire des réponses, et sa mise en garde, une confirmation éclatante de ce que Rachel redoutait. De toute évidence, sa belle-sœur avait eu connaissance des rumeurs qui couraient sur Michael et Mme Neeley, et elle y accordait foi.

— Notre père était ce qu'il était, reprit miss Trent d'un ton amer. Nul ne peut corriger le passé. Mais je n'aurais jamais imaginé que Michael…

Elle s'interrompit et se leva, le visage fermé.

— Je pense qu'il est temps que vous partiez, Rachel.

Une flambée de colère envahit la jeune femme. A en juger par son attitude, Araminta semblait se considérer comme la première victime de l'inconduite de son frère ! Michael avait une maîtresse, et c'était elle qui en était blessée ?

Elle se leva à son tour, et déclara avec une pointe de sarcasme :

— Je suis navrée de vous avoir choquée, Araminta.

— Vous n'y êtes pour rien, je suppose. Le respect des

convenances s'inculque dans la prime jeunesse, et s'il ne vous a pas été enseigné…

Rachel dut serrer les dents pour ne pas répondre à cette attaque par une grossièreté. Elle salua sa compagne d'un bref signe de tête, lâcha un « au revoir » crispé et s'en alla.

Un bon moment, elle resta sous l'influence de ce camouflet qui l'avait mise hors d'elle. Mais lorsque son attelage s'arrêta devant chez elle, elle n'avait plus en tête que la douloureuse réalité, qui ne faisait plus de doute : depuis des années, elle vivait dans l'illusion. Elle était mariée à un homme qu'elle croyait connaître, et dont elle ignorait tout.

Ce jour-là et le lendemain, elle fut incapable de songer à autre chose. Ses émotions décrivirent toute la gamme des sentiments, de la souffrance à la vexation, en passant par la fureur.

N'avait-elle pas, elle, respecté à la lettre les engagements donnés à son mari ? Elle n'avait plus jamais revu Anthony, ne lui avait pas écrit, avait veillé avec le plus grand soin à ne pas entacher la réputation de Michael et de sa famille du moindre soupçon de scandale. Elle s'était gardée de toute familiarité avec les hommes, même la plus légère, et voilà comment il lui rendait sa loyauté ?

Certes, elle était la première coupable d'avoir réduit leur union à une coquille vide, étouffé dans l'œuf l'amour que son mari lui portait ; elle ne le niait pas. Mais n'avait-elle pas, depuis longtemps, réparé ses torts ?

Elle était jeune, à l'époque, et l'ivresse de ce premier amour lui avait tourné la tête. Néanmoins, à part cette ridicule tentative de fuite, elle n'avait rien commis d'immoral, ni d'irrémédiable. Lorsqu'elle avait épousé Michael, elle était aussi innocente et pure que le jour de leur engagement. Westhampton n'aurait-il pu lui pardonner cette erreur de jeunesse, à la longue ?

Elle pouvait admettre qu'il n'ait jamais retrouvé à son égard ses sentiments d'antan. Une fois bafoué, l'amour était sans doute incapable de renaître. Mais lui inspirait-elle un tel dégoût, qu'il soit allé chercher consolation auprès d'une autre femme ?

A ce qu'elle savait, les hommes étaient mus par des désirs charnels plus impérieux que ceux du « beau sexe ». Bien des époux qui s'étaient mariés par devoir et n'aimaient pas leur femme consentaient tout de même à honorer de temps à autre la couche conjugale… Pourquoi Michael n'avait-il jamais cherché à exercer les « droits » qu'il avait sur elle ? Elle était loin d'être laide, elle le savait. Pourtant, il ne lui avait jamais fait la moindre avance. Lui paraissait-elle repoussante à ce point, flétrie à ses yeux par une faute indélébile ?

Cela semblait difficile à croire. Mais peut-être vouait-il à cette Lilith Neeley une passion qui lui rendait toute autre femme indésirable, même la sienne ? Peut-être l'avait-elle ensorcelé par une sorte de beauté fatale, irrésistible, qu'elle-même ne possédait pas ?

A quoi ressemblait-elle ? Possédait-elle la fougue impétueuse et flamboyante des rousses, comme Jessica ?

Etait-elle au contraire une blonde fragile et éthérée, dotée d'un visage de poupée ? Avait-elle un charme piquant, agrémenté d'humour et d'esprit ?

Plus les heures passaient, plus Rachel brûlait de voir sa rivale. De la rencontrer, de s'entretenir avec elle. Ce serait terriblement inconvenant, bien sûr, mais la jeune femme n'en avait cure. Ce désir la dévorait.

Le problème, c'était qu'elle ne savait comment s'y prendre. Elle n'avait aucune idée de l'endroit où elle habitait, et ne pensait pas que l'une de ses connaissances le sache non plus. D'ailleurs, même si l'une de ses amies lui avait paru en mesure de l'aider, elle ne s'imaginait pas demander ce genre de service à une dame — y compris Sylvia. Et pour ce qui était des gentilshommes qu'elle fréquentait, nul doute qu'ils seraient profondément choqués par sa requête ; ils se garderaient bien de lui révéler l'adresse de Mme Neeley, conservant cette information comme un secret d'Etat ! De surcroît, poser une telle question à un homme lui paraissait plus embarrassant encore.

Toutefois, quand Perry Overhill vint lui rendre visite le lendemain après-midi, elle se dit qu'il représentait sa meilleure chance d'apprendre ce qu'elle voulait. Et comme il était déjà au courant de l'affaire, songea-t-elle, la démarche serait moins délicate et moins humiliante.

Lorsqu'il pénétra dans le salon, elle se leva et l'accueillit avec enthousiasme, les mains tendues.

— Perry ! Vous tombez à pic. Vous êtes celui que je souhaitais voir.

Le jeune homme parut un peu époustouflé par cet accueil.

— Oh ! Vous m'en voyez ravi. Et vous semblez… de fort belle humeur.

— Parce que vous êtes ici, mon cher. C'est la seule raison que j'ai de me réjouir, croyez-moi. Depuis deux jours, je ne cesse de remâcher les propos de Leona.

Le visage poupin de Perry se contracta.

— Je le craignais. C'est pourquoi je suis passé vous voir. De grâce, oubliez ces médisances ; leur seul but était de vous blesser.

— Je sais. Néanmoins, il m'est difficile de les écarter d'un revers de main. Je suis allée interroger Araminta, hier.

Overhill ouvrit des yeux ronds.

— La sœur de Michael ? Bonté divine ! Quelle mouche vous a piquée ?

— J'ai pensé qu'elle était la seule personne susceptible de m'éclairer sur Lilith Neeley — sans prendre de gants pour me ménager.

— Et alors ? s'enquit le jeune homme, visiblement frappé de stupeur.

Rachel détourna les yeux, de crainte de fondre en larmes.

— Alors… j'ai compris qu'elle connaissait l'existence de cette femme. Depuis longtemps.

Elle marqua une pause, avant de relever la tête.

— Perry… accepteriez-vous de me conduire chez Mme Neeley ?

Son ami prit un air aussi horrifié que si elle lui avait demandé de se dévêtir devant elle et de sortir nu dans la rue.

— Rachel ! s'exclama-t-il. C'est la dernière des choses… Songez-vous à la réaction de Michael, si je vous obéissais ? Il m'étriperait tout vif ! Ce serait d'une inconvenance… inouïe.

— Je me moque de ce qui est convenable ou de ce qui ne l'est pas. Je veux voir Lilith Neeley.

— Vous ne mesurez pas ce que vous dites. Cette personne est une… Enfin. Elle… dirige un cercle de jeu, avec tout ce que cela implique, et elle loge à côté. Si Michael ne me tue pas, ce sera votre frère qui s'en chargera. Ou Cleybourne. Vous ne souhaitez tout de même pas causer ma mort ?

— Bien sûr que non, répondit Rachel. Mais aucun d'eux n'en saura rien. Je n'en soufflerai pas mot, si vous vous taisez aussi.

— Loin de moi l'idée de me vanter d'une telle escapade, croyez-moi ! Mais si je vous conduisais là-bas, la chose s'ébruiterait à coup sûr, ajouta-t-il avec un frisson.

— Je comprends, acquiesça la jeune femme — d'autant plus docilement qu'elle pouvait enfin formuler la suggestion qui lui convenait le mieux. Dans ce cas… contentez-vous de me fournir son adresse, et je m'arrangerai pour y aller seule.

Cette fois, Perry faillit s'étrangler.

— Rachel ! protesta-t-il en postillonnant sous l'effet de l'agitation. C'est impensable ! Une dame, se rendre seule dans un lieu pareil ? Non, non ! Ce que vous me demandez est absolument impossible.

Il décocha à sa compagne une œillade navrée.

— Vous êtes la personne la plus charmante et la plus séduisante qui soit à Londres, et vous savez quelle adoration vous m'inspirez. Mais sincèrement, je ne puis vous accorder une faveur aussi déplacée.

Rachel soupira.

— Fort bien. Je ne vous en parlerai plus.

Overhill se détendit, soulagé. Puis un soupçon l'assaillit et il fronça de nouveau les sourcils.

— Vous n'envisagez pas de vous adresser à quelqu'un d'autre, n'est-ce pas ?

— Cela reste à voir.

Le jeune homme grogna.

— Sapristi, Rachel, vous allez me faire mourir d'angoisse ! Pour l'amour du ciel, depuis quand êtes-vous devenue aussi… aussi…

— Entêtée ? suggéra l'intéressée avec un petit rire amusé. Je ne sais pas. Depuis que je connais Miranda, peut-être…

— L'Américaine ? J'aurais dû m'en douter.

— En la voyant mener sa vie à son gré, je me suis avisée que j'avais toujours beaucoup trop dépendu de mon entourage. Fille soumise, épouse soumise… Il serait temps que je prenne mon destin en main, moi aussi.

— Ce discours me paraît éminemment dangereux, observa son visiteur. Michael en serait…

— Perry, Perry ! l'interrompit Rachel, un doigt levé. Je compte sur votre discrétion. Mon mari doit tout ignorer de cette affaire, sommes-nous d'accord ?

— Rachel…

— J'insiste, mon cher.

— Bon. Je ne lui dirai rien. Mais je vous en supplie, promettez-moi de ne pas vous placer dans des situations qui pourraient vous créer des ennuis.

— Je serai de la plus extrême prudence, je vous le promets.

Le jeune homme parti, Rachel se rassit, déçue de n'être arrivée à rien. De fait, ce qu'elle avait laissé entendre à Perry n'était que pure vantardise. Tout autre gentilhomme, elle le savait, réagirait comme lui et refuserait catégoriquement de l'aider. Elle soupira, regrettant que Miranda et Jessica ne fussent pas là pour la conseiller. A sa place, la jeune lady Aincourt demanderait simplement à l'un de ses serviteurs de s'acquitter de cette enquête, pensa-t-elle. Ce qu'elle ne pouvait se permettre. En revanche, pourquoi n'engagerait-elle pas un limier de Bow Street ? Elle craignait toutefois que ces policiers hors pair ne limitent leurs actions à des affaires criminelles…

A force de réfléchir, elle se dit qu'elle pourrait peut-être s'adresser à l'un de ses jeunes admirateurs — quelque gentilhomme de province nouvellement arrivé à Londres, désireux de briller et de montrer ses capacités. En se faisant passer pour une femme du monde en quête de frissons défendus, brûlant par exemple de voir de près un cercle de jeu, elle le convaincrait sans doute de l'accompagner dans les bas-fonds de la capitale. Le visage dissimulé par un masque, enveloppée dans un domino, elle serait à même d'observer sa rivale incognito. Après quoi, si elle s'en sentait le courage, elle aborderait cette Mme Neeley et demanderait à lui parler en privé. Elle lui révélerait qui elle était, et ensuite…

Rachel s'arrêta là, incapable d'imaginer ce qui suivrait. Tout ce qu'elle savait, c'était qu'elle voulait voir cette femme et s'entretenir avec elle. Elle ne connaîtrait pas un instant de repos tant qu'elle n'y serait pas parvenue.

L'après-midi suivant, Rachel était toujours en train de soupeser diverses possibilités quand le majordome vint la prévenir qu'elle avait un visiteur.

— Un certain M. Birkshaw, madame.

La comtesse le dévisagea avec stupeur. C'était si inattendu qu'elle n'était pas sûre d'avoir bien compris.

— Anthony Birkshaw ?

Stinson s'inclina.

— Exactement, madame. Comme je ne connaissais pas ce monsieur, je lui ai dit que j'allais voir si vous receviez. Il m'a prié de vous faire savoir qu'il souhaitait vous entretenir d'une affaire urgente.

Rachel était abasourdie. Qu'est-ce qui prenait à Anthony, de lui rendre une visite impromptue après tant d'années ? Elle ne l'avait pas revu depuis la nuit de leur fuite, et avait appris quelques mois plus tard son mariage avec une héritière de York. Le jeune couple s'était installé dans cette région et ne venait que rarement à Londres. Quel motif poussait donc son ancien soupirant à solliciter un entretien aussi soudain ?

Elle se ressaisit.

— Dites à M. Birkshaw que je le rejoindrai en bas dans un moment, répondit-elle au domestique.

— Bien, madame.

Stinson exécuta une courbette stylée et disparut.

Rachel demeura quelques minutes immobile, les mains nouées sur sa taille, se demandant si elle avait bien agi. Elle avait promis à Michael de ne plus revoir Anthony, mais cela remontait à si longtemps... En outre, cette réapparition imprévue piquait sa curiosité. Mais elle était plus curieuse encore de voir si le jeune homme avait changé — et ce qu'elle ressentirait en se retrouvant face à lui.

Elle allait descendre et lui expliquer qu'il ne devait plus se présenter chez elle, décida-t-elle. Une telle démarche semblerait émaner de la plus stricte politesse ; et si elle écornait son serment dans les formes, elle ne le trahirait en rien sur le fond. De surcroît, Michael n'avait pas eu de scrupules à la tromper depuis des années, lui. De quel droit lui reprocherait-il une entorse aussi légère — et aussi involontaire — à ses engagements ?

Sa conscience apaisée, Rachel jeta un coup d'œil à son miroir. Elle lissa ses cheveux et se pinça les pommettes pour y mettre un peu de couleur, inquiète à l'idée qu'Anthony puisse la trouver vieillie. C'était de la vanité, elle le savait, mais elle ne pouvait s'en défendre.

Enfin, s'estimant prête, elle quitta son boudoir et se dirigea vers l'escalier, le cœur battant.

Alors qu'elle descendait les marches, plus troublée qu'elle ne l'aurait voulu, elle essaya de se remémorer ses traits — et s'aperçut qu'elle ne s'en souvenait pas clairement. Dire qu'elle avait cru mourir de chagrin, les premiers soirs qui avaient suivi leur séparation ! Elle n'aurait su dire à quel moment sa peine avait commencé à s'estomper, ni à quelle époque elle avait disparu pour ne laisser place qu'à des remords, et à l'amertume d'avoir ruiné son mariage pour une folie de jeunesse. Tout cela lui semblait très loin.

Anthony l'attendait dans le parloir, debout près de la cheminée, le dos tourné à la porte. Elle s'arrêta un instant sur le seuil afin de le contempler. Il était vêtu de noir, sa redingote à la coupe parfaite taillée dans un drap coûteux. Il lui parut plus petit et plus robuste qu'elle ne se le rappelait, sans doute parce qu'elle s'était habituée à la longue silhouette élancée de Michael. En revanche, ses épais cheveux bruns bouclaient toujours sur son col, comme autrefois.

Elle s'avança dans la pièce, laissant la porte ouverte de manière à éviter toute ambiguïté.

— Monsieur Birkshaw ?

Il se retourna vivement.

— Bonjour, Rachel. Pardon, lady Westhampton, devrais-je dire.

Rachel approuva cette rectification d'un signe de tête et lui désigna le canapé.

— Voulez-vous vous asseoir ?

Elle alla jusqu'à une chaise disposée à quelques pas et prit place face à lui, l'air calme et réservé. Durant un long moment, ils se dévisagèrent en silence.

Anthony était toujours le même, constata Rachel. Peut-être avait-il légèrement forci, mais il avait gardé tout son charme. Et pourtant son beau regard sombre, cette fossette espiègle qui creusait son menton, sa bouche pleine et bien dessinée la laissaient étrangement indifférente. Son cœur ne s'emballait pas, ne se contractait pas non plus de regrets ou de nostalgie. Etonnée, elle s'avisa qu'elle éprouvait surtout une vague impression de gêne.

Il détourna les yeux et les riva sur le tapis, les sourcils froncés.

— Je gage que vous devez être fort surprise de me voir, dit-il.

— En effet, admit la jeune femme, intriguée par son expression soucieuse.

— Je dois vous avouer… que je le suis aussi, reconnut Anthony. D'avoir osé venir vous trouver, veux-je dire. Mais je ne savais pas vers qui d'autre me tourner.

— Pardonnez-moi, je crains de ne pas vous suivre.

Le jeune homme releva la tête et la considéra avec gravité.

— Vous avez certainement appris… que je me suis marié, quelque temps après vous.

— Oui.

— Depuis, je n'ai plus guère fréquenté la haute société.

Doreen trouvait Londres trop bruyant et trop vaste à son gré, elle préférait York. En outre, son père appartenait à la bourgeoisie marchande, ce qui faisait qu'elle était mal acceptée par les dames de l'aristocratie. J'ai perdu à peu près toutes les relations que je possédais ici.

Il baissa de nouveau les paupières et poussa un profond soupir.

— Ma femme est morte il y a quelques mois.

— Oh ! j'en suis navrée ! s'exclama Rachel avec un élan de compassion sincère.

Elle comprenait son air sombre, à présent.

— Merci, murmura Anthony.

— Je sais que vous devez traverser une période difficile, continua Rachel en songeant au chagrin qui avait accablé Richard après la mort de Caroline, mais tout finira par s'arranger. Votre souffrance s'apaisera avec le temps, j'en suis sûre.

Il releva les yeux vers elle, légèrement surpris.

— Ne vous méprenez pas. Je m'étais bien sûr attaché à Doreen, au fil des années, mais notre mariage n'était qu'une union de convenance. Et si son décès m'a peiné, je n'en ai pas eu le cœur brisé.

— Je vois, dit la jeune femme, assez décontenancée par un tel détachement.

Son mariage n'avait rien d'un mariage d'amour non plus, mais il lui semblait tout de même qu'elle serait profondément bouleversée par la mort de Michael. Le seul fait d'y penser lui serrait le cœur. Et pourquoi Anthony était-il venu la trouver, si ce n'était pour l'informer de son deuil ? Espérait-il renouer avec elle, maintenant qu'il était libre ? Cette idée fit naître en elle une vive indignation.

Il lui expliqua ses raisons de lui-même.

— Si je suis ici, et si je vous parais… quelque peu tourmenté, c'est que je me trouve confronté à un grave problème. Je ne voudrais pas avoir l'air de prendre les choses au tragique, mais certains éléments m'ont conduit à penser… que la mort de Doreen n'a pas été naturelle.

— Quoi ? s'écria Rachel stupéfaite.

Anthony confirma ses dires d'un signe de tête.

— Durant plusieurs semaines, elle a souffert de troubles digestifs qui l'ont beaucoup affaiblie. J'étais absent quand elle est tombée malade. Je suis rentré dès que j'en ai été informé, bien sûr. Au début, notre médecin de famille ne s'est pas inquiété outre mesure ; il a commencé à s'alarmer sérieusement quand son état s'est prolongé, puis aggravé, sans qu'il pût en déceler la cause. Il n'a rien pu faire pour la sauver.

Depuis un moment, Anthony serrait et desserrait nerveusement les mains. Soudain, il se leva et se mit à arpenter la pièce avec agitation.

— Nous avons tous pensé qu'elle avait été emportée par une maladie mystérieuse, encore méconnue. Mais à présent, je suis à peu près convaincu qu'elle a été assassinée.

— C'est épouvantable !

— Oui. C'est pourquoi vous me voyez dans un tel état ; je ne sais plus à quel saint me vouer.

Rachel l'observa un moment, partagée entre l'horreur et la perplexité.

— Je suis réellement bouleversée par ce que vous m'apprenez, mais je ne saisis toujours pas… ce qui vous a conduit ici, déclara-t-elle d'un ton hésitant. Ne conviendrait-il pas de confier cette affaire aux services de police de Bow Street ?

— Je souhaiterais éviter un scandale, dans la mesure du possible. Je sais que Doreen aurait détesté faire parler d'elle… de cette façon-là, et je partage cet avis. Aussi suis-je venu vous demander d'intervenir pour moi auprès de lord Westhampton.

Cette conclusion était tellement ahurissante que la jeune femme écarquilla les yeux, ébaubie.

— Michael ? Mais…

— Oh ! je sais fort bien que je suis très mal placé pour requérir de lui un tel service ! s'empressa de préciser Anthony. Au vu des torts que je lui ai causés autrefois, il serait tout à fait en droit de me congédier. Mais j'ai pensé que vous parviendriez peut-être à le convaincre de m'aider. Cette affaire est ancienne, maintenant. J'avais pu apprécier à l'époque le calme et le sang-froid de votre mari — et lord Arbuthnot m'a confirmé qu'il le tenait en très haute estime. C'est par lui que j'ai eu connaissance des investigations de lord Westhampton.

— Attendez ! commanda Rachel en se levant à son

tour pour aller jusqu'à la fenêtre. Laissez-moi réfléchir un instant.

Elle était sens dessus dessous. Les *investigations* de Michael ? Elle n'avait aucune idée de ce qu'Antony voulait dire, mais ces révélations semblaient brusquement éclairer tout le reste — et expliquer entre autres choses l'étrange intervention de Geordie le Rouge.

Son visiteur était sans doute à même de lui donner de plus amples informations… à condition qu'elle se montre habile, et ne lui laisse pas deviner son ignorance. S'il se rendait compte qu'elle ne savait rien, il ferait probablement marche arrière, horrifié de son impair, et redeviendrait muet comme une carpe.

Lorsqu'elle eut mis sa stratégie au point, elle lui refit face et déclara d'un ton posé :

— De fait, je suis fort surprise de l'indiscrétion de lord Arbuthnot. Les activités de mon mari ne sont pas censées être connues. Que vous a-t-il dit exactement ?

Anthony pâlit.

— Je n'avais pas vu les choses sous cet angle, je l'avoue, et je suis désolé d'avoir été aussi… direct. Il est évident que lord Westhampton doit se montrer discret dans l'aide qu'il apporte aux enquêteurs de Bow Street ; moins il suscite la méfiance des personnes en cause, plus il peut se montrer efficace.

Il marqua une pause, les sourcils froncés, pendant que Rachel dissimulait de son mieux sa stupeur. Michael était donc une sorte d'agent secret ? Depuis quand, et pour quelle raison ?

— Je gage que lord Arbuthnot n'a pas mesuré l'importance de cette révélation, à l'époque, reprit le jeune homme d'un air ennuyé. C'était il y a un an, environ. J'étais de passage à Londres, je l'ai rencontré incidemment et nous avons bavardé de choses et d'autres — en particulier du vol dont lady Godfrey, une connaissance commune, venait d'être victime. C'est elle qui a dû l'informer du rôle joué par votre mari dans la recherche de ses bijoux, je suppose. Ce détail m'a frappé, et je l'ai retenu.

— Je comprends, commenta la jeune femme.

Mais elle ne voyait toujours pas ce qui avait pu conduire Michael à se lancer dans des activités aussi dangereuses ; jusqu'ici, elle avait cru que son goût pour les énigmes se limitait à un plaisir purement intellectuel, ce qui était fort loin de la réalité, apparemment. Et surtout, elle se sentait blessée qu'il ne lui en eût pas parlé.

Cela confirmait clairement à quel point elle s'était trompée, en pensant qu'elle connaissait tout de lui… et qu'ils partageaient une relation amicale, fondée sur l'estime et la confiance. De fait, elle ignorait des pans entiers de son existence. Plus elle avançait dans ses découvertes, plus il lui semblait qu'un abîme béant s'ouvrait à ses pieds.

— Puis-je compter sur votre intervention, donc ? insista Anthony après quelques minutes de silence.

Rachel hocha la tête.

— Je ferai part de votre requête à mon époux. Toutefois, comme il est rentré à Westhampton, je devrai lui écrire, ce qui prendra un peu de temps. Et je ne sais s'il condescendra à m'écouter. Nous ne sommes pas très proches, précisa-t-elle avec une pointe d'amertume.

— Vous m'en voyez navré, répondit Anthony. D'autant plus que je suis à blâmer de cet état de fait.

— Non. J'étais aussi coupable que vous.

Rachel se rapprocha de lui et plongea son regard dans le sien.

— En échange de mon aide, toutefois, j'ai un service à vous demander.

— Bien sûr ! Tout ce que vous voudrez.

— J'aimerais avoir l'adresse de Mme Lilith Neeley.

— De qui ?

En l'espace de quelques secondes, le jeune homme passa de l'incompréhension la plus totale à une stupeur choquée.

— La tenancière de la maison de jeu ?

— Oui. On m'a dit qu'elle logeait à côté.

— Mais… en quoi cette personne vous intéresse-t-elle ? bredouilla Anthony. Que lui voulez-vous ?

Devant son expression atterrée, Rachel eut recours à la ruse.

— J'ai une amie dont le frère est un joueur invétéré, expliqua-t-elle. Elle craint qu'il ne dilapide leur fortune ; elle souhaiterait parler à cette femme, et lui demander d'interdire l'entrée de son établissement au jeune homme en question.

Anthony haussa les épaules.

— J'ignore si une telle démarche serait efficace, mais

il est exclu que votre amie se rende là-bas. Ce n'est pas un endroit pour une dame.

— Elle est déterminée à agir, et je lui ai promis de l'aider.

— Vous ne songez tout de même pas à l'accompagner ? se récria le jeune homme épouvanté.

— Non, évidemment. Je suppose qu'elle se fera escorter par un valet, en dissimulant son visage pour ne pas risquer d'être reconnue. De grâce, Anthony, donnez-moi cette adresse. Vous vous êtes engagé à me rendre ce service.

Le jeune homme soupira.

— Si vous y tenez… Ce quartier n'est pas des plus fréquentables, je vous avertis. Néanmoins, si elle s'y rend dans la journée, elle ne devrait pas courir de danger.

Non sans hésitation, il fournit le renseignement demandé.

— Merci, répondit Rachel.

Elle se dirigea aussitôt vers la porte pour le raccompagner, pressée de rester seule.

— J'écrirai à Michael cet après-midi, assura-t-elle.

Dès qu'Anthony fut sorti, elle remonta en toute hâte dans sa chambre et se changea, décidée à passer à l'action sur-le-champ. Elle ne voulait pas s'accorder le temps de réfléchir, ni de soupeser les conséquences de son acte. Cette affaire devait être éclaircie, il n'était pas question qu'elle cède à la peur ou à l'appréhension. Quoi qu'il en découle, elle le réglerait plus tard.

Quand elle redescendit peu après, elle portait une

robe sombre, toute simple, et avait ôté tous ses bijoux. Elle ne voulait surtout pas en imposer à Mme Neeley par des atours trop riches ou trop voyants ; il serait déjà assez difficile d'entrer en contact avec cette femme, estimait-elle, sans appuyer encore sur la différence de leur position.

Elle s'enveloppa dans une longue cape nantie d'un capuchon — une tenue un peu trop chaude pour la saison, sans doute, mais la prudence était de rigueur. Perry et Anthony n'avaient pas exagéré, elle le savait : si elle était reconnue aux abords d'un tripot — tenu de surcroît par la maîtresse de son mari — le scandale serait retentissant.

Le valet en faction près de la porte d'entrée lui offrit de faire amener son attelage. Le plus calmement possible, elle refusa en déclarant qu'elle se rendait à la bibliothèque de prêt, et qu'elle préférait y aller à pied. Le domestique trouva certainement curieux qu'elle sorte sans escorte, ce qui n'était pas dans ses habitudes, mais il ne se permit pas de lui en faire la remarque.

Une fois dehors, Rachel emprunta le trottoir qui menait à la bibliothèque, pour le cas où elle serait observée. La maison donnait sur une avenue très passante, encombrée de véhicules. Lorsqu'elle fut à bonne distance de chez elle, elle héla un fiacre et donna au cocher l'adresse de Mme Neeley.

Comme l'homme la regardait d'un air intrigué, elle répéta son ordre d'un ton ferme, monta dans l'habitacle et ferma la portière, ne lui laissant pas d'autre option que de la conduire à l'endroit indiqué.

Durant tout le trajet, elle demeura tendue, les mains nouées sur ses genoux, sans cesser de repasser dans son esprit ce qu'elle avait à dire et comment elle le dirait. Puis le fiacre s'arrêta, et elle remonta son capuchon sur sa tête avant de descendre. Elle paya sa course, après quoi elle jeta un coup d'œil prudent autour d'elle.

La rue était étroite, bordée d'immeubles bas d'aspect modeste, mais elle ne semblait pas dangereuse, malgré la proximité d'une taverne. Quant à la maison devant laquelle Rachel était descendue, c'était un logis en pierre de deux étages, sans rien de luxueux, certes, mais propre et coquet, avec des volets fraîchement repeints, des vitres nettes et un heurtoir en laiton bien astiqué sur la porte d'entrée.

La jeune femme gravit les marches et frappa. Le domestique qui lui ouvrit était un colosse de haute taille, si largement bâti qu'il occupait tout l'espace. A en juger par son nez cassé et les cicatrices qui couturaient son visage, pensa Rachel, il s'agissait plus d'un garde du corps que d'un simple serviteur.

L'homme se pencha vers elle, afin de distinguer ses traits dans l'ombre de sa capuche.

— Je peux quelque chose pour vous, miss ? demanda-t-il d'un air dubitatif.

— J'aimerais parler à Mme Neeley, je vous prie, répondit Rachel. Mme Lilith Neeley.

Haussant les sourcils, le colosse recula pour lui permettre d'entrer et lui désigna une banquette.

— Asseyez-vous. Je vais demander.

Rachel obéit, et regarda autour d'elle pendant qu'il refermait la porte et montait au premier. Elle fut presque déçue. Ni le petit vestibule ni les pièces qui le flanquaient n'évoquaient un lieu de perdition ou de luxure. Elle s'était imaginé un endroit de mauvais goût, très orné, avec des éclairages tamisés et des parfums entêtants ; or, cette maison paraissait tout à fait décente.

Au bout de quelques minutes, l'homme redescendit, suivi d'une jeune femme blonde à la silhouette élancée et au visage attrayant.

— Je suis Lilith Neeley, déclara-t-elle d'une voix posée, teintée d'une pointe d'accent du Nord. Puis-je vous être utile ?

— Je l'espère, répondit Rachel en abaissant son capuchon. Je suis Rachel Trent.

Elle n'avait pas utilisé son titre à dessein, afin de ne pas paraître hautaine à sa rivale. Mais si celle-ci ne comprenait pas, elle se réservait de préciser : lady Westhampton.

Ce ne fut pas nécessaire, car les yeux de Mme Neeley s'élargirent.

— Oh ! Milady, je…

— Je suis venue vous parler de mon mari, poursuivit Rachel.

— Pardon ?

La blonde créature jeta une œillade nerveuse autour

d'elle, comme si elle cherchait un soutien, mais son cerbère avait disparu au fond d'un couloir.

— Je crains de ne pouvoir vous aider, madame.

— Je suis convaincue du contraire, rétorqua Rachel en serrant ses mains l'une contre l'autre pour les empêcher de trembler.

Elle était décontenancée par l'apparence de cette femme, qui n'avait rien de la maquerelle sale et vulgaire qu'elle s'était imaginée.

— De grâce, ne me mentez pas, implora-t-elle. Plusieurs personnes m'ont parlé de vous. Apparemment, j'étais la seule à ignorer votre existence. Lord Westhampton s'est montré fort habile à me la cacher. Entre autres choses, ajouta-t-elle d'un ton acide. Mais je sais maintenant que vous êtes sa maîtresse depuis plusieurs années.

Lilith étouffa une exclamation. Elle semblait si choquée que Rachel, un instant, se demanda si elle ne s'était pas méprise.

— Milady ! protesta-t-elle vivement. Non ! Vous ne pouvez croire une chose pareille ! Ce serait... Oh ! mon Dieu !

Elle esquissa un geste pour saisir les mains de sa visiteuse, mais se reprit.

— Excusez mon émotion. Je connais votre époux, bien sûr. Je veux dire... que je sais qui il est. Mais je ne suis nullement sa maîtresse et ne l'ai jamais été, je vous le jure ! Je suis atterrée que vous ayez pu le penser. Miséricorde... J'ai bien... une relation, mais il ne s'agit pas de lui, je vous en donne ma parole. Lord

Westhampton ne vient jamais ici. Les choses ne sont pas *du tout* ce que vous croyez !

L'affolement de Mme Neeley était tel, elle paraissait si bouleversée que Rachel inclina à la croire. Elle se détendit légèrement. Les apparences n'étaient peut-être pas ce qu'elles étaient, en fin de compte. Il existait peut-être une autre explication qui lui échappait — et qui avait abusé tout le monde.

— Je… je suis vraiment navrée si je me suis trompée, balbutia-t-elle. Certaines personnes… m'ont rapporté que le comte avait été vu entrant et sortant de chez vous à maintes reprises. Miss Araminta Trent elle-même, sa sœur, semblait ne rien ignorer de cette liaison.

— Elle n'a pas pu vous dire cela, ce n'est pas possible ! se récria Mme Neeley. Elle n'a pas pu imaginer… Quelle horreur !

Sur ces entrefaites, un bruit de pas résonna dans l'escalier. Lilith émit un petit cri étranglé et se tourna dans cette direction. Rachel suivit son regard.

Michael descendait les marches, tout en boutonnant un poignet de sa chemise. Il ne portait pas de redingote, et son gilet était ouvert sur sa poitrine.

— Lilith, sais-tu où…

A cet instant, il leva les yeux et découvrit les deux femmes figées au-dessous de lui. La fin de sa phrase mourut dans sa gorge.

— Michael, murmura Rachel d'une voix défaillante.

10

Il lui semblait soudain s'être changée en automate. Elle ne parvenait plus à respirer. Ainsi, tout était vrai… Michael n'était même pas rentré à Westhampton comme il l'avait prétendu. Il était resté à Londres, avec sa maîtresse !

Elle se demanda combien de fois cela s'était produit auparavant. Combien de fois, alors qu'elle le croyait occupé à de studieuses recherches dans la solitude de son domaine campagnard, il menait joyeuse vie à quelques lieues d'elle, en compagnie d'une autre !

— Avec quelle facilité vous m'avez bernée, reprit-elle, la gorge nouée par les larmes. Et depuis si longtemps.

Réprimant les sanglots qui menaçaient de la submerger, elle darda un regard cinglant sur Mme Neeley.

— Mes compliments, madame. Vous êtes une excellente actrice.

— Non ! protesta la jolie blonde. Je ne vous ai pas menti, milady. Ce… cet homme n'est pas lord Westhampton.

— Quoi ?

Saisie, Rachel reporta les yeux sur l'individu immobilisé dans l'escalier. En l'observant avec plus d'attention, elle nota qu'il avait les cheveux plus sombres que Michael, en effet, et qu'une barbe de deux jours ombrait ses joues. En outre, ses vêtements taillés dans une toile grossière étaient ceux d'un ouvrier et ses bottes élimées, à l'épaisse semelle, n'avaient rien à voir avec celles du comte, dont le cuir fin était toujours impeccable.

Elle hésita. Garson n'aurait jamais laissé sortir son maître dans une tenue aussi négligée, c'était certain. Cela dit, la ressemblance était trop criante pour s'y tromper.

Sa voix se durcit.

— Croyez-vous que je sois sotte au point de prendre un autre homme pour mon mari ? Cette personne est Michael Trent.

— Il lui ressemble beaucoup, je ne le nierai pas, reconnut Lilith qui avait repris un accent nettement plus prononcé, dans sa détresse. Mais il y a une bonne raison à cela, milady : c'est le propre frère de lord Westhampton.

Rachel haussa un sourcil narquois.

— Mon époux n'a pas de frère.

— Pas de frère *légitime*, précisa Mme Neeley en la dévisageant sans ciller.

— Pardon ?

Désarçonnée, Rachel se tourna de nouveau vers l'arrivant. Les paroles de lady Belmartin parlant de son beau-père lui revinrent brusquement à l'esprit.

« Il ne s'est pas privé de semer des bâtards, à Londres et ailleurs. »

Etait-ce possible ? Se pouvait-il qu'elle ait devant elle un fils naturel de l'ancien lord Westhampton ? Les yeux écarquillés, elle le contempla fixement.

— C'est stupéfiant ! s'exclama-t-elle enfin. Vous êtes la réplique exacte de mon mari.

— Et je ne suis pas le seul à lui ressembler, grommela l'homme d'une voix sourde, plus graveleuse et nettement moins distinguée que celle de Michael.

Il avait le même accent que Mme Neeley, nota Rachel dans une sorte de vertige, tant son soulagement était grand. Les genoux flageolant sous le coup de l'émotion, elle refit face à leur compagne… et les derniers mots de l'inconnu prirent soudain tout leur sens.

— Vous êtes aussi…, commença-t-elle, pantoise.

— James est mon frère, confirma Lilith. Tout comme lord Westhampton.

— Oh ! mon Dieu !

En un éclair, Rachel reconnut effectivement chez la jeune femme le teint pâle, les cheveux cendrés et les yeux gris de Michael — ourlés chez elle de cils noircis par du cosmétique. Leur parenté était indéniable, lorsqu'on y prêtait attention.

Sa joie fut si grande qu'elle ne put s'empêcher de rire.

— Je comprends tout, à présent !

C'était cet homme, que l'on avait pris pour son mari. S'il rendait souvent visite à sa sœur, il n'était pas surprenant que certaines personnes en aient conclu à une liaison illicite de Michael avec Lilith Neeley. En outre, le comte lui-même venait peut-être voir son frère et sa sœur, de temps à autre.

A cette idée, elle se rembrunit.

— Pourquoi Michael ne m'a-t-il pas parlé de vous ? demanda-t-elle. Pourquoi a-t-il gardé votre existence secrète ?

Le dénommé James émit un grognement sarcastique.

— Ce n'est pas le genre de chose dont un lord se vante à sa légitime, maugréa-t-il. Surtout quand elle est aussi grande dame que vous.

Rachel fronça légèrement les sourcils. Elle n'aurait su dire si ce ton aigre s'adressait à Michael, à elle, ou au monde en général.

Lilith s'empressa d'intervenir :

— Le comte ne sait pas qui nous sommes, milady. Il ne nous a jamais vus.

Son frère souffla d'un air irrité. Rachel lui jeta un bref coup d'œil, avant de revenir à la jeune femme.

— Je suis navrée de vous avoir interpellée aussi rudement, dit-elle. Cet interrogatoire n'avait pas lieu d'être. Veuillez accepter mes excuses.

Mme Neeley la considéra avec surprise.

— Je vous en prie, milady. Il n'y a pas de mal. Ne vous tracassez pas pour si peu.

— Je parlerai de vous à mon mari, reprit Rachel. Lord

Westhampton est un homme juste et généreux, je suis persuadée qu'il souhaitera vous rencontrer.

Lilith décocha une œillade amusée à son frère.

— Oh, vraiment ? rétorqua-t-elle. C'est gentil de nous dire cela, milady, mais à mon avis le comte n'apprécierait guère que vous soyez venue jusqu'ici. Une dame ne se rend pas seule dans un tripot, et n'est pas censée adresser la parole à des frères et sœurs adultérins de son époux.

— Elle a raison, renchérit James en descendant quelques marches. Si j'étais vous, je me garderais de raconter cette expédition à Westhampton.

Au fond d'elle-même, Rachel n'était pas certaine non plus de l'accueil que Michael réserverait à son aventure. Sans doute serait-il assez fâché d'apprendre qu'elle avait eu l'audace de héler un fiacre pour venir rendre visite, en cachette, à une tenancière de tripot qu'elle croyait être sa maîtresse…

Elle réfléchirait plus tard au meilleur moyen de lui présenter la chose, décida-t-elle. Pour l'heure, elle se sentait si heureuse qu'elle n'avait nulle envie de s'encombrer de tels tracas.

— On voit que vous ne le connaissez pas, riposta-t-elle, agacée par l'opinion que ce rugueux personnage semblait avoir de son mari. Michael est le plus tolérant des hommes, et il a un cœur d'or.

Là-dessus, elle tendit la main à Lilith.

— Merci de m'avoir reçue, madame Neeley. Vous avez été très aimable.

Avant de sortir, elle salua d'un signe de tête le sosie de son mari.

— Au revoir, monsieur…

— Hobson. James Hobson.

— Fort bien, monsieur Hobson. J'espère que vous aurez l'occasion de rencontrer lord Westhampton, un jour, et de changer d'avis à son sujet.

L'intéressé la gratifia d'un haussement d'épaules et d'un regard acide. Mais alors qu'elle atteignait la porte, il s'empressa de la rejoindre.

— Attendez ! Vous ne pouvez pas partir ainsi. Les fiacres ne sont pas légion dans ce quartier, en tout cas à cette heure de la journée.

— J'en trouverai un assez vite, j'en suis sûre.

— James a raison, milady ! intervint Lilith. Il est impensable que vous marchiez seule dans une rue comme celle-ci. Sans parler que vous risqueriez de vous perdre.

— Je la raccompagne chez elle, déclara son frère d'un ton bourru.

Il attrapa une veste et un chapeau accrochés à un portemanteau, et s'en couvrit prestement.

— Allons-y, dit-il.

Rachel s'efforça d'adopter un ton hautain.

— Ne vous mettez pas en peine pour moi, monsieur Hobson. Ce n'est pas nécessaire.

— C'est vous qui le dites ! grommela James. Lilith m'arracherait les oreilles, si je ne vous reconduisais pas sous bonne garde. Allez, ouste !

Il la prit brutalement par le bras et la poussa dehors.

— Je vous en prie ! protesta la jeune femme en se dégageant. Il est inutile de me rudoyer de la sorte.

Son compagnon leva son couvre-chef.

— Toutes mes excuses, milady. Je crains de ne pas avoir appris les bonnes manières.

— Vous les eût-on enseignées, je doute que vous en eussiez fait votre profit, répliqua vertement Rachel en le précédant sur le trottoir.

L'après-midi touchait à sa fin, le soleil couchant était invisible et la rue commençait à s'emplir d'une pénombre peu avenante. Rachel n'aurait jamais voulu l'admettre, mais elle se sentait assez soulagée de bénéficier d'une escorte dans ce quartier inconnu, où elle n'aurait pas su se diriger. Elle ignorait totalement de quel côté il lui fallait aller.

— Vous n'avez pas votre langue dans votre poche, pas vrai ? lança Hobson sur le ton de la conversation.

Il marchait près d'elle, à présent, d'un pas pesant, les mains enfoncées dans ses poches. Elle lui jeta un coup d'œil en coin.

— C'est vous qui me provoquez. Vous n'êtes pas des plus aimables, savez-vous ?

Il était plus râblé et légèrement plus petit que Michael, nota-t-elle. Mais cette différence était peut-être due à sa démarche avachie. Pour le reste, il ressemblait étonnamment à son frère — même s'il paraissait plutôt du genre à se servir de ses poings à la première insulte.

Soudain, elle se demanda si Anthony ne s'était pas trompé, lui aussi, et si ce n'était pas cet homme qui menait des enquêtes criminelles. Il y semblait nettement mieux préparé que le comte.

— Vous arrive-t-il de vous faire passer pour Westhampton ? s'enquit-elle.

Hobson la considéra avec un brin de méfiance.

— Il est arrivé qu'on me prenne pour lui, à l'occasion. Pourquoi ?

Rachel lui répondit par une autre question :

— Travaillez-vous avec les limiers de Bow Street ?

Cette fois, son compagnon la dévisagea fixement, comme s'il était frappé de stupeur.

— Par tous les diables ! jura-t-il. Comment avez-vous...

Il se reprit aussitôt.

— Qu'est-ce que vous me chantez là ?

La jeune femme eut un petit sourire satisfait.

— Comment ai-je pu avoir une idée pareille ? acheva-t-elle d'un ton espiègle. Vous seriez fort étonné de tout ce que je sais.

— Je commence à m'en apercevoir, bougonna Hobson, les sourcils noués.

Ils avaient atteint une artère plus importante. Il arrêta un fiacre, ouvrit la portière, aida Rachel à monter et grimpa derrière elle.

— Vous n'êtes pas obligé de faire le trajet avec moi, déclara-t-elle fraîchement. Je ne crains plus rien, maintenant.

— Peut-être, mais j'ai quelques questions à vous poser, moi aussi.

Rachel le regarda. Il était assis près d'elle, et dans la pénombre ses prunelles brillaient d'un éclat argenté, plus dur que le calme regard gris de son époux. Elle l'imaginait fort bien travaillant pour Bow Street, mais il ne serait pas déplacé non plus de l'autre côté, songea-t-elle. Du côté des criminels et des malfrats. Cette pensée lui tira un frisson.

— Je ne suis pas sûre d'avoir envie de vous répondre, rétorqua-t-elle.

— Ce n'est pas vous qui décidez, ma belle, répondit Hobson, la bouche crispée. Pour l'instant, vous avez affaire à moi, pas au gentil petit chien de compagnie qui vous sert de mari.

Rachel se redressa, offusquée.

— Je vous défends de parler ainsi de Michael ! s'écria-t-elle. Il en vaut dix comme vous !

Sa réaction parut vivement amuser son compagnon.

— De fait, vous semblez lui porter une grande estime, observa-t-il. Comment se fait-il que vous évitiez si souvent sa présence, à ce que l'on dit ?

— Je n'évite nullement mon mari ! protesta la jeune femme sur le même ton outré. C'est seulement qu'il préfère la campagne… et des occupations plus paisibles que celles de la ville.

Hobson leva un sourcil narquois.

— Et vous, vous êtes libre de profiter à votre guise des

plaisirs de la capitale, une situation qui n'a sûrement rien pour vous déplaire.

Rachel le fusilla du regard.

— J'ignore ce que vous insinuez par là, monsieur Hobson, mais je vous trouve fort impertinent.

— Et je n'ai pas fini, croyez-moi, poursuivit James avec une feinte nonchalance. Je veux savoir pourquoi vous m'avez demandé si je travaille pour les services de Bow Street. Vous aurait-on dit que Westhampton joue les détectives, à ses heures ?

Rachel le toisa un moment d'un air de défi, sans répondre. Puis elle finit par hausser les épaules.

— Oui, concéda-t-elle — dans l'espoir que cet individu mal embouché la détrompe aussi sur ce point. Un… ami personnel me l'a révélé aujourd'hui même. Il est venu me demander d'intercéder auprès de Michael pour une affaire qui le concerne, en arguant du fait que lord Arbuthnot l'avait mis au courant des activités de mon mari.

— Arbuthnot ? s'exclama Hobson. Qu'est-ce que ce blanc-bec sait de tout cela ?

— Il paraît qu'il en a eu vent par une connaissance, une certaine lady… Godfrey, je crois, à qui des bijoux avaient été volés. Comme Anthony la connaissait aussi, ils en ont parlé incidemment.

Hobson se figea.

— Anthony ?

— L'ami qui est venu me présenter cette requête.

— Anthony comment ? insista le frère de Michael d'un ton dur, aussi glacé que son regard.

Rachel lui jeta un coup d'œil irrité.

— Je ne vois pas en quoi cela vous concerne.

— Dans ce genre de besogne, mieux vaut savoir à qui on a affaire. Surtout si ce « monsieur » doit recourir à mes services, un jour ou l'autre.

Rachel réfléchit un instant, puis elle hocha la tête.

— Il se nomme Birkshaw. Anthony Birkshaw. Il semblait convaincu que mon mari pouvait l'aider, mais j'avoue que ses affirmations m'ont grandement surprise.

— A juste titre, si vous voulez mon avis. Westhampton est bien trop couard et bien trop fade pour se mêler d'aventures aussi risquées.

Immédiatement, Rachel reprit la mouche.

— Michael n'est ni couard ni fade ! se récria-t-elle. Il s'intéresse à une foule de domaines. Ses passions le portent davantage vers l'étude que vers l'action, voilà tout.

Hobson esquissa un petit sourire ironique.

— Avec quelle chaleur vous le défendez ! Pour un peu, on pourrait croire que vous préféreriez sa compagnie à celle de vos… « amis » londoniens. Mais ce n'est sûrement pas le cas, n'est-ce pas ?

De nouveau, Rachel le dévisagea d'un air ulcéré. Les moqueries de cet homme la mettaient hors d'elle ; et elle n'aimait pas la façon sarcastique dont il la regardait, comme s'il la soupçonnait de la pire noirceur.

— Pourquoi me traitez-vous de la sorte ? riposta-t-elle. Que signifient ces sous-entendus ? Vous êtes un grossier personnage, monsieur Hobson !

— Je sais. On me l'a souvent dit. Mais je sais me montrer plus grossier encore, si cela peut vous confirmer dans votre opinion. L'ami que vous mentionnez ne serait-il pas plutôt votre amant ?

Rachel en perdit le souffle. Une telle vulgarité était intolérable.

— Quoi ? s'exclama-t-elle, profondément choquée. Comment osez-vous proférer des horreurs pareilles sur mon compte, alors que vous ne me connaissez pas ?

Son compagnon ricana.

— Je ne suis pas un homme du monde, moi. J'aime appeler un chat, un chat. Il est clair qu'une belle femme comme vous doit chercher à se distraire, si son mari la délaisse pour ses livres ou ses moutons. Avec ses goûts rustiques, mon pauvre frère me paraît le cocu…

Il ne put finir sa phrase. La main de Rachel s'appliqua sur sa joue avec une violence qui les surprit autant l'un que l'autre, et durant un moment ils se dévisagèrent fixement, immobiles.

Les prunelles de Hobson brillaient d'un éclat dangereux, sa bouche était crispée en une ligne dure. Soudain, sans la quitter des yeux, il tendit une main vers sa voisine et lui enserra le poignet. Comme elle écarquillait les paupières, saisie, et ouvrait la bouche pour protester, il l'attira à lui d'un geste brutal. Rachel n'eut pas le temps de crier. Elle se retrouva prisonnière de deux bras musclés, et une bouche impérieuse se plaqua rudement sur la sienne.

Sa première réaction, instinctive, fut de poser les mains sur le torse de son agresseur pour le repousser. Mais elle n'en eut pas la force. Il lui semblait que ses os s'étaient brusquement changés en gelée. Une chaleur brûlante l'avait envahie tout entière, et elle sentait un désir inouï s'épanouir en elle telle une fleur vigoureuse, que rien ne pouvait empêcher de croître.

Un frisson la parcourut. Elle replia ses doigts contre la veste de son compagnon, amollie, incapable d'autre chose que de savourer ce baiser qui l'enivrait aussi fort que le plus suave des nectars.

Hobson s'empara plus profondément encore de sa bouche, laissant échapper un gémissement de plaisir. Alors, comme si ce son l'avait subitement ramené à la réalité, il releva la tête d'un coup et contempla Rachel, les yeux luisant d'un éclat avide. Puis il la lâcha et se rabattit avec une sorte de gaucherie à l'extrémité de la banquette, le dos calé contre le montant de la portière. Mais son regard ne quittait pas celui de la jeune femme, tout aussi incapable de détourner le sien. De fait, elle était étonnée d'avoir encore la faculté de respirer, tant elle se sentait bizarre et désorientée.

Elle porta une main tremblante à ses lèvres, et brusquement elle mesura ce qu'elle venait de faire. Elle s'était laissé embrasser par cet homme, ce rustre impoli et mal léché, cette étrange copie de son mari ! Et le pire, c'était qu'elle en avait éprouvé une joie inimaginable, une exultation totale, la volupté la plus pure, la plus intense qu'elle avait jamais connue.

Avec un cri étouffé, elle pirouetta vers l'autre fenêtre, passa la tête à l'extérieur et cria au cocher de s'arrêter.

— Non ! protesta James derrière elle. Attendez…

Il essaya de la retenir, mais elle se dégagea avec la dernière énergie et ouvrit la portière, prête à sauter avant même que l'attelage ne se soit immobilisé. Cramponnée à la barre, elle entendit jurer son compagnon ; sans un regard en arrière, elle chercha la marche du pied, s'élança et atterrit en vacillant sur la chaussée.

Dès qu'elle eut recouvré son équilibre, elle s'empressa de rejoindre le trottoir et jeta un coup d'œil autour d'elle. Elle n'était qu'à quelques pâtés de maisons de chez elle, constata-t-elle avec soulagement. Dans un quartier familier. Elle s'éloigna d'un pas rapide, sans se retourner.

Resté à bord du fiacre, en proie à un tumulte d'émotions, Hobson hésita un moment à se rasseoir ou à se ruer à ses trousses. Les yeux rivés sur Rachel, les muscles tendus, le sang en ébullition, il finit par se pencher vers le cocher et ordonna d'un ton bourru :

— Suivez-la jusqu'à ce qu'elle soit rentrée et ramenez-moi d'où nous venons.

Il se laissa retomber sur la banquette et tira la portière — sans perdre du regard la mince silhouette noire que le cocher escortait lentement le long de la rue. Quand la jeune femme eut gravi les marches du perron et franchi avec raideur la porte d'entrée, il s'affala contre le dossier et fixa sombrement le panneau qui lui faisait face durant le reste du trajet.

Lorsqu'il arriva chez Lilith, quelques joueurs s'attroupaient déjà devant le tripot situé à côté, attendant l'ouverture. Il se coula rapidement dans l'allée qui séparait les deux bâtiments, pénétra dans la maison par l'entrée de derrière, gravit l'escalier quatre à quatre et alla frapper à la porte de sa sœur.

Dès qu'elle répondit, il ouvrit et entra. La jeune femme était assise à sa coiffeuse, vêtue de la robe habillée qu'elle porterait pour travailler, et sa servante achevait d'arranger son chignon.

— Sapristi, Lilith ! s'exclama-t-il d'un ton courroucé en marchant jusqu'à elle. Qu'est-ce qui t'a pris d'inventer ces bobards ? Je suis dans de beaux draps, maintenant !

— Elle pensait que j'étais ta maîtresse ! répliqua vertement Mme Neeley. Je lui ai juré que c'était faux, que tu n'avais jamais mis les pieds ici, et à l'instant où je parvenais presque à la convaincre, tu es descendu comme une fleur, en me tutoyant, avec l'air d'être chez toi ! Que voulais-tu que je fasse ?

— Tu n'avais pas besoin de lui dire que j'étais quelqu'un d'autre ! bougonna Michael. Pourquoi ne pas lui expliquer que tu étais ma demi-sœur, tout simplement, au lieu de me faire passer stupidement pour mon propre frère naturel ?

— Je ne sais pas. C'est la première idée qui m'est venue à l'esprit. Pourquoi ne l'as-tu pas éclairée, toi ?

Lilith se leva et lui fit face, les poings sur les hanches, la mine belliqueuse.

— Tu n'avais pas l'air d'avoir envie de lui révéler la vérité, crois-moi ! Et comme tu étais très différent du sage lord Westhampton qu'elle connaît, j'ai sauté sur l'occasion. Je serais passée pour une belle menteuse, autrement !

Elle inspira à fond, avant de poursuivre sur le même ton :

— En outre, il m'a semblé que ta femme risquait de prendre assez mal le fait que tu ne lui aies jamais parlé de moi, alors que tu me connais depuis des années et que tu loges chez moi à son insu quand tu es à Londres. Une situation qui n'a pas échappé à tout le monde, apparemment, puisque des gens me croient ta maîtresse ! Si j'avais dû lui expliquer pourquoi tu étais ici, grimé et dans cette tenue, il aurait fallu que j'aborde l'histoire de tes enquêtes. Et je n'imagine pas une épouse au monde qui apprenne calmement, sans faire de vagues, que son mari lui a caché une double vie comme celle-là !

Michael grimaça.

— Si l'on présente les choses ainsi, évidemment…

— Comment veux-tu les présenter autrement ? C'est la pure réalité.

Avec un soupir, Lilith s'approcha de lui et lui prit le bras.

— Je peux comprendre que tu lui taises mon existence. N'importe quelle dame de la haute société serait horrifiée d'apprendre que tu fréquentes une sœur bâtarde. Et pire encore, que tu as eu le front de venir la trouver de toi-même, pour lui proposer de l'aider.

Elle sourit tendrement.

— Tu es le plus gentil et le plus généreux des hommes, Mike. Tu sais quelle affection et quelle gratitude j'ai pour toi. Mais franchement, je ne pense pas qu'une lady Westhampton puisse agréer de bon cœur que son mari admette sa parenté avec une tenancière de tripot, maîtresse d'un gentilhomme marié.

— Je n'ai pas honte de toi ! se récria Michael d'un ton offusqué. J'espère que tu ne mets pas mon silence sur le compte…

Lilith l'interrompit d'un geste.

— Je ne te prête aucune bassesse de sentiment. Je t'en sais incapable. Mais je suis ta sœur, pas ta femme. Il est naturel qu'une grande dame ne veuille pas entendre des rumeurs de ce genre courir sur son époux. Et qu'elle n'ait pas envie non plus d'être alliée à une personne comme moi.

— Rachel est la bonté même, insista Michael. Elle ne m'en voudrait nullement de te voir, j'en suis certain.

— Dans ce cas, pourquoi as-tu tant de secrets pour elle ? répliqua Lilith, le dévisageant de son regard clair.

Son frère s'écarta d'elle et se mit à arpenter la pièce d'un pas furieux.

— Bonté divine ! Si tu crois que c'est facile, et que j'ai choisi cette situation ! Elle devient plus compliquée de jour en jour. Et plus le temps passe, plus je regrette de n'avoir rien dit à Rachel dès le début.

Il marqua une pause, les mâchoires crispées.

— Je n'ai jamais eu l'intention de lui mentir, je t'en donne ma parole. Mais certaines choses… ne sont pas aisées à révéler à une jeune fille que l'on connaît à peine, et que l'on souhaite épouser. Je n'ai jamais eu honte de toi, je te le répète, mais je répugnais à lui présenter mon père sous son vrai jour. Un homme qui mène une vie dissolue, qui engendre des enfants illégitimes sans prendre la peine de les reconnaître et de les assister n'est pas un beau-père des plus recommandables, tu l'avoueras. Je n'ai pas eu le courage d'en parler à Rachel durant nos fiançailles, et par la suite… l'occasion ne s'en est plus présentée.

Il soupira, le visage sombre.

— Nous n'avons jamais été proches. Plus tard, quand on m'a proposé de rendre des services aux policiers de Bow Street, il m'a paru commode de pouvoir venir ici incognito. Je me voyais mal sortir de chez moi grimé et déguisé… Je voulais tenir Rachel à l'écart de ces activités dans le souci de la protéger, rien d'autre. Mais je ne pensais pas que cela durerait aussi longtemps. Bien souvent, crois-moi, j'ai rêvé de pouvoir lui parler à cœur ouvert. De toi et du reste. Mais après m'être tu des années, comment lui avouer la vérité ? J'ai craint sa réaction, sottement. Qu'elle se mette à douter de moi, qu'elle me retire son estime… Et maintenant, je ne sais plus que faire.

— Elle te ferait confiance, j'en suis sûre, déclara Lilith. Tu es un homme merveilleux, elle ne peut l'ignorer.

— Comme tu le disais tout à l'heure, c'est la sœur qui parle, pas l'épouse, railla Michael avec un petit sourire acide. Je ne suis pas convaincu que Rachel trouverait « merveilleux » un mari qui s'est rendu coupable de cachotteries de cette importance.

— Alors c'est qu'elle est aveugle, rétorqua Lilith d'un ton sans réplique.

Là-dessus, elle retourna s'asseoir devant sa coiffeuse pour finir de se préparer. Michael la suivit et s'installa sur une chauffeuse à côté d'elle.

— Et voilà qu'elle me prend pour deux hommes distincts, à présent ! C'est le bouquet ! Jamais je n'aurais pu imaginer un imbroglio pareil. J'étais persuadé qu'elle me reconnaîtrait, dans ce fiacre… Nous étions assis l'un près de l'autre. Mais non ; elle n'y a vu que du feu.

Lilith haussa les épaules.

— Les gens voient ce qu'on leur dit de voir, Mike. Je lui avais affirmé avec une telle vigueur que tu étais le frère de son mari et que vous vous ressembliez comme deux gouttes d'eau… Comment aurait-elle pu penser qu'il s'agissait de toi ? Je t'avais présenté comme quelqu'un d'autre. Elle n'allait pas se dire que tu t'étais noirci les cheveux avec du brou de noix, que tu t'étais déguisé en ouvrier et que tu contrefaisais ton accent ! Elle t'a pris pour cet autre, tout simplement.

— C'est possible…

— C'est certain ! Qui plus est, elle n'aura plus l'occasion de rencontrer James Hobson. Lorsqu'elle te reverra tel qu'en toi-même, blond, poli, distingué et bien habillé, elle sera frappée par *ces différences,* pas par autre chose. Et elle se demandera probablement comment elle a pu croire un instant que tu étais cet homme.

Michael sourit à demi.

— Elle m'a déjà dit que Westhampton me valait dix fois.

Sa sœur gloussa.

— Tu vois !

— Oui, mais que ferons-nous si elle me parle de toi, de cet Hobson, et si elle veut tous nous réunir ?

— Je répondrai que James a quitté le pays. Elle ne viendra pas vérifier tous les jours, je présume.

Il hocha la tête.

— Sans doute as-tu raison.

— Bien sûr, que j'ai raison ! Tout ira bien, je te le garantis.

Michael soupira de nouveau. Ce que Lilith ignorait, et qu'il n'avait pas l'intention de lui révéler, c'était que son « faux frère » venait d'embrasser sa femme, et qu'il y avait pris un plaisir inouï.

Le seul fait d'évoquer ce baiser suffisait à lui échauffer le sang. Pendant des années, il avait rêvé de goûter ainsi aux lèvres de Rachel — comme il l'avait fait avant leur mariage, avec une telle ardeur qu'elle était partie en courant, terrifiée. Et comme il brûlait de recommencer.

Mais cette fois, elle avait répondu à sa passion. Il l'avait sentie fondre contre lui, lui offrant sa bouche sans retenue, son corps mince tremblant de désir. C'était un souvenir si délicieux qu'il en était encore bouleversé.

Le problème, c'était que Rachel ne l'avait pas embrassé lui ! Elle avait embrassé James Hobson, un coquin sans scrupules ni manières. Le demi-frère bâtard de son mari. C'était ce triste sire, qui avait allumé en elle une telle flamme ! Et bien qu'il ait pu profiter personnellement du résultat, il n'en éprouvait pas moins la morsure cuisante de la jalousie.

Pis encore, ce baiser inespéré avait fait suite à une autre révélation aussi pénible que déplaisante : Rachel avait revu Anthony Birkshaw. Pendant sept ans, il avait fait une confiance aveugle à sa femme, convaincu de sa loyauté, de son intégrité, de la sincérité de ses remords. Et voilà qu'il découvrait qu'elle l'avait dupé.

Depuis quand cela durait-il ? Jusqu'où allait leur relation ? S'était-elle jouée de lui pendant des années ? Se pouvait-il qu'elle n'ait *jamais cessé* de voir Birkshaw en secret ?

Ces soupçons lui étaient intolérables. C'était ce même dépit, cette même jalousie fulgurante qui l'avaient poussé à attirer Rachel à lui et à la provoquer, dans le fiacre. Sa raison avait beau lui dire qu'il n'avait aucune preuve de sa trahison, qu'elle n'aurait pas parlé aussi aisément de cet homme s'il était son amant, le doute persistait.

Après tout, elle ignorait qu'elle se confiait à son mari. Elle croyait s'adresser à un vulgaire bâtard qu'il n'était pas censé connaître, et qui n'aurait aucune chance de lui répéter cet entretien…

Soudain, il sentit le regard interrogateur de sa sœur posé sur lui. De toute évidence, Lilith se demandait dans quel sinistre abîme il était plongé. Il releva les yeux et s'efforça de lui sourire avec naturel, mais il vit bien à ses sourcils froncés qu'il ne l'avait pas convaincue.

Par bonheur, on frappa à ce moment-là, et la porte s'ouvrit. Un homme entra, vêtu avec recherche d'un frac noir, d'une chemise immaculée et d'une cravate élégamment nouée. Brun aux yeux noirs, trapu et musclé, il avait quelques années de plus que Michael. Son visage austère avait plus de caractère que de beauté et il était peu porté à sourire, mais lorsqu'il le faisait c'était avec une chaleur contagieuse, qui charmait son entourage.

— Bonsoir, Michael ! lança-t-il d'un ton enjoué en s'avançant dans la pièce.

— Robert.

Le comte se leva et lui serra la main. Il estimait beaucoup sir Robert Blount, l'ami de longue date qui l'avait engagé à travailler pour lui contre Bonaparte, introduit plus tard dans les rouages de Bow Street… et lui avait révélé l'existence de sa demi-sœur.

Après avoir salué Michael, Blount se pencha sur Lilith

et l'embrassa sur la joue. C'était un baiser fort chaste, mais le regard dont il enveloppa la jeune femme était nettement plus suggestif.

Ils entretenaient une liaison suivie depuis plus de dix ans, et bien que sir Robert fût marié, l'amour fidèle et fervent qu'il portait à sa maîtresse était notoire parmi les membres masculins de l'aristocratie. En tant que frère, Michael éprouvait certes quelques réserves sur cette relation. Mais d'une part elle existait déjà avant son arrivée, et de l'autre Lilith était une femme adulte, qui avait fait son chemin sans lui dans la vie pendant près de trente ans. Il se gardait donc prudemment de tout commentaire.

Depuis trois ans, à la suite d'un petit héritage, Blount avait quitté le gouvernement et vivait de ses rentes, mais il n'en demeurait pas moins un homme secret. Et malgré l'amitié qui les liait, le comte savait qu'il valait mieux respecter ses mystères — et ne pas empiéter sur ses plates-bandes.

Il était pour Lilith un protecteur solide et attentionné ; il lui avait permis d'acquérir son établissement, auquel il conférait une renommée de sérieux et de bonne tenue en l'honorant régulièrement de sa présence. En outre, les conditions particulières de son mariage pouvaient excuser sa conduite. Westhampton n'en demandait pas davantage.

— Prêt pour une autre de vos expéditions, mon cher ?

Sir Robert prit une chaise et s'assit près de son ami, détaillant sa tenue du regard.

— C'est ce que j'avais prévu, répondit Michael, mais il se peut que je modifie mes plans. Connaîtriez-vous un certain Birkshaw, Robert ? Anthony Birkshaw. Sauriez-vous quelque chose à son propos ?

Blount réfléchit, le front plissé.

— Birkshaw ? Dans quel contexte ? Mes anciennes fonctions, ou le jeu ?

— Peu importe. Il fait partie de la bonne société et a épousé une héritière il y a quelques années. La fille d'un négociant d'York.

Sir Robert secoua la tête.

— Non, ce nom ne me dit rien. Et toi, Lil ?

Lilith répondit par un geste identique.

— Non, je ne vois pas qui est cet homme. Est-ce lui que tu poursuis en ce moment, Mike ?

— Non, il s'agit d'une tout autre affaire. Mais si vous n'avez pas entendu parler de lui, je peux au moins en conclure qu'il n'est pas un habitué des tables de jeu.

Michael bavarda quelques minutes encore avec ses compagnons. Puis Lilith descendit prendre son service, et il se rendit dans sa propre chambre afin de se raser et d'adopter une tenue plus mondaine. De toute évidence, il avait intérêt à orienter son enquête vers les milieux fréquentés par Birkshaw. Quand il fut prêt, il sortit et héla un fiacre pour se rendre chez Perry Overhill.

Son ami se trouvait dans son cabinet de travail, en train de savourer un verre de vin avant d'entamer sa soirée en ville. Quand il vit entrer le comte, il se leva d'un bond, visiblement ébaubi.

— Michael ? Je ne m'attendais pas à vous voir ici. Je vous croyais rentré à Westhampton.

Il s'avança en souriant vers son visiteur.

— J'ai dû mal comprendre ce que Rachel m'a dit.

Michael lui serra la main avec chaleur.

— Bonsoir, Perry. Non, vous ne vous êtes pas trompé. Rachel me croit effectivement dans notre domaine, mais je suis resté à Londres pour démêler une affaire. Je loge chez Lilith, comme d'habitude, à cause des déguisements…

Il désigna sa chevelure.

— Je me disais bien que vous aviez quelque chose de changé, déclara Perry, les sourcils froncés. Mais si je puis me permettre, mon vieux, vous jouez avec le feu.

— Je sais, reconnut Michael.

Il s'assit en soupirant.

— Non, je ne pense pas que vous soyez vraiment au courant de la situation, reprit son ami, la mine grave. Rachel s'est mis dans la tête que vous avez une liaison avec Lilith depuis des années. C'est cette vipère de Leona Vesey qui le lui a soufflé l'autre soir chez lady Tarleton. J'ai affirmé à Rachel que c'était faux, bien sûr, mais vous me connaissez… je mens très mal, et j'ai tellement été surpris d'entendre Leona citer le nom de Mme Neeley… que mon désarroi a dû se lire sur ma figure. Votre femme n'a pas été dupe, j'en suis sûr.

— Elle s'est rendue chez Lilith aujourd'hui.

— Quoi ? s'exclama Perry, l'air horrifié. Comment diable a-t-elle su où elle habite ? Je me suis refusé à lui donner l'adresse, je vous le jure ! Elle me l'a demandée avec insistance, mais je n'ai pas cédé.

— Quelqu'un d'autre s'en est chargé, répondit Michael, les mâchoires serrées.

— Eh bien ! Voilà qui n'arrange pas vos affaires ! Qu'a dit Lilith ? Qu'allez-vous faire ?

Michael esquissa un geste évasif.

— Il n'y a rien à craindre pour l'instant. Ma sœur a réussi à aplanir les choses.

— Pourquoi n'avouez-vous pas la vérité à Rachel ? Cela vous éviterait bien des ennuis !

— C'est ce que tout le monde me dit. Et je le ferais volontiers si je le pouvais, croyez-moi. Mais cela créerait un tel tumulte, après tout ce temps ! Quoi qu'il en soit, si Rachel vous en parle, faites comme si je ne connaissais pas l'existence de Lilith — et admettez que je puisse avoir un demi-frère illégitime.

Les yeux d'Overhill s'élargirent davantage encore.

— Hein ? glapit-il. Etes-vous devenu fou ?

— Il m'arrive de le penser. Sinon, cela ne saurait tarder.

Michael poussa un nouveau soupir. Puis il se pencha en avant, et riva un regard intense sur son compagnon.

— Mais ce n'est pas l'objet de ma visite. Perry… Que savez-vous au juste d'Anthony Birkshaw ?

Le jeune homme se gratta la tête, perplexe.

— Birkshaw ? Attendez… Oui, je me souviens d'avoir croisé ce garçon, à une époque. N'a-t-il pas épousé une héritière de… Birmingham, ou de York ? Oui, de York. Il s'est installé là-bas, je crois.

— En effet. Mais il se trouve à Londres, actuellement.

— Oui, bien sûr ! s'écria Perry. Je me souviens, maintenant. On m'en a parlé récemment. C'était… Charles Wardlaw, au club, la semaine dernière. Il a expliqué que Birkshaw était revenu à Londres après le décès de sa femme.

Michael se raidit.

— Sa femme est morte ? Quand ? De quoi ?

Perry leva les mains au ciel.

— Là, mon ami, vous m'en demandez trop ! Estimez-vous déjà heureux que j'aie réussi à me rappeler ce détail. Pour le reste, Charlie est si bavard que je ne l'écoute que d'une oreille, en général. Mais en quoi ce Birkshaw vous intéresse-t-il ?

Michael s'obligea à sourire. En apprenant que son rival était veuf de fraîche date, et qu'il était aussitôt revenu rôder autour de Rachel, il avait senti sa jalousie se réveiller de plus belle.

— Oh ! rien d'important… Toutefois, on peut supposer que cette mort prématurée le laisse nanti d'une solide fortune, persifla-t-il. Une bonne affaire, pour quelqu'un qui n'avait pas un sou avant son mariage.

Perry haussa les sourcils, stupéfait.

— Sapristi, Michael, qu'allez-vous chercher ? A vous

entendre, on croirait que Birkshaw a supprimé sa femme pour en hériter ! C'est un gentilhomme, voyons !

Westhampton se contenta de lui jeter une œillade sarcastique. Perry secoua la tête, dépassé.

— Sincèrement, mon vieux, j'ai idée que vos mauvaises fréquentations finissent par altérer votre jugement. Vous feriez bien d'arrêter tout ça.

— C'est possible, agréa Michael d'un ton aimable. Néanmoins, je pense que je vais aller rendre une petite visite à mon ami Cooper.

Il se leva.

— Le limier de Bow Street ? s'exclama Perry, époustouflé. Bonté divine, Michael, vous ne songez tout de même pas…

Il s'interrompit au milieu de sa phrase, car le comte avait déjà quitté la pièce.

11

Ce soir-là, Rachel ne quitta pas sa chambre. Elle tint même à y dîner, ce qui inquiéta sa soubrette. Madame la comtesse était certainement souffrante ! Rachel finit par la congédier d'autorité ; tout ce qu'elle désirait, c'était rester seule pour réfléchir aux événements de l'après-midi.

Elle avait embrassé le frère de Michael — un homme qu'elle venait à peine de rencontrer. Certes, c'était lui qui avait pris l'initiative de ce baiser, mais elle n'était pas hypocrite au point de nier son active participation à la chose. Elle en avait éprouvé un plaisir si vif qu'elle n'était pas restée de bois, loin de là…

Elle s'était abandonnée entre les bras d'un inconnu, d'un individu qui n'était pas son mari.

C'était une faute grave. Un acte immoral, inconvenant, condamnable… et elle ne savait quoi encore. Les qualificatifs lui manquaient. Mais surtout, ce baiser l'avait animée de tels transports qu'elle en avait été bouleversée, et qu'elle en demeurait profondément troublée.

Une chose était sûre, cela ne devait pas se reproduire.

Et pourtant, elle brûlait de connaître de nouveau cette joie ensorcelante qui l'avait consumée de la tête aux pieds. De fait, elle ne désirait rien plus ardemment que de renouveler cette expérience.

Elle porta ses mains à ses tempes, se demandant comment de telles pensées pouvaient habiter son esprit. Que lui était-il arrivé, pour qu'elle oublie si soudainement ses devoirs et sa vertu ?

Tout cela était du plus parfait ridicule, se fustigea-t-elle. Cet homme était un rustre, commun, impoli et vulgaire. Elle n'aurait jamais dû être émue par ses avances. Le frère naturel de son mari, de surcroît ! La honte lui embrasa les joues à l'idée de ce qu'elle avait ressenti pressée contre lui — et elle était tout aussi confuse de ne pouvoir en détacher ses pensées.

A part lui, deux hommes seulement l'avaient embrassée.

Il y avait eu les tendres baisers d'Anthony, avant ses fiançailles avec Westhampton ; si chastes, si doux qu'ils lui donnaient l'impression de flotter sur un nuage. Mais cela n'avait rien à voir avec l'intense et stupéfiante chaleur qui l'avait envahie en un instant ce soir-là, comme si son sang avait pris feu…

Et puis il y avait eu le baiser de Michael, deux soirs avant leur mariage. Un baiser presque aussi fougueux et exigeant que celui de James Hobson, pour autant qu'elle s'en souvînt.

A dire vrai, elle se rappelait surtout la panique qui l'avait saisie devant un déferlement de passion aussi inattendu chez son fiancé. Elle se rappelait aussi, vaguement, qu'elle avait senti sourdre en elle des sensations charnelles diffuses, étranges, embarrassantes, très différentes de la lumineuse félicité qu'elle éprouvait avec Anthony. Des sensations assez proches de celles qui l'avaient parcourue dans le fiacre, mais beaucoup moins délicieuses, beaucoup moins exaltantes !

Quand ce sauvage l'avait embrassée, il lui avait semblé que son corps tout entier se soulevait pour répondre à son baiser.

Si Michael l'embrassait aujourd'hui, songea-t-elle, comment réagirait-elle ? Sans doute serait-elle plus réceptive à ses approches ; elle avait mûri, n'était plus éprise d'un autre. Il ne la terrifierait plus, elle en était certaine.

Elle essaya d'imaginer son mari l'attirant contre lui à la façon de son frère… et constata qu'elle y parvenait fort aisément, tant ils se ressemblaient. Mais Michael serait plus respectueux, moins brutal, son visage ne serait pas hérissé d'une barbe de deux jours. Ses lèvres seraient plus douces, plus tendres, moins brûlantes. Plus sensuelles. Il lui laisserait tout le temps de savourer cet échange et elle se laisserait lentement émouvoir par ses caresses, le cœur et l'âme en paix, car cette volupté-là n'aurait rien d'interdit…

Soudain, Rachel s'avisa qu'elle passait un doigt rêveur sur sa bouche et qu'elle souriait à demi, tant cette évocation lui plaisait. Une spirale de désir se déroula au creux de son ventre, chaude et troublante, presque douloureuse. Elle se ressaisit, furieuse contre elle-même, et noua ses mains sur ses genoux.

Quelle stupidité, d'imaginer une telle scène ! Son mari n'était pas auprès d'elle, et s'il y était il ne chercherait pas à l'embrasser. Elle le laissait de marbre, il lui préférait ses études, ses expériences et sa correspondance. Jusqu'ici, d'ailleurs, elle ne trouvait rien à y redire ; la vie qu'ils menaient la satisfaisait.

C'était ce soudain désir de maternité qui avait tout changé, se répéta-t-elle. Elle avait une telle envie de concevoir un enfant, depuis que Miranda était enceinte, que ses instincts naturels reprenaient le dessus. Voilà pourquoi elle se mettait à regarder Michael d'un autre œil, à penser à lui autrement. Et pourquoi elle avait pu vibrer de la sorte dans les bras d'un inconnu. Mais pas n'importe quel inconnu : le sosie de son époux, qu'elle brûlait de faire sortir de sa réserve pour qu'il accepte enfin de la rendre mère…

Oui, tout cela était mêlé, elle en était certaine. James Hobson n'avait été qu'un prétexte. Elle n'était pas une créature dévoyée, encline à la luxure ; elle était une femme, tout simplement, et comme toute femme elle aspirait à la plénitude de sa nature.

Rassurée par ce raisonnement, qui valait ce qu'il valait, elle décida de penser à autre chose. Au problème d'Anthony, par exemple.

Elle ne pouvait plus demander à Michael d'aider le jeune homme, maintenant, puisque ce n'était pas lui qui travaillait pour Bow Street. Devait-elle parler à son ancien soupirant de James Hobson ?

Cela lui semblait délicat ; elle se voyait mal révéler à Anthony d'aussi sombres secrets sur la famille de son mari. Cette indiscrétion ressemblerait à une trahison. Quant à aller trouver James elle-même pour le prier d'éclaircir cette affaire, ce serait évidemment de la dernière imprudence. Il suffirait qu'une étincelle jaillisse de nouveau entre eux pour qu'elle mette en péril son honneur — et celui de Michael. Une hypothèse à écarter fermement.

La seule solution qui lui restait était d'informer Anthony que Westhampton refusait de mener cette enquête, conclut-elle. Mais cela la chagrinait, car elle répugnait à donner de lui une image aussi mesquine.

Elle soupira, appuya la tête au dossier de son fauteuil et ferma les paupières. Si seulement elle pouvait se charger elle-même de cette affaire ! pensa-t-elle.

Cette idée la fit se redresser d'un coup, les yeux grands ouverts.

Pourquoi pas, après tout ? Elle admettait qu'une telle initiative la ferait passer pour folle, si cela se savait — et qu'un an auparavant un projet aussi hardi ne l'aurait même pas effleurée. N'avait-elle pas été la première choquée, quand elle avait cru que Michael se livrait à des activités de cette nature ? De la part d'une femme du monde, ce serait encore plus scandaleux…

Mais entre-temps elle avait rencontré Miranda et Jessica, et elle était certaine qu'à sa place ses belles-sœurs n'auraient pas hésité. L'une et l'autre n'avaient reculé devant aucun danger, au cours des mois précédents, pour démêler les sinistres intrigues qui se déroulaient sous leur toit. Et elle-même s'était trouvée là, quand il avait fallu élucider le crime perpétré au château de Cleybourne. Ce qui lui conférait déjà un début d'expérience.

Un frisson la parcourut à ce souvenir.

Les deux jeunes femmes avaient tout de même frôlé la mort, chacune à leur tour, en dérangeant les plans des meurtriers concernés. Mais elle serait prudente, se promit-elle. En outre, elle aurait gagé qu'il n'y avait même pas d'assassin, dans le cas de Mme Birkshaw. Ce meurtre devait être une invention d'Anthony, qui ne parvenait probablement pas à admettre la mort de sa femme. Sans doute avait-il plus de chagrin qu'il ne voulait le reconnaître — et qu'il n'en montrait.

Elle revint à son projet. Comment menait-on ce genre d'enquête ? se demanda-t-elle.

Le fait que ce décès ait eu lieu dans une autre ville n'allait certainement pas lui faciliter les choses. Mais si Anthony résidait à Londres, réfléchit-elle, il avait dû se faire accompagner de quelques domestiques. Et qui, mieux que des serviteurs, savait ce qui se passait dans une maison ? Parler à ces gens semblait la meilleure chose à faire, pour commencer. Peut-être la femme de chambre de la défunte se trouvait-elle à Londres, elle aussi. Elle était certainement la mieux placée pour tout connaître de sa maîtresse et de la maladie qui l'avait emportée.

Très excitée par ces perspectives, Rachel se coucha — ses propres problèmes oubliés.

Le lendemain matin, elle fit porter à Anthony une note l'informant qu'elle aurait besoin de s'entretenir avec ses domestiques, et particulièrement avec l'ancienne soubrette de sa femme. Le jeune homme se présenta chez elle en personne une heure plus tard.

— Lord Westhampton accepte donc de s'occuper de mon affaire ? demanda-t-il aussitôt. Comment avez-vous fait pour le joindre aussi vite ? Je le croyais dans son domaine.

Son visage rayonnait d'un tel espoir que Rachel souffrit d'avoir à le décevoir.

— Il s'y trouve bien… et je ne lui ai pas encore écrit, avoua-t-elle. J'ai pensé qu'il serait bon de lui envoyer de plus amples informations, afin de piquer son intérêt. S'il m'était possible de questionner la femme de chambre de votre épouse, afin d'obtenir certains détails sur sa maladie…

— Certes, certes ! approuva Anthony avec chaleur. C'est fort aimable à vous d'avoir eu cette idée. Le problème, c'est que cette personne était une domestique très stylée, qui tenait à rester au service d'une dame. Après le décès de Doreen, elle a quitté la maison.

— Oh ! quel dommage !

— J'ai son adresse, néanmoins. Elle était originaire de Londres, où elle est revenue s'installer. Jameson, mon majordome, me l'a fournie. Je peux lui écrire pour lui demander de passer vous voir ; je suis certain qu'elle acceptera.

— Ne vous donnez pas cette peine, répondit Rachel. Indiquez-moi cette adresse, je la joindrai moi-même. Et pour ce qui est des autres domestiques…

— Prévenez-moi du jour où vous souhaiterez les voir. Je les prierai de répondre à toutes vos questions.

Là-dessus, Anthony s'attarda un bon moment encore, à multiplier les remerciements. Quand il s'en alla enfin, Rachel poussa un soupir d'aise. Elle ne se souvenait pas qu'il était aussi bavard, et qu'il parlait autant pour ne rien dire.

Maintenant qu'elle savait où trouver la femme de chambre de Doreen Birkshaw, elle grillait de lui rendre visite. Il serait certes plus convenable qu'elle envoie à cette personne un billet la priant de venir chez les Westhampton, plutôt que de s'aventurer elle-même à son domicile, mais Rachel n'en était plus à son coup d'essai. Et elle ne voulait pas attendre. Puisqu'elle avait réussi à aller chez Lilith Neeley, se dit-elle, elle serait certainement capable de mener cette opération à bien.

Vêtue de sa robe de jour la plus simple, elle ressortit donc comme la veille et héla un fiacre à quelques pâtés de maisons de chez elle. Lorsqu'elle eut donné l'adresse au cocher, elle s'installa commodément dans l'habitacle, se félicitant d'avoir pris les choses en main. C'était une sensation très agréable, constata-t-elle. Elle ne s'étonnait plus que Miranda tienne si fort à tout régler par elle-même. De fait, il était beaucoup plus simple de faire ce que l'on avait à faire à sa guise, sans attendre qu'un homme s'en charge à votre place. Et tellement plus grisant !

Elle déchanta quelque peu un moment plus tard, quand le fiacre la déposa dans un quartier nettement plus ancien, plus sale et plus encombré que celui de Mme Neeley. Serrant entre ses doigts le bout de papier sur lequel elle avait noté l'adresse, elle chercha le numéro, consciente que tous les gens présents dans la rue l'observaient.

Une femme à l'allure négligée se tenait sur le seuil d'une maison étroite, qui semblait dater du Grand Incendie, et regardait Rachel venir dans sa direction. Quand celle-ci ne fut plus qu'à quelques pas, elle lui cria quelque chose que la jeune femme ne comprit pas, tant son accent populaire était marqué. Néanmoins, elle profita de l'occasion pour se renseigner.

— Excusez-moi, dit-elle poliment. Je ne parviens pas à trouver cette adresse. Pourriez-vous m'aider ?

La femme se mit à glousser et se frappa la cuisse d'une main, comme si elle n'avait jamais rien entendu de plus comique.

— Vous aider, ma p'tite dame ? Mais oui, bien sûr ! répondit-elle en effectuant une révérence moqueuse — et passablement branlante.

Rachel s'approcha avec un brin de méfiance. Une forte odeur d'alcool lui monta aussitôt aux narines. Du gin, reconnut-elle, pour avoir flairé de tels effluves autour d'un valet quand elle était enfant… et entendu les autres domestiques murmurer ce mot à voix basse. De toute évidence, cette femme était ivre.

— Je cherche le 8, Poppin's Way, dit-elle.

La femme gloussa de plus belle, en secouant la tête.

— Vous êtes pas Poppin's Way, ma jolie dame ! C'est trois rues plus loin ! Trois ! renchérit-elle en tendant trois doigts.

— Pardon ? fit Rachel stupéfaite. Je ne suis pas dans la bonne rue ?

— Eh non, ma beauté ! Il va vous falloir marcher un peu ! Par là-bas.

Cachant sa déception, Rachel tira quelques pièces de son réticule et les lui offrit, en faisant de son mieux pour ne pas respirer les relents aigres qui l'entouraient. Après quoi elle s'éloigna d'un pas vif, les yeux rivés sur les façades décrépites en quête d'un indice quelconque. Aucune plaque ne figurait nulle part. Elle dépassa deux allées biscornues, trop étroites pour admettre des voitures, et s'avisa soudain qu'un groupe d'enfants la suivait en lui réclamant de l'argent. Elle avait eu tort de sortir sa bourse, se dit-elle. Elle se retourna et chassa les gamins, qui reculèrent en s'esclaffant, mais ils ne tardèrent pas à revenir à la charge.

De plus en plus nerveuse, Rachel obliqua dans la

troisième ruelle. Elle commençait à se demander si la femme savait encore ce qu'elle disait, vu son degré d'ébriété, d'autant qu'aucun numéro 8 n'était visible. Enfin, après deux ou trois passages, elle finit par découvrir le chiffre 8 grossièrement gravé sur une façade. S'armant de courage, elle frappa à la porte.

Celle-ci s'entrouvrit légèrement, et un œil peu aimable parut dans la fente, à mi-hauteur. Rachel s'efforça de sourire. Elle se pencha et demanda :

— Je cherche le 8, Poppin's Way. Est-ce bien ici ?

— Quoi ? répondit la voix grinçante d'une vieille femme.

— Le numéro 8, répéta Rachel. Est-ce ici ?

— Qu'est-ce que vous leur voulez, aux gens du 8 ?

— Je souhaiterais parler à Martha Denton. J'ai besoin d'une femme de chambre, et l'on m'a dit que cette personne était très qualifiée.

C'était un mensonge, bien sûr, car pour rien au monde elle ne se serait séparée de sa chère Polly.

La vieille la reluqua longuement, si longuement que Rachel se sentit obligée de sortir une autre pièce de son réticule, malgré les enfants attroupés derrière elle. Alors qu'elle hésitait sur la valeur à donner à l'information requise, balançant entre quelques pence et un souverain, une voix de stentor retentit soudain derrière elle, la faisant sursauter.

— Par tous les diables !

Elle tourbillonna sur elle-même, et vit un homme qui se frayait un chemin à grands gestes parmi les petits mendiants. L'espace d'une seconde, elle crut qu'il s'agissait de Michael. Mais cela ne pouvait être lui, bien sûr. C'était forcément James Hobson. Elle se redressa, les épaules raides, et le dévisagea avec froideur.

— Que faites-vous ici, sapristi ? reprit-il d'un ton furieux.

Rachel haussa un sourcil.

— Je ne vois pas en quoi cela vous regarde.

Un instant, il parut décontenancé.

— Cela regarderait davantage votre mari, pour sûr, et m'est avis qu'il remplit fort mal ses devoirs, maugréa-t-il. Bonté divine, n'avez-vous donc aucun sens des convenances ?

— Vous vous targueriez de m'apprendre les bonnes manières ? *Vous ?* rétorqua la jeune femme, plus vertement qu'elle n'en avait l'habitude.

— Il faut bien que quelqu'un s'en charge, puisque vous semblez en ignorer les limites.

— On m'a inculqué la bienséance au berceau, monsieur Hobson, et je m'estime tout à fait capable de déterminer ce que je suis ou non en droit de faire. Puis-je savoir ce qui vous amène ?

Cette question prit Michael de court. Découvrir Rachel en pareil lieu lui avait causé un tel choc qu'il s'était rué en avant sans se soucier d'échafauder une histoire plausible. Une chance, encore, qu'il ait revêtu sa tenue de « terrain » pour venir interroger l'ancienne femme de chambre de Mme Birkshaw, songea-t-il brièvement.

Il retourna à son épouse l'argument qu'elle lui avait opposé.

— Vos affaires sont vos affaires, milady, mais les miennes sont les miennes.

La veille, ainsi qu'il l'avait annoncé à Perry, il était allé trouver son collègue de Bow Street pour savoir si ce dernier avait eu vent du décès de Mme Anthony Birkshaw, quelques mois auparavant.

Il n'était pas très fier de cette démarche, qui partait plus d'une jalousie maladive que d'un honnête souci d'établir la vérité. Toutefois, que ses mobiles fussent avouables ou non, la mort de cette malheureuse piquait sa curiosité. Une disparition aussi prématurée, dans de telles circonstances, n'était pas courante. Et le fait que le jeune veuf — confortablement enrichi — n'attende même pas la fin de son deuil pour retourner voir la femme qu'il espérait épouser des années plus tôt avait de quoi attiser les soupçons de n'importe qui. Nul besoin pour cela d'être le mari de la dame en question, s'était-il dit afin de justifier son zèle.

Cooper, pensif, lui avait répondu que ce nom lui disait vaguement quelque chose, et qu'il procéderait à des recherches.

Dans l'après-midi, il était venu chez Lilith pourvu d'éléments sérieux.

— Cette affaire a bien été soumise à nos services, monsieur, avait-il déclaré à Michael. C'est Ben Mowbray qui s'en est occupé, sur la requête d'un cousin de la défunte. Le cousin en question suspectait le veuf, qui héritait d'un beau pécule.

Le limier avait haussé les épaules.

— Toutefois, comme il aurait hérité à la place de M. Birkshaw si ce dernier avait été convaincu de meurtre, il n'était pas désintéressé non plus, c'est le moins qu'on puisse dire… Quoi qu'il en soit, Mowbray n'a rien trouvé qui accuse le mari. Birkshaw n'était pas chez lui à l'époque où sa femme est tombée malade, et dès qu'il l'a appris il est revenu auprès d'elle. Les interrogatoires des domestiques et du docteur ont confirmé ces faits. Apparemment, nul n'a jamais mis en doute le caractère naturel de cette mort. La défunte était sujette à des troubles de ce genre ; eût-elle été empoisonnée, elle serait morte plus vite. Auriez-vous des raisons de penser autrement, monsieur ?

Michael avait dû reconnaître que non, et admettre qu'il avait simplement été intrigué par les circonstances de ce décès.

Cooper lui avait fourni l'adresse de Martha Denton, qui avait quitté son emploi peu après le trépas de sa maîtresse ; il avait décidé d'entrer en contact avec elle — et avait été secoué jusqu'à la moelle en constatant que Rachel l'avait précédé dans ce quartier de miséreux, dont il n'aurait même pas cru qu'elle connaisse l'existence. Mais sa femme était bel et bien là, cernée par des gamins en haillons, en train d'interroger une vieille rombière tapie dans une masure sordide !

Il chercha à la contourner pour s'adresser lui-même

à la vieille, qui avait élargi la fente et montrait maintenant sa face ridée.

Rachel réagit vivement et lui bloqua le passage.

— Je vous en prie ! protesta-t-elle. J'étais là la première. Je vous saurais gré de rester à l'écart pendant que je termine ma conversation avec cette brave femme.

Elle brandit le souverain, toute hésitation tarie par la présence de son rival.

— L'adresse que je vous ai donnée est-elle bien celle de Martha Denton ? insista-t-elle.

La vieille tendit la main vers la pièce en argent, les yeux luisants d'avidité.

— Oui, elle logeait là-haut, indiqua-t-elle d'un signe du menton, en désignant un escalier branlant qui menait à l'étage supérieur de la maison voisine. Au 8.

Un doute saisit Rachel, qui retint sa récompense.

— Y vit-elle toujours ?

La femme se rembrunit.

— Non, reconnut-elle en marmonnant. Elle est partie.

— Où est-elle ?

— J'saurais pas vous dire, moi ! geignit la vieille. Elle a juste dit qu'elle allait travailler chez une dame. Lady Easter… quelque chose, j'me souviens plus du reste.

— Esterbrook ? suggéra Rachel.

— Oui, c'est ce nom-là ! approuva son informatrice en hochant la tête avec vigueur.

Elle avança de nouveau la main. Rachel laissa tomber la pièce dans sa paume crasseuse et se tourna vers son compagnon, à qui elle décocha un sourire triomphant.

— Je vous cède la place, monsieur Hobson.

Michael la fusilla du regard.

— Continuez à semer des pièces de la sorte, milady, et vous allez attirer tous les voleurs du quartier.

— Croyez-vous ?

D'un geste de défi, la comtesse vida son réticule de toute la menue monnaie qu'il contenait encore et la dispersa parmi les enfants. Après quoi, le dos droit et le menton haut, elle se dirigea d'un pas conquérant vers l'embouchure de l'impasse. Michael s'empressa de la rattraper.

— Ce n'est pas un endroit fréquentable pour une dame de votre rang, bougonna-t-il. Ne pourriez-vous songer au moins un peu à votre sécurité ? Il doit bien y avoir deux ou trois personnes qui regretteraient votre mort, dans votre entourage.

— Votre bon cœur me touche, mais je vous assure que je suis tout à fait capable de veiller sur mon sort, riposta Rachel.

— Ah oui ? rétorqua son compagnon d'un ton sarcastique. Et comment comptez-vous sortir d'ici, au juste ? Où pensez-vous trouver un fiacre ?

La jeune femme faiblit. Malgré qu'elle en eût, elle devait bien s'avouer que cette perspective l'inquiétait. Et Hobson avait beau être le pire des rustres, elle se sentait nettement mieux sous sa protection. Elle le laissa lui emboîter le pas.

— A quoi rime ce manège ? reprit-il d'une voix bourrue. Pourquoi payez-vous des gens pour trouver cette Martha Denton ?

Rachel l'observa à la dérobée.

— Je pourrais maintenir que j'ai besoin d'une bonne femme de chambre, répondit-elle.

— Certes, mais nous saurions tous les deux que vous mentez.

Il la tenait sous son regard gris, auquel le soleil donnait des reflets de vif-argent. Il avait des yeux magnifiques, pensa-t-elle. Et tellement expressifs… Elle se remémora la façon dont ils s'étaient assombris la veille, dans le fiacre, lourds d'un désir brûlant, et ce souvenir la fit trébucher. Elle rougit de plus belle quand il posa une main sur son coude pour l'aider à reprendre son équilibre ; parcourue d'un frisson, elle se racla la gorge et regarda droit devant elle.

— Je souhaiterais m'entretenir avec cette femme, reconnut-elle. Elle servait l'épouse… de l'ami dont je vous ai parlé hier. Doreen est morte récemment et il pense qu'elle a pu être assassinée.

Michael faillit s'étrangler.

— Et c'est vous qu'il est venu consulter ? A propos d'un meurtre ?

Rachel haussa les épaules, la bouche amère.

— Bien sûr que non. Nul n'aurait jamais songé à me consulter personnellement pour une affaire de ce genre, lui pas plus qu'un autre. Je ne passe pas pour une personne particulièrement brillante, ni audacieuse.

Cette remarque désabusée surprit son compagnon, mais il ne fit aucun commentaire.

— Je vous l'ai dit, reprit la jeune femme, il désirait que j'intervienne auprès de mon mari. Ce que je ne peux plus faire, maintenant que je connais la vérité à votre sujet. Or, Michael aurait des raisons de ne pas vouloir rendre ce service à M. Birkshaw, et je détesterais que ce dernier le prenne pour un homme mesquin, à l'esprit de revanche.

— Pourquoi donc ? s'enquit Michael, ébahi par tant de grandeur d'âme.

A son tour, Rachel ouvrit de grands yeux, comme si cette question la stupéfiait.

— Parce que Michael n'est rien de tel ! Il est incapable de petitesse. S'il était au courant de cette affaire, et en mesure de la résoudre, je suis *certaine* qu'il oublierait ses griefs contre M. Birkshaw et accepterait de l'aider.

L'intéressé souffla de façon grossière.

— La foi que vous placez en votre mari est touchante, milady. Pour ma part, j'imagine peu d'époux volant au secours d'un ami… intime de leur femme.

— Vous voilà encore à sous-entendre des vilénies qui ne sont pas ! se récria Rachel, cinglante. Sincèrement, je ne puis saisir ce qui vous pousse à croire le pire de Michael, d'Anthony et de moi-même, alors que vous ne nous connaissez pas.

— Je connais l'aristocratie, répliqua Michael sur le ton acerbe dont il dotait son alter ego.

— Soit. Votre aigreur se comprend, agréa la jeune

femme. Toutefois, je vous donne ma parole que mon mari ne ressemble en rien à son père.

— Vraiment ? rétorqua le comte, railleur.

— Oui, vraiment. Et vous ne devriez pas vous montrer aussi caustique. Westhampton est foncièrement juste, et très tolérant.

— Au point qu'il accepterait de vous voir écumer East End avec des gens aussi peu recommandables que moi, dans le dessein de résoudre une affaire criminelle ?

— Non, tout de même pas, admit Rachel. Il craindrait certainement que je ne m'attire des ennuis, car il me juge incapable de me conduire seule dans la vie, comme la plupart des gens.

Michael se tourna vers elle, les sourcils froncés.

— Loin de moi l'idée…

Il s'interrompit et se racla la gorge.

— Ce n'est pas ce qu'il penserait, j'en suis sûr.

Rachel lui jeta un coup d'œil ironique.

— Le défendriez-vous, à présent ?

Il grimaça.

— Ce que je voulais dire, c'est que si j'étais votre mari je songerais avant tout à votre sécurité. Je serais inquiet à l'idée que vous puissiez courir des dangers, pas à celle que vous soyez incapable de prendre la moindre initiative. De fait, milady, vous me semblez plutôt astucieuse… et assez efficace, dans votre genre.

Rachel gloussa.

— Vous vous moquez, et vous avez raison. En réalité, je suis aussi inutile que la plupart des femmes de ma classe. J'ai été éduquée à servir le thé, à coudre, à broder, pas à réfléchir ni à entreprendre des démarches importantes. Mon frère a épousé une jeune personne qui sait mener sa barque, elle. Elle fait des affaires, et elle est même capable de se servir d'un fusil pour se défendre.

— Votre belle-sœur me semble être une sacrée drôlesse.

Le rire argentin de la jeune femme alla droit au cœur de son mari, et attisa son désir.

— Ce n'est pas une drôlesse, c'est une Américaine.

— C'est bien ce que je disais.

Rachel rit de plus belle.

— Mon autre belle-sœur... enfin, la deuxième femme de mon beau-frère, pour être plus précise, est anglaise, et de bonne famille. Ce qui ne l'empêche pas d'avoir du caractère, et de ne pas mâcher ses mots. Néanmoins, son mari respecte ses opinions.

— Je mettrais ma main au feu que votre mari respecte également les vôtres. Et qu'il vous respecte.

— Oh ! il me respecte comme un gentilhomme respecte son épouse, c'est certain, mais je ne crois pas qu'il accorde beaucoup d'intérêt à ce que je pense ! Ni beaucoup de valeur.

— Ce scélérat vous déprécierait-il ?

Rachel considéra son compagnon d'un air songeur, soupesant sa question.

Elle trouvait très surprenant, et très agréable, de pouvoir parler aussi librement avec lui. Il n'avait aucun droit sur elle, elle savait qu'il ne se choquerait pas de ses déclarations, et du fait de sa ressemblance avec Michael elle se sentait étrangement à l'aise avec lui. C'était un peu comme si elle conversait avec son mari, sans avoir à se soucier des conventions ni des problèmes personnels qui les séparaient. Un plaisir inattendu, qui la ravissait.

— Non, répondit-elle enfin. Michael n'a nul mépris pour moi, j'en suis sûre. Il ne lui viendrait pas à l'esprit que je puisse réfléchir à des sujets sérieux ou entreprendre quoi que ce soit par moi-même… parce que je ne lui en ai pas donné l'habitude, tout simplement. Mais je me sens tout à fait capable de m'occuper d'une affaire comme celle-ci, affirma-t-elle. Je saurai interroger Martha Denton. Et cela me sera sans doute plus facile qu'à vous, car je pourrai l'approcher plus aisément. Entre nous, je vois mal lady Esterbrook vous autoriser à rencontrer sa femme de chambre, ajouta-t-elle avec une pointe de malice.

— C'est plausible, en effet.

Ils marchèrent un moment en silence. Puis Michael dévisagea sa compagne, pensif.

— Je connais une taverne non loin d'ici. Nous pourrions aller y restaurer nos forces, suggéra-t-il.

Bien que Rachel mourût de faim, elle hésita.

— Je crains de ne pouvoir accepter, répondit-elle. Que dirait-on, si l'on me voyait entrer dans une taverne avec un inconnu ?

Son mari haussa les sourcils, amusé.

— Pensez-vous rencontrer par ici des personnes de votre connaissance ?

Elle sourit.

— Non, probablement pas. Néanmoins…

— Vous savez combien je ressemble à votre mari. Si l'une de vos relations venait à nous surprendre, elle en déduirait à coup sûr que je suis Westhampton.

— Oui, c'est fort possible, accorda Rachel en riant. Néanmoins, on se demanderait quelle mouche vous a piqué de vous travestir de la sorte.

— Si nous déjeunions ensemble, nous aurions tout loisir de discuter de cette enquête, insista Michael.

Elle l'étudia, méfiante.

— Compteriez-vous me dissuader de poursuivre ?

Il eut un sourire lumineux, qui rappelait étonnamment celui du comte.

— Non, rassurez-vous. Ce serait plutôt le contraire. Vous aviez raison, tout à l'heure. Nous sommes complémentaires. Pourquoi ne ferions-nous pas équipe ? Vous vous chargeriez des mondanités, pour lesquelles je suis fort mal placé, et je m'occuperais du reste. C'est moi qui irai questionner les domestiques masculins de Birkshaw, par exemple. Ils confieront sûrement plus de choses à un de leurs égaux qu'à une comtesse. Ensuite, nous partagerons nos découvertes et nous en tirerons des conclusions. Nous poursuivons le même but, après tout.

Rachel sourit, fort satisfaite de cette proposition.

— Entendu, acquiesça-t-elle.

Elle se sentait très audacieuse, mais qu'avait-elle à craindre ? Sur le fond, il n'y avait certainement rien de mal à partager un repas avec cet homme, se dit-elle.

Elle écarta sciemment de sa mémoire la scène du fiacre. Ces débordements avaient été provoqués par leur colère réciproque, rien d'autre. Ils s'étaient piqués au vif, ce qui les avait conduits à des excès aussi ridicules qu'absurdes. Ce genre de chose n'avait aucune raison de se reproduire dans un lieu public, alors qu'ils discuteraient posément d'une affaire commune.

Quelques minutes plus tard, ils arrivèrent devant la taverne Au sanglier rouge, un établissement de taille imposante fréquenté par de nombreux voyageurs. Hobson s'entretint à voix basse avec le patron ; il réussit sans peine à leur obtenir une petite pièce privée, dans laquelle l'aubergiste lui-même vint les servir en les appelant *milord* et *milady*.

Dès qu'il fut sorti, Rachel darda un regard accusateur sur son compagnon.

— Vous vous êtes fait passer pour Michael, n'est-ce pas ?

Il haussa les épaules.

— C'était plus simple. Nul ne peut s'étonner de vous voir déjeuner en compagnie de votre époux, et cela nous a valu d'être servis à l'écart. Auriez-vous préféré être la cible de tous les regards ?

La jeune femme baissa les armes.

— Non, je préfère manger seule avec vous, reconnut-elle. Mais dites-moi… vous arrive-t-il souvent d'usurper l'identité de Westhampton ?

Michael sourit de nouveau, les yeux pétillants.

— Seulement quand cela m'arrange… et quand je ne risque pas d'être découvert.

Elle eut toutes les peines du monde à ne pas lui rendre son sourire, tant il était contagieux.

— Ces façons sont éhontées. N'avez-vous donc aucun scrupule à vous servir d'un homme que vous traitez avec un tel dédain par ailleurs ?

Il fit la moue.

— Je ne lui vole rien, et je ne fais jamais rien qui puisse nuire à sa réputation. Je paie toujours mon écot. Si j'utilise son nom pour obtenir des faveurs que ce nom lui obtient, à lui, quel mal y a-t-il à cela ? Ce n'est que justice : nous avons eu le même père et j'aurais eu les mêmes droits que lui à porter ce nom-là, si j'étais né du bon côté. Il a eu plus de chance que moi, c'est tout.

— A vous entendre, ce raisonnement paraît presque sensé, commenta Rachel.

— Je suis un homme sensé.

Il prit la carafe de vin apportée par l'aubergiste et l'inclina vers le verre de Rachel, l'air interrogateur.

Elle n'hésita qu'un court instant. Il n'était pas dans les usages qu'une dame accepte du vin — surtout aussi tôt dans la journée, et plus encore de la part d'un étranger. Mais après tout, qui le saurait ? Elle se sentait merveilleusement requinquée par ses aventures de la matinée ; plus elle se montrait libre et intrépide, plus elle avait envie de l'être. Elle ne put résister à l'attrait d'une autre effronterie.

Elle acquiesça d'un signe de tête. Michael emplit son verre à moitié, et elle y trempa les lèvres. Bien que le vin ne fût pas bon, et assez piquant, elle en avala quelques gorgées, pour le geste. Puis elle s'adossa à sa chaise et considéra son compagnon avec sérieux.

— Maintenant, à vous de me dire pourquoi vous vouliez parler à la femme de chambre de Mme Birkshaw.

Comme il marquait une certaine réticence, elle insista :

— Je vous ai donné mes raisons. Il serait équitable que vous m'indiquiez les vôtres. Si nous devons collaborer…

— C'est juste, concéda Michael.

Il ne pouvait guère lui avouer ses véritables motifs, qui étaient précisément ceux dont elle le croyait incapable. Il choisit donc d'adapter à son profit la version de Cooper.

— J'ai été engagé par un cousin de la défunte, qui juge sa mort suspecte et soupçonne son mari.

— Mais Anthony ne se trouvait pas chez lui, quand elle est tombée malade !

— Cela ne prouve rien.

— Et pourquoi aurait-il décidé d'enquêter lui-même sur le décès de son épouse, s'il était coupable ?

— Peut-être s'agit-il d'un stratagème, afin de détourner les soupçons de sa personne.

Rachel fronça les sourcils.

— Ce cousin n'hériterait-il pas à sa place, s'il était convaincu de meurtre ? s'enquit-elle avec finesse.

— Si, acquiesça Michael. Ce qui permet de conclure que sa requête n'est pas désintéressée, en effet.

La jeune femme réfléchit un moment.

— Dans ce cas, monsieur Hobson, je ne suis pas certaine que nous devions travailler ensemble. Vous êtes chargé de prouver la culpabilité de M. Birkshaw, tandis que je souhaite établir son innocence. Nos buts sont inverses.

Michael se pencha vers elle, plongeant son regard gris dans le sien.

— J'ose espérer que non, objecta-t-il d'une voix intense. L'un comme l'autre, nous devons chercher avant tout à établir la *vérité,* quelle qu'elle soit.

Rachel eut du mal à respirer, tout à coup. Elle ne pouvait détacher les yeux de ceux de son compagnon, et se sentait brûlante. Alors qu'ils parlaient de choses gravissimes — d'un meurtre qui pouvait impliquer Anthony —, son esprit vagabondait malgré elle vers le baiser qu'ils avaient échangé la veille.

— Oui, bien sûr, répondit-elle distraitement.

Elle réussit enfin à baisser les paupières, mais se trouva brusquement captivée par la main de James Hobson, posée sur la table tout près de la sienne. Ses phalanges frémirent, mues par un désir irrépressible de franchir l'espace qui les séparait. Lorsqu'elle releva les yeux, elle constata avec un trouble croissant que son partenaire la dévisageait toujours, ses prunelles argentées habitées par une flamme sombre.

Comme s'il avait deviné son vœu muet, il avança légèrement sa main, paume retournée, la glissa sous la sienne et entremêla leurs doigts.

Le contact de sa peau fit à Rachel l'effet d'un fer rouge. Incapable de résister à l'appel de son regard, elle s'inclina lentement vers lui.

12

Le bruit peu discret de la poignée les fit sursauter et s'écarter aussitôt. Rachel se radossa à sa chaise, les mains nouées dans son giron, tandis que l'aubergiste et un marmiton entraient avec des plateaux copieusement garnis.

Ils disposèrent les différents mets sur la table. La jeune femme détourna les yeux de James Hobson, mettant cette intrusion à profit pour calmer sa respiration oppressée et rassembler ses esprits.

Qu'avait-elle failli faire, grands dieux ? Etait-elle donc si faible de caractère, si soumise à ses instincts les plus élémentaires, qu'elle eût de nouveau cédé à cet homme sans la moindre hésitation ?

Elle avait peine à croire qu'elle s'était montrée transparente dans ses désirs au point de provoquer une telle réaction chez son compagnon, mais c'était bien ce qui s'était passé — à sa grande honte.

Quand l'aubergiste et son aide se retirèrent, elle avait réussi à recouvrer un calme apparent. Elle se servit sans regarder Hobson, cependant, et se mit à multiplier les commentaires sur la nourriture pour cacher sa nervosité. Tout était si abondant, si appétissant, les fumets si délicieux… Qui eût cru que l'on servait de si bons repas dans une taverne qui payait si peu de mine ?

Elle fut soulagée de pouvoir se taire lorsqu'ils commencèrent à manger, et songea avec un brin d'amusement que le frère de Michael devait l'être aussi.

Leur collation terminée, elle se sentit enfin capable de relever la tête. Son devoir lui commandait de renoncer d'emblée à cette collaboration, elle en était consciente ; il était clair que Hobson lui inspirait des émotions incontrôlables, une… attirance physique si vive qu'elle en était effrayée.

Le seul fait de formuler ce mot, ne fût-ce qu'en pensée, suffit à la faire rougir. Le problème, c'était qu'elle n'avait aucune envie d'abandonner une aventure qui promettait d'être aussi palpitante — à plus d'un égard.

De son côté, Michael se demandait quelle folie l'avait saisi de proposer un tel marché à sa femme.

Il allait lui fournir de multiples occasions de l'identifier, la placer dans des situations impensables pour une dame de son rang et de son éducation — sans parler des dangers qu'elle risquait de courir, si Mme Birkshaw avait réellement été assassinée.

En vérité, il n'avait pu résister au désir de donner un peu de bonheur à Rachel. La morosité de l'existence qu'elle lui avait dépeinte, son sentiment d'inutilité, la piètre opinion qu'elle pensait inspirer à son entourage — et à lui en particulier — l'avaient profondément ému.

Il aurait voulu protester, lui assurer qu'il n'avait jamais douté de son intelligence ni de ses capacités, lui expliquer qu'il désirait la protéger non parce qu'elle lui semblait fragile ou naïve, mais parce qu'elle était ce qu'il avait de plus cher au monde, tout simplement.

Faute de pouvoir le faire, il avait décidé d'offrir à sa délicieuse épouse une occasion de se distraire et de prouver ses qualités — un témoignage supplémentaire de la stupidité qui l'affligeait dès qu'il se trouvait en sa compagnie, songea-t-il avec aigreur.

En outre, ce « cadeau » n'était pas dicté que par la générosité et l'altruisme ; il devait reconnaître, aussi, qu'il n'avait pas rechigné devant le plaisir de passer plus de temps avec elle, ajoutant l'égoïsme à l'inconscience.

Irrité par la kyrielle d'imprudences que ce sentimentalisme ridicule lui avait inspirée, il tenta de faire marche arrière.

— A propos de cette idée de travailler ensemble..., commença-t-il.

Un frisson d'appréhension parcourut Rachel. Il avait changé d'avis, elle en était sûre. Et elle ne pouvait l'accepter.

— C'est une excellente suggestion, coupa-t-elle vivement. Vous l'avez dit, chacun de nous peut se charger de ce qui serait délicat pour l'autre. Nous serons doublement efficaces. Je connais assez peu lady Esterbrook, mais je ne doute pas qu'elle me permettra de parler à sa nouvelle femme de chambre. Je compte m'en occuper dès demain. Et vous, par quoi commencerez-vous ?

Devant sa détermination, Michael renonça à la raisonner. Il savait que ce serait inutile. Poussant un soupir résigné, il déclara :

— Je pense me rendre à la taverne la plus proche du domicile de Birkshaw ; il est probable que ses valets la fréquentent, je pourrai engager la conversation avec eux.

— Et s'ils ne boivent pas ?

— Dans ce cas, je trouverai un autre moyen. Une erreur de livraison, par exemple.

— Cela risque de vous prendre un certain temps. Et comment… nous communiquerons-nous nos résultats ?

— Envoyez-moi un billet dès que vous saurez quelque chose ; je passerai… Non. Je ne puis me rendre chez vous.

— Mes domestiques seraient assez surpris, en effet ! acquiesça Rachel. C'est moi qui irai vous trouver chez votre sœur.

— Entendu.

Elle aurait pu se contenter de l'informer par écrit, se dit Michael, mais il n'eut pas le courage de renoncer au bonheur de la retrouver. Ces rencontres clandestines lui procuraient un plaisir étrange, mêlé d'amertume. Il avait rarement vu sa femme aussi libre, aussi sincère, aussi enthousiaste, et la Rachel qu'il découvrait l'enchantait — même s'il regrettait par ailleurs qu'elle réservât de telles faveurs à James Hobson. Pourquoi ne s'était-elle jamais confiée de la sorte à son mari ? se demanda-t-il avec tristesse. Lui paraissait-il si sévère, si distant, si impressionnant ?

Rachel se sentait mélancolique, elle aussi, mais c'était à l'idée de quitter cet endroit, et son compagnon. Il était si plaisant de s'entretenir sans entraves avec quelqu'un dont elle ne redoutait pas le jugement ! Lorsqu'elle parlait à Michael, elle craignait toujours de dire des sottises ou de paraître futile. James ne lui donnait jamais cette impression.

— Bien, fit-elle. Je suppose qu'il est temps de partir...

— Oui, agréa Michael.

Ni l'un ni l'autre ne bougèrent.

La jeune femme songea à ce qui l'attendait chez elle. Elle aurait sans doute des visites à rendre, mais ce serait trop tard, et elle s'en félicita. Elle pourrait travailler un moment au bonnet en dentelle qu'elle destinait au bébé de Dev et Miranda, s'il n'y avait pas quelque problème domestique à régler dans la maison. Ensuite, elle devrait choisir une tenue et s'habiller pour aller dîner chez les Manning.

Sa vie était faite de ces petits riens, d'événements inconsistants qui tissaient imperturbablement des journées d'ennui. S'habiller, manger, recevoir, sortir... Depuis quand, se demanda-t-elle, était-elle aussi lasse de ne pouvoir s'occuper autrement ? Depuis quand avait-elle perdu le goût des bals, des réceptions, des soirées au théâtre ou à l'opéra — devenus pour elle des corvées routinières ?

Elle avait besoin d'aventure, et de ce point de vue cette journée l'avait comblée. Mais elle savait bien qu'une telle éclaircie ne pourrait durer. Résolument, elle repoussa sa chaise et se leva.

— Il faut que je trouve un fiacre.

— Je vais vous accompagner, déclara Hobson.

Il se leva à son tour et l'escorta jusqu'à la porte, qu'il ouvrit pour la laisser passer devant lui. En la suivant dans la salle commune, il posa un instant sa main sur son coude, galamment, et Rachel fut parcourue d'un frisson brûlant.

Elle tint les yeux rivés devant elle, sachant qu'elle ne pourrait dissimuler son trouble si elle regardait son compagnon. Eprouvait-il ce genre de réaction dès qu'ils se touchaient, lui aussi, se demanda-t-elle avec embarras, ou était-elle la seule à s'enflammer de la sorte ?

Quoi qu'il en soit, trancha-t-elle, la meilleure chose qu'elle avait à faire était de rentrer chez elle et de ne plus revoir cet homme. Jamais. Mais au fond d'elle-même, elle savait bien qu'elle ne suivrait pas cette sage résolution.

Dès son retour, Rachel réfléchit au moyen d'entrer en contact avec Martha Denton. Lady Esterbrook ne lui interdirait certainement pas d'interroger sa femme de chambre, se dit-elle, mais elle ne manquerait pas de s'étonner de sa démarche. En outre, questionnée dans de telles conditions, Martha risquait de se montrer méfiante et de rester sur la défensive.

Sans doute obtiendrait-elle des réponses plus franches sur la mort de Mme Birkshaw, se dit-elle, si elle pouvait rencontrer son ancienne domestique dans des circonstances plus naturelles.

Un hasard heureux la servit, à savoir que la résidence des Esterbrook se trouvait presque en face de chez elle, de l'autre côté du square sur lequel donnait sa demeure. Aussi, dès le lendemain, Rachel sortit-elle coiffée d'un bonnet, armée d'un bloc de papier à dessin et d'un fusain. Et durant des heures, assise sur un banc, elle feignit d'observer et de croquer des plantes et des fleurs, alors qu'en réalité elle surveillait d'un œil vigilant la porte d'entrée qui l'intéressait.

Au bout d'un jour et demi, sa patience fut enfin récompensée : elle vit sortir l'imposante lady Esterbrook, suivie d'une jeune femme vêtue avec soin mais beaucoup plus modestement qu'elle. Comme la jeune personne en question restait en retrait, les yeux baissés, Rachel en conclut qu'il devait s'agir de Martha. Abandonnant son matériel sur le banc, elle bondit sur ses pieds, surexcitée, et entreprit de suivre les deux femmes.

Elle les rejoignit alors que lady Esterbrook s'attardait devant la vitrine d'une modiste — ce qui l'obligea à faire un moment du sur-place sur le trottoir d'en face. Elle tritura longuement les boutons de son gant, afin de justifier son immobilité, et reprit sa filature dès que ses proies se remirent en route.

Quand lady Esterbrook s'arrêta de nouveau devant une mercerie, Rachel poussa un soupir agacé. Mais cette fois, à son vif soulagement, la dame adressa quelques mots à sa compagne et pénétra dans la boutique, laissant la jeune femme l'attendre sur le trottoir. Plus de doute, se dit Rachel. Cette personne était sa femme de chambre.

Elle hâta le pas. Arrivée à la hauteur de la domestique, elle lui jeta un coup d'œil en passant, fit mine de la reconnaître et s'arrêta.

— Martha ? demanda-t-elle.

L'intéressée la considéra avec étonnement.

— Oui, miss ?

Rachel sourit.

— N'êtes-vous pas… Pardon. Vous étiez au service de Mme Birkshaw, n'est-ce pas ?

Le visage de la jeune femme s'illumina aussitôt.

— Oui, miss ! Comment le savez-vous ?

Rachel eut recours à la fable qu'elle avait concoctée la veille, en prévision de cette rencontre.

— Je connaissais votre ancienne maîtresse, et je vous ai vue chez elle une fois. Sans doute ne vous souvenez-vous pas de moi : je suis Mme Glendenning.

— Oh, oui, madame, bien sûr, répondit Martha d'un air mal assuré.

— Cette pauvre Doreen, poursuivit l'enquêtrice en herbe. J'ai été si triste d'apprendre son décès.

— C'est bien triste, en effet, confirma la domestique, les larmes aux yeux. Mme Doreen avait si bon cœur !

Face à sa peine, Rachel eut un peu honte de son subterfuge ; mais le but qu'elle poursuivait justifiait quelques mensonges, se dit-elle.

— Vous étiez très attachée à Mme Birkshaw, à ce que je vois.

— Oui, je l'étais. Elle se montrait si généreuse avec moi ! Elle me donnait toutes les toilettes qu'elle ne portait plus. Certaines étaient trop belles pour moi, alors je les taillais pour en faire des rideaux, des coussins, des choses de ce genre.

Martha soupira.

— J'espère qu'elle n'a pas trop souffert…

De nouvelles larmes perlèrent au bord de ses paupières.

— Elle a été tellement malade, madame ! C'était affreux. Elle avait mal à l'estomac, vous savez ? Elle ne pouvait presque rien garder. J'en étais chavirée. J'aurais voulu l'aider, mais comment faire ? J'étais même obligée de lui donner son potage à la cuillère, à la fin.

Elle secoua la tête.

— Tout cela a dû être très douloureux pour M. Birkshaw, observa Rachel.

— Oh ! que oui ! Quel gentilhomme c'est là ! Si beau, si charmant !

Les étoiles qui s'allumèrent dans les yeux de la jeune domestique étaient éloquentes : elle semblait aduler le mari de sa maîtresse.

— Notre dame l'adorait à un point ! Il était tout pour elle, à croire que le soleil ne brillait que pour lui. Et d'une gentillesse avec sa femme ! Dès qu'il a appris sa maladie, il est revenu à bride abattue et il a passé des jours entiers à son chevet. Même que M'ame Doreen me disait encore, juste avant de mourir : « C'est le meilleur mari qui existe au monde, Martha. Sa présence adoucit mes souffrances. Il m'aura rendue heureuse jusqu'au bout… »

Ce portrait était si touchant que Rachel se sentit prête à pleurer, elle aussi. Par ses mots simples, Martha donnait une vraie consistance à cette mort, au long calvaire de Doreen Birkshaw, au chagrin de ses proches. Elle avait été emportée bien trop tôt. Et si quelqu'un était responsable de ce décès prématuré, comme le suspectait Anthony, ce ne pouvait être qu'un monstre de cruauté. Mais ce qui la bouleversait plus encore, c'était d'apprendre que la malheureuse avait passionnément chéri son époux — qui de son propre aveu ne l'avait jamais aimée.

— Votre récit me désole, déclara-t-elle sincèrement à sa compagne. Il paraît si injuste qu'une telle personne ait vécu si peu de temps !

Martha pinça les lèvres.

— Pour sûr ! approuva-t-elle. Quand il en reste tant d'autres qui ne mériteraient pas de vivre…

Elle jeta un coup d'œil éloquent en direction du magasin, et se redressa aussitôt.

— Oh ! ma maîtresse revient !

— Je vais vous laisser, Martha. J'ai été très heureuse

de vous revoir. Mme Birkshaw a eu beaucoup de chance, d'avoir une employée comme vous.

La jeune femme sourit et esquissa une révérence.

— Merci, madame. Vous êtes bien bonne.

La porte de la boutique s'ouvrait. Rachel adressa un dernier signe de tête à la soubrette et s'éloigna prestement. Il serait fâcheux que lady Esterbrook la reconnaisse et l'appelle par son vrai nom devant Martha, pensa-t-elle. Elle aurait dû songer plus tôt à ce détail, qui risquait de lui poser quelques ennuis par la suite. Si elle voulait devenir une investigatrice de qualité, en conclut-elle, elle ferait bien de se montrer plus rigoureuse, à l'avenir.

Elle fit un détour pour rentrer chez elle, afin de ne pas croiser les deux femmes. Tout en marchant, elle réfléchissait aux déclarations de Martha Denton. Alors qu'elle approchait de sa maison, elle s'arrêta brusquement, héla un fiacre et donna au cocher l'adresse de Lilith Neeley.

Quand Rachel arriva chez Lilith, une soubrette l'introduisit dans un petit salon où la jeune femme était assise près d'un gentilhomme de belle prestance. Dès qu'elle reconnut sa visiteuse, Lilith bondit sur ses pieds.

— Oh ! mon Dieu ! Lady Westhampton ! Je…

Elle jeta un coup d'œil inquiet à son compagnon, qui s'était également levé. C'était un homme d'une quarantaine d'années, très brun, qui parut vaguement familier à Rachel.

— Je ne sais… si vous connaissez sir Robert Blount, milady.

Le cerveau de Rachel s'emballa. Elle dissimula ses pensées sous un sourire poli. Ce nom ne lui était pas inconnu, en effet. Elle avait dû apercevoir sir Blount dans quelques réceptions, même s'il ne fréquentait pas régulièrement les cercles qu'elle côtoyait. De toute évidence, il s'agissait d'un membre de la haute société — ce qui rendait sa présence chez Lilith aussi surprenante que sa tenue décontractée. Il avait ôté sa redingote, posée sur le dossier de la bergère, et semblait parfaitement à son aise.

Qu'en conclure, sinon qu'il était l'amant de la jeune femme ? Rachel ne trouva rien à dire. C'était la première fois qu'elle était placée dans une telle situation. Sa mère ou Araminta, sans nul doute, auraient haussé le menton avec mépris et seraient sorties, l'air choqué. Pour sa part, elle était incapable de témoigner du dédain à quiconque — hormis Leona Vesey. Et elle éprouvait de surcroît une certaine sympathie pour sa « belle-sœur ». Elle s'avança donc dans la pièce, tendant la main au gentilhomme en question.

— Enchantée de vous rencontrer, sir Robert.

— Moi de même, milady, répondit ce dernier en lui baisant galamment le bout des doigts, une lueur malicieuse au fond de ses yeux noirs.

Rachel se tourna vers Lilith.

— Bonjour, madame Neeley.

La jeune femme rougit légèrement, marmonna une

vague salutation et désigna un siège d'un geste hésitant.

— Voulez-vous vous asseoir, milady ?

— Je vais vous laisser converser tranquillement, mesdames, annonça sir Robert d'un ton affable. A plus tard, Lilith.

Il décocha un sourire à son amie, qui le remercia d'un regard soulagé, prit sa redingote et quitta la pièce. Dès qu'il fut sorti, la sœur de Michael se confondit en excuses :

— Je suis vraiment navrée, milady. Je...

— Vous n'avez pas à vous excuser, coupa Rachel. C'est moi qui suis en tort, d'arriver chez vous à l'improviste et d'en chasser un visiteur qui m'avait précédée.

Lilith lui sourit avec gratitude.

— Merci, milady. J'apprécie votre bonté.

La comtesse secoua la tête.

— Je vous en prie ! Considérant que vous êtes la sœur de mon mari, il me semble que nous pourrions abandonner l'usage de ces formules ampoulées. Vous me feriez grand plaisir en m'appelant Rachel.

Sa compagne parut horrifiée.

— Jamais je n'oserais !

— Je vous le demande comme une faveur, insista Rachel. Je me sens déjà fort mal à l'aise d'abuser ainsi de votre hospitalité ; vu la situation, votre considération accroît encore mon embarras.

Cette fois, Lilith se laissa convaincre.

— Comme vous voudrez… Rachel. Je suppose que vous êtes ici pour voir… euh…

— M. Hobson, oui. Je suis navrée de vous déranger, mais j'ai quelque chose à lui dire.

— Il est sorti depuis le début de l'après-midi, malheureusement. Vous pouvez l'attendre, bien sûr, mais j'ignore à quelle heure il rentrera.

— Si cela ne vous ennuie pas trop…, répondit Rachel d'un ton hésitant.

Lilith sourit.

— Pas le moins du monde. Simplement, je vais être obligée de vous laisser pour aller régler certaines choses… à côté. J'espère que vous ne vous sentirez pas trop seule. Je vais demander à ma soubrette de vous apporter du thé.

— C'est très aimable à vous, merci. Je serai fort bien.

— Parfait.

Au moment de sortir, Lilith s'arrêta sur le seuil et se tourna vers la jeune femme, visiblement décontenancée.

— Vous n'êtes pas du tout comme je vous imaginais, lady… Rachel.

Sa compagne sourit largement.

— Vous attendiez-vous à une autre Araminta ?

— Ara… Oh ! la sœur de Michael, voulez-vous dire ? Je ne l'ai jamais rencontrée… non plus.

— Elle est pourtant votre sœur, aussi !

— Oui, si l'on veut… Néanmoins, je n'ai pas coutume

de penser à elle — ni à lui, d'ailleurs — comme à des gens de ma famille.

— En ce qui concerne Araminta, je puis vous assurer que vous n'avez rien à regretter, affirma Rachel avec conviction. Il m'arrive souvent de souhaiter ne l'avoir jamais rencontrée.

Lilith ne put s'empêcher de rire.

— Merci de cette précision, répondit-elle. Vous m'ôtez un poids.

Elle sortit d'un pas allègre. La domestique arriva peu après avec un plateau. Rachel commençait juste à boire son thé, quand la porte d'entrée s'ouvrit et se referma. Puis un pas d'homme résonna dans le vestibule. Deux secondes plus tard, Michael jeta un coup d'œil dans le salon et se figea, stupéfait d'y découvrir sa femme.

— Rachel ? s'exclama-t-il en haussant les sourcils. Que se passe-t-il ? Où est Lilith ?

James Hobson ne s'était même pas rendu compte qu'il l'avait appelée par son prénom, pensa Rachel avec un brin d'amusement, mais elle avait trouvé cette familiarité très agréable. Et soudain la vie lui semblait plus belle, plus lumineuse, plus excitante. Elle se leva pour l'accueillir, incapable de réprimer le sourire qui lui montait aux lèvres.

— Bonjour, monsieur Hobson. Lilith avait quelque chose à faire à côté, elle m'a permis de vous attendre ici. Et il n'y a rien de grave, rassurez-vous : je voulais seulement vous informer de ce que j'ai appris par la femme de chambre de Mme Birkshaw.

— Déjà ? Je ne m'attendais pas à un résultat aussi rapide, je dois le dire.

— J'ai eu de la chance, expliqua Rachel. J'ai pu provoquer une rencontre « de hasard » cet après-midi.

— Un hasard soigneusement planifié, à ce qu'il me semble.

— Disons que les circonstances m'ont servie… et que je les ai utilisées à mon profit, admit la jeune femme.

Son envie d'établir un contact physique avec cet homme la troublait et l'embarrassait ; elle aurait souhaité qu'il lui prît la main, ou même… qu'il l'embrassât. Sa folie la fit rougir. Elle se tourna vers la table basse, qu'elle désigna d'un geste un peu raide.

— Voulez-vous partager ce thé avec moi ? La soubrette a apporté deux tasses.

— Volontiers, accepta Michael en prenant une chaise.

Rachel se rassit sur le canapé et se concentra sur le service. Quand elle lui tendit sa tasse, elle s'avisa que ses doigts tremblaient légèrement et pria le ciel qu'il ne s'en aperçût pas.

— Alors ? Qu'avez-vous découvert ? s'enquit-il avant d'absorber une gorgée de thé.

— Pour Martha Denton, cette mort est tout à fait naturelle. Elle l'attribue à des désordres digestifs qui ont épuisé sa maîtresse ; elle ne pouvait rien garder, d'après elle.

— Ces désordres avaient bien une cause…

— Certes, mais Martha n'y a rien vu de suspect. Elle

était très attachée à Mme Birkshaw, apparemment ; si elle avait eu le moindre soupçon, je suis convaincue qu'elle me l'aurait confié. Elle m'a également confirmé que M. Birkshaw était absent quand sa femme est tombée malade, et qu'il est rentré sur-le-champ afin de s'occuper d'elle. Elle semble le tenir en haute estime… et penser qu'il chérissait son épouse autant que cette dernière le chérissait.

Michael haussa un sourcil.

— Penser, dites-vous ? Vous me paraissez assez réservée sur ce point.

Rachel hésita.

— Eh bien… j'ai cru comprendre que Mme Birkshaw était fort éprise de son mari. Or, M. Birkshaw, de lui-même, m'a avoué que ce mariage n'était pour lui qu'une union de convenance.

— Entendez-vous par là qu'il ne regrette pas sa femme ? questionna Michael d'un ton sec.

— Ne prenez pas cet air de censeur, répliqua vertement Rachel. Il avait de l'affection pour elle et l'entourait de ses attentions, m'a-t-il déclaré. Il s'est toujours montré un époux exemplaire, au dire de Martha et de Mme Birkshaw elle-même. Mais il ne l'aimait pas vraiment.

Elle soupira, les yeux baissés.

— Cette inégalité dans les sentiments me paraît toujours assez triste.

— Dans un couple, il y en a toujours un qui aime plus que l'autre, à ce que l'on prétend.

Relevant les paupières, Rachel s'aperçut que son compagnon rivait sur elle un regard intense. Elle en fut saisie.

— Alors c'est plus triste encore que je ne le pensais, murmura-t-elle.

— L'amour est rarement charitable, trancha James Hobson en reposant sa tasse avec brusquerie.

Il se leva et se mit à arpenter le petit salon.

— Moi aussi, j'ai rencontré aujourd'hui l'un des domestiques de Birkshaw. Comme cette fille, il ne suspecte rien de particulier à propos de ce décès. Toutefois, il m'a appris une chose intéressante : un valet a quitté la maison il y a trois mois pour revenir vivre à Londres ; il ne se plaisait pas à York, soi-disant. Mon informateur l'a croisé récemment dans une taverne et a accepté de me donner son adresse — contre paiement. En tout et pour tout, il n'est resté que six mois au service des Birkshaw.

Rachel fronça les sourcils.

— Trois mois avant et trois mois après la mort de Doreen ?

Michael se planta devant elle, la regardant dans les yeux.

— Oui. Mais le plus intéressant, c'est que cet homme montait tous ses repas à Mme Birkshaw dans sa chambre, à partir du moment où elle est tombée malade.

— Tous ?

— Oui. A ce qu'il paraît, ses collègues étaient heureux de lui laisser cette corvée, à laquelle il semblait tenir. Il se portait toujours volontaire, même quand le majordome désignait quelqu'un d'autre.

— Voilà qui est singulier, en effet. Il a très bien pu empoisonner sa maîtresse, si elle est morte de cette façon.

— Oui. Néanmoins, on peut penser qu'il n'a pas agi de son propre chef, et que quelqu'un l'a payé pour le faire.

— Quelqu'un ?

Michael hocha la tête.

— Le mari de la victime, selon toute vraisemblance.

Rachel se raidit.

— Je ne vous permets pas d'accuser Anthony de la sorte, sans preuve.

— Dans ce genre d'affaire, on cherche toujours à qui profite le crime. Birkshaw, en l'occurrence.

— Pourquoi aurait-il payé un valet, alors qu'il pouvait très bien empoisonner lui-même les aliments de sa femme ?

— Que faites-vous des alibis ? Son complice a pu lui permettre de s'absenter à point nommé, avant de revenir jouer un peu plus tard le rôle du mari éploré.

Rachel dénia farouchement cette supposition.

— Je ne puis le croire.

— Vous venez de me dire qu'il n'aimait pas son épouse.

— Il y a tout de même une marge entre ne pas aimer quelqu'un et décider de le tuer !

— Ne nous emballons pas. Pour l'heure, nous ne savons pas encore s'il y a eu assassinat — et si, le cas échéant, ce valet a pu jouer un rôle dans l'histoire. C'est pourquoi je compte aller le trouver.

— Maintenant ? s'exclama Rachel en se levant d'un bond. Je vous accompagne !

— Certainement pas.

— Pourquoi ? se récria-t-elle. Vous m'avez proposé de travailler avec vous. A deux, nous serons plus à même de juger si cet homme dit ou non la vérité.

— Je ne vous emmènerai pas chez un meurtrier possible.

— Un empoisonneur ! rétorqua la jeune femme. Je vous promets de ne rien absorber chez lui, ni boisson ni nourriture. Etes-vous satisfait ? ajouta-t-elle, narquoise.

— Je ne plaisante pas.

— Moi non plus ! Que pourra-t-il me faire si vous êtes avec moi ? Il ne va tout de même pas sortir des pistolets pour nous abattre à cause de quelques questions ! Et s'il est dangereux, mieux vaudra être deux.

Michael prit un air railleur.

— Comptez-vous vous jeter sur lui pour me prêter main-forte, s'il m'attaque ?

— S'il le fallait, je le ferais. N'auriez-vous pas un petit pistolet que je pourrais cacher dans mon réticule, et utiliser en cas de besoin ?

— C'est vous qui m'effrayez, milady !

Rachel le fusilla du regard.

— Ecoutez-moi bien, monsieur Hobson : ou vous tenez parole à propos de cette collaboration, ou je poursuivrai cette enquête toute seule. Est-ce clair ?

Le comte sortit de ses gonds.

— Je ne vous permettrai sûrement pas de…

Sa femme l'interrompit en le toisant d'un air de défi, les bras croisés.

— Qui êtes-vous donc pour me permettre ou me défendre quoi que ce soit, monsieur Hobson ?

Michael grinça des dents, vaincu.

— A votre guise, lady Westhampton, grommela-t-il du ton bourru qu'il avait abandonné depuis le début de la conversation. Si vous voulez vous mettre en danger, je n'y peux rien, en effet.

— Je ne me mettrai pas en danger, riposta Rachel. A défaut de vous, je me ferai accompagner d'un valet. Ou peut-être d'Anthony Birkshaw, pourquoi pas ?

En vérité, elle n'avait nulle intention de revoir son ancien soupirant, par loyauté envers son mari. Mais Hobson n'était pas au courant de cette promesse. Et tous les arguments lui semblaient bons pour le fléchir.

Son regard gris étincela.

— Vous n'allez tout de même pas…

Il s'interrompit, furieux, et frappa du plat de la main un guéridon en acajou. Les bibelots en porcelaine posés dessus s'entrechoquèrent.

— Sapristi ! Vous êtes la femme la plus têtue que j'aie jamais eu le malheur de rencontrer !

Rachel comprit qu'elle avait gagné la partie.

— J'en conclus que vous ne devez pas sortir beaucoup, répliqua-t-elle d'un ton doucereux.

— Vous rendez-vous compte que vous voulez vous faire accompagner d'un homme qui a peut-être tué sa femme ?

— Anthony n'a pas plus que moi le profil d'un meurtrier. Allons-nous voir ce valet, oui ou non ?

Michael lui jeta un regard noir, avant de la jauger de la tête aux pieds d'un air critique.

— Vous ne pouvez pas venir dans cette tenue, bougonna-t-il. Vous sentez la grande dame à plein nez. Il ne parlera jamais franchement devant vous.

Rachel baissa les yeux sur sa robe et se souvint de l'épisode des petits mendiants, dans le quartier d'East End.

— Je vais passer chez moi, emprunter des vêtements à ma femme de chambre, dit-elle.

— Ce sera trop long. Je n'ai aucune envie de traîner avec vous dans les rues à la nuit tombée.

Elle perdit patience.

— Oh ! vous êtes insupportable ! Vous cherchez à me décourager, n'est-ce pas ?

Son compagnon sourit largement.

— Et si c'était le cas ?

— Vous n'y parviendrez pas, monsieur Hobson.

Il poussa un soupir résigné.

— C'est bon. Vous n'avez qu'à emprunter une robe à Lilith.

— Elle n'est pas là ! fulmina Rachel.

— Ce n'est pas grave. Sa soubrette vous donnera ce qu'il faut. Ma sœur n'y verra aucun inconvénient, j'en suis sûr.

Rachel jugea cette suggestion fort cavalière, mais elle avait trop envie de l'accompagner pour refuser. Il sonna la servante, lui expliqua ce qu'il désirait, et peu après la comtesse de Westhampton se retrouva dans la chambre de Mme Neeley, à choisir une toilette… parmi la garde-robe d'une personne que la bonne société réprouvait.

Poussant l'audace à son point extrême, elle porta son choix sur une robe d'un rouge éclatant, à la coupe moulante et au décolleté terriblement provocant. Lorsqu'elle se contempla dans le miroir, elle éprouva un mélange d'effroi, de fascination et d'exultation. Jamais, de sa vie, elle ne s'était vue ainsi. Le taffetas écarlate rehaussait son teint diaphane et tranchait sur ses cheveux noirs, l'excitation faisait briller ses prunelles et rosissait ses pommettes. Objectivement, elle était plus séduisante qu'elle ne l'avait jamais été.

Lorsqu'elle redescendit, elle avait les nerfs à fleur de peau. Comment James Hobson allait-il réagir à une transformation aussi radicale ? se demandait-elle, le cœur battant. La réponse fut immédiate. Dès qu'il la vit apparaître, ses yeux s'élargirent et sa mâchoire inférieure en tomba de stupeur. Il inspira à fond, ouvrit la bouche, la referma… et recouvra enfin l'usage de la parole.

— Je gage que vous allez me donner du fil à retordre,

pour vous protéger dans une tenue pareille, maugréa-t-il.

Rachel ne fut pas dupe de ce commentaire grognon. Elle avait noté la flamme qui s'était allumée dans son regard et l'altération de ses traits, à l'instant où il l'avait aperçue. Elle savait avec certitude qu'il la convoitait — et constatait avec quelque désarroi que ce désir était amplement partagé. Une bouffée de chaleur l'envahit. La poitrine oppressée, elle s'agrippa à la rampe afin de descendre correctement les dernières marches.

Ils restèrent un moment face à face. Hobson abaissa les yeux vers sa bouche — et elle souhaita de toute son âme qu'il l'embrasse. Mais il se racla la gorge et lança à la servante de Lilith, restée sur le palier :

— Apportez-nous une cape de Mme Neeley, je vous prie.

Rachel se contenta de lui décocher une œillade ironique sous laquelle il se colora légèrement. Il s'écarta et se tourna vers la porte d'entrée.

— Je vais appeler un fiacre, en attendant.

La comtesse le suivit d'un pas nonchalant, amusée du pouvoir qu'elle exerçait sur lui ; elle s'avança sur le seuil et le regarda dévaler les marches du perron comme s'il avait le feu à ses trousses. Mais alors qu'il atteignait la rue, il y eut un claquement sec, très violent ; puis un objet dur frappa la pierre de l'escalier, faisant jaillir une gerbe de poussière. Abasourdie, Rachel vit James Hobson tournoyer sur lui-même et s'effondrer sur le sol.

13

Rachel poussa un cri strident et se précipita vers lui.

— Non ! gronda-t-il. Retournez à l'intérieur !

Il se releva péniblement, les doigts crispés sur son bras gauche, et entreprit de gravir les marches.

Rachel ne l'écouta pas. Elle se porta à sa rencontre, empoigna son bras valide à deux mains et le tira dans la maison en l'obligeant à s'appuyer sur elle. Dès qu'ils atteignirent le vestibule, elle referma la porte d'un coup de pied ; puis elle entraîna James Hobson jusqu'à l'escalier, où il s'affala sur la première marche.

Il baissa les yeux sur son bras blessé : du sang suintait entre ses doigts, à travers la manche de sa veste. A ce spectacle, Rachel se sentit défaillir. Elle déglutit avec peine.

— Oh ! mon Dieu…, murmura-t-elle en se laissant choir à côté de lui. On vous a tiré dessus, n'est-ce pas ?

— C'est ce qu'il semble.

— Mais qui ? Pourquoi ?

— Je n'en ai aucune idée. Aidez-moi à retirer ma veste.

Rachel le dévisagea, pâle comme un linge.

— S'il vous plaît, insista-t-il.

— Oui, vous avez raison, acquiesça-t-elle d'une voix blanche. Il faut d'abord vous soigner.

Elle inspira à fond, se releva, saisit prudemment les revers du vêtement et commença à le tirer en arrière. Malgré ses précautions, Hobson ne put réprimer une plainte. Il se raidit et pinça les lèvres. Lentement, Rachel parvint à lui ôter sa manche droite ; puis elle s'attaqua à l'autre, et réussit peu à peu à la faire glisser. Dessous, sa chemise était dans un triste état ; la toile était gorgée de sang, et perforée d'un trou noir à l'endroit où la balle avait pénétré.

— Il faut couper cette manche, décida-t-elle. Où est le boudoir de Lilith ?

Michael désigna d'un signe de tête l'arrière de la maison.

— Par là.

Rachel l'aida à se mettre debout et le soutint jusqu'à la petite pièce. Il s'assit sur un coin du secrétaire, les jambes écartées, les pieds solidement ancrés sur le sol.

— Il y a de l'alcool dans ce cabinet, déclara-t-il en indiquant un meuble en acajou.

La jeune femme s'empressa de l'ouvrir. Elle prit une carafe emplie de whisky, un verre et revint auprès du blessé. Lorsqu'elle le servit, ses mains tremblaient tellement que le cristal s'entrechoqua. Il avala une copieuse rasade, puis lui montra le tiroir supérieur du secrétaire.

— Les ciseaux sont là-dedans.

Rachel les trouva tout de suite, et entreprit aussitôt de découper le tissu à l'emmanchure. Après quoi elle abaissa la manche, et dut tirer pour dégager l'étoffe collée à la blessure. Hobson tressaillit, mais ne dit rien.

Lorsque la chair lacérée fut exposée à son regard, la jeune femme s'empara du verre et but précipitamment une goulée d'alcool. Ce fut comme si une traînée de feu se répandait dans sa gorge et dans son estomac. Elle en perdit le souffle, faillit s'étrangler et se mit à tousser, les larmes aux yeux. Michael rit doucement et lui reprit le verre.

— Voulez-vous regarder l'arrière de mon bras ? demanda-t-il. Je voudrais savoir si la balle a traversé.

Prudemment, Rachel se pencha et tendit la tête vers l'endroit concerné. Un autre trou perforait la peau.

— Oui, répondit-elle. Elle est ressortie. Je vais demander à un domestique d'aller chercher un médecin.

— Non, répliqua Michael. Si le projectile n'est plus à l'intérieur, c'est inutile. Il suffit de nettoyer la blessure.

A cette idée, Rachel réprima un gémissement.

— Je ne suis pas sûre de pouvoir..., commença-t-elle.

Mais son amour-propre reprit vite le dessus. Elle redressa les épaules, décidée à ne pas se comporter comme une femme du monde en proie à des vapeurs de mauviette.

— Entendu, rectifia-t-elle. Je vais faire de mon mieux.

Michael vida le verre. Elle le servit de nouveau, généreusement, et sonna la soubrette pour avoir des linges et de l'eau. Il continua à boire pendant qu'elle humectait une pièce d'étoffe. Lorsqu'elle commença à tapoter doucement la blessure, il se crispa et retint son souffle. Elle s'arrêta, hésitante.

— Est-ce trop douloureux ?

— Non. Continuez. Ne vous occupez pas de moi.

Il avala une nouvelle gorgée de whisky. Rachel s'efforça de suivre son conseil et de l'ignorer pendant qu'elle lavait avec précaution le sang séché, mais elle avait du mal. Elle n'avait pas l'habitude de se tenir aussi près d'un homme, même de son mari. Elle sentait les relents d'alcool qui chargeaient son haleine et percevait la chaleur de son corps. Lorsqu'il tourna brusquement la tête, plongeant son regard dans le sien, elle en perdit la respiration.

— Vous êtes très belle, déclara-t-il d'une voix épaisse.

— Et vous, vous êtes ivre, répliqua-t-elle vertement, en dépit du frisson de plaisir qui la parcourut.

Hobson rit de nouveau, mi-tendre, mi-moqueur. Ses paupières plissées lui donnaient beaucoup de charme, songea Rachel, mais cette scène était ridicule. Il n'allait tout de même pas chercher à la séduire avec un trou dans le bras !

— Maintenant, il faut verser du whisky sur la blessure, indiqua-t-il.

Rachel le dévisagea, épouvantée.

— Vous avez perdu le sens ! Je refuse de vous infliger un tel supplice. Cela vous brûlerait affreusement.

— Je vous sais gré de votre compassion, milady, mais c'est indispensable pour éviter l'infection. Allez-y.

Elle hésita un moment, puis finit par céder avec un soupir.

— Apparemment, vous êtes plus accoutumé que moi à ce genre de chose.

Elle plaça un linge sous son bras, prit la carafe et versa l'alcool sur la chair entamée. Hobson grogna sourdement et se raidit tout entier. Rachel lui jeta un coup d'œil inquiet ; les paupières crispées, il était livide.

— Comment vous sentez-vous ? chuchota-t-elle.

Il rouvrit les yeux et la contempla avec une pointe d'humour.

— Pourquoi parlez-vous à voix basse ? chuchota-t-il à son tour.

— Je l'ignore, répondit Rachel — plus fort — en lâchant son bras d'un geste irrité. Je craignais de vous avoir fait souffrir, mais il semble que rien ne puisse vous atteindre.

— Si vous saviez…

— Vous m'étonneriez grandement en plaidant le contraire, monsieur Hobson.

Elle appliqua une compresse sur chacune des perforations et les maintint par un bandage, en déroulant un long morceau de gaze.

— Pensez-vous que l'on ait voulu vous agresser à cause de vos investigations sur la mort de Mme Birkshaw ?

— Je ne sais pas. J'ai d'autres affaires en cours. Et je me suis également fait quelques ennemis, par le passé.

Rachel le regarda.

— J'ai omis de vous dire que l'on a averti mon mari, récemment, de dangers possibles. Quelqu'un verrait ses activités d'un mauvais œil. Il s'agissait de vous, bien entendu. Je suis navrée de ne pas vous en avoir parlé plus tôt.

Michael secoua la tête.

— Ne vous reprochez rien. Quel homme pourrait se protéger contre une crapule qui fait le guet devant chez lui, afin de lui tirer dessus quand il sort ?

Il sourit légèrement.

— A l'avenir, néanmoins, je m'arrangerai pour quitter la maison par l'arrière.

— Avez-vous vu votre agresseur ?

— Non. Il n'y avait personne dans la rue. Ce scélérat était caché. A mon avis, il a tiré d'en haut — depuis une fenêtre de la bâtisse d'en face, ou même depuis le toit.

Il baissa les yeux sur son bras, que Rachel achevait de bander en nouant les deux extrémités de la gaze.

— La balle est-elle ressortie plus bas qu'elle est entrée ? s'enquit-il.

— Oui, confirma la jeune femme. Ce qui signifie bien qu'elle venait d'en haut.

Elle prit les ciseaux, coupa proprement ce qui dépassait et glissa le nœud sous la bande.

— Voilà, c'est terminé.

Alors qu'elle s'apprêtait à s'écarter, Hobson la retint en saisissant son poignet de sa main valide.

— Merci.

Rachel croisa son regard gris, redevenu sérieux.

— Je vous en prie.

Il la lâcha et leva les doigts vers sa joue, qu'il caressa du revers de ses articulations.

— Vous avez été très douce.

— Je… j'ai fait de mon mieux, balbutia-t-elle, le visage en feu.

De nouveau, les yeux de Michael se posèrent sur sa bouche ; puis ils descendirent plus bas, vers le renflement crémeux de sa gorge. Lentement, il promena son index sur sa lèvre inférieure… et poursuivit sa caresse le long de son menton et de son cou. Sa main semblait aimantée par son regard. Elle acheva sa course sur les rondeurs frémissantes révélées par l'audacieux bustier écarlate.

Rachel frissonna. Elle avait la sensation que son corps tout entier réagissait à ce contact. Jamais elle ne s'était sentie aussi vivante. Hobson avait relevé les yeux vers elle et elle ne pouvait en détacher les siens, ni calmer sa respiration saccadée.

Ses doigts se déplacèrent sur sa peau nue, accroissant son trouble.

— Je ne puis… Vous ne devez pas…, bredouilla-t-elle, incapable d'enchaîner deux pensées cohérentes. Je… je suis mariée !

— Votre mari ne vous mérite pas, déclara James d'un ton sourd, en explorant lentement la pulpeuse courbure de ses seins.

— Bien… bien sûr que si ! protesta Rachel aux abois. C'est un homme… très estimable.

Bombardé par les sensations délicieuses qui naissaient de ces effleurements, son cerveau ne lui obéissait plus.

— Il ne vous satisfait pas, insista Hobson, la voix plus rauque encore. Cela se voit. Vous n'avez pas l'air d'une femme… qui appartient corps et âme à un homme.

Il entremêlait ses paroles de caresses plus audacieuses, glissant un doigt sous l'étoffe, cherchant la pointe durcie d'un mamelon.

Quand sa peau rêche atteignit cet endroit sensible entre tous, Rachel ne put réprimer un gémissement de surprise et de plaisir. Jamais elle n'aurait imaginé quelque chose d'aussi osé, d'aussi inconvenant… ni d'aussi divin. L'index de son compagnon amorça une exploration plus approfondie de l'endroit en question. Elle planta ses dents dans sa lèvre inférieure, submergée par une volupté quasi insupportable ; les poings serrés, elle ferma les paupières afin de savourer pleinement cet état de béatitude.

Ebranlé par la réaction de sa femme, Michael contempla un instant son visage altéré par le désir. Puis il n'y tint plus, abaissa la lisière de son corsage et saisit son sein entier dans sa paume. Le frisson qui parcourut Rachel la fit vaciller.

Michael persista dans son entreprise, incapable de renoncer au bonheur qu'elle lui donnait. Il avait vaguement conscience d'être ivre, se disait qu'il regretterait probablement ces excès le lendemain, mais pour l'heure il n'en avait cure. La femme qu'il convoitait en vain depuis des années était devant lui, consentante, et s'abandonnait avec un plaisir évident à cette intimité qu'il avait si longtemps appelée de ses vœux. Comment aurait-il pu se priver d'un moment aussi rare, aussi précieux ?

Il avait beau savoir que Rachel croyait céder à un autre que lui, il s'en moquait. Il ne désirait qu'une chose : la cajoler, l'embrasser, connaître le goût de sa peau et de son corps. Donner libre cours, enfin, à la passion qu'il avait pour elle.

Il courba la tête, posa ses lèvres sur les siennes. Rachel retint son souffle, surprise, mais très vite elle ceignit son cou de ses bras et lui rendit son baiser. Elle se pressait contre lui, quêtant d'instinct une union plus profonde, lui offrant sa bouche avec un naturel et une douceur confondantes. Michael émit un grognement, l'enlaça de son bras valide et la plaqua étroitement sur son ventre durci.

Le désir qui soulevait Rachel la stupéfiait. C'était la

première fois qu'elle éprouvait la force d'un tel phénomène, ce besoin inné qui chassait toute autre préoccupation de son esprit. Elle n'avait d'attention que pour les réactions inouïes de son corps, cette espèce d'avidité presque animale qui bourgeonnait et s'épanouissait en elle hors de sa volonté, cette faim qui la poussait à se repaître de la bouche et de la langue de James sans la moindre décence. Ses seins tendus appelaient d'autres caresses. Elle laissa échapper une plainte sourde, du fond de sa gorge, et se frotta contre lui afin d'apaiser cette délicieuse torture.

Il tressaillit, laissa redescendre sa main au creux de ses reins, moula la rondeur de son postérieur, pressa son ventre contre la preuve évidente de son désir. Rachel était transportée par ce qui se passait en elle — et en lui ; malgré son innocence, elle devinait que la réaction virile de James était faite pour combler le vide brûlant qui se creusait entre ses jambes, qui la rendait moite et pantelante. Ce que sa mère avait pu lui révéler des années plus tôt au sujet de la nuit de noces ne l'effrayait plus du tout ; cela lui semblait nécessaire, souhaitable, éminemment désirable. Comme si, depuis toujours, son corps avait attendu celui de cet homme pour connaître enfin la plénitude à laquelle il aspirait.

La main de Michael remonta le long du dos de Rachel, chercha à défaire les boutons de sa robe. Privé de son bras gauche, amolli par l'alcool, il se sentait si maladroit qu'il tenta malgré tout de lever son autre main, mais ce geste lui arracha une grimace de douleur et il y renonça.

Comprenant son embarras, Rachel s'écarta afin de l'aider. L'effort qu'elle dut fournir, alors, la ramena brutalement à la réalité. Elle en fut pétrifiée. Ils se trouvaient dans le boudoir de Lilith Neeley, et elle était sur le point de se donner à un homme qui n'était pas son mari !

Elle demeura figée sur place, frappée d'une horreur sans fond.

— Oh ! mon Dieu ! Qu'allais-je… qu'allions-nous… C'est de la folie ! Vous devriez être au lit !

Cette observation malheureuse la fit rougir jusqu'à la racine des cheveux.

— Je voulais dire… que vous êtes blessé, et qu'il vous faut du repos. Juste ciel, quelle mouche nous a piqués ? Vous avez bu… et j'ai perdu la raison, je crois bien !

Elle tourbillonna sur elle-même, prête à se ruer vers la porte. Michael tenta de la retenir.

— Rachel ! Non, ne partez pas !

— Je le dois ! Ce que je viens de faire est abominable. Je… ne comprends pas ce qui m'est arrivé. Je vous en prie. Laissez-moi monter me changer et rentrer chez moi. Voulez-vous demander à un domestique d'appeler un fiacre ?

Il hésita.

— S'il vous plaît ! implora-t-elle.

— Oui, céda Michael. Je m'en occupe.

— Merci.

Elle sortit en trombe de la pièce et se précipita dans l'escalier. La soubrette de Lilith, qui se trouvait dans la chambre, l'aida à se dévêtir et à renfiler sa propre robe. Redevenue elle-même, Rachel redescendit au rez-de-chaussée. James Hobson l'attendait au bas des marches. Sa ressemblance avec Michael était si frappante que la culpabilité de la jeune femme redoubla.

— Rachel…, glissa-t-il.

Elle s'empressa de lever une main pour l'arrêter.

— Non. Je ne veux plus rien entendre. Ce genre de chose ne doit plus jamais se produire. Nous n'en avons pas le droit. J'ai conscience que vous pouvez en douter, mais je suis une personne loyale, très attachée à sa moralité. Il est impensable pour moi de tromper mon mari. Vous devez le comprendre.

Hobson ne répondit pas. Son regard gris étincelait.

— Promettez-moi… de ne plus me placer dans une telle situation, insista Rachel. Je ne pourrai plus collaborer avec vous, si nous ne gardons pas nos distances.

— Vous me désirez, dit-il d'une voix sourde qui la fit frissonner tout entière. Je le sais. Je l'ai senti.

— Cela ne signifie pas que je doive céder à cette attirance, rétorqua-t-elle fermement.

Il détourna les yeux.

— Autrement dit, vous ne vous donnerez jamais à un autre homme que votre mari.

— Jamais, en effet. Il vous faut l'admettre.

— Je l'admets.

— Parfait. Eh bien… au revoir, monsieur Hobson.

Elle hésita un instant, puis elle le contourna et se dirigea vers la porte.

Le lendemain, Rachel resta chez elle. Elle avait prévenu ses domestiques qu'elle ne voulait recevoir personne. Le seul être au monde qu'elle souhaitait voir était James Hobson, elle ne désirait rien d'autre que d'être avec lui.

Une vraie folie, se répétait-elle. Si elle continuait à le rencontrer, cela aboutirait à coup sûr à un désastre. Pour la première fois depuis son mariage, elle était en proie aux affres de la passion et cet état l'ébranlait jusque dans ses fondements.

Eros et ses pièges ! songea-t-elle amèrement. Jusqu'ici, elle s'était toujours considérée comme une femme honnête, digne de confiance, qui n'aurait jamais envisagé un instant d'être infidèle à son époux. Et pourtant, la veille, elle avait été à un cheveu de se donner au demi-frère de Michael !

Hobson avait des excuses. Il était sous l'emprise de l'alcool. Mais elle ? Elle avait l'esprit clair… Enfin, pas vraiment, rectifia-t-elle. Si elle n'était pas ivre au vrai sens du terme, elle n'avait pas non plus toute sa tête. Loin de là. Le désir que lui inspirait cet homme lui avait ôté toute faculté de raisonnement. Elle avait été prise d'une espèce de fièvre, d'un égarement des sens qui la laissait pantoise, après coup. Comment avait-elle pu se comporter de la sorte ?

Après de longues ruminations, elle parvint à une conclusion qui lui parut acceptable. Ce coup tiré sur Hobson l'avait profondément choquée, se dit-elle. Elle avait craint pour sa vie, ce qui l'avait emplie de terreur. Ensuite, les nerfs fragilisés, elle avait dû soigner sa blessure, ce qui l'avait encore impressionnée. A la fin, elle n'était plus elle-même, tout simplement. Ce qui expliquait une conduite aussi inqualifiable.

Dans des circonstances normales, elle n'aurait jamais agi ainsi, elle en était certaine. Ce qui revenait à dire que de tels écarts ne se produiraient plus, à partir du moment où ils ne revivraient pas un drame semblable. Et M. Hobson ne devait tout de même pas être tous les jours la cible d'un tireur !

En outre, ajouta-t-elle, ils avaient abordé franchement la question de leur attirance mutuelle et elle lui avait déclaré sans ambages qu'elle ne lui céderait pas. Il était prévenu. Il avait même reconnu qu'elle avait raison, qu'ils devaient renoncer à assouvir ces désirs illégitimes. Cela étant, ils se trouvaient désormais dans l'impossibilité de faiblir — ce qui leur permettait de se revoir sans crainte.

Aussi, le lendemain, quand elle reçut de James Hobson un billet l'informant qu'il comptait rendre visite au fameux valet dans l'après-midi, n'eut-elle aucun scrupule à lui répondre qu'elle passerait le prendre chez sa sœur à une heure. Elle se sentait la conscience en paix.

Lorsqu'il monta dans le fiacre qu'elle avait loué et

s'installa face à elle, elle ignora fermement le petit tressautement de plaisir qui anima son cœur.

— Comment va votre bras ? s'enquit-elle d'un ton poli.

— Assez bien, répondit-il — en dépit de la crispation douloureuse qui l'affecta en s'asseyant, et de la raideur du membre en question. Par chance, je suis droitier. Cette blessure ne devrait pas trop me gêner.

— Avez-vous découvert des indices sur votre agresseur, ou sur les raisons de son acte ?

Michael fit signe que non.

— Sir Robert est allé inspecter la maison d'en face. Tout ce que nous savons, c'est que ce scélérat s'est dissimulé derrière une cheminée ; il a dérangé et cassé quelques ardoises. Pour le reste, nos interrogatoires n'ont rien donné. Aucun voisin n'a rien vu ni entendu. Je n'ai plus qu'à résoudre cette affaire au plus vite, si je veux être tranquille.

— Celle-ci et les autres.

— Oui, les autres aussi.

Il parcourut Rachel du regard, et sourit légèrement.

— Je vois que vous avez pillé le placard de votre femme de chambre, aujourd'hui.

Elle baissa les yeux sur sa robe de drap brun, ornée d'un col blanc et fermée jusqu'au menton par une rangée de boutons noirs.

— En effet. La pauvre fille a pensé que j'étais devenue folle, je crois bien.

Le sourire de Michael s'élargit, ses yeux gris pétillèrent.

— Pardonnez-moi, mais je préférais celle d'avant-hier.

Rachel ne put s'empêcher de rougir, mais elle ne put retenir non plus un sourire amusé. La façon plaisante dont James Hobson avait évoqué cette scène hautement embarrassante la soulagea, et elle se sentit aussitôt plus à l'aise. Si seulement son frère pouvait être aussi doué que lui pour rompre la glace ! songea-t-elle avec regret.

Ils eurent moins de mal à trouver l'adresse du valet qu'elle n'en avait eu à trouver celle de Martha Denton, et le fiacre les déposa devant sa porte.

L'homme occupait une chambre située sur le côté de la maison, en haut d'un étroit escalier. Il ouvrit dès que James frappa et fronça les sourcils, comme s'il attendait quelqu'un d'autre.

— Qui êtes-vous ? demanda-t-il.

— Mon nom importe peu, répondit Hobson en appuyant sa main droite sur le panneau pour l'empêcher de refermer.

Il s'introduisit d'autorité dans la pièce, qui était spacieuse et assez commodément meublée, mais fort mal entretenue. Rachel le suivit. De mauvais gré, l'occupant des lieux referma la porte et les rejoignit.

Michael épousseta une chaise de son mouchoir et l'offrit à sa compagne, qui s'assit. Il resta debout près d'elle, tous deux tournés vers le domestique.

— Etes-vous Ben Hargreaves ? s'enquit-il.

— Et si je l'étais ? grommela l'autre.

— Alors vous seriez l'homme que je cherche, déclara le comte en tirant une pièce d'or de sa poche, et en la faisant miroiter sous le nez de son interlocuteur.

Ce dernier lorgna un instant sur la couronne, puis releva les yeux.

— C'est moi, Hargreaves, bougonna-t-il. Qu'est-ce que vous me voulez ?

— Quelques renseignements, sans plus. Je crois savoir que vous avez servi chez un certain M. Birkshaw, à York. Est-ce exact ?

Le valet se raidit, soupçonneux.

— Oui, et alors ?

— J'ai cru comprendre aussi que vous étiez employé chez lui à l'époque où son épouse est tombée malade et où elle est morte.

— C'est juste.

— N'était-ce pas vous qui lui montiez ses repas, chaque jour ?

— Qu'est-ce que ça peut vous faire ?

— Rien. Je voulais simplement m'assurer que vous étiez la bonne personne.

— La bonne personne pour quoi ?

— Pour gagner cette couronne, si vous me racontez comment Mme Birkshaw est passée de vie à trépas.

— Comment ? rétorqua le valet d'un ton bourru. Elle a pris du mal et elle ne s'en est pas remise, c'est tout !

— Mais encore ?

Hargreaves soupira.

— Elle avait dû manger quelque chose qui ne lui avait pas réussi. Une nuit, elle s'est mise à vomir. Ce n'était pas la première fois, ça lui arrivait assez souvent. Mais cette fois, ça ne s'est pas arrangé. Ses malaises ont continué, et elle a demandé qu'on lui porte ses repas au lit. Elle ne se sentait plus de se lever.

Il haussa les épaules.

— Ce n'était que du bouillon, la plupart du temps.

— La serviez-vous vous-même ?

— Non, sûrement pas ! Je frappais à la porte et cette peste de femme de chambre venait chercher le plateau. Elle se prenait pour une dame, celle-là.

— Avez-vous continué à lui monter ses repas même après le retour de son mari ?

— Oui ! Vous auriez voulu qu'il les monte lui-même ? Je faisais bien mon travail, vous savez ! On n'a jamais rien eu à me reprocher.

— C'est bon, ne vous agitez pas, déclara James Hobson d'un ton rogue. Mais même si vous étiez irréprochable, d'autres ne l'étaient peut-être pas. Vous n'auriez pas vu quelqu'un verser quelque chose dans le bouillon de Mme Birkshaw, par hasard ? Juste avant de vous le donner ?

En l'écoutant, Rachel s'avisa soudain qu'il avait repris l'accent rugueux qu'elle lui avait connu le premier jour, et qu'il avait plus ou moins abandonné lors de leurs rencontres suivantes. Curieux homme, pensa-t-elle, qui cherchait à paraître moins raffiné qu'il ne l'était en réalité.

Sans doute avait-il plus de ses origines aristocratiques qu'il ne voulait l'admettre. Et il se plaisait probablement à jouer les rustres, afin de ne pas déparer dans les bas-fonds qu'il fréquentait pour ses enquêtes.

— Jamais de la vie ! répondit Hargreaves, les traits figés. Qui aurait pu avoir une idée pareille ?

— Il aurait pu s'agir d'un remède quelconque, suggéra Rachel. D'une poudre, ou de gouttes à ajouter à ses aliments.

Le valet la fixa, les paupières plissées.

— Je me demande bien où vous êtes allée chercher ça, miss.

Elle se contenta de hausser un sourcil narquois. Il finit par détourner les yeux, visiblement nerveux.

— Pour qui travaillez-vous, maintenant ? reprit Hobson.

Hargreaves parut soulagé de changer de sujet.

— Pour personne. Je suis mon propre patron.

— Mmm.

Hobson parcourut la pièce du regard.

— Vous êtes bien logé. Cette chambre ne doit pas être donnée.

Le valet croisa les bras, excédé.

— C'est pas votre affaire !

— Entendu.

James toucha légèrement l'épaule de Rachel.

— Venez, nous avons terminé.

Hargreaves le fusilla du regard.

— Je pourrais savoir qui vous êtes ? Qu'est-ce que vous êtes venu faire chez moi ?

— Gagner ma vie, comme vous, répondit Hobson d'un ton égal.

Il guida la jeune femme jusqu'à la porte et la fit sortir devant lui. Une fois dans l'escalier, Rachel se tourna vivement vers lui.

— Pourquoi sommes-nous partis si vite ? protesta-t-elle. Vous auriez pu lui poser d'autres questions !

— Lui demander s'il a empoisonné Mme Birkshaw, par exemple ? Je ne pense pas qu'il nous aurait répondu.

— Vous auriez pu insister sur ses ressources, puisqu'il n'est employé nulle part.

— Il ne nous aurait certainement pas dit la vérité.

Rachel abandonna, résignée. Comme ils ressortaient dans la rue, elle s'enquit :

— Qu'allons-nous faire, maintenant ?

— Je pense que nous pourrions peut-être retourner dans cette auberge, afin de nous restaurer.

Elle se mit à rire — ignorant la petite voix qui l'incitait à la prudence. Un autre repas en privé avec James Hobson n'était certainement pas la plus sage des choses à faire ; toutefois, cela la tentait trop pour refuser.

— Cela me paraît une bonne idée, répondit-elle. Mais je voulais parler de notre investigation.

— Oh… J'ai l'intention de revenir passer quelques soirées dans cette taverne, au bout de la rue. Les voisins de notre homme auront peut-être quelque chose à m'apprendre sur lui. Comment il vit, s'il dépense beaucoup d'argent et depuis quand... Ensuite, je compte le confier à mes collègues de Bow Street — pour un interrogatoire en règle.

Rachel hocha la tête, comprenant qu'il n'avait pas jeté le gant aussi vite qu'elle l'avait cru. Mais lorsqu'elle ouvrit la bouche, les yeux brillants, son compagnon l'arrêta d'un geste.

— Non.

— Vous ne savez même pas ce que j'allais dire !

— Je le devine. Vous ne me suivrez pas dans cette taverne, car votre présence intimiderait tout le monde — moi compris — et m'empêcherait de travailler à mon aise. Je ne me mêle pas à des ivrognes ou de pauvres hères, pour boire avec eux, devant une dame ; quelle que soit sa tenue.

Rachel fronça son nez mutin, dépitée.

— Je trouve cela injuste.

— Certes, mais le monde est rarement juste.

Le ton placide de son compagnon, la tranquille philosophie de sa remarque rappelaient si vivement Michael que la jeune femme en fut ébranlée. Sa poitrine se contracta, remords et regrets l'assaillirent. Que faisait-elle là ? Malgré ses efforts pour se persuader du contraire, elle avait tort, elle le savait.

Hobson ne parut pas noter son changement d'expression.

— Néanmoins, poursuivit-il, je compte bien vous emmener interroger quelqu'un d'autre. Dans ce cas, votre collaboration me sera indispensable.

Rachel oublia aussitôt ses problèmes de conscience.

— Qui ? demanda-t-elle avec curiosité.

— Votre ami M. Birkshaw.

— Anthony ? Pourquoi ?

— Je me pose quelques questions à son sujet. J'aimerais savoir, par exemple, pourquoi il a attendu tout ce temps avant de mettre en doute la mort naturelle de sa femme. Et ce qui a éveillé ses soupçons, tout à coup. Il doit bien y avoir une raison.

— Je n'y avais pas songé, reconnut Rachel. Mais le cousin de Mme Birkshaw vous a bien engagé récemment, vous aussi. Pourquoi a-t-il fait appel à vous si tard ?

Un instant, James Hobson parut décontenancé. Il se racla la gorge.

— Pourquoi ? Oh ! c'est très simple ! Il avait requis les services de Bow Street, dans un premier temps, mais l'investigateur concerné n'a rien trouvé. Alors il m'a demandé de me pencher sur cette affaire, pour voir si j'aurais plus de chance que lui.

Rachel hocha la tête.

— Je comprends. Il n'en reste pas moins que ce délai est assez étrange, en effet.

— Il m'est venu à l'idée que Birkshaw ne vous a peut-être pas tout dit ; c'est de cela que je voudrais m'assurer.

— Très bien. Allons le voir, je suis d'accord.

Michael jeta un coup d'œil étonné à sa femme. Il ne s'était pas défait de sa jalousie, qui se réveillait chaque fois que Rachel défendait son ancien soupirant et proclamait son innocence. La facilité avec laquelle elle acceptait cette visite le surprenait grandement.

Soudain, elle fronça les sourcils.

— Mais comment allons-nous lui expliquer qui vous êtes ?

— Pardon ?

— Il sera frappé de votre ressemblance avec mon mari, de toute évidence. Que lui dirons-nous ?

En lui-même, Michael pesta de plus belle contre l'initiative de Lilith, qui le plaçait dans des situations de plus en plus loufoques. Il commençait sérieusement à se demander s'il réussirait un jour à se sortir de cet imbroglio — avant que toute la haute société londonienne n'ait vent de ce bâtard fantôme !

Il haussa les épaules.

— Nous n'aurons qu'à lui avouer la vérité, voilà tout ; en le priant de rester discret.

— Non, c'est impossible ! protesta vivement Rachel. Michael ne connaît même pas votre existence. Il serait de la dernière incorrection de révéler ce secret à M. Birkshaw alors que Westhampton n'en sait rien !

Son mari se tourna vers elle, bizarrement ému par sa délicatesse à son égard.

— Dans ce cas, je me ferai passer pour le comte, tout simplement.

Rachel le dévisagea, choquée.

— Quoi ?

— Cette solution serait parfaite pour tout le monde, puisqu'elle permettrait à Westhampton de se montrer sous son meilleur jour — ce que vous souhaitiez. Il suffira que vous me prêtiez quelques-uns de ses vêtements, et le tour sera joué. Je suis tout à fait capable d'endosser l'allure d'un aristocrate, vous savez ! En voulez-vous une preuve ?

Il affecta un air hautain.

— Faites amener mon attelage, mon brave. Je dois sortir.

Puis il tira son mouchoir de sa poche, le déplia d'un geste maniéré et le porta à ses narines.

— Juste ciel ! La puanteur des gens du peuple est positivement suffocante.

Rachel s'esclaffa.

— Si vous vous conduisez de la sorte, personne ne vous prendra pour Michael, soyez-en sûr ! Il est beaucoup plus modeste.

L'intéressé sourit.

— J'en ferai moins, alors.

— Et la couleur de vos cheveux ?

De nouveau, le comte haussa les épaules.

— Pensez-vous que Birkshaw connaisse assez votre mari pour se souvenir de ce genre de détail ?

— Non, vous avez raison. D'autant qu'ils ne se sont pas vus depuis des années.

En devisant, ils avaient atteint la taverne du Sanglier rouge ; comme la première fois, l'aubergiste leur alloua une petite salle à manger privée.

— Il m'a paru préférable que nous venions discuter ici, expliqua Hobson. J'ai des scrupules à imposer ma présence à ma sœur plus que nécessaire… et sa maison ne me paraît guère fréquentable pour une dame de votre rang, surtout quand sir Robert s'y trouve.

Rachel haussa un sourcil.

— Vous n'avez nul besoin de me protéger de la sorte, monsieur Hobson. Je suis une personne adulte — et mariée.

— Certes. Néanmoins, cette situation est assez embarrassante.

— J'avoue que je suis surprise…

Elle hésita, craignant de paraître indiscrète.

— De quoi ?

— Eh bien… de vous voir accepter si aisément une telle relation entre Mme Neeley et sir Robert, pour autant que je puisse en juger.

Michael eut un petit sourire crispé.

— Je n'ai pas mon mot à dire, en vérité. Comme vous, ma sœur est adulte.

— Cela ne suffirait pas à arrêter mon frère, à mon avis, commenta Rachel d'un ton ambigu.

Le sourire de son compagnon s'élargit.

— Non, certainement pas.

Elle lui décocha une œillade intriguée.

— Qu'en savez-vous ?

Michael s'avisa qu'il venait de commettre un impair. Il n'était pas censé connaître son beau-frère, le bouillant Devin Aincourt.

— Simple supposition, rectifia-t-il. Je ne pense pas

qu'un aristocrate — quel qu'il soit — badine avec l'honneur de sa famille. Ni avec les principes.

— Dev n'a rien d'un noble confit dans les préjugés, croyez-moi ! se rebella Rachel. C'est un artiste, et il a mené en son temps une vie assez libre. Ce que je voulais dire, c'est qu'il songerait avant tout à me protéger.

— Lilith n'a rien à craindre de Rob. C'est un homme estimable, que je connais bien. Nous avons... travaillé ensemble, pendant la guerre. De fait, il aime profondément ma sœur. Je suis même certain qu'il défierait toutes les règles de la bonne société pour l'épouser, s'il était libre de le faire.

— Il est donc marié ?

— Oui, mais sa situation est tragique.

— L'a-t-on contraint à ce mariage ?

— Non. Il était fort épris de sa femme, qui n'avait que dix-sept ans à l'époque, et les deux familles étaient pleinement satisfaites de cette union. Ses beaux-parents avaient simplement omis de l'informer que sa fiancée avait l'esprit... dérangé.

— Oh ! mon Dieu ! Ne s'était-il rendu compte de rien ?

Michael secoua la tête.

— Au début, il était charmé par sa fantaisie. Et il lui passait ses extravagances, les mettant sur le compte de la jeunesse. Mais lorsqu'elle a conçu leur enfant, son état s'est aggravé. Et l'accouchement a achevé de la rendre folle. Rob l'a fait examiner par un grand nombre de médecins, qui ont tous déclaré qu'il n'y avait aucun espoir. Elle est dangereuse pour elle-même… et pour son entourage, si bien qu'elle doit vivre recluse dans une chambre, sous étroite surveillance.

— Quelle horreur !

— Oui, c'est terrible. Rob lui assure tout le confort possible, depuis des années, mais il est évident qu'il ne peut mener une vie normale avec elle, et que cette épreuve lui pèse. Quand il a rencontré Lilith, il a trouvé auprès d'elle le bonheur et l'apaisement. Et ma sœur l'adore, au point qu'elle n'accepterait jamais de vivre avec un autre que lui. Doit-on les condamner parce que les circonstances les empêchent d'officialiser leur lien ?

— Non, bien sûr, murmura Rachel, les larmes aux yeux.

Michael tendit une main vers sa joue humide et l'essuya avec émotion.

— Vous pleurez, alors que vous les connaissez à peine ?

— Leur histoire est tellement triste, expliqua-t-elle. Et tellement belle, aussi ! Il doit être merveilleux de savoir que quelqu'un vous aime envers et contre tout. Qu'il reste avec vous… par amour, tout simplement.

Elle réfléchit un instant, avant de conclure :

— Finalement, il est sans doute plus triste encore de vivre sans amour, même en étant marié.

— Vous ne les condamnez donc pas de vivre dans le péché ?

Relevant la tête, Rachel s'aperçut qu'il la dévisageait

fixement, comme s'il cherchait à lire en elle. Elle espéra qu'il n'y parviendrait pas, car à cette seconde elle souhaitait follement qu'il l'embrasse de nouveau.

— Pourquoi parler de péché, quand deux personnes s'aiment comme ils s'aiment ?

— Certains diraient qu'il ne s'agit que de luxure.

Elle était incapable de détacher ses yeux des siens.

— Pour moi, la luxure est autre chose que le désir qui unit des amants. Et le désir… ne fait-il pas partie de l'amour ?

— Rachel…

Michael se leva brusquement, contourna la table et obligea sa femme à se mettre debout. Elle posa les mains sur ses bras, dans l'intention de le repousser, mais dès qu'elle le toucha ses résolutions fondirent comme neige au soleil. Elle caressa ses manches, sensible à la force de ses muscles sous l'étoffe.

— Je ne devrais pas…, murmura-t-elle, rivant sur lui son regard troublé.

— Non, acquiesça-t-il en l'enlaçant. Mais qu'y pouvons-nous ?

Il se courba vers elle pour l'embrasser. Les paupières closes, elle lui tendit son visage.

14

Michael interrompit son geste afin de la contempler un instant. Il était captivé par sa beauté, la pureté de ses traits, la finesse de ses sourcils, l'éventail soyeux de ses cils déployé sur ses pommettes, la délicatesse de son nez, la grâce envoûtante de sa bouche. Il la désirait si fort, en cette minute, qu'il parvenait à peine à respirer. Et qu'il oubliait presque de lui en vouloir, alors qu'elle s'abandonnait pourtant à un homme qui n'existait que dans son imagination.

Dès que leurs lèvres se scellèrent, réalité et fiction fondirent sous le feu de la passion qui les embrasa aussitôt. Ils n'étaient plus que deux êtres de chair et de sang, tremblants de désir, avides de se découvrir et de s'appartenir.

Rachel frémissait, en proie à cette fièvre ardente qu'elle commençait à bien connaître. Elle parcourait de ses mains les bras et les épaules de James Hobson, brûlant de sentir sa peau nue sous ses doigts, de se laisser pénétrer tout entière par sa chaleur. Dire qu'elle se demandait, quelques semaines plus tôt, à quoi pouvait bien ressembler le désir ! Elle était amplement fixée, à présent. Elle savait quelle ivresse courait dans les veines d'une femme, quel incendie se déployait au plus secret d'elle-même, quelle émotion indicible serrait sa gorge et nouait sa poitrine…

James avait beau la couvrir de ses caresses et de ses baisers, elle se sentait insatiable. Le plaisir que lui donnaient ses mains, ses lèvres, ne lui suffisait plus. Même lorsqu'il s'empara de nouveau de ses seins, irradiant son corps entier d'ondes merveilleuses, même lorsqu'elle se renversa entre ses bras, la gorge offerte, parcourue de frissons de volupté, elle ne cessait d'aspirer à autre chose, à une union plus totale, à une perfection qui la comblerait au-delà de ses espérances, elle en était certaine.

Une vague de honte la submergea, quand elle mesura à quel point elle désirait sentir les mains de Hobson entre ses cuisses, pour qu'elles apaisent enfin ce feu insupportable qui la dévorait.

— James…, dit-elle dans un souffle, les doigts crispés sur la toile de sa chemise.

Michael se raidit, brusquement refroidi par le nom de son rival imaginaire. Rachel perçut sa réaction et retomba soudainement sur terre, elle aussi. Elle prit conscience de l'endroit où ils se trouvaient, et de ce qu'elle était en train de faire.

— Juste ciel ! murmura-t-elle en s'écartant de lui.

Les joues en feu, elle se détourna afin de remettre de l'ordre dans sa tenue.

— Cela est mal. Très mal.

— Je sais, convint Michael. Je suis désolé.

De fait, il déplorait moins ce qu'ils venaient de vivre que la jalousie brûlante qui le tourmentait. Une situation qui eût pu paraître cocasse, s'il n'en souffrait pas à ce point !

— Encore une fois, je ne puis vous céder, reprit Rachel d'une voix altérée. Je me refuse à trahir mon mari.

Elle jeta un regard désorienté autour d'elle, ramassa son réticule et sa pelisse et se dirigea vers la porte.

— Je dois partir.

— Attendez ! protesta Michael. Laissez-moi vous appeler un fiacre.

Rachel s'arrêta.

— Non. Je veux dire… ce n'est pas nécessaire. J'en ai aperçu plusieurs devant la taverne. J'en trouverai un aisément.

Elle se tourna à demi vers lui, sans avoir le courage de le regarder en face.

— Je regrette… de devoir mettre fin à notre collaboration, déclara-t-elle, la gorge nouée. Il est clair que nous ne pouvons plus nous revoir. Vous devrez continuer sans moi. Je gage que cela vous sera plus facile, ajouta-t-elle avec un petit rire tremblant. Merci… de m'avoir permis de vous aider. Adieu.

Elle était au bord des larmes.

— Rachel !

Michael esquissa un geste. Il était prêt à tout pour la retenir, même à lui révéler la vérité. Il brûlait de lui avouer qui il était, de lui démontrer qu'elle n'avait nulle raison de l'éviter — au contraire. La tendre complicité qu'elle avait partagée avec James Hobson pouvait fort bien se poursuivre avec lui, son mari. Cette mascarade aurait au moins servi à leur prouver que leur mariage, enfin, avait une chance de se concrétiser ; qu'ils formaient un vrai couple, uni par une passion flamboyante.

Mais la logique et la prudence l'arrêtèrent. Non. A quoi bon se leurrer ? Le charme s'évanouirait, s'il parlait à Rachel. Elle serait furieuse, le haïrait de l'avoir abusée de la sorte. Et elle serait dans son droit. Il ne pourrait justifier d'aucune façon le fait de lui avoir menti durant plusieurs jours. S'il lui restait encore un espoir de l'amener à l'aimer pour lui-même, il le perdrait irrémédiablement.

Il demeura donc immobile, contraint de la laisser s'enfuir.

De retour chez elle, Rachel passa le restant de la journée prostrée sur son lit, enroulée sur sa douleur. Elle était certaine d'avoir bien agi — de la seule manière possible, en vérité. Mais pourquoi devait-elle en souffrir à ce point ?

Elle pleura un moment, puis demeura inerte, songeant aux journées mornes et vides qui l'attendaient. Aucune de ses anciennes activités ne la tentait plus — ni les bals, ni les réceptions, ni les longs après-midi d'emplettes en compagnie de Sylvia, ni les visites à ses amis et connaissances. Tout cela lui paraissait ennuyeux à mourir. Comment avait-elle pu y prendre du plaisir, autrefois ? Ces occupations lui semblaient tellement fades, comparées à celles de ces derniers jours…

Elle ne regrettait pas seulement l'excitation de vivre des aventures périlleuses, d'aller et venir librement, d'agir enfin par elle-même et de se rendre utile. A dire vrai, ce n'était même pas la passion tumultueuse qu'elle avait découverte dans les bras de James Hobson qui lui manquait le plus — bien qu'elle brûlât d'y goûter de nouveau. C'était lui, sa présence, les conversations plaisantes et animées qu'ils avaient ensemble, dont elle serait le plus cruellement privée.

A cette pensée, les larmes lui remontèrent aux yeux. Et elle comprit soudain, non sans détresse, qu'elle n'éprouvait pas simplement une vive attirance physique pour le demi-frère de son mari. Elle était en grand danger de l'aimer.

Raison de plus pour tenir sa promesse et cesser de le voir, se dit-elle sombrement. Même si elle avait été en mesure d'endiguer la passion qu'il lui inspirait — ce dont elle se savait incapable — continuer à le fréquenter ne pourrait qu'intensifier ses sentiments pour lui.

Les jours suivants, elle s'efforça de se distraire de son mieux en renouant avec ses occupations habituelles. Elle rendit visite à sa mère, à Sylvia, à d'autres amies. Elle s'obligea à aller voir M. et Mme Upshaw, pour leur donner des nouvelles de Miranda. Elle permit à Perry de l'escorter à l'opéra, assista au bal donné par lady Evesham et à la réception de Lydia Farnham. Elle dansa, papota, passa un après-midi entier chez sa modiste et acheta trois chapeaux.

Mais tout au long de ces journées et de ces soirées, elle ne cessait de penser à James Hobson. Elle se demandait ce qu'il faisait, s'il avait progressé dans son enquête. Et qu'allait-elle dire à Anthony, maintenant ? Un moment, elle envisagea de revoir son complice une dernière fois pour se rendre chez lui. Elle eut le plus grand mal à résister à la tentation, et dut se sermonner sévèrement pour tenir bon.

Quatre jours après sa rupture avec James, elle décida de passer la soirée chez elle, et d'attendre l'heure du dîner dans le petit salon du rez-de-chaussée. Malgré les invitations qui s'empilaient sur le secrétaire de sa chambre, elle n'avait pas envie de sortir. A quoi bon s'attarder à Londres dans ces conditions ? songea-t-elle soudain. Elle pourrait avancer son départ pour Darkwater, ce qui enchanterait Miranda. Ou encore se rendre à Westhampton. Le domaine était paraît-il superbe, en cette saison. Et elle y retrouverait Michael…

Elle ne se leurrait pas sur ses mobiles. Qu'elle souhaitât revoir son mari parce qu'il lui rappelait un autre homme était certainement fort immoral. Mais après tout, qui le saurait, à part elle ? En outre, pourquoi cette aventure avortée ne lui permettrait-elle pas de se rapprocher du comte, d'essayer de mieux le connaître ? S'ils nouaient une relation plus intime, l'amour que Westhampton lui portait jadis renaîtrait peut-être. Et de son côté, peut-être éprouverait-elle pour lui un penchant plus vif, aiguisé par les sentiments que lui avait inspirés James Hobson…

Rachel fixa pensivement les motifs du tapis persan, les sourcils froncés. Etait-il acceptable — et décent — qu'une épouse envisageât de sauver son mariage par de tels stratagèmes ? Elle en doutait fortement. Ce plan ne lui était-il pas simplement dicté par le désir impérieux d'apaiser ses sens, comme si elle était aussi dévoyée que la dernière des courtisanes ?

Elle en était là de ses réflexions, quand un bruit de pas résonnant dans le vestibule la fit sursauter. Elle releva brusquement la tête, et manqua s'évanouir de stupeur en découvrant Westhampton debout sur le seuil.

Un bref instant, elle se demanda si elle devenait folle ou si elle était la proie d'un tour de sorcellerie. Ses pensées auraient-elles suffi à faire apparaître Michael ? Non, c'était ridicule, se dit-elle aussitôt. Et elle bondit sur ses pieds, incapable de réprimer l'onde de plaisir qui l'envahissait.

— Michael !

Elle avait conscience de sourire trop largement. Nul doute que son mari allait se demander ce qui la prenait de l'accueillir avec un tel enthousiasme. Mais elle ne pouvait contenir sa joie. Elle se porta à sa rencontre, les bras ouverts, prête à l'enlacer — et s'arrêta de justesse, recouvrant un brin de raison. Figée devant lui, elle se contenta de lui offrir sa main avec une raideur maladroite.

— Comment allez-vous ? s'enquit-elle. Et que faites-vous ici ? Je pensais que vos obligations vous retiendraient encore plusieurs semaines à Westhampton.

Bizarrement, elle le trouvait changé. Ses cheveux lui paraissaient plus courts, et d'un blond plus clair. Mais c'était probablement la comparaison avec James Hobson, pensa-t-elle.

— J'ai modifié mes plans, répondit Michael en saisissant sa main pour la porter à ses lèvres.

Un frisson parcourut Rachel au contact de sa bouche et de son souffle chaud. Elle pria le ciel que cette réaction lui ait échappé. Etait-elle devenue esclave de ses sens au point de frémir dès qu'un homme la touchait, maintenant ? songea-t-elle avec horreur. Mais elle savait bien que la raison de son émoi était autre ; si son mari la troublait, c'était parce qu'il ressemblait à s'y méprendre à celui qu'elle avait choisi de lui sacrifier. Mais ce mouvement de désir était-il si condamnable, en fin de compte ? Elle avait sauvé sa vertu en renonçant à James Hobson. En revanche, nul ne pourrait lui reprocher de céder à l'attirance… détournée que lui inspirait son époux. Quel mal y aurait-il à connaître avec lui un plaisir conjugal dont ils s'étaient si longtemps privés ?

Michael lâcha ses doigts.

— J'étais inquiet pour vous, expliqua-t-il. De retour au domaine, j'ai mesuré ma folie de vous avoir laissée seule à Londres... dans les circonstances actuelles. Si l'on vous avait causé du mal par ma faute, je ne me le serais jamais pardonné.

— Je vous en remercie, répondit Rachel, touchée par cette attention. C'est très aimable à vous.

Ils s'assirent, et un silence gêné s'installa entre eux. Ils ouvrirent la bouche en même temps pour le rompre, puis s'interrompirent avec un sourire embarrassé.

— Vous d'abord, offrit la jeune femme.

— Je voulais juste m'enquérir de vos occupations. Savoir si vous avez fait des choses agréables.

Rachel exerça un puissant contrôle sur elle-même, afin de ne pas rougir.

— Je n'ai pas vu passer le temps. Entre les bals, les soirées, le théâtre et autres divertissements... Perry m'a conduite à l'opéra.

— Comment va-t-il ?

— Bien. Toujours égal à lui-même.

— Et lady Montgomery ?

— Oh ! Sylvia ne change pas non plus ! Elle est infatigable.

Non seulement Rachel était mal à l'aise de taire à son mari le reste de ses activités, mais elle eût adoré lui en faire le récit, s'avisa-t-elle. Avoir son avis sur la mort de Mme Birkshaw, l'agression dont Hobson avait été victime, l'attitude suspecte de ce valet. Et lui relater tout ce qu'elle avait appris en son absence : l'existence de James, de Lilith, la liaison de cette dernière avec sir Robert... Elle se demanda s'il connaissait sir Blount.

Malheureusement, ces confidences étaient impossibles. Elle doutait qu'un comte, fût-il aussi aimable et tolérant que Michael, pût approuver les divagations de son épouse dans les quartiers les plus mal famés d'East End. En outre, même sans parler des repas qu'elle avait pris en tête à tête avec un aventurier dans une taverne, des démarches hasardeuses qu'ils avaient faites ensemble, des soins qu'elle lui avait prodigués et autres manquements à la décence la plus élémentaire, elle était certaine qu'il n'apprécierait nullement le fait qu'elle ait revu Anthony Birkshaw.

— Sans doute souhaitez-vous vous rafraîchir, après votre voyage ? suggéra-t-elle poliment. Dînerez-vous ici ?

— Oui, bien sûr, répondit Michael du ton crispé qu'il adoptait souvent en sa présence.

— Je vais prévenir la cuisinière de votre retour.

Rachel faillit l'accompagner au premier, bien qu'elle n'eût aucune raison de le faire. Elle se ressaisit et alla donner ses ordres à l'office, après quoi elle monta se changer. En pénétrant dans sa chambre, elle jeta un coup d'œil à la porte de communication qui donnait sur celle de son mari. Elle était fermée, comme toujours.

Une impulsion irrépressible la poussa à soigner particulièrement son apparence, ce soir-là. Elle se sentait fébrile, désireuse de se montrer sous son meilleur jour. L'espoir qui lui gonflait le cœur était ridicule, elle le savait. Ce n'était pas parce qu'elle avait changé que Michael modifierait son attitude à son encontre. Et il serait certainement ulcéré, s'il pouvait deviner à quoi était dû ce soudain réchauffement de sa femme à son égard.

Pourtant, Rachel se répétait qu'il l'avait aimée et désirée, autrefois. Et bien que cela remontât à des années, bien qu'elle ait directement concouru à la disparition des sentiments qu'il lui portait, elle voulait se persuader qu'il en restait quelque chose — un fragment, une infime étincelle qu'elle serait peut-être en mesure de ranimer.

Elle choisit donc sa robe préférée, de soie vert d'eau, orna son cou et ses oreilles d'une parure de perles et demanda à sa femme de chambre de la coiffer plus coquettement que de coutume. Polly réalisa des prodiges. Quand Rachel se contempla dans son miroir, un amas de boucles brunes auréolant son front blanc, de longues anglaises cascadant avec grâce d'un seul côté de son cou, elle se trouva un charme piquant qui lui manquait d'ordinaire.

Un moment plus tard, lorsqu'elle pénétra dans la salle à manger, l'expression de son mari lui parut refléter brièvement ce jugement. Mais il ne faisait pas très clair, à la lueur des chandeliers, et la solennité qui présidait au service obligea vite la jeune femme à renoncer à son entreprise de séduction.

Après le repas, Michael annonça qu'il sortait pour se rendre à son club. De fait, il avait rendez-vous avec l'un de ses informateurs dans une taverne, mais il ne pouvait guère l'avouer à sa femme.

Quand il vit son air blessé, il se maudit intérieurement. Quelle idée stupide il avait eue, de rentrer chez lui ! Il pestait toujours contre lui-même quelques minutes plus tard, en cherchant un fiacre pour se rendre chez Lilith où il devait se changer. C'était une entreprise impossible, il aurait dû s'en douter.

Lorsqu'il avait pris cette décision, il n'avait songé qu'à son désir de revoir Rachel. Elle lui manquait trop, il brûlait de reprendre les conversations enjouées qu'ils avaient partagées ces derniers jours, de savourer de nouveau le plaisir de rire et de badiner avec elle. Sans réfléchir davantage aux inconvénients qui l'attendaient, il avait demandé à Lilith de lui éclaircir les cheveux et d'en rafraîchir la coupe, afin de paraître le plus différent possible de James Hobson.

Seulement voilà… Une fois redevenu lui-même, il avait mesuré quelles difficultés il aurait à s'absenter pour mener ses affaires, les mensonges et les ruses qu'il devrait déployer pour tromper l'attention de sa femme et de ses domestiques. Sans parler du fait que ses relations avec Rachel ne pouvaient pas être les mêmes que lorsqu'il était son double !

Dans l'impossibilité de révéler son subterfuge, qui aurait provoqué la fureur de la jeune femme, il était bien obligé de se recouler dans son rôle habituel — avec la raideur empruntée qui en découlait. Et après avoir connu de tels moments de grâce dans la peau de James Hobson, il lui était cent fois plus pénible encore de retrouver la distance polie qui caractérisait leur mariage.

Mais s'il grinçait des dents, maintenant, il ne pouvait s'en prendre qu'à lui-même. C'étaient son impatience et sa précipitation, qui l'avaient placé dans une situation aussi épineuse. Il aurait bien mieux fait de rester à l'écart jusqu'à la fin de son enquête, de ronger son frein en attendant que l'image de Hobson s'estompe un peu dans le souvenir de Rachel.

Faute d'avoir agi sagement, il redoutait à présent d'avoir gâché toutes ses chances — et de ne pouvoir, à moins d'un miracle, sortir indemne de cette aventure.

D'humeur maussade, Rachel monta se coucher de bonne heure. Si son mari préférait son club à sa compagnie, elle n'allait pas lui faire le plaisir de l'attendre, décida-t-elle. Il serait vraiment stupide de sa part de lui laisser voir qu'il lui avait manqué.

Elle eut du mal à s'endormir. Elle se tournait et se retournait dans son lit, irritée, désappointée, comparant en pensée James Hobson et Michael. En même temps, elle ne pouvait s'empêcher de rester aux aguets, dans l'attente du moment où le comte rentrerait. Quand du bruit résonna enfin dans sa chambre, bien après minuit, elle se raidit et retint son souffle, les nerfs à fleur de peau. Tournerait-il la poignée, ce soir-là ? Il n'avait pu manquer de remarquer son plaisir en l'accueillant, et les efforts particuliers qu'elle avait faits pour lui plaire…

L'événement espéré ne se produisit pas. Fatiguée

de demeurer en vain sur le qui-vive, Rachel finit par s'endormir.

Le lendemain matin, elle s'éveilla dans de meilleures dispositions. Sylvia donnait une réception, ce soir-là. Pourquoi ne proposerait-elle pas à Michael de l'y accompagner ? S'ils passaient la soirée ensemble, peut-être parviendraient-ils à se rapprocher l'un de l'autre, et alors… tout pourrait arriver.

Cette détermination à séduire son mari lui donna bien quelques remords. Elle savait parfaitement qu'elle comptait utiliser Michael comme un substitut de son frère. Mais elle repoussa vite ce sentiment de culpabilité. Après tout, si un homme dont il ignorait l'existence leur permettait d'accéder enfin à un certain bonheur, il n'aurait pas à s'en plaindre — et elle non plus. La vie n'était pas toujours parfaite. L'essentiel, c'était d'en tirer le meilleur parti possible.

Armée de ces arguments, elle s'habilla et sortit de chez elle dès qu'elle entendit son mari remuer dans la chambre voisine. Elle longea le couloir et alla frapper à sa porte — n'ayant pas eu le courage d'utiliser pour la première fois la porte de communication.

Lorsqu'il répondit, elle tourna la poignée et entra. Michael était debout devant son miroir à raser, torse nu, une serviette jetée sur une épaule et un bol de savon à la main. Comme il se tenait de profil, il se tourna à demi vers la porte ; en reconnaissant sa femme, il sursauta et rougit vivement.

— Rachel ? Je pensais que c'était mon valet qui revenait avec de l'eau chaude.

La jeune femme s'empourpra aussi, bien trop consciente de sa semi-nudité et de l'effet qu'elle produisait sur ses sens. Son état ne s'améliorait pas, songea-t-elle avec un brin d'acidité.

Elle s'empressa de détourner son regard et de pivoter sur sa gauche, tandis que Michael attrapait sa chemise. Mais elle découvrit alors qu'elle pouvait le voir dans la glace de sa commode… qui reflétait également le miroir à raser. Et bien qu'elle se trouvât à la droite de son mari, cette double réflexion lui renvoyait l'image de son bras gauche.

Immédiatement, un détail curieux attira son attention. Elle fronça les sourcils, intriguée.

Une marque rouge apparaissait au-dessus de son coude. Lorsqu'il pivota légèrement pour enfiler sa manche, avec une raideur suspecte, Rachel constata qu'une tache similaire marquait son biceps, un peu plus haut que la première.

En une fraction de seconde, frappée d'une illumination aveuglante, elle comprit ce que cela signifiait. Ces deux trous rouges étaient la trace d'une balle — celle qui avait blessé James Hobson. *Michael et son frère ne faisaient qu'un !*

— Voilà, je suis plus présentable, déclara-t-il.

Il s'avança vers elle en achevant de boutonner sa

chemise. Rachel rassembla tout son sang-froid pour lui refaire face. Dissimulant le choc intense qu'elle venait d'éprouver, elle s'obligea à sourire.

— Je suis désolée. Je n'aurais pas dû vous surprendre de la sorte.

— Ce n'est pas un problème, assura le comte d'un air affable. Puis-je vous être utile ?

— Oh… oui, répondit Rachel en butant légèrement sur ses mots. Je… voulais vous avertir que je comptais répondre à une invitation de Sylvia, ce soir. J'espère que vous n'y voyez pas d'inconvénient.

— Souhaitez-vous que je vous accompagne ?

— Non. Non, ce ne sera pas nécessaire. Il s'agit d'une soirée musicale… qui risque d'être terriblement ennuyeuse. Je ne voudrais pas vous infliger un tel pensum. Je m'en passerais moi-même, si je n'avais pas promis à Sylvia de m'y rendre. Je tenais simplement à m'assurer que vous n'aviez pas pris d'autre engagement… pour vous et moi.

— Non, répondit tranquillement Michael. Je me rendrai probablement à mon club.

— Dans ce cas… tout est parfait.

Elle se tourna vers la porte.

— Je ne sais si nous nous reverrons aujourd'hui, vous êtes sans doute occupé, ajouta-t-elle d'un ton altéré.

— J'ai prévu de voir quelques amis.

— Très bien. Je pense faire la même chose.

Elle lui dédia un sourire de façade et sortit. Une fois dans le couloir, elle parvint de justesse à rejoindre sa chambre avant que ses genoux ne cèdent sous elle. Dès qu'elle eut refermé sa porte, elle se laissa choir sur le parquet, sans se soucier de sa robe ni d'autre chose.

Michael était James Hobson.

A moins que ce ne soit le contraire ! songea-t-elle soudain. James s'était peut-être fait passer pour son frère, afin d'avoir accès à la maison ! Il était tout à fait capable de l'imiter, elle le savait.

Mais non..., conclut-elle aussitôt. C'était impossible. L'individu en question connaissait trop bien les domestiques, et ils avaient parlé la veille de sujets et de personnes que James Hobson ignorait forcément. Et il avait toutes les raisons de les ignorer, pensa-t-elle avec un petit rire hystérique, puisqu'il n'avait jamais existé !

Elle était atterrée. Choquée. Bouleversée. Mais surtout, ulcérée par la façon dont son mari s'était joué d'elle.

Cette mascarade remontait à sa première visite chez Lilith, évidemment. Michael et Mme Neeley avaient rapidement mis au point cette comédie pour se disculper et lui cacher leur relation. Une bouffée de rage l'envahit, à l'idée qu'ils l'avaient prise pour une sotte pareille — et qu'elle avait gobé leur histoire avec une telle facilité. Bonté divine ! Comme ils avaient dû se gausser d'elle, dans son dos !

Mais elle se remémora aussi, les joues en feu, ce qui s'était passé entre elle et Michael. Comment avait-il osé l'embrasser de la sorte ? Attiser sa passion, l'encourager à se montrer infidèle à celui qu'il était réellement ?

Pourquoi lui avait-il tendu un piège aussi exécrable ? La méprisait-il, la haïssait-il à ce point ?

Une vive douleur la transperça à cette pensée, mais elle fut aussitôt balayée par un nouvel accès de fureur. Dire qu'elle s'était montrée loyale envers ce scélérat ! Son mari pouvait la haïr, se dit-elle, elle n'en avait cure. Car elle le haïssait aussi, maintenant !

Il était si différent de l'homme honnête et estimable pour lequel elle l'avait toujours pris… Penser qu'elle s'était laissé abuser ainsi pendant sept ans la mit hors d'elle. Une duplicité aussi abominable méritait un châtiment à sa mesure.

Elle réfléchit un instant, et soudain une vengeance absolument *parfaite* lui traversa l'esprit. Son idée lui parut tellement enthousiasmante qu'elle se releva d'un bond, décidée à la mettre en pratique sur-le-champ.

Rirait bien qui rirait le dernier ! songea-t-elle avec un petit sourire amer, en tirant rudement sur le cordon de la sonnette pour appeler une soubrette et commander son attelage. Michael Trent ferait moins le fier, quand il constaterait que l'oie blanche qu'il avait pour femme, après tout, avait décidé de le tromper !

Une heure plus tard, elle était au Sanglier rouge et réservait à l'aubergiste ravi ses deux plus belles chambres, réunies comme il convenait à son plan par une porte intérieure. Après quoi elle s'installa à une table, rédigea un billet à l'intention de James Hobson et paya un coursier pour le porter chez Lilith Neeley.

Un instant, elle se demanda si elle n'était pas allée

trop vite en besogne. N'aurait-elle pas dû vérifier d'abord que Michael se rendrait chez Mme Neeley dans la journée, avant de louer cette suite ? Tant pis, trancha-t-elle. D'une part, il y avait de fortes chances qu'il passe voir sa *maîtresse* pour se changer chez elle, ainsi qu'il en avait manifestement l'habitude ; de l'autre, elle se sentait trop blessée et trop furieuse pour pouvoir attendre sa vengeance un jour de plus. Si elle s'autorisait à réfléchir ou à tergiverser, la souffrance qui la dévorait aurait raison d'elle.

Les bases de son plan solidement jetées, elle rentra chez elle et prépara la suite. Elle inspecta sa penderie et choisit une robe en taffetas émeraude qui mettait particulièrement en valeur le vert de ses prunelles. Elle la portait rarement, car le décolleté était trop échancré à son goût, mais pour ce soir-là elle serait parfaite.

Malignement, Rachel rendit sa toilette plus provocante encore en décousant avec soin le ruché de dentelle qui bordait le bustier. Puis elle resserra les pinces de la taille et du corsage, de manière à ajuster l'étoffe au maximum.

Quand elle essaya son œuvre et se mira dans sa psyché, elle ouvrit des yeux ronds, sidérée par la façon dont ses seins débordaient du décolleté. Ils semblaient avoir doublé de volume et elle songea qu'elle n'avait rien à envier à cette tigresse de Leona Vesey, pour une fois.

Elle hésita un instant, se demandant si elle pouvait se permettre une telle audace, puis elle se traita de sotte. N'était-ce pas le but recherché, précisément ?

Ce point réglé, elle commanda un bain, lava ses cheveux et les brossa longuement devant la cheminée afin de les sécher. Puis elle apposa sur son visage un onguent de beauté qui fit des miracles. Enfin, le teint lumineux et les traits reposés, elle entreprit de se coiffer elle-même — se limitant à une simple torsade pour ne pas avoir à appeler sa femme de chambre. Polly lui proposerait naturellement de l'aider à s'habiller, et elle ne tenait pas à se montrer dans cette robe de courtisane.

Enfiler et boutonner ladite robe fut loin d'être facile, serrée comme elle l'était, mais à force de contorsions elle y parvint. Elle se livra alors à un examen final devant sa glace… et fut presque choquée du résultat, tant elle était devenue séduisante. Jamais elle ne s'était vue aussi jolie. La perspective de la bataille à livrer faisait briller ses yeux et rosissait ses pommettes — et le contenu de son corsage avait de quoi rendre fou n'importe quel homme, elle en était certaine.

Elle se sentit soudain très nerveuse à l'idée d'affronter Michael dans cette tenue, et se demanda si elle serait capable d'aller au bout de son projet. Mais il lui suffit de se remémorer l'abomination de sa conduite pour retrouver un élan salutaire. Elle se drapa dans sa mante de velours noir et quitta la maison.

Michael eut toutes les peines du monde à se concentrer sur ses investigations, ce jour-là. Aucune de ses démarches ne semblait aboutir — et il ne cessait de penser à Rachel surgissant inopinément dans sa chambre.

L'irruption de sa femme chez lui l'avait à la fois ravi et terrifié. Une chance qu'il ait été tourné du bon côté ! songea-t-il avec un soulagement rétrospectif. Si elle avait pu voir son bras gauche, elle aurait compris sans doute possible qu'il était James Hobson.

En la voyant entrer, il avait nourri un instant l'espoir qu'elle souhaitait passer du temps avec lui dans la journée, ou dans la soirée. Son cœur en avait bondi de joie dans sa poitrine. S'ils sortaient ensemble au théâtre, ou dans un bal quelconque, avait-il pensé, peut-être parviendrait-il à se montrer moins distant avec elle. A l'apprivoiser. Mais sa crainte d'être découvert lui avait rendu sa raideur habituelle, et l'occasion s'était envolée.

De toute évidence, Rachel ne souhaitait pas qu'il l'escorte chez les Montgomery. Sa question avait même paru la rendre nerveuse, comme si elle redoutait qu'il insiste. Sa jalousie s'était réveillée aussitôt. Il avait écarté ses soupçons, se disant qu'il la suspectait à tort — qu'elle lui avait donné toutes les preuves de sa fidélité. Mais un peu plus tard, quand il était passé chez Lilith et avait trouvé le billet adressé à James Hobson, il avait rapidement déchanté.

Sa femme demandait à son « rival » de le rejoindre en début de soirée au Sanglier rouge. Voilà pourquoi elle tenait si peu à l'emmener chez Sylvia ! Cette soirée musicale était un prétexte, elle avait l'intention de le tromper…

L'ironie de la situation ne pouvait lui échapper. S'il acceptait de la rejoindre, il se cocufierait lui-même ! Mais bien que cette notion lui fît l'effet d'un coup de poignard en plein cœur, il savait aussi qu'il n'aurait pas la force de refuser. Et que malgré sa tristesse, malgré sa déception, il se rendrait à ce rendez-vous.

Il avait trop envie d'embrasser Rachel, de la caresser, de la voir nue, de se perdre dans son corps délicieux. Son bonheur serait amer, de la tenir dans ses bras en sachant qu'elle croirait se donner à un autre — foulant au pied les promesses de leur mariage. Et pourtant, même infidèle, il ne pouvait se priver de l'occasion de la connaître enfin dans les transports de l'amour. Il avait attendu trop longtemps une telle félicité pour avoir le courage d'y renoncer.

15

Assise sur un petit sofa, Rachel attendait, l'estomac noué par l'appréhension — et le buste tellement comprimé par sa robe qu'elle se sentait à deux doigts de défaillir. A dix reprises au moins depuis son arrivée à l'auberge, elle avait envisagé de s'enrouler dans sa cape et de partir en courant, mais elle s'était obligée à tenir bon. Elle *devait* mener cette entreprise à son terme.

La douzaine de chandelles qui éclairaient la chambre l'emplissaient d'une lumière chaude et dorée. L'aubergiste avait apporté tout ce qu'il fallait pour un souper fin, mais la jeune femme n'avait pas l'intention d'étirer la soirée jusque-là. En revanche, elle avait absorbé un verre de vin pour se donner du courage, et la tête lui tournait légèrement.

Il était presque l'heure qu'elle avait fixée pour ce rendez-vous. Et si Michael ne venait pas ? se demanda-t-elle soudain. Elle n'avait pas songé à cette éventualité, qui l'emplit aussitôt d'une étrange inquiétude.

Un bruit de pas résonna alors dans le corridor. Rachel se leva, face à la porte. Peu après celle-ci s'ouvrit et lord Westhampton entra, grimé en James Hobson.

Comme il avait de nouveau les cheveux foncés, la comtesse connut un bref instant de doute. Mais elle constata que ses mèches avaient été coupées à la même longueur que celles de Michael, bien qu'il eût essayé de se coiffer différemment. C'était bien son époux.

Il se figea sur place, saisi. Son regard gris parcourut la silhouette de la jeune femme, incrédule, avant de remonter jusqu'à son visage. Satisfaite d'avoir obtenu l'effet escompté, Rachel s'avança vers lui d'un pas nonchalant, en ondulant des hanches.

— Bonsoir, James, déclara-t-elle d'une voix de gorge éminemment provocante.

Il toussota.

— Rachel.

Elle se campa devant lui, tout près, et le dévisagea sans ciller.

— Je commençais à penser que vous ne viendriez pas.

— Comment aurais-je pu résister ?

Le désir qui couvait dans ses yeux les assombrissait, les rendant d'un gris orageux. Rachel lui décocha un sourire espiègle, posa les doigts sur son torse et les fit remonter lentement.

— J'espérais bien que vous ne le pourriez pas.

— J'avoue que votre billet m'a surpris, pourtant, reconnut Michael d'un ton rauque. Je croyais… que vous vouliez rester fidèle à votre mari.

La façon dont sa voix s'était infléchie sur ces derniers

mots ravit la comtesse et la renforça dans sa résolution.

— Moi aussi, je me suis rendu compte que je ne pouvais pas résister, murmura-t-elle avec une intonation sensuelle. Je suis mariée à Westhampton, certes, mais c'est vous qui me troublez. Dès que je vous vois, j'en perds le souffle. J'ai tellement envie de vous, que je…

Michael ne lui laissa pas finir sa phrase. Il la saisit par les deux bras, l'attira à lui avec force et plaqua sa bouche sur la sienne. Ce baiser était si brûlant qu'un long moment Rachel ne put songer à autre chose qu'à l'intense volupté qui la parcourait de la tête aux pieds, lui ramollissant les genoux. Elle voulait profiter une dernière fois de ce plaisir enivrant qu'elle ne connaîtrait plus jamais, après ce soir-là.

La passion qui flambait entre eux accroissait sa faiblesse de seconde en seconde. Elle se sentait dériver dangereusement vers un point de non-retour. Son désir de connaître enfin l'aboutissement de ce merveilleux vertige était si fort qu'elle faillit y céder. Mais au dernier moment elle fit appel à son garde-fou — en se remémorant l'infâme trahison dont elle avait été l'objet — et rassembla toute sa volonté pour s'arracher au délicieux abîme qui menaçait de l'engloutir.

Ce sacrifice lui coûtait plus qu'elle n'aurait su le dire, elle en souffrait dans sa chair et dans son âme, mais sa décision était prise. Pour une fois, elle allait se montrer forte. Plus jamais, se jura-t-elle, elle ne se laisserait guider, duper et manipuler par un homme.

Elle ne serait pas le jouet de son mari, après avoir été celui de son père. Désormais, elle voulait être seule maîtresse de sa vie et de son destin.

Avec un gémissement de regret, elle se contraignit à reprendre le contrôle d'elle-même, à se rendre mentalement insensible au miel liquide qui coulait dans ses veines. L'instant n'était plus à l'abandon, mais à la domination.

Lentement, froidement, elle se mit alors à mimer la frénésie de la passion — sans cesser d'observer les réactions de sa victime. Offrant sa bouche à Michael, elle l'entraîna dans une sorte de ballet érotique soigneusement étudié : elle entreprit peu à peu de le dévêtir, l'empêchant de la toucher, savourant intensément l'emprise qu'elle avait sur lui. Il avait le souffle court, lâchait des plaintes sourdes sous l'assaut de ses caresses, frémissait au contact de ses doigts sur sa peau nue.

Le plaisir que Rachel prenait à sa ruse comblait amplement la volupté charnelle dont elle se privait, maintenant. D'un geste habile, elle fit glisser du même coup la chemise et la veste de son mari, qui s'affalèrent sur le plancher. Puis elle s'arrangea pour qu'il s'adosse au mur, tout près de la porte, défit la boucle de sa ceinture et commença à déboutonner son pantalon. Enflammé de désir, Michael l'écarta un instant pour ôter ses bottes, avant de lui laisser achever sa tâche. Quand il fut entièrement nu, il poussa un grognement rauque et la plaqua contre lui, les deux mains sur ses reins.

Rachel percevait les battements précipités de son cœur. Sans la moindre honte, ni le moindre remords, elle intensifia goulûment leur baiser — sachant que son mari transporté perdrait vite le peu de clairvoyance qui lui restait. Alors, sans bruit, elle tourna lentement le bouton de la porte qui se trouvait derrière lui, l'éloigna légèrement afin de pouvoir écarter le battant... et lui arracha sa bouche pour le pousser dehors de toutes ses forces.

Elle eut juste le temps d'apercevoir le visage stupéfait du comte, le regard ahuri qu'il fixait sur elle en trébuchant en arrière dans le couloir.

— Qu'est-ce que..., commença-t-il.

— Voilà qui vous apprendra à vous jouer de moi, *Michael !*

Vivement, Rachel referma la porte et poussa le verrou. Avec un glapissement furieux, Westhampton se mit à frapper le panneau de ses poings.

— Rachel ! rugit-il. Par tous les diables, ouvrez !

Elle ne se laissa pas apitoyer. Elle jeta sa cape sur ses épaules, ramassa les vêtements épars sur le sol et ne put retenir un sourire acide en entendant le cri perçant d'une femme à l'extérieur de la chambre. Puis elle passa dans la pièce voisine et sortit à son tour dans le corridor.

Le spectacle qui s'offrit à elle l'emplit d'une joie perverse : nu comme un ver, Michael continuait à marteler l'autre porte de ses poings en hurlant son nom. La femme qui avait crié plaquait ses deux mains sur ses yeux en balbutiant des mots incohérents, pendant que son époux apostrophait vertement l'indécent personnage qui osait outrager sa moitié de la sorte.

Rachel réprima un rire sec.

— Michael ! appela-t-elle.

Lorsqu'il se tourna vers elle, médusé, elle lança ses habits dans sa direction.

— Je vous suggère de vous rhabiller et d'aller passer la nuit chez votre « sœur » !

Avant que le comte tente de la rattraper — même s'il n'était guère en état de le faire —, elle pivota sur ses talons et se rua dans l'escalier. Elle quitta l'auberge en trombe, héla un fiacre rangé le long du trottoir et rentra chez elle, abandonnant son mari à son sort.

La colère propulsa Rachel droit dans sa chambre. Elle arracha sa robe, la jeta dans la cheminée, enfila une tenue de voyage en drap brun et sortit un grand sac qu'elle ouvrit sur son lit. Après quoi elle tira les tiroirs de sa commode et les vida de ses effets personnels, chemises de jour, chemises de nuit, pantalons de linon, jarretières et bas de soie.

Ce faisant, elle demeurait en alerte, guettant le retour de son mari. Il ne rentrerait probablement pas de la nuit, se dit-elle au bout d'un moment. Il était sûrement trop furieux contre elle, et n'avait sans doute aucune envie de venir s'expliquer sur sa conduite. De toute manière, maintenant qu'elle avait découvert sa supercherie, il n'avait plus rien à gagner à tenter de l'amadouer — et encore moins de la séduire, conclut-elle avec amertume.

Pourtant, quelques minutes plus tard, elle sursauta en entendant un bruit de course dans le vestibule, en bas. Elle tournoya vers sa porte, les mains crispées sur la chemise qu'elle tenait, le cœur battant à se rompre. Peu après, le panneau s'ouvrit avec force et Michael se dressa sur le seuil, hors d'haleine.

Il n'avait plus rien de l'apparence soignée qui était la sienne d'habitude. Sans veste ni chapeau, il portait le pantalon de toile grossière et la chemise rêche de son « double ». Une chemise à moitié boutonnée, observa Rachel, dont le pan de derrière pendait sur ses reins. Et pour couronner le tout, il avait les pommettes enflammées et les cheveux en bataille.

Elle le considéra avec froideur.

— Je suis surprise de vous voir ici. Je pensais que vous iriez chez votre maîtresse, afin d'y soigner votre amour-propre blessé.

Michael ouvrit des yeux ronds.

— Ma maîtresse ? s'exclama-t-il. Que me chantez-vous là ?

— Oh ! je vous en prie ! A quoi bon jouer les innocents, maintenant ?

Rachel se tourna vers son sac et y rangea sa chemise de nuit. Michael s'avança dans la pièce.

— Je n'ai pas de maîtresse et je n'en ai jamais eu ! affirma-t-il d'un ton sec. Que faites-vous ?

— Cela me semble évident.

— Vous partez ? s'écria-t-il. Où allez-vous ?

— Je ne pense pas que cela vous concerne, rétorqua sa femme sans le regarder.

— Bien sûr que si ! Je suis votre mari, sapristi !

— Oh, vraiment ? riposta Rachel avec une bonne dose de sarcasme. Je croyais avoir affaire à un certain James Hobson, aventurier hors pair et demi-frère illégitime du comte de Westhampton.

— Rachel… laissez-moi vous expliquer.

Elle tourbillonna sur elle-même, vibrante de fureur.

— M'expliquer quoi ? Que vous me trompez et m'abusez sur vos activités depuis des années ? Que vous faites de moi la risée de Londres, en vous affichant avec une tenancière de tripot ? Vos amis ont-ils bien ri dans mon dos, en apprenant que j'étais assez naïve pour vous prendre pour votre propre frère, ou cette histoire est-elle restée entre Lilith et vous, afin de pimenter vos rendez-vous ? Vous avez dû beaucoup vous amuser, à me voir gober comme une sotte toutes vos…

Elle s'interrompit, la voix brisée par un sanglot, et se détourna vivement. Pour rien au monde elle ne voulait lui laisser voir qu'il était capable de la faire pleurer. D'un geste rageur, elle enfourna d'autres effets dans son sac.

— Rachel ! Pas un instant je n'ai songé à me gausser de vous ! protesta Michael. Jamais je n'ai eu l'intention de vous ridiculiser, et encore moins de vous blesser.

— On peut dire que vous y avez réussi, pourtant ! Brillamment !

— Je vous en supplie, écoutez-moi !

Il la prit par les épaules et l'obligea à lui faire face. Elle se dégagea avec brusquerie, les yeux étincelants.

— Ne me touchez pas ! Ne me touchez plus *jamais*, m'entendez-vous ? Quand je pense que vous avez osé…

Elle s'interrompit de nouveau, trahie par son chagrin, mais se reprit aussitôt.

— Pourquoi avez-vous poussé la vilénie jusqu'à me… courtiser de la sorte ? Ne vous suffisait-il pas d'avoir usurpé une fausse identité, afin de détourner mes soupçons ? Et pourquoi Mme Neeley s'est-elle montrée si gentille et si chaleureuse avec moi… alors que vous vous amusiez à me séduire ? Etes-vous donc si pervers, tous les deux ? Trouviez-vous du plaisir à causer ma perte ?

Elle secoua la tête, dévastée.

— Je n'aurais pas cru que vous me haïssiez à ce point.

Michael avait blêmi.

— Pour l'amour du ciel, Rachel, il n'y a jamais rien eu de pareil. Je vous en donne ma parole. Lilith *est ma sœur.*

— Me prenez-vous pour une idiote ?

— Non. Loin de moi cette idée. Lilith est la fille naturelle de mon père et d'une jeune paysanne qu'il a engrossée lors d'une partie de chasse. S'il a eu d'autres bâtards, je ne les connais pas. James Hobson n'était qu'une invention. J'ai appris l'existence de Lilith il y a quelques années seulement, par Rob qui était tombé amoureux d'elle et à qui elle avait raconté son histoire. Je…

Il s'arrêta brusquement.

— Rob ! s'exclama-t-il. Cette preuve ne vous suffit-elle pas ? Vous savez qu'il est son amant ! Vous l'avez vu chez elle ! Pouvez-vous imaginer un instant qu'il accepterait de la laisser fréquenter un autre homme ?

Rachel le considéra d'un air dubitatif. Elle n'avait rencontré sir Robert qu'une fois, mais il ne lui avait pas semblé du genre à partager les faveurs de sa maîtresse, en effet.

Voyant que ses paroles avaient porté, Michael s'empressa de pousser son avantage.

— Jamais je n'aurais échafaudé une histoire pareille, je vous le garantis. Cette idée de m'inventer un demi-frère est venue à Lilith… en catastrophe, pour sauver la situation, car elle savait que vous ignoriez ma double vie. Je n'ai pas voulu l'embarrasser en démentant ses propos devant vous, d'autant que je ne pensais pas vous revoir sous ce nom. Malheureusement, les choses ont tourné autrement.

Rachel croisa les bras, les sourcils levés.

— Pourquoi ne m'avez-vous pas dit la vérité lors de notre rencontre suivante ? Qu'est-ce qui vous en empêchait ?

Michael rougit et pivota sur lui-même, frappant sa paume de son poing.

— De grâce, Rachel, ne retournez pas le couteau dans la plaie ! implora-t-il. Je n'ai pas d'excuse valable, je le sais. Mais quand j'ai constaté… que vous vous entendiez si bien avec mon double, je n'ai pas eu le cœur de renoncer à vous voir sous cette identité, voilà.

— N'eût-il pas été plus simple de changer vos manières en gardant votre vrai nom ?

Il lui refit face, les traits crispés.

— J'aurais tout donné pour le faire, croyez-moi. Le problème, c'est que vous aviez de moi une image si différente, nous étions si éloignés l'un de l'autre… qu'un tel changement était impossible. Vous n'auriez jamais réagi avec moi comme vous réagissiez avec Hobson.

— Oh ! s'écria Rachel, rouge de honte et de colère. Il vous a paru plus facile de profiter de la situation, sans vous soucier des tourments que vous me causiez ! Vous êtes un monstre !

Elle lui tourna de nouveau le dos, ulcérée.

— Quand je pense à ce que vous m'avez permis de faire, en sachant que j'étais *votre femme* ! Une telle conduite est innommable !

— Juste ciel ! Croyez-vous qu'il m'était agréable de vous tromper ?

— Sans doute, persifla-t-elle, puisque vous vous vautrez dans le mensonge depuis notre mariage ! Vous avez dû bien vous amuser, en voyant dans quelle estime je vous tenais ! Je chantais vos louanges, je vantais votre honnêteté, alors que depuis sept ans vous me cachiez l'essentiel de votre existence ! Comment avez-vous pu me jouer une telle comédie, quand je vous ai parlé de ce brigand de grand chemin ? Il vous connaissait mieux que moi, de toute évidence ! Il ignorait quelle stupide oie blanche j'étais !

Michael émit un grognement et se passa les deux mains dans les cheveux.

— Je sais que les apparences sont contre moi, admit-il d'un ton rauque. Mais une fois encore, je n'ai jamais décidé froidement, cyniquement, de vous tenir en marge de mes activités. Je vous en aurais parlé, si nous avions été plus proches. Les circonstances ont fait… que l'occasion ne s'en est pas présentée. J'ai gardé le silence, faute de pouvoir faire autrement, mais je vous jure que je ne vous avais jamais menti… avant ces derniers incidents.

— Vous m'avez menti *par omission*, pendant sept ans ! J'étais mariée à un homme que je ne connaissais pas !

Il soupira.

— Je n'avais pas le sentiment de vous causer du tort. Vous meniez votre vie à Londres, librement, je menais la mienne. Il n'y avait aucune raison, *a priori*, pour que nos existences se recoupent. Et vous ne vous êtes jamais plainte de cette situation, que je sache, ajouta-t-il sans pouvoir se défendre d'une pointe d'amertume.

Rachel se retourna vers lui.

— Prétendez-vous que je suis responsable de vos cachotteries ?

Les anciens ressentiments de Michael refirent surface. Ses frustrations, sa jalousie prirent le pas sur sa raison.

— Non, bien sûr que non. Mais vous devez tout de même admettre que nous n'avons jamais formé un vrai couple — et que vous n'avez jamais montré beaucoup d'intérêt pour moi, ni pour ce que je fais. Et puisque nous parlons de trahison, vous n'êtes pas exempte de reproches, vous non plus ! N'avez-vous pas revu Birkshaw en secret, alors que vous vous étiez formellement engagée…

— Je ne l'ai revu que deux fois, il y a huit jours, et pour les raisons que je vous ai dites ! coupa Rachel. D'ailleurs, vous êtes bien placé pour savoir que j'avais l'intention de vous en parler — avant de croire stupidement que sa requête concernait votre alter ego !

Elle reprit son souffle, les poings serrés.

— Je ne vous ai jamais rien caché, ni tenté de le faire, depuis que nous sommes mariés. J'ai commis un seul manquement à votre égard, une sottise de jeunesse, et depuis sept ans je m'efforce de me racheter. En vain, apparemment, car il est clair que vous ne me pardonnerez jamais.

Surpris, Michael fronça les sourcils.

— Je vous ai pardonné depuis fort longtemps !

— Non. Vous n'avez fait que me tolérer, par obligation.

Rachel rejoignit le lit et se pencha sur son sac. Elle se sentait épuisée, tout à coup, et si triste qu'elle craignait de se mettre à pleurer.

Derrière elle, Michael gémit sourdement.

— Miséricorde ! murmura-t-il. J'ai tout gâché.

— Nous avons tout gâché. Tous les deux, corrigea Rachel d'une voix sans force. Et je ne partirai que demain, finalement. Ce soir, je suis trop fatiguée.

— Où pensez-vous aller ? s'enquit le comte d'un ton aussi morne que le sien.

— A Darkwater, je suppose. Je m'y sens chez moi, et Miranda aura bientôt besoin de mon soutien.

— Je vois.

— Pourriez-vous me laisser, à présent ? Je vous en prie… Je me sens très lasse, j'aimerais me coucher, déclara-t-elle sans se retourner.

— Oui, bien sûr.

Elle ne bougea pas pendant que son mari quittait la chambre et refermait la porte derrière lui.

Malgré sa fatigue, Rachel eut du mal à s'endormir. Et quand elle céda enfin au sommeil, ce fut de manière hachée, en se réveillant souvent, les yeux rivés dans l'obscurité sur le dais qui protégeait son lit.

Au matin, la perspective de se rendre à Darkwater ne l'emplit d'aucune joie. Sa vie serait aussi vide là-bas qu'elle l'était à Londres, songea-t-elle avec morosité. L'énergie engendrée par sa colère de la veille l'avait quittée ; elle se sentait morne, triste, découragée — rien qui puisse l'inciter à entreprendre un long voyage.

Renonçant à sonner Polly pour qu'elle emballe ses robes, elle descendit prendre son petit déjeuner. Michael était à table, et seule la présence d'un valet la retint de tourner les talons et de battre en retraite.

— Bonjour, Rachel, déclara-t-il d'un ton égal.

Il avait retrouvé son élégance discrète, mais les cernes qui soulignaient ses yeux et ses traits tirés indiquaient qu'il n'avait pas mieux dormi que sa femme.

— Michael, répondit-elle en s'asseyant.

Le domestique emplit sa tasse de café.

— Vous pouvez vous retirer, Deavers, dit le comte. Lady Westhampton et moi-même nous servirons.

Le valet sorti, Rachel reposa sa tasse.

— Je crois… que je vais remonter dans ma chambre, annonça-t-elle. Je n'ai pas faim, de fait.

— Non, restez, je vous en prie. J'aimerais vous parler de quelque chose.

Elle obéit, figée, les yeux sur son assiette.

— J'ai conscience que vous m'en voulez, reprit Michael, et vous avez raison. Je n'aurai pas l'impertinence… de solliciter de vous une seconde chance. Je voulais simplement vous rappeler que M. Birkshaw compte sur vous.

— Pardon ?

La surprise de Rachel fut si vive qu'elle releva les yeux vers son mari. C'était la dernière chose qu'elle s'attendait à entendre dans sa bouche.

— Oui, expliqua-t-il. Après vous avoir soumis ses tourments, il est naturel qu'il espère une réponse de votre part. J'ai passé deux ou trois soirées à la taverne proche de chez lui et interrogé certains de ses domestiques, mais il n'en est rien ressorti d'intéressant — hormis le fait que Hargreaves inspirait peu de sympathie à ses collègues, et que Mme Birkshaw est tombée malade assez rapidement après son arrivée. Nous avions envisagé d'aller rendre visite à M. Birkshaw, si vous vous souvenez. J'ai pensé que nous pourrions le faire aujourd'hui… si vous êtes encore en ville.

Rachel l'étudia un long moment.

— Est-ce à dire que vous me proposez de continuer cette investigation avec vous ? s'enquit-elle enfin, partagée entre la méfiance et l'intérêt.

Il haussa les épaules.

— Je ne vois pas pourquoi nous ne le ferions pas. Eclaircir cette affaire vous intéresse toujours, je suppose. En outre, si vous m'assistiez jusqu'au bout, vous pourriez vous convaincre de mon entière bonne foi.

Rachel plissa les paupières.

— Ne s'agirait-il pas d'une ruse pour me retenir à Londres ?

— Si.

Désarçonnée par cette réponse, elle ne put s'empêcher de rire.

— Vous n'y allez pas par quatre chemins, ce matin !

— J'essaie de me montrer sincère… et aussi direct que

mon faux frère, répondit Michael, une lueur ironique pointant au fond de ses yeux gris. J'ai apprécié de travailler avec vous. Non seulement cela m'a paru plus agréable que de travailler seul, mais vos remarques m'ont souvent éclairé.

Il s'absorba dans la contemplation de la nappe damassée.

— Ne partez pas, je vous en prie. Laissez-moi vous prouver que je mérite votre confiance.

Rachel ignora le tressaillement qui la parcourut.

— Entendu, accorda-t-elle. J'accepte de retarder mon départ… pour aider M. Birkshaw.

Michael releva la tête et lui sourit.

— Je n'oserais espérer davantage.

Rachel se leva afin d'aller remplir son assiette au buffet. Elle avait plus faim qu'elle ne le pensait, en fin de compte.

16

Rachel et Michael se rendirent à pied chez Anthony Birkshaw. Ils parlèrent peu durant le trajet, comme si les moments de sincérité qu'ils s'étaient accordés depuis la veille n'avaient pas suffi — loin s'en fallait — à rompre la glace qui emprisonnait leur relation depuis des années.

A plusieurs reprises, le cœur serré, la jeune femme observa son mari à la dérobée. Elle regrettait la virulence de leurs échanges de la veille, et la colère qui l'avait embrasée. Elle s'était sentie vivante, alors, et curieusement reliée à Michael par l'antagonisme qui les opposait. Pour une fois, ils avaient réellement partagé quelque chose. Mais tout ce qui restait de ce feu, à présent, était un sentiment de vide, triste et douloureux.

A la demande du comte, elle n'avait pas envoyé de billet à Anthony pour le prévenir de leur visite. Michael avait estimé qu'il valait mieux le surprendre, afin d'obtenir de lui des réponses plus spontanées.

Quand le jeune veuf les accueillit dans son salon, il fut évident à son expression que sa surprise était totale.

— Lord et lady Westhampton ! Votre visite m'honore,

vraiment, déclara-t-il d'un air légèrement désarçonné. Asseyez-vous, je vous prie. Désirez-vous un rafraîchissement ?

Ils refusèrent poliment. Anthony referma la porte et vint s'installer face à eux.

— Votre venue signifie-t-elle que vous avez découvert quelque chose sur la mort de Doreen ? s'enquit-il avec anxiété.

— Nous avons rassemblé quelques éléments, répondit Michael, mais ils ne suffisent pas à établir l'origine... criminelle de son décès. Toutes les personnes concernées semblent persuadées que Mme Birkshaw a été emportée par la maladie.

— C'est ce que j'ai cru aussi, dans les premiers temps.

— Qu'est-ce qui vous a fait changer d'avis, par la suite, et poussé à venir consulter ma femme ? interrogea le comte d'un ton empreint de froideur.

Anthony lui jeta un coup d'œil embarrassé.

— Eh bien... à dire vrai, au fil des semaines, j'ai commencé à me poser des questions. Notre médecin de famille n'avait pas réussi à trouver la cause précise de ses malaises, et...

Devant l'expression ouvertement sceptique de Michael, il s'interrompit et regarda Rachel, comme s'il attendait d'elle un secours quelconque. Mais elle se contenta de le considérer d'un air détaché et il changea de position dans son fauteuil, mal à l'aise.

— Bon. Je vois que je dois tout vous avouer, fit-il en

soupirant. De fait, ce qui s'est passé m'a paru tellement… étrange, que je n'ai osé en parler à personne, jusqu'ici. Voilà : il y a quelques semaines, j'ai reçu une lettre qui contenait… un morceau de fer-blanc.

— Quoi ? s'exclama Rachel, stupéfaite.

Anthony hocha la tête.

— Il s'agissait d'un fragment de boîte. Une boîte de mort-aux-rats, pour être précis. La mention « arsenic » était clairement lisible sur l'étiquette. J'ai été fort troublé, vous vous en doutez. Cet envoi ressemblait à une menace… que je ne comprenais pas, car je ne voyais pas qui pouvait m'en vouloir, et pourquoi.

Il soupira de nouveau.

— Quelque temps plus tard, j'ai reçu une seconde missive. A l'intérieur se trouvait un message rédigé en grosses lettres maladroites, qui semblait écrit par un enfant. « Donnant, donnant. »

— Que signifiaient ces mots ? demanda Rachel ébahie.

Michael, lui, ne fit aucun commentaire ; il gardait les yeux rivés sur leur hôte, qui leva les mains en signe d'impuissance.

— Je donnerais cher pour le savoir, croyez-moi ! Toutefois, la suite était un peu plus explicite : « L'arsenic reste dans les cadavres après la mort. »

Anthony se tourna vers le comte, très pâle.

— C'est alors que j'ai pensé à Doreen.

— Pourquoi ?

— Cela paraissait clair, non ? Ma femme était morte

de troubles gastriques qui auraient pu être causés par un empoisonnement ! J'ai eu beau chercher, je n'ai pas trouvé d'autre explication.

Michael acquiesça sans le quitter du regard.

— Cette hypothèse paraît plausible, en effet. Administré à petites doses, l'arsenic a la particularité de s'accumuler dans le corps en provoquant de simples malaises, au début. Jusqu'à ce que la dose mortelle soit atteinte. Et le poison reste effectivement détectable après le décès, dans les ongles et dans les cheveux.

La peur se lisait sur les traits d'Anthony.

— Que vouliez-vous que j'en déduise ? Quelqu'un, apparemment, cherchait à me faire comprendre que je pouvais être accusé du meurtre de Doreen ! C'était absolument faux, bien sûr, mais comment savoir si cette manœuvre machiavélique était fondée ou non ? Si ces gens possèdent réellement la preuve que ma femme a été empoisonnée, que *puis-je faire* pour me disculper ?

— Pourquoi aurait-on voulu vous placer dans une telle situation ? questionna Michael. Vous faire apparaître comme un assassin ?

— Je n'en ai pas la moindre idée — à moins que ces scélérats n'attendent de moi de l'argent... ou un service quelconque en échange de leur silence, répondit le jeune homme d'une voix blanche. Ce « Donnant, donnant » ressemble à un chantage, non ?

Le comte l'étudia un moment avec attention.

— Vous supposez donc que quelqu'un que vous ne connaissez pas aurait pu tuer votre femme — ou vous le faire croire — dans le seul but de pouvoir vous extorquer une mystérieuse faveur quelques mois plus tard ?

— Je sais que cela semble tiré par les cheveux, admit Anthony avec raideur, mais comment expliquer autrement cette menace ? Voilée ou non, elle existe ! Plus le temps passe, plus elle me terrifie. C'est ce qui m'a poussé à solliciter votre concours… bien que je sois fort mal placé pour le faire, je le reconnais.

— Je ne vous contredirai pas sur ce point, riposta Michael avec froideur.

— Comprenez-moi, milord : j'ignore ce que ces gens attendent de moi, et je n'en vis plus. Cette attente fait partie de leur plan, j'en suis sûr. Vous êtes la seule personne…

— Rassurez-vous, monsieur Birkshaw, nous allons vous aider, coupa Rachel. D'ailleurs, nous avons déjà… lord Westhampton s'est déjà penché sur la question, corrigea-t-elle. N'est-ce pas, Michael ?

— Oui, j'ai commencé à m'en occuper, confirma le comte sans s'étendre.

Il se leva et tendit une main à sa femme.

— Il est temps que nous partions, ma chère. Monsieur Birkshaw, nous allons vous laisser.

Saluant d'un signe de tête le jeune homme déconcerté, il escorta Rachel hors de la pièce.

Dès qu'ils furent dans la rue, il se tourna vers elle, l'air ulcéré.

— Ce garçon nous mène en bateau ! Son histoire ne tient pas debout, si vous voulez mon avis.

— Je dois avouer que son manque de franchise à mon égard me contrarie assez, reconnut la jeune femme. Mais pourquoi aurait-il inventé une fable pareille ?

Michael haussa les épaules.

— Parce qu'il n'a pas de plomb dans la cervelle, tout simplement ! S'il veut que nous l'aidions, il se montrerait plus sensé en nous disant la vérité. Mais peut-être est-elle impossible à dire, justement. Parce qu'il *est* coupable !

Rachel ne put retenir un gloussement amusé.

— Je doute que vous soyez totalement impartial, mon cher. Essayons plutôt d'examiner les mobiles qui auraient poussé Anthony à mentir — s'il l'a fait.

Elle se sentait beaucoup mieux, tout à coup. Il lui semblait retrouver James Hobson, et parler à cœur ouvert lui devenait aussi facile qu'avec son ancien complice. Elle se félicita de cet état de fait.

— L'alternative de base est simple, reprit-elle avec entrain. Ou il a tué sa femme, ou il ne l'a pas tuée.

— Jusqu'ici, aucune objection.

— Bien. Supposons qu'il l'ait tuée. Pourquoi aurait-il décidé de remettre cette affaire sur le tapis, alors que tout le monde s'est accordé à déclarer la mort de sa femme naturelle ? Les limiers de Bow Street eux-mêmes n'ont pu établir aucune preuve contre lui. Quelle folie l'aurait pris de faire appel à un investigateur plus perspicace qu'eux, susceptible de le confondre ?

— Je ne vois pas. A moins qu'il n'ait eu vent d'un

danger quelconque, venu de quelqu'un qui aurait des raisons de le soupçonner.

— Et il aurait inventé cette histoire de chantage pour se justifier ? Le procédé semble un peu naïf. Ce n'est pas un bout de boîte de mort-aux-rats et un faux en écriture qui suffiraient à l'innocenter, d'après moi. En outre, dans une telle hypothèse, il se serait gardé *a fortiori* de faire intervenir quelqu'un capable de déjouer son stratagème.

— Je vous l'accorde, agréa Michael. Sauf s'il se croit plus fort qu'il ne l'est.

— Non, réfuta fermement Rachel. Anthony n'est pas du genre à prendre un tel risque pour renforcer un alibi aussi peu fiable. Il n'est pas assez téméraire, j'en suis certaine.

Cette affirmation fut loin de déplaire à son mari, qui lui jeta une œillade satisfaite.

— Et s'il ne l'a pas tuée, qu'en déduisez-vous ? s'enquit-il aimablement.

— La même chose, répondit Rachel, absorbée dans son raisonnement. S'il est innocent, pourquoi aurait-il brusquement décidé de remuer cette histoire ? De deux choses l'une : ou bien il s'est mis de lui-même à nourrir des soupçons tardifs — comme il l'a prétendu au début —, ou bien quelque chose l'a intrigué. Mais dans les deux cas, je ne vois pas pourquoi il aurait eu recours à une machination aussi farfelue. Ce serait ridicule… et inutile.

Elle releva les yeux vers son compagnon.

— La seule conclusion possible, à mon avis, c'est que M. Birkshaw nous a bien dit la vérité.

Michael eut un sourire caustique.

— Il n'a rien d'un aventurier, vous l'avez dit vous-même. Qui aurait pu songer à tuer sa femme pour pouvoir l'accuser et lui réclamer quelque chose en échange ?

Rachel haussa les épaules.

— Je ne sais pas. Peut-être s'agit-il simplement d'un crime crapuleux, afin de lui soutirer de l'argent ? Son héritage a fait des envieux, vous l'avez dit aussi. Si le meurtrier était le cousin de sa femme ? S'il avait eu l'idée de ce chantage pour arriver à ses fins, après l'échec de l'enquête qui devait inculper Anthony ?

Michael secoua la tête.

— Il faudrait qu'il soit fou, pour risquer aussi gros. Les preuves contre lui seraient trop évidentes.

Rachel soupira.

— Ce qui est sûr, en tout cas, c'est qu'Anthony a eu l'air réellement terrifié par cette menace. Je ne pense pas qu'il ait pu jouer la comédie à ce point.

— Moi non plus, admit le comte. Mais peut-être craint-il seulement d'être découvert, ce qui nous ramènerait au début… S'il y a eu crime, c'est à lui qu'il a profité, ne l'oubliez pas. L'obsession d'être pris a pu le conduire à une sorte de paranoïa, et le pousser à cette manigance invraisemblable.

— Non, vous allez trop loin ! protesta Rachel en posant une main sur son bras dans son désir de le convaincre. D'abord, nous n'avons même pas la certitude que Mme Birkshaw a été assassinée. Et ensuite, si les criminels étaient toujours aussi faciles à identifier, pourquoi les services de Bow Street auraient-ils recours à des gens comme vous ? Il doit y avoir une autre explication, qui nous échappe.

Michael brûlait de retenir sa main sous ses doigts. Il dut rassembler toute sa volonté pour résister à cette envie et conserver un air détaché.

— Vous n'avez pas tort, reconnut-il. Je m'occupe en ce moment d'une affaire similaire, où aucun des suspects évidents n'a pu commettre le méfait en question. Il s'agit d'un manuscrit de grande valeur volé au comte de Setworth. A mon avis, c'est à propos de cette enquête que Geordie le Rouge a jugé bon de me mettre en garde. Mais je ne vois pas qui aurait pu penser que j'étais aussi proche du but. De fait, je n'ai réussi à trouver aucun indice valable, ce qui me met en rage. Et ce n'est pas la première fois. Ces dernières années, j'ai dû renoncer à éclaircir plusieurs cas de ce type.

— Par exemple ? demanda Rachel, vibrante de curiosité.

Comme ils venaient de pénétrer dans le square qui faisait face à leur demeure, Michael l'entraîna vers un banc de pierre et l'incita à s'asseoir pour écouter son récit. Elle lui offrait enfin ce qu'il avait souhaité si longtemps, pouvoir lui parler de ses investigations.

— Eh bien… l'an passé, un riche joaillier a été attaqué un soir en quittant sa boutique. Il a été frappé à la tête et tué. Simple vol crapuleux, aurait-on pu penser. Ce qui est curieux, c'est que son meurtrier n'a pris que la montre en or et quelques pièces contenues dans son gousset — alors que le malheureux avait également dans sa poche la clé de son échoppe. Le voleur aurait pu aisément amasser un butin bien plus important, mais il ne l'a pas fait.

— Et alors ? insista Rachel.

Elle le dévorait du regard, enchantée de le voir se livrer à elle de cette façon. De fait, le visage animé et les yeux brillants, son mari lui semblait très séduisant. Presque aussi séduisant que James Hobson…

— L'affaire semblait résolue d'avance. Le joaillier avait pu être tué par son associé, qui avait de gros besoins d'argent et devait hériter de la boutique par contrat s'il disparaissait avant lui. Mettre le meurtre sur le compte d'un simple malfrat paraissait l'alibi parfait pour notre homme. Or, je n'ai jamais pu le convaincre de ce crime — il était présent à un dîner à l'heure du meurtre —, ni trouver le moindre voleur « ordinaire » pouvant en être accusé. En outre, la montre n'a jamais été retrouvée dans une officine de receleur. A ce jour, le mystère reste entier.

— Vous voyez bien que ce genre de cas n'est pas rare, et que le bénéficiaire d'un meurtre n'est pas toujours celui qui l'a commis ! s'exclama Rachel. Vous en avez trois exemples, avec celui d'Anthony.

— Oui, en effet, acquiesça Michael, les sourcils froncés. Et ce qui m'intrigue, maintenant que j'y réfléchis, c'est la façon dont ces affaires insolubles semblent se multiplier, depuis quelque temps. C'est étrange. Très étrange.

— A quoi pensez-vous ? s'enquit sa femme d'un ton fiévreux. Auriez-vous trouvé quelque indice ?

— Je ne sais pas encore, mais j'avoue que ces répétitions ont quelque chose de singulier. On y retrouve toujours le même schéma, à savoir que le principal suspect n'a *pas pu* commettre le vol ou le meurtre. Je me demande…

— Si ces affaires ne seraient pas liées entre elles ? suggéra Rachel, bondissant sur la conclusion la plus évidente. Se pourrait-il qu'un même homme les ait orchestrées ? Qu'il s'agisse d'une entreprise de grande envergure ?

Michael tempéra son enthousiasme d'un sourire.

— N'allons pas trop vite en besogne. *A priori*, elles sont très différentes. La première a impliqué un voleur fort habile, fin connaisseur en ouvrages anciens ; la deuxième, une brute capable de tuer un homme d'un coup sur la tête ; la troisième, un empoisonneur si discret qu'il a pu agir pendant plusieurs mois sans attirer l'attention de personne. En outre, elles se sont déroulées à bonne distance les unes des autres : le manuscrit a été volé dans le Dorset, le joaillier tué à Londres et Mme Birkshaw empoisonnée à York. Il faudrait vraiment un esprit machiavélique pour avoir ourdi des crimes aussi complexes à travers tout le pays.

Néanmoins… je pense qu'il ne serait pas inutile d'en référer à Bow Street.

Rachel se délectait déjà de pénétrer dans les locaux de l'illustre brigade policière, mais Michael fut intraitable. Il était hors de question qu'une femme se montre entre ces murs. Les limiers eussent été consternés, s'ils avaient découvert qu'une personne du sexe faible se mêlait de leurs investigations. Il préféra donc convoquer son partenaire habituel, John Cooper, dans une taverne proche de la célèbre rue.

Si Cooper fut surpris de trouver Michael en compagnie d'une dame aussi distinguée, il n'en montra rien et se contenta de saluer Rachel en soulevant gravement son chapeau.

— Du nouveau, patron ?

— Oui et non, répondit le comte. De fait, j'aurais surtout quelques questions à vous poser.

— Allons-y, déclara le limier d'un ton bonhomme. Je vous écoute.

— J'aimerais des informations sur vos affaires non résolues.

— Vous m'en direz tant ! Ce n'est pas ce qui manque, croyez-moi. Surtout depuis quelque temps. Vous êtes bien placé pour le savoir, non ?

Les yeux gris de Michael prirent un éclat plus vif.

— Certes. Mais celles qui m'intéressent surtout, c'est celles où le principal suspect a dû être innocenté parce qu'il ne se trouvait pas sur le lieu du crime.

Cooper plissa les paupières.

— Vous flairez quelque chose, ou je me trompe ?

— C'est possible. Pour le savoir, il faudrait que vous me fournissiez tous les renseignements en votre possession.

— Ça peut se faire… A condition que vous me teniez au courant de vos découvertes, bien entendu.

— Naturellement, acquiesça Michael.

Le policier se tourna vers Rachel et lui décocha un lent sourire.

— Il est coriace, quand il s'y met.

— Oui, confirma la jeune femme. Très persévérant… et très habile à tromper son monde, ajouta-t-elle, fine mouche.

Cooper hocha la tête, indifférent au regard noir dont le gratifiait son collègue.

— Pour ça oui, ma p'tite dame ! Il n'y a pas plus retors que lui.

Un sourcil levé, Rachel jeta un coup d'œil narquois à son mari.

— Je pense que nous en avons fini, Cooper, trancha celui-ci d'un ton sec. Merci de votre aide.

— A votre service, patron, répondit le limier.

L'étincelle malicieuse qui brillait dans ses yeux fit penser à Rachel qu'il avait deviné plus de choses qu'il ne le laissait paraître. Mais après tout, se dit-elle, c'était son métier.

*
* *

Cooper vint chez eux le lendemain dans l'après-midi, chargé d'une grosse boîte en carton qu'il déposa sur le bureau de Michael, dans le cabinet de travail où le comte et la comtesse le reçurent. Il ne fit aucun commentaire sur la présence de Rachel, comme si elle lui semblait naturelle.

Michael considéra la boîte d'un œil méfiant.

— Que m'apportez-vous là ?

— Ce que vous m'avez demandé, patron ! répondit le limier d'un ton enjoué.

Il posa une longue liste sur le carton.

— Vous avez là une partie des affaires restées en carafe depuis deux ou trois ans. Il y en aurait d'autres, mais j'ai pensé que cela vous suffirait pour commencer.

— Je vous sais gré de votre délicatesse, mon cher, riposta le comte avec une pointe d'acidité. Je n'aurais pas cru que ces dossiers soient si nombreux.

— Vous avez du pain sur la planche, c'est sûr. Mais si quelqu'un peut en tirer quelque chose, patron, c'est bien vous ! Je vous laisse travailler.

— Merci de votre confiance, Cooper. Elle me touche, au vu des difficultés que j'ai rencontrées ces derniers temps.

Le limier les salua et s'en alla, l'air satisfait. Rachel s'approcha aussitôt du bureau, les yeux brillants.

— Quel travail ! Vous allez être occupé ici un bon moment, à ce que je vois.

— Il y en a pour deux, ma chère. Je serais ravi que vous m'aidiez.

Elle grillait d'accepter sa proposition, bien plus alléchante que des visites en ville. Et surtout, à son vif dépit, elle désirait ardemment rester en sa compagnie. Comment pouvait-elle avoir envie de passer du temps avec un homme qui l'avait si odieusement dupée pendant si longtemps ? se demanda-t-elle. Il était clair qu'il avait bien peu d'estime et de considération pour elle — et encore moins d'amour, même si elle était certaine à présent qu'il la désirait. Avait-il fait un seul geste, en sept ans, pour se rapprocher d'elle ?

Malheureusement, les émotions et les sentiments que lui avait inspirés James Hobson demeuraient bien vivants, et cette faiblesse lui paraissait terriblement humiliante. Pis encore, lorsqu'elle se trouvait avec son mari, elle n'éprouvait pas seulement l'espèce d'excitation fiévreuse que lui donnait la fréquentation de son double fantôme, mais aussi une sorte de contentement paisible, comme si sa présence suffisait à la combler. Et elle ne cessait d'osciller du désir à la colère, des doutes à l'espoir, des regrets au ressentiment, en proie à de constants tourments.

La veille, après leur entrevue avec Cooper, ils avaient passé la soirée à discuter de l'affaire Birkshaw et de ses autres investigations, et elle y avait pris un plaisir plus vif qu'à une réception. Plus tard, quand Michael s'était éclipsé pour aller rencontrer quelques informateurs dans les endroits louches où il les retrouvait la nuit, elle s'était couchée le cœur lourd, se sentant seule et déçue.

Elle savait bien que c'était tout cela qui la retenait à Londres, et pas seulement son désir d'aider Anthony. Et ce fut pour cela, aussi, qu'elle finit par s'asseoir face au bureau, incapable de résister à la tentation.

— Voulez-vous que nous nous partagions ces dossiers ? s'enquit-elle. Que j'en lise certains, et vous les autres ?

— Non. Je pense qu'il serait mieux que nous les lisions ensemble, répondit le comte. Ce sera plus long, mais nous pourrons échanger nos commentaires. Venez vous installer de ce côté.

Il prit une chaise qu'il plaça près de la sienne, et disposa la pile de dossiers entre les deux. Rachel contourna la table et s'assit. Son pouls battait la chamade, mais elle parvint à garder un calme apparent.

— Que cherchons-nous au juste ?

— Je ne le sais pas encore. Une idée, une intuition qui nous permettra peut-être d'établir un lien entre ces affaires. Quelque chose qu'elles auraient en commun, en dehors de ce que nous savons déjà.

Il parcourut la liste de son index.

— Voici le cas de lord Setworth. Et celui du joaillier. Qu'avons-nous d'autre ?

Il ouvrit le premier dossier et lut rapidement le rapport de l'enquêteur.

— Mmm… Harold Benton, assassiné alors qu'il devait témoigner dans un procès contre son ancien comparse, Bart Mansfield. Un individu peu recommandable, à en juger par la liste de ses crimes.

— Le suspect idéal ? suggéra Rachel.

— Oui, sauf qu'il était lui-même emprisonné à Newgate, quand Benton a été tué. Un alibi en or ! Apparemment, l'investigateur est convaincu que Mansfield a payé quelqu'un pour commettre ce meurtre à sa place, mais il n'a pas pu le prouver.

Michael poursuivit l'examen des dossiers suivants — vols ou crimes qui se soldaient tous par l'échec de l'enquête faute de preuves.

Au cinquième, il fronça les sourcils.

— Voilà qui est curieux..., marmonna-t-il.

Rachel se redressa, aux aguets.

— Avez-vous trouvé un indice ?

— Une coïncidence, pour le moins. Cette affaire concerne le meurtre d'un hobereau, un certain Dutton Parkhurst, tué d'un coup de poignard alors qu'il rentrait de son club. Le crime n'a pas eu de témoins, on n'a rien volé au malheureux, et son seul héritier — un neveu — avait passé la soirée au théâtre avec des amis. C'est le nom de cet homme, qui me semble familier... Roland Ellerby. Où diable l'ai-je entendu ?

Il réfléchit un moment, puis fit soudain claquer ses doigts, les yeux brillants.

— J'y suis ! Un instant...

Il feuilleta les dossiers, en tira un et le parcourut rapidement.

— Oui, c'est bien ce que je pensais. Le sieur Ellerby a été invité chez lord Setworth quinze jours avant le vol de son manuscrit !

Il sourit à sa femme, triomphant. Elle le dévisagea d'un air intrigué.

— Quelle conclusion en tirez-vous ? Cette coïncidence est curieuse, en effet, mais ne peut-elle être le fait du hasard ?

— Je gage que non, répondit Michael. Je commence à subodorer là-derrière une mise en scène remarquable, savamment orchestrée, presque impossible à déceler. Si d'autres recoupements confirment ma thèse…

Rachel sursauta.

— Juste ciel ! D'un côté, ce M. Ellerby est le bénéficiaire d'un meurtre. De l'autre, il est cité parmi les connaissances d'une future victime. Se pourrait-il qu'on lui ait demandé de commettre ce vol… en échange du crime dont il a bénéficié ? « Donnant, donnant », comme dans la lettre qu'Anthony a reçue ?

— C'est ce que je me demande, confirma le comte.

— Mais par quel prodige tous ces criminels auraient-ils pu entrer en contact les uns avec les autres… pour se rendre des services mutuels ? Cela semble insensé !

Michael appuya ses coudes sur la table et joignit ses doigts sous son menton, pensif.

— Pas si une seule personne manigance l'ensemble des opérations à leur insu, répondit-il. Un individu suffisamment bien informé pour connaître les désirs inavouables des personnes en cause, et leur proposer de les réaliser… contre rétribution. Mais au lieu de commettre ces crimes lui-même et de se contenter d'en être payé, ce qui rendrait la filière trop aisée à remonter, il exige en outre que chacun de ses « obligés » perpètre un autre crime ou un autre larcin pour un autre de ses clients — sous peine de le dénoncer. Et le coupable désigné ne courra aucun risque d'être soupçonné… parce qu'il n'a pas de lien direct avec la victime, tout simplement ! C'est une roue sans fin ! Un calcul prodigieux !

— C'est stupéfiant, reconnut Rachel abasourdie, et je comprends qu'Anthony se sente angoissé s'il est tombé dans les griffes d'un individu aussi pervers. Mais comment ce monstre peut-il connaître autant de secrets sur autant de personnes ? Tous des gens cupides, susceptibles d'hériter… ou de lui rendre d'autres services, comme ce Mansfield.

Son mari la considéra d'un air songeur.

— Un membre de la haute société me semblerait le mieux placé pour cela. C'est le milieu où l'on peut se faire le plus de relations « intéressantes », de ce point de vue.

— Michael ! se récria-t-elle, profondément choquée. Vous ne pensez tout de même pas qu'un… gentilhomme pourrait être aussi machiavélique ? Qu'il pourrait s'agir de quelqu'un… que nous connaissons ?

Le comte haussa les épaules.

— L'aristocratie n'est pas exempte d'intrigants de haut vol et de moutons noirs, cela s'est toujours su. En revanche, qu'il y ait beaucoup de nobles capables d'ourdir une machination aussi bien huilée me semble moins certain, observa-t-il sèchement.

Malgré elle, Rachel se mit à rire.

— Comme vous êtes dur !

— Ou lucide, tout simplement.

— Les domestiques sont au courant de tout, eux aussi. Ils connaissent à merveille ce qui se passe chez leurs maîtres… et ceux des autres. Sans parler des couturières, des modistes, des tailleurs et des bottiers — devant lesquels nous parlons souvent sans méfiance.

— En effet. Mais je reste convaincu que notre « cerveau » dispose de relations plus étendues et plus choisies qu'un serviteur ou un fournisseur. Et qu'il peut se mouvoir à son aise dans diverses classes de la société. Il pourrait s'agir d'un secrétaire particulier… Un homme intelligent, bien éduqué mais désargenté, au service d'un lord.

— Oui, vous avez raison. A moins que nous ayons affaire à deux personnes travaillant en équipe, par exemple. L'une qui fréquenterait les milieux aisés et l'autre les bas-fonds…

Michael hocha la tête.

— L'idée est intéressante. Merci, Rachel.

Il lui sourit et se leva.

— Je pense que je vais aller en discuter avec sir Robert.

— Robert Blount ? s'exclama-t-elle, stupéfaite — et déçue qu'il la quitte. Pourquoi lui ?

— Parce qu'il est l'homme le plus apte que je connaisse à résoudre ce genre d'énigmes.

— Oh ! c'est vrai ! J'avais oublié ce que… vous m'aviez confié à son sujet. La guerre, Bow Street… et le reste.

De fait, c'était James Hobson qui lui avait parlé des activités de sir Robert. Elle se rembrunit au souvenir de tout ce que son mari lui avait caché, pendant des années, et se leva avec raideur.

Devant ce changement d'expression et d'attitude, Michael sentit son cœur se contracter. Il n'aurait pas dû mentionner Rob, c'était clair. Mais tout allait si bien entre eux, depuis la veille, qu'il avait oublié les multiples pièges susceptibles de surgir au détour d'une phrase maladroite.

— De mon côté, je me rendrai sans doute à la réception des Wilkinson, déclara Rachel.

Elle n'en avait pas vraiment envie ; ce ne serait qu'un moyen de meubler le vide des heures à venir.

— Je suppose que vous passerez toute la soirée avec sir Robert ?

— Oui, sans doute.

Michael avait prévu d'écourter son entretien pour la rejoindre au plus vite. Mais si elle sortait…

Il marqua une hésitation, regrettant une fois de plus de ne pouvoir revenir sur ces dernières minutes. Il la salua d'un signe de tête, prit la liste et quitta la pièce.

Restée seule, Rachel se laissa retomber sur sa chaise, sans énergie. Elle songea un instant à monter se changer en vue du dîner, mais puisque Michael n'était pas là, à quoi bon ? Elle choisit de se faire apporter une collation dans son boudoir et de tromper son ennui avec un livre. Elle ne se rendrait pas chez les Wilkinson, en fin de compte.

Au fond d'elle-même, bien que cette obsession lui parût ridicule, elle ne pouvait se défendre d'espérer que son mari rentrerait plus tôt que prévu. Elle avait beau se traiter de sotte et s'efforcer de se concentrer sur sa lecture, rien n'y faisait.

Vers 22 heures, elle fut bien forcée de se résigner. Elle décida de regagner sa chambre, sonna Polly et se prépara pour la nuit, ne voulant pas donner l'impression d'attendre Michael. Ensuite, vêtue de sa chemise et de son peignoir, elle baissa la flamme de la lampe et alla s'asseoir dans l'embrasure de la fenêtre pour regarder dehors en brossant ses cheveux.

La lune ne formait qu'un croissant argenté qui éclairait faiblement le quartier endormi. Seuls deux réverbères dessinaient des ronds de lumière sur le trottoir, au bout du pâté de maisons. Rachel fixait la rue déserte d'un regard absent, n'espérant plus vraiment voir apparaître son mari.

Toutefois, lorsqu'une silhouette masculine émergea soudain de l'obscurité sous un bec de gaz, elle se pencha aussitôt en avant, le cœur battant. Et son pouls s'emballa de plus belle quand elle reconnut le comte.

Que devait-elle faire ? se demanda-t-elle. Se coucher pour ne pas montrer qu'elle avait guetté son retour, ou feindre de descendre chercher un livre à la bibliothèque… et mimer la surprise en le voyant entrer ?

Pour rien au monde elle ne voulait lui laisser croire

qu'il lui avait manqué. D'ailleurs, si elle tenait tant à le voir, c'était surtout pour savoir ce que sir Robert avait pensé de leurs découvertes.

Deux secondes plus tard, elle fut brutalement arrachée à ce dilemme — et saisie d'horreur. Car à l'instant où Michael venait de sortir du rond de lumière, trois hommes surgirent brusquement de l'ombre et se jetèrent sur lui pour le rouer de coups.

17

— Michael ! s'écria Rachel.

Elle bondit sur ses pieds, se rua en trombe hors de sa chambre et dévala l'escalier en criant de toutes ses forces :

— Le comte est attaqué ! Portons-nous à son secours, vite ! Il faut le défendre !

Lorsqu'elle atteignit la porte d'entrée, tous les domestiques qui se trouvaient encore au rez-de-chaussée surgirent dans le vestibule, l'air hagard. Elle ouvrit le lourd battant de chêne en coup de vent, puis, apercevant les parapluies rangés sur sa droite, elle attrapa au vol celui qui lui parut le plus robuste et se précipita dehors en hurlant le nom de son mari.

Après avoir discuté en long et en large de son affaire avec sir Robert, ce qui leur avait pris pas mal de temps, Michael avait accepté sans se faire prier un premier cognac offert par son ami, puis un second.

L'idée de rentrer chez lui alors que Rachel ne serait pas là lui pesait. Toute la soirée, il avait eu du mal à ne pas imaginer sa femme évoluant dans des salons brillamment illuminés, riant, bavardant, se laissant courtiser par ses admirateurs sans une pensée pour lui. Des scènes qui lui lacéraient le cœur.

Enfin, l'alcool lui ayant suffisamment embrumé l'esprit pour alléger ses tourments, il avait décidé de regagner sa demeure à pied. Et au moment où il était presque arrivé, trois hommes avaient subitement surgi de l'ombre pour se jeter sur lui.

Surpris, il n'avait pu esquiver le premier coup qui l'avait atteint de côté, à la pommette. Mais ce choc avait eu le mérite de lui éclaircir les idées : il avait aussitôt pivoté vers son agresseur, le bras tendu, et le direct qu'il lui avait asséné dans la mâchoire l'avait expédié plusieurs pas en arrière, chancelant.

Malheureusement, les deux autres s'étaient lancés à leur tour dans la bagarre, usant furieusement de leurs poings et de leurs pieds. Malgré la vigueur avec laquelle Michael leur rendait leurs coups, il s'était vite rendu compte qu'il ne garderait pas longtemps le dessus — d'autant que leur comparse revenait à l'attaque.

De toute évidence, ces malfrats en voulaient à sa vie. S'ils ne se servaient pas de couteaux, avait-il pensé en se défendant de son mieux, c'était pour mettre son assassinat sur le compte d'une simple rixe. Mais ses chances de réchapper de cet attentat étaient minces.

Il venait d'être renversé sur le trottoir et luttait pour se redresser, assailli de trois côtés à la fois, quand il eut soudain la stupeur de voir sa femme arriver en courant face à lui.

En peignoir, cheveux au vent, Rachel brandissait un

parapluie et poussait des cris de harpie. Une troupe de domestiques accourait derrière elle, soubrettes et valets mêlés, armés des instruments les plus divers : torches enflammées, louches, écumoires et pique-feu, à ce qu'il put distinguer.

— Jésus, Marie, Joseph ! gronda l'un des attaquants avec un fort accent irlandais.

Devant l'irruption de cette armada, les trois hommes n'hésitèrent qu'un instant ; ils tournèrent les talons et détalèrent, abandonnant leur proie sur le trottoir.

— Michael ! s'écria la comtesse en se laissant choir à genoux près de son mari.

Ses longs cheveux noirs tombaient sur ses épaules, encadrant son visage altéré par l'inquiétude, et sa robe de chambre s'ouvrait sur une fine chemise bordée de dentelle qui révélait des seins délicieux. Cette vision enchanteresse valait presque d'avoir frôlé la mort de si près, songea Michael en état de ravissement.

Il sourit à sa femme.

— Rachel… vous vous êtes portée à mon secours !

— Bien sûr ! rétorqua-t-elle. Par bonheur, je me trouvais à ma fenêtre quand ces hommes vont ont attaqué. Je les ai vus surgir de l'ombre et se jeter sur vous.

Garson se pencha sur son maître pour l'aider à se redresser.

— Milord ! Comment vous sentez-vous ? s'enquit-il d'un ton angoissé, pendant que le majordome envoyait quelques serviteurs à la poursuite des assaillants.

— Bien, ne vous inquiétez pas, répondit le comte

malgré la douleur lancinante qui lui lacérait le crâne et les côtes.

Quand il fut debout, Rachel passa un bras autour de sa taille afin de le soutenir — et il ne rechigna nullement à s'appuyer sur elle pour marcher jusqu'au perron, trop heureux de sentir son corps souple pressé contre son flanc.

Ils pénétrèrent dans le vestibule éclairé, entourés de leurs domestiques pleins de sollicitude. Puis Garson demanda de l'eau fraîche et des linges, et escorta son maître jusqu'à sa chambre.

Rachel les suivit dans la pièce et aida son mari à s'asseoir sur le bord de son lit. Comme le valet s'empressait autour de lui, offrant de le dévêtir pour évaluer l'étendue de ses blessures, Michael refusa d'un signe de tête.

— Vous pouvez vous retirer, Garson. Lady Westhampton fera le nécessaire.

Le domestique le considéra avec stupeur, jeta une œillade dubitative à la comtesse et finit par acquiescer, fort raide.

— Bien, milord. Si vous êtes sûr…

— Je le suis. Bonsoir, Garson.

La mine pincée, le valet s'inclina et sortit. Rachel entreprit aussitôt de débarrasser le comte de sa redingote. Après quoi, penchée sur lui, elle défit les boutons de sa chemise.

Le doux parfum de sa peau, mêlé à de légers effluves de verveine, assaillit les narines de Michael. Il se revit dans une situation analogue, le soir où sa femme l'avait dévêtu pour se venger de lui, et le désir lui embrasa le sang.

Rachel se remémorait cette scène, elle aussi, et se demandait avec embarras comment elle avait pu avoir l'audace de jouer un tour pareil à son époux. Mais elle se demandait plus encore comment elle avait trouvé le courage de s'arracher à son étreinte ; car en cet instant, troublée par l'intimité inhabituelle qu'ils partageaient sous leur propre toit, elle brûlait qu'il la prenne dans ses bras.

Peu après, une soubrette frappa et entra avec une cuvette et des linges propres. Rachel sursauta, se redressa vivement et s'écarta comme une coupable prise en faute.

Une fois la domestique repartie, elle imbiba un linge d'eau fraîche et se tourna vers Michael, les joues en feu, afin de tamponner sa pommette entamée. Entre-temps, le comte avait ôté sa chemise. Il était torse nu, et la vue des meurtrissures violettes qui marquaient ses côtes et son estomac coupa le souffle de la jeune femme.

— Allongez-vous, ordonna-t-elle aussitôt.

Elle appliqua le linge qu'elle tenait sur sa joue blessée, lui prit la main et l'appuya dessus.

— Tenez ce pansement pendant que je m'occupe du reste.

Michael obéit. Les yeux fermés, il savourait pleinement les gestes attentionnés de sa femme, le frôlement de ses doigts sur sa peau nue et la fraîcheur apaisante des compresses. Le fait que Rachel le traite avec tant de douceur le comblait ; il en oubliait presque la brûlure cuisante de ses ecchymoses et de ses écorchures.

De son côté, Rachel se reprochait les pensées licencieuses qui l'assaillaient. Comment pouvait-elle songer à caresser langoureusement le torse musclé de son mari, à poser ses lèvres sur sa peau satinée, à se perdre dans l'exploration de son corps, alors qu'il souffrait ? Elle n'était vraiment qu'une dévergondée !

Observant son visage à la dérobée, elle fut émue de le voir si vulnérable, si abandonné. Les paupières closes, ses cils clairs ombrant ses pommettes meurtries, il avait l'air d'un petit garçon. Son désir de le toucher devint irrépressible. Elle tendit une main vers sa joue, et l'effleura légèrement.

Immédiatement, Michael rouvrit les yeux. Le feu ardent qui brûlait au fond de ses prunelles argentées rappela aussitôt à Rachel l'expression de James Hobson. Elle inspira, oppressée, tandis qu'une vive rougeur se répandait sur sa gorge et sur son cou. Mais elle n'osa pas bouger, de crainte de détruire le lien fragile qui venait de s'instaurer entre eux.

Michael chercha à tâtons son autre main, posée sur une compresse à proximité de son cœur, et la couvrit de ses doigts brûlants. Puis, lentement, il caressa son poignet et son bras. Un frisson parcourut la peau de Rachel. Des picotements de plaisir naissaient sous les caresses de son mari, pareils à des étincelles qui embrasaient sa chair et ses veines.

Sans un mot, elle fit descendre sa main droite le

long de sa mâchoire, de son cou, de ses épaules ; puis elle écarta les doigts, promenant sa paume ouverte sur son torse. Michael frémit, son souffle tremblant se fit plus saccadé. Enhardie par sa réaction, Rachel céda à la tentation et explora le replat de son estomac, avant de glisser les doigts plus bas sur son ventre.

— Rachel…

Il se redressa sur son séant et prit son visage entre ses mains.

Elle le dévisagea, consumée par la flamme qui jaillissait de ses yeux gris, bouleversée par la douceur qui attendrissait le contour de sa bouche. Il la dévora un moment du regard, puis, comme s'il estimait avoir reçu la réponse qu'il quêtait, il se pencha vers elle et s'empara de ses lèvres.

Au début, ils s'embrassèrent lentement, avec une douceur qui les faisait trembler d'émotion. Ils savouraient à loisir la précieuse magie de ce consentement, le premier baiser qu'ils se donnaient en tant que mari et femme. Puis leur passion mutuelle attisa très vite l'incendie de leurs sens et ils roulèrent enlacés sur le grand lit, bouches jointes, bras et jambes mêlés, mus par l'impatience fiévreuse de se découvrir enfin.

La faim qu'ils avaient l'un de l'autre les transportait, les emportait au-delà de toute décence, brisait toutes les digues qui les avaient si longtemps séparés. Ils se cherchaient, les mains frémissantes de désir, noués tels deux naufragés, inconscients des gémissements de volupté qui leur échappaient au fil de leurs caresses.

Michael s'enivrait de la douceur de sa femme, de la soie de sa peau nue trouvée sous sa chemise, du parfum poivré qui montait de son corps moite. Il brûlait de s'enfouir en elle, de connaître enfin le plaisir inouï de la posséder — un plaisir décuplé par des années d'attente. Mais en même temps il voulait retarder le plus possible ce moment de plénitude, se délecter jusqu'au bout de la joie intense qui le précédait.

Ces minutes étaient uniques. C'était le trésor auquel il aspirait depuis sept ans, l'accomplissement de tous ses rêves, et il entendait en jouir totalement.

Rachel frémissait et tremblait entre ses bras, les nerfs à vif, exacerbée par les sensations indicibles que le corps brûlant de son mari suscitait dans tout son être. Des ondes de plaisir ne cessaient de se succéder partout en elle, sur sa peau, sur ses lèvres, dans son ventre, dans sa gorge, et il lui semblait que si cet ébranlement continu devait se poursuivre elle allait voler en éclats.

Elle avait le plus grand mal à garder ses pensées rassemblées autour d'elle. Sa conscience se disloquait, explosait en millions de fragments, incapable de s'attacher à chacune de ces multiples sources dont la volupté jaillissait sans fin pour la noyer dans un océan de délices.

Elle se cramponnait aux épaules de Michael, offerte à ses baisers, à la brûlure insupportable de ses lèvres sur ses seins en feu. Quand elle n'y tint plus, qu'elle s'écarta un instant de lui pour arracher sa chemise, il s'empressa de l'aider et la reprit dans ses bras avec un grognement sourd. Puis il la contempla longuement, la gorge nouée, la caressant de son regard de mercure, et elle se sentit soudain admirée et vénérée comme elle ne l'avait jamais été.

Sans la quitter des yeux, Michael acheva lui aussi de se dévêtir. Il était captivé par la vue de son corps d'albâtre, gracile et tendre, d'une blancheur presque lumineuse. Par le brun rosé de ses mamelons, aussi ravissants que des pétales de rose, par le triangle noir qui se découpait entre ses cuisses, promesse de la plus grande volupté. Sa femme était plus merveilleuse encore que dans ses rêves. Comment, se demanda-t-il, avait-il pu renoncer si longtemps à tant de beauté ?

Bouleversé, il s'allongea de nouveau contre elle et l'embrassa, glissant une main tremblante au creux de ses jambes, impatient d'atteindre la fleur délicate qui l'enivrerait bientôt de son nectar.

Son geste provoqua un sursaut choqué de la part de Rachel, mais le plaisir indescriptible qu'elle éprouva aussitôt après lui fit oublier toute réserve. Abasourdie, elle allait de surprise en surprise, incapable de réfréner les élans qui la poussaient à prolonger ce moment divin. Les bras noués autour du cou de Michael, elle se pressait contre lui et l'appelait de tout son être, murmurant son nom comme une plainte.

Enfin, il se glissa entre ses cuisses et elle sentit sa chair s'unir à la sienne. Ils vibraient tous les deux de désir, enfiévrés par cet instant magique. Rachel se crispa sous l'effet d'une brève douleur, aussi cuisante qu'un coup de poignard, mais Michael la rassura et l'apaisa par des mots tendres, mêlés de baisers, avant de s'enfoncer plus profondément en elle.

Elle découvrit alors la plénitude à laquelle elle aspirait sans la connaître, la joie merveilleuse d'être unie totalement à un homme aimé. Ils étaient fondus l'un dans l'autre, intimement liés, et le déluge de sensations qui la submergea devant ce miracle dépassa tout ce qu'elle aurait pu imaginer. Il provoquait dans son corps d'autres besoins plus aigus encore, que les mouvements rythmiques de son mari achevèrent d'enflammer avant de la consumer tout entière comme une torche, libérant une énergie si vive qu'elle poussa un cri.

Michael la serra contre lui à la briser, secoué de frissons comparables aux siens, puis ils se laissèrent retomber l'un contre l'autre, inertes et moites — enfin apaisés. Prêts à goûter ensemble, au bout de sept ans de mariage, leur première nuit de couple.

Le lendemain matin, alors qu'elle chantonnait en faisant sa toilette, Rachel constata que le monde lui semblait plus rayonnant, plus éclatant. Par la porte qui reliait leurs deux chambres, ouverte pour la première fois, elle apercevait Michael en train de se raser. Un petit sourire de bonheur flotta sur ses lèvres.

A l'aube, troublés par la joie inhabituelle de se réveiller côte à côte, ils avaient refait l'amour. Plus lentement, plus sensuellement, mais leurs caresses et leurs baisers avaient culminé par la même explosion dévastatrice — si profondément, si pleinement satisfaisante. Et Rachel avait eu la confirmation qu'après toutes ces années de chagrin et d'épreuves, de froideur et de séparation, elle aimait bel et bien son mari.

Elle n'aurait su dire à quel moment ce changement s'était produit. S'il s'était dessiné peu à peu, au fil du temps, quand elle avait commencé à se sentir triste de devoir quitter Michael, par exemple. Ou s'il avait fallu l'irruption de James Hobson — si proche et si différent de l'homme qu'elle connaissait — pour le provoquer. Mais cela importait peu.

Ce qui comptait, c'était que cet amour s'était enfin révélé à elle et la comblait. Elle ignorait si Michael partageait ses sentiments, s'il avait ou non complètement cessé de l'aimer durant les années désertiques de leur mariage. En revanche, elle ne pouvait douter de la passion qu'elle lui inspirait. C'était certainement un terreau suffisant pour ranimer la flamme qui avait jadis habité son cœur, si elle s'était éteinte, et elle était décidée à s'y employer. En attendant, la perfection de leurs étreintes lui suffisait.

Son mari vint se camper sur le seuil, souriant, et acheva d'essuyer les dernières traces de savon à barbe sur sa peau lisse.

— Je pense que nous devrions retourner voir Hargreaves, annonça-t-il. Pour l'heure, autant que nous le sachions, cet homme est le chaînon qui nous rapproche le plus de notre manipulateur. Ou bien ce dernier l'a contacté directement pour lui demander d'empoisonner Mme Birkshaw, ou bien il a fait intervenir un tiers qui doit permettre de remonter jusqu'à lui. Mais de toute manière, Hargreaves pourra certainement nous éclairer.

Rachel acquiesça, et peu après ils hélèrent un fiacre qui les emmena chez le valet.

Parvenus en haut de l'escalier, ils découvrirent avec surprise que sa porte était entrouverte. Saisis d'un même soupçon, ils échangèrent un coup d'œil alarmé.

— Restez là, ordonna Michael en tendant un bras pour retenir sa femme. Je vais entrer le premier.

Il poussa la porte et s'introduisit prudemment dans la pièce.

— Hargreaves ? appela-t-il.

N'obtenant pas de réponse, il s'avança un peu plus loin. Quand Rachel le vit sursauter et s'agenouiller brusquement avec une exclamation étouffée, elle comprit qu'ils avaient deviné juste. Elle fut prise d'une sueur glacée, et sentit le sol du palier se dérober sous ses pieds.

— Michael ! lança-t-elle d'une voix étranglée. Que se passe-t-il ? Est-ce qu'il est…

— Oui, répondit son mari d'un ton sourd. Il est mort. Allez m'attendre en bas, voulez-vous ?

La jeune femme n'insista pas. Terrifiée à l'idée qu'un cadavre se trouvait si près d'elle, elle tourna les talons et descendit quelques marches avant de se laisser choir au beau milieu de l'escalier, incapable d'aller plus loin.

Peu après, Michael la dépassa et descendit dans la

rue, où il interpella un garçonnet en train de jouer. Il lui promit un shilling s'il revenait rapidement avec un agent de police, après quoi il remonta auprès de Rachel.

— Comment vous sentez-vous ? demanda-t-il. Je suis obligé de rester ici jusqu'à l'arrivée de la police, mais je peux héler un fiacre pour vous permettre de rentrer.

Elle leva son visage vers lui, avec un petit sourire crispé.

— Non, cela ira, affirma-t-elle. Je me suis sentie mal un moment, mais je vais mieux.

— Bien.

Il s'assit près d'elle et lui prit la main.

— Je suis navré que vous ayez été là lors de cette… macabre découverte.

— Moi aussi, reconnut Rachel. Hargreaves a-t-il été assassiné ?

Michael fronça les sourcils.

— Je ne sais pas. Un pistolet se trouvait près de lui sur le plancher, ainsi qu'une note.

— Se serait-il suicidé ?

— Si l'on en croit les apparences, oui.

— Que dit cette note ?

— Qu'il a empoisonné Mme Birkshaw avec de l'arsenic, jour après jour, en lui portant ses repas. Qu'il a agi sur l'ordre du mari, qui a achevé la besogne quand il a commencé à faiblir, mais qu'il ne pouvait continuer à vivre avec ce crime sur la conscience. Avant de mourir, il se devait de dénoncer le coupable.

Les yeux de Rachel s'élargirent.

— Vous ne croyez pas à cette fable, n'est-ce pas ? Ce n'est pas possible, c'est un coup monté !

Michael haussa les épaules.

— C'est probable, mais ce sera difficile à prouver. Apparemment, le « manipulateur » a décidé de sacrifier Birkshaw sans attendre qu'il lui ait rendu la faveur mentionnée dans la fameuse lettre — si nous savons tout. Par ailleurs, ajouta-t-il en fronçant les sourcils, je ne vois toujours pas ce qui a pu l'inciter à utiliser quelqu'un d'aussi... insignifiant que votre ancien soupirant. Il existe dans le pays nombre d'autres cibles qui se seraient révélées plus productives que lui, j'en suis sûr.

A ces mots, Rachel sursauta et posa une main sur son bras. Elle avait pâli.

— Juste ciel ! Et si le criminel en question avait choisi Anthony... pour *vous* détourner de ses autres crimes, et seulement pour cela ? Parce qu'il savait que vous seriez enclin à prouver sa culpabilité ?

Son mari la dévisagea un long moment, muet.

— Qui pourrait savoir une chose pareille ? rétorqua-t-il enfin. Je n'ai jamais ébruité cette affaire. Seul votre père était au courant, en plus de nous trois. Je doute qu'il en ait parlé à quiconque.

— Non, bien sûr. Néanmoins, sans connaître tous les détails, reprit Rachel en rougissant, cet homme a pu avoir vent de... l'attrait que j'éprouvais pour M. Birkshaw avant l'annonce de nos fiançailles, et en conclure que vous lui en gardez de la rancune. A moins qu'Anthony lui-même n'ait laissé échapper quelque chose, sans y penser. Ou encore… qu'il n'ait été assez proche de l'individu en cause, à un moment ou à un autre, pour lui avoir fait des confidences.

De toute évidence, Michael était troublé par son raisonnement. Elle poussa son pion.

— Plus j'y réfléchis, plus cela me semble plausible. Et dans ce cas, Anthony ne serait bien qu'une victime innocente de cette monstrueuse conspiration ; un simple instrument dont on s'est servi pour vous écarter… par ma faute. Parce que j'étais un lien entre vous deux, ajouta-t-elle d'un ton altéré, sans oser envisager tout ce que cette hypothèse impliquait.

Emu par son désarroi, Michael porta ses doigts à ses lèvres et les baisa tendrement.

Depuis la nuit précédente, il savait avec certitude que Birkshaw n'avait jamais été un vrai rival pour lui et que Rachel ne l'avait jamais trompé. Cela le rendait considérablement plus tolérant envers le jeune homme… de ce point de vue, et de celui-là seulement. Car pour le reste, les conclusions de sa femme lui semblaient soudain plus fondées encore qu'elle ne pouvait le penser.

— Dès que le policier sera là, dit-il, nous irons voir Anthony. Cette piste peut être intéressante, en effet.

Le représentant de la loi arriva peu après. Il écouta avec attention le récit du comte. Quand ce dernier lui eut fourni toutes les garanties voulues sur les raisons de sa présence chez la victime, il demanda à reconduire son épouse chez eux — arguant du choc que la découverte du cadavre lui avait causé. Mais dès qu'ils réussirent à trouver un fiacre, ils se rendirent chez Anthony Birkshaw.

Comme la première fois, le majordome les introduisit dans le parloir — où le maître de maison vint aussitôt les rejoindre avec un enthousiasme inchangé.

— Lord et lady Westhampton ! Je suis vraiment ravi de vous revoir si vite. Auriez-vous du nouveau ?

— Oui, répondit Michael du tac au tac. Un cadavre.

Rachel ne dit rien. Elle préférait laisser l'initiative de la discussion à son mari, et se contenter d'observer avec attention les réactions d'Anthony. Il pâlit, les yeux écarquillés.

— Bonté divine ! Vous allez droit au but ! De qui s'agit-il ?

— De votre ancien valet — celui qui portait ses repas à votre femme.

— A-t-il été assassiné ?

— Pourquoi sauter si vite sur une telle conclusion ?

— Je ne sais pas… C'est la première qui m'est venue à l'idée parce qu'il n'était ni vieux ni malade, je suppose. Et à cause… des circonstances. Aurait-il eu un accident ?

— Sa mort a toutes les apparences d'un suicide.

— Il a mis fin à ses jours ? Mais pourquoi ? Serait-il vraiment responsable de la mort de Doreen ?

— Il a laissé une note déclarant que *vous êtes* le meurtrier.

Anthony considéra fixement Michael, cloué sur place, muet de stupeur. Il avait encore blêmi, son visage était maintenant plus blanc que sa chemise immaculée. Abasourdi, il s'effondra brutalement dans le fauteuil le plus proche.

— Juste ciel ! Qu'est-ce qui a pu le pousser à une calomnie pareille ?

— Il prétend que vous l'avez soudoyé pour empoisonner Mme Birkshaw en votre absence. Pris de remords, il vous aurait rappelé et vous auriez terminé la besogne à sa place.

Anthony en resta bouche bée.

— Une telle histoire est invraisemblable ! se récria-t-il enfin.

Désespéré, il implora ses visiteurs du regard.

— Vous ne pouvez croire une chose pareille ! Je n'ai pas tué Doreen, je vous le jure sur mon honneur. Jamais je ne lui aurais causé le moindre mal. Elle m'irritait bien de temps à autre, avec ses caprices et ses jérémiades, mais elle n'avait pas un brin de méchanceté et nous ne nous querellions jamais. Nous menions ensemble une vie agréable. Pour rien au monde je n'aurais songé… je n'aurais pu…

Il détourna son visage, et passa les doigts dans ses boucles sombres savamment ordonnées.

— Les gens vont-ils ajouter foi à cette accusation

abominable, à votre avis ? demanda-t-il d'une voix altérée. Les autorités ?

Michael haussa les épaules.

— Une chose aussi grave est difficile à ignorer, monsieur Birkshaw.

— Mais c'est un pur mensonge ! Une terrible injustice ! Et comment puis-je me défendre contre un mort ? Ma cause est perdue d'avance !

Impassible, le comte ne lui témoigna aucune sympathie.

— Pas tout à fait, rectifia-t-il. Je dirai qu'il vous reste une chance de salut, si vous nous livrez toute la vérité. Car je subodore que jusqu'ici vous n'avez pas été totalement sincère avec nous, monsieur Birkshaw. Est-ce que je me trompe ?

Anthony pivota pour lui faire face, saisi.

— Qu'entendez-vous par là ?

La terreur qui brilla un instant dans ses yeux frappa Rachel. Il ressemblait à un enfant pris sur le fait. Choquée et furieuse, elle se leva d'un bond.

— Michael avait donc vu juste ! s'écria-t-elle. Vous avez quelque chose à vous reprocher ! Comment avez-vous pu me mentir, Anthony ?

— Je ne vous ai pas menti au sujet de Doreen, je vous le jure ! protesta le jeune homme aux abois. Je ne lui ai rien fait de mal ! Mais je reconnais... que j'ai légèrement déformé la vérité, avoua-t-il avec un gros soupir.

Les yeux verts de Rachel étincelaient.

— Est-ce à dire qu'il n'y a pas eu seulement les deux lettres dont vous aviez « omis » de me parler ?

Le jeune homme acquiesça, penaud.

— Avez-vous reçu une autre menace ? renchérit durement Michael, certain à présent de ses intuitions. Un ordre à exécuter ?

— Oui, admit Anthony d'une voix étranglée. Mais il faut me comprendre ! Ce que l'on me demandait me semblait si… anodin, par rapport aux risques que j'encourais ! Cette histoire me rendait fou ! Et je ne savais même pas de qui me venaient ces instructions. C'était un vrai cauchemar.

Son désarroi était tel qu'il semblait prêt à fondre en larmes. Rachel eut pitié de lui.

— Calmez-vous, Anthony, déclara-t-elle posément, mais fermement, en le forçant à se rasseoir.

Elle s'installa face à lui et le regarda dans les yeux.

— Maintenant, dites-moi tout. Que vous a-t-on demandé de faire ? Michael doit tout savoir, pour être en mesure de vous aider.

Le jeune homme se passa une main sur la figure, vaincu.

— Je suis désolé…, murmura-t-il. Quand je suis venu vous trouver, ce n'était pas de mon propre chef. La troisième lettre que j'ai reçue m'ordonnait… de renouer des relations avec vous.

— Quoi ? s'exclamèrent en chœur les deux époux.

Michael vint se camper devant lui, furibond.

— Quel genre de relations ? tonna-t-il.

Anthony releva les yeux, le visage figé.

— Je n'en sais rien. Ce n'était pas précisé, expliqua-t-il d'un ton morne. On me demandait juste de « renouer mon amitié avec lady Westhampton ». C'était si bizarre et si inattendu que je n'ai pas compris, je vous l'avoue. J'ai pensé qu'il me suffirait... d'aller trouver votre femme — ce que je me suis résolu à faire après maintes hésitations.

— Sous un faux prétexte, précisa le comte avec acidité. Avez-vous conservé cette lettre ? J'aimerais la voir.

Anthony secoua la tête, la bouche amère.

— Je ne l'ai pas gardée. Elle m'a mis hors de moi, car elle me plaçait dans une situation fort délicate par rapport à vous — et je savais que lady Westhampton en serait aussi ennuyée que moi. Dans un mouvement d'humeur, je l'ai froissée et jetée au feu. Ce que je regrette vivement aujourd'hui, bien entendu. Si j'avais pu me douter que ces gens m'accuseraient malgré...

Il s'interrompit brusquement.

— Hargreaves était à leur solde, n'est-ce pas ? Ils ont voulu faire disparaître un témoin gênant, ce qui signifie que Doreen a bel et bien été assassinée ! Il ne s'agissait pas d'un simple chantage !

— C'est possible, admit Michael, laconique.

— Cette lettre se limitait-elle à ce que vous nous avez cité, intervint Rachel, ou vous enjoignait-elle également de solliciter l'aide de mon mari ?

— Non, c'est moi qui ai eu cette idée, répondit

Birkshaw. Il me fallait un prétexte pour vous rendre visite… et j'ai pensé faire d'une pierre deux coups, en quelque sorte. Obéir à ce maître chanteur… tout en espérant que lord Westhampton pourrait éclaircir cette affaire. Cela semblait tellement abracadabrant !

Il les considéra tour à tour, la mine piteuse.

— J'aurais dû vous dire toute la vérité, je m'en rends compte à présent. Ma pusillanimité se retourne contre moi. Mais d'un côté j'avais honte d'avoir cédé si lâchement à ces menaces, et de l'autre… je craignais que cette histoire ne vous paraisse invraisemblable.

— Nous avez-vous tout révélé, maintenant ? insista Michael d'un ton sévère. N'avez-vous pas reçu d'ordre supplémentaire ?

— Non, je vous le jure ! affirma Anthony. C'est ce qui rend l'accusation de cet homme aussi choquante. Je m'étais acquitté de ma « mission », on aurait dû me laisser tranquille !

Il réfléchit un instant, troublé.

— A moins que… Croyez-vous que ce mystérieux maître chanteur ait appris que j'avais requis votre assistance ? Qu'il ait voulu m'en punir ?

— Cela ne me surprendrait pas.

— Mais pourquoi me poursuivre de la sorte ? Qu'ai-je fait pour mériter un tel acharnement ?

— A mon avis, mon cher, ce n'est pas vous qui êtes visé au premier chef, répondit sombrement Westhampton.

éanmoins, je ne saurais trop vous recommander de vous montrer prudent au cours des prochains jours. Je vais m'efforcer d'éclaircir cette affaire au plus vite, mais il n'est pas exclu que vous soyez en danger.

18

Le comte et la comtesse abandonnèrent leur hôte terrifié à la contemplation de son avenir et reprirent à pied le chemin de leur résidence.

— Je suis déçue par l'attitude d'Anthony, déclara Rachel au bout de quelques pas. Il s'est comporté avec une puérilité impardonnable.

— Oui, on ne peut dire que le courage soit sa principale qualité, approuva Michael sans dénier le plaisir que lui causait cette assertion.

— Mais ses aveux confirment nos suspicions, n'est-ce pas ? A savoir qu'on l'a utilisé comme un leurre… pour vous détourner d'affaires autrement plus dangereuses que la mort de sa femme.

— C'est bien mon impression, convint Westhampton. Et je m'en veux beaucoup de n'avoir pas pris l'avertissement de Geordie plus au sérieux dès le début. J'étais tellement persuadé que les craintes de mes adversaires étaient erronées, et que j'étais encore fort loin de toucher au but…

— En réalité, vous frôliez sans le savoir le ressort caché d'un nombre incalculable de crimes, poursuivit

Rachel avec un frisson. Faut-il que l'enjeu soit énorme, pour que cet individu soit allé aussi loin dans sa tentative de diversion ! Quand je pense qu'Anthony pourrait être pendu pour un meurtre qu'il n'a pas commis, que Hargreaves a sans doute été assassiné dans le seul but d'accumuler des preuves contre un innocent… et que la malheureuse Mme Birkshaw a perdu la vie afin de permettre un tel enchaînement de mensonges, j'en suis horrifiée. C'est proprement monstrueux !

Michael hocha la tête.

— Oui. Toutefois, il se peut aussi que la mort de Doreen Birkshaw ait été naturelle, et que notre manipulateur ait simplement décidé de l'utiliser à son profit en jetant son dévolu sur un domestique innocent. Mais s'il n'a pas payé ce valet pour empoisonner sa maîtresse, il n'en reste pas moins qu'il était fort bien renseigné sur le rôle qu'il jouait auprès d'elle…

— Quelle incroyable machination ! s'exclama Rachel à mi-voix. J'ai peine à concevoir qu'un être aussi diabolique puisse exister.

— Il s'agit manifestement d'un calculateur hors pair, doté d'une intelligence démoniaque et d'une froideur inhumaine, confirma Michael, la bouche crispée.

Ils poursuivirent leur chemin en silence, plongés chacun dans leurs pensées.

Après dîner, alors qu'ils s'étaient retirés dans le salon de musique et que Rachel jouait distraitement du piano, elle s'interrompit soudain pour se tourner vers son mari, en train de lire.

— Je suis désolée, Michael.

Il releva les yeux, surpris.

— De quoi ?

— D'avoir fourni à ce monstre l'arme dont il se sert contre vous.

— Vous n'y êtes pour rien. A défaut, il en aurait trouvé une autre, n'en doutez pas.

Elle hésita un instant, ses magnifiques yeux verts emplis de regrets.

— Néanmoins, il ne s'est pas trompé en présageant que vous vous intéresseriez de près à Anthony. Le détestez-vous encore à ce point, après tant d'années ?

Son mari se leva brusquement, les traits contractés.

— Bien sûr, que je le déteste encore !

— Mais vous n'avez plus aucune raison d'être jaloux de lui, vous le savez !

— Je sais qu'il n'a pas été votre amant, certes, mais il n'en demeure pas moins le seul homme que vous ayez jamais aimé.

Rachel le dévisagea avec stupeur.

— Non ! protesta-t-elle. Vous vous trompez ! Je me croyais éprise de lui, à l'époque, mais ma mère avait raison : ce n'était qu'une amourette de jeune fille naïve. J'étais charmée par son physique romantique et par sa gentillesse, sans plus. Je le connaissais si peu…

— Vos sentiments pour lui se seraient sans doute accrus, si l'on vous avait permis de suivre les élans de votre cœur, rétorqua le comte, le dos tourné.

— Non, répéta-t-elle. J'en ai la certitude. J'avais

cessé de penser à lui depuis bien longtemps, quand il est venu me trouver l'autre jour. Je me suis demandé un instant ce que j'allais éprouver en le revoyant, je le reconnais, mais le fait est… que je n'ai pas ressenti la moindre émotion. Ce qui nous avait unis autrefois était mort — et ne s'est pas réveillé lors de nos rencontres suivantes, je vous en donne l'assurance. J'en ai déduit que je me serais détachée de lui de la même façon, si j'avais eu l'occasion de le fréquenter plus avant.

Michael lui refit face, les yeux étincelants.

— Rachel ! s'écria-t-il d'une voix étranglée.

En trois pas, il la rejoignit et la saisit dans ses bras, l'étreignant avec force avant de l'embrasser passionnément. Puis, transporté par l'ardeur avec laquelle elle lui répondait, il la souleva de terre et l'emporta dans sa chambre, sans se soucier d'éveiller la curiosité de leurs domestiques.

Ils s'aimèrent farouchement, tels deux amants trop longtemps privés l'un de l'autre, avides de se posséder et de rassasier leur chair et leurs sens. La joie de s'appartenir totalement, tout fantôme écarté, porta leur volupté à une incandescence qu'ils n'avaient encore jamais atteinte. Brisés par cette tornade de plaisir, ils s'assoupirent sans dénouer leur étreinte.

Michael s'éveilla un peu plus tard, en sentant la fraîcheur de la nuit sur sa peau nue. Il tira sur eux le drap et la courtepointe, puis il reprit sa femme endormie dans ses bras et posa un baiser dans ses cheveux. C'était la première fois de sa vie qu'il éprouvait un bonheur aussi total, une paix aussi profonde.

Un long moment, il réfléchit aux années que Rachel et lui avaient traversées ensemble — ou séparément —, aux personnes qu'ils avaient fréquentées, à la ronde des amis plus ou moins fiables qu'ils avaient côtoyés, aux ennemis qu'il se connaissait.

Quand le sommeil l'emporta, il savait ce qu'il devait faire.

— Je pense avoir trouvé la solution pour résoudre cette énigme, annonça-t-il à sa femme le lendemain matin, dans la salle à manger où ils prenaient leur petit déjeuner.

— Quoi ? s'exclama-t-elle, sidérée. De quelle façon ?

— En forçant le coupable à sortir de sa tanière et à se démasquer.

— Par quel moyen ?

— A malin, malin et demi, répondit son mari avec un petit sourire. Vous saurez tout dans un moment, en m'accompagnant chez Perry. Il faut que je lui en parle.

— Perry Overhill ? répéta Rachel stupéfaite. Vous pensez qu'il est en mesure de vous aider ?

— J'en suis sûr.

— Mais il est si peu porté… sur les affaires sérieuses ! Comment pouvez-vous croire…

— Patience, ma douce. Vous serez bientôt fixée.

Rachel eut bien du mal à se montrer patiente, durant le trajet qui les conduisit chez leur ami. Elle continua à assaillir son mari de questions, mais il ne lui opposa qu'un sourire amusé.

Un peu plus tard, le majordome de Perry les introduisit dans un petit salon au goût exquis, qui trahissait un esthète épris de belles choses et d'œuvres d'art. Puis le maître de maison apparut, impeccablement vêtu, et dédia une courbette emphatique à la jeune femme avant de lui baiser les doigts.

— Chère Rachel ! Toujours aussi ravissante, à ce que je vois. Et quel plaisir de vous savoir de retour, Michael ! Avez-vous quitté votre domaine plus tôt que prévu ?

Le comte lui serra la main avec un petit rire.

— Inutile de vous donner tant de mal, Perry. Lady Westhampton sait tout.

Le visage rond de leur hôte exprima un désarroi sans fond.

— Tout quoi ?

— Tout ! répondit Rachel en riant aussi. Je connais la double vie de mon mari, ses activités secrètes, ses façons de procéder... et même sa demi-sœur. En bref, l'ensemble de ce que vous m'avez si traîtreusement caché pendant des années. Je vais avoir quelques comptes à vous demander, mon cher.

Overhill la dévisagea gravement.

— J'ai entretenu cette charade contre mon gré, croyez-moi.

Il se tourna vers le comte, les paupières plissées.

— Puis-je savoir quelle mouche vous a soudainement piqué, Westhampton ?

Il examina un instant son ami. Ses sourcils se haussèrent, et il hocha lentement la tête.

— Ah, je vois.

— Que voyez-vous donc ? s'enquit Rachel.

— Que notre Michael n'est plus le même, ma chère. C'est à se demander ce qui lui est arrivé…

Le comte prit la main de sa femme et la porta à ses lèvres, en lui souriant tendrement.

— Ne vous tourmentez pas plus longtemps, Perry. Ce changement est dû à la délicieuse créature que voici, ainsi que vous l'avez certainement deviné.

Avec un brin de raideur, Overhill leur désigna un canapé et des fauteuils de velours bleu groupés autour d'une table basse en marqueterie.

— Asseyez-vous. Je grille de savoir ce qui vous amène de si bon matin… vu que vous ne semblez guère avoir besoin de compagnie, ajouta-t-il plaisamment. Prendrez-vous un rafraîchissement ?

— Non, merci, répondit Michael.

Il guida Rachel jusqu'au canapé et resta debout près d'elle, le visage impassible, les mains dans le dos.

— J'ai une faveur à solliciter de vous.

Perry le considéra d'un air surpris.

— Bonté divine, Westhampton ! Que se passe-t-il ? Vous voilà aussi pompeux qu'un cardinal !

— C'est que j'ai quelques raisons d'être inquiet…

du fait des investigations que je mène en ce moment. Vous savez de quoi je veux parler. J'aimerais donc que vous emmeniez Rachel à l'opéra, ce soir, pendant que je m'occuperai… de certaines choses. Je me sentirai plus tranquille si je la sais avec vous.

— Quoi ? s'exclamèrent en chœur ses compagnons.

La comtesse se leva d'un bond et se tourna vers lui.

— De quoi parlez-vous ? Quels dangers pourrais-je courir ? Que prévoyez-vous de faire ?

— Oui, mon vieux, des détails ! renchérit Overhill avec vigueur. Vous me donnez froid dans le dos !

— Eh bien… je crains d'avoir été trahi, répondit Michael. Par quelqu'un de mon proche entourage.

— Michael ! s'écria Rachel aux abois. De qui s'agit-il ? Pourquoi ne m'avez-vous rien dit ?

— Je ne tenais pas à m'étendre deux fois sur ce sujet, déclara le comte, la bouche dure. Il est assez… pénible à aborder.

— Je m'en doute ! acquiesça Perry en se laissant choir dans un fauteuil, visiblement choqué. Expliquez-vous, de grâce !

— Voilà : il se trouve que j'ai été amené récemment à travailler sur plusieurs affaires… qui semblent avoir certaines choses en commun. Mais j'ai découvert hier que l'une d'entre elles n'était en fait qu'une fausse piste, destinée à égarer mes soupçons.

— De quelle affaire s'agit-il ? s'enquit Overhill, l'air pantois.

— Elle concerne Birkshaw. Anthony Birkshaw.

— Oh ! le garçon dont vous me parliez l'autre jour ? Celui qui a perdu sa femme… et que vous soupçonniez de l'avoir assassinée pour hériter ?

— Oui. De fait, j'ai compris que l'on m'avait conduit à le suspecter à tort — en sachant que je m'acharnerais à prouver sa culpabilité… pour des raisons personnelles.

Perry cligna des paupières, abasourdi.

— Des raisons personnelles ?

— La jalousie, mon cher.

— Hein ?

Overhill jeta une œillade embarrassée à Rachel.

— Ce Birkshaw vous aurait-il fait des avances… déplacées ?

— Non, réfuta la jeune femme. Il s'agit d'une histoire plus ancienne, antérieure à mon mariage. A l'époque, Anthony me courtisait et je me croyais éprise de lui. Michael l'avait appris. Je n'ai plus revu M. Birkshaw par la suite, mais…

— J'avais gardé une dent contre lui, acheva le comte. Quand j'ai découvert qu'il était revenu à Londres, libéré de ses liens conjugaux, j'ai craint qu'il ne cherche à revoir Rachel… pour la séduire. Cette jalousie irrationnelle ne pouvait que m'incliner à penser le pire de lui. Par bonheur, j'ai compris à temps que cette histoire avait été montée de toutes pièces, à la seule fin de me détourner d'autres investigations ; j'en ai conclu alors que l'auteur de ce stratagème connaissait mes « liens » avec le suspect, et qu'il s'en était servi à dessein.

Perry paraissait de plus en plus ahuri par ce récit.

— Qui plus est, renchérit Rachel, cet homme est dangereux. Il a attenté par deux fois à la vie de Michael.

— Sapristi ! Est-ce possible ?

— J'ai tout lieu de croire que le manipulateur en question a essayé de me supprimer, confirma le comte. En espérant sans doute que les soupçons se porteraient encore sur M. Birkshaw, que j'étais censé poursuivre pour assassinat. De la sorte, l'affaire aurait été close — et toutes les autres avec.

Rachel le considéra fixement, stupéfaite.

— Juste ciel ! s'écria-t-elle. Je n'avais pas poussé le raisonnement jusque-là. Mais vous avez raison, c'est évident ! C'était un motif de plus pour impliquer Anthony ! Sachant tout ce qui vous opposait à lui, Bow Street en aurait conclu aussitôt qu'il vous avait tué pour vous empêcher de l'accuser — sans chercher d'autre meurtrier possible ! Oh ! mon Dieu…

— Mais un tel complot est tout simplement… démoniaque ! s'exclama à son tour Overhill, la mine décomposée.

— Nous avons affaire à un individu démoniaque, confirma Michael. Toutefois, je pense pouvoir le démasquer.

— En êtes-vous sûr ? s'enquit Rachel, très pâle.

— Oui. J'ai l'intention de lui tendre un piège ce soir, pendant que vous serez à l'opéra avec Perry.

— Vous savez donc qui il est, et vous ne me l'avez pas dit ? se récria-t-elle d'une voix suraiguë.

— Chaque chose en son temps, ma douce, répondit le comte en souriant. D'abord, je dois expliquer l'entière machination à notre ami, afin qu'il en saisisse tous les ressorts… et mesure l'importance de la mission que je lui confie.

Calmement, il exposa l'ensemble de ses découvertes.

— Comme vous pouvez le constater, conclut-il, ce cerveau brillant s'arrange pour faire commettre ses forfaits par d'autres personnes — lesquelles n'ont aucun lien direct avec les crimes ou larcins en question. Ce qui les rend insoupçonnables. Il est l'unique trait d'union entre les divers coupables, mais nul ne le voit jamais. Car il reste toujours dans l'ombre, se contentant de tirer les ficelles.

Overhill paraissait totalement confondu.

— Mais comment pouvez-vous savoir qui il est, puisque vous n'avez jamais réussi à éclaircir une seule de ces affaires ?

— Il m'a mis lui-même sur sa propre piste en faisant intervenir Birkshaw, lâcha Michael. C'était l'erreur à ne pas commettre. Car nul ne pouvait connaître l'animosité que je vouais à cet homme — hormis une seule personne.

Un silence de plomb s'abattit sur la pièce. Perry et Rachel rivaient sur Westhampton des yeux exorbités.

— Qui ? demanda Overhill d'une voix blanche. Pour ma part, je ne m'en serais jamais douté, c'est certain. Je n'ai jamais surpris la moindre rumeur pouvant…

— Ma sœur.

— Lilith ? s'exclama Rachel d'un ton horrifié. Michael ! Vous ne pouvez pas penser qu'elle a ourdi un tel complot contre vous ! Elle vous adore ! Elle vous voue une véritable vénération !

Michael lui sourit.

— Je sais qu'elle serait incapable de me nuire sciemment. Mais elle a pu parler à quelqu'un.

Il marqua une pause.

— A son amant, par exemple.

— Sir Robert ? Vous pensez que *sir Robert* est le cerveau de cette machination ?

— Robert Blount ? renchérit Perry, l'air aussi effaré que la jeune femme. Voyons, Michael, vous n'y songez pas ! C'est absurde ! Vous êtes amis depuis des années ! Pourquoi… pourquoi serait-il allé jusqu'à de telles extrémités pour vous nuire ? Sans parler du reste, évidemment !

Le visage du comte s'assombrit.

— Cette hypothèse me déplaît autant qu'à vous, croyez-moi. Mais je dois me rendre à l'évidence. Lui seul peut à la fois… avoir eu vent de ma hargne contre Birkshaw, être assez intelligent pour tramer un stratagème aussi complexe — et vouloir s'enrichir par des moyens crapuleux. Le mobile de tous ses crimes.

Il poussa un soupir accablé.

— Mais il aime votre sœur, et il a de l'estime pour vous ! protesta Rachel. Comment aurait-il pu vouloir vous tuer ?

— Je pense — et j'espère — qu'il n'en avait pas l'intention, au départ. Mon opinion est qu'il se sentait trop sûr de lui pour envisager d'être démasqué, y compris par moi. Sans doute escomptait-il que ma perspicacité et ma ténacité m'orienteraient vers les faux coupables… Le problème, c'est que je me suis montré moins brillant que prévu. Et quand il s'est rendu compte que je m'attardais sur plusieurs de ces « casse-tête » insolubles, en apparence, peut-être a-t-il craint que je finisse par faire le lien qui s'imposait. Là encore, il a surestimé mes capacités. Mais quand j'ai commencé à suspecter que le prétendu meurtre de Mme Birkshaw — destiné à m'égarer — était moins simple qu'il n'en avait l'air, je suppose qu'il a pris peur. J'imagine qu'il n'a cherché qu'à m'intimider, la première fois, en m'atteignant au bras alors qu'il aurait pu me tuer tout de suite. Malheureusement j'ai persévéré… et je lui ai exposé les déductions fort pertinentes auxquelles nous étions parvenus. Le fait que j'aie été attaqué une deuxième fois alors que je rentrais de chez lui me semble une preuve manifeste de sa culpabilité.

— Tout de même…, objecta Perry en secouant la tête d'un air dépassé.

— Et pourquoi aurait-il besoin d'argent ? insista Rachel. Il n'en manque pas, s'il a aidé Lilith à s'installer !

— Justement, cette aisance est relativement récente. Jusqu'à ces dernières années, il avait dû travailler pour le gouvernement afin d'assurer sa subsistance. Il a prétendu avoir hérité d'une tante et fait fructifier cet argent, mais rien ne prouve que ce soit l'origine réelle de sa fortune.

— Pourquoi en douter ? protesta Perry. J'ai bien hérité de mon grand-père, moi aussi — même si les placements judicieux ne sont pas mon fort, je l'avoue.

— Ces choses-là arrivent, certes. Néanmoins, Robert Blount jouit également de la position sociale et mondaine qui lui permet de trouver ses cibles potentielles : qui a besoin d'argent et quel parent encombrant peut le lui fournir, qui possède des objets de valeur à voler, quel mari volage souhaiterait être débarrassé de son épouse et vice versa. Et non seulement il a toutes les données en main, mais son passé d'agent secret et de collaborateur de Bow Street est à même de lui procurer en outre les relations « douteuses » dont il peut avoir besoin pour ficeler ses crimes et ses larcins. Qui serait mieux placé que lui ? Il n'a même pas besoin d'un complice pour plonger dans les bas-fonds de Londres comme vous y aviez songé, Rachel.

Sa femme fronça les sourcils.

— Tout cela prouve qu'il *pourrait être* le cerveau en question, soit, mais non qu'il l'est vraiment ! Après tout, ces éléments s'appliquent aussi à vous, Michael.

Surpris par cette repartie, Overhill éclata de rire.

— Voilà qui est direct, Rachel !

Le comte sourit.

— En effet. Vous admettrez cependant que je n'aurais sûrement pas engagé des sbires pour me supprimer. Et n'oubliez pas le détail essentiel qui cimente le tout : Robert est à même de connaître mes relations avec Anthony Birkshaw.

— Vous n'en êtes pas certain non plus !

— C'est vrai, vous ne pouvez condamner cet homme sur une simple conviction, renchérit leur hôte.

— Je vous l'accorde. C'est pourquoi le piège auquel j'ai songé servira aussi à confirmer cette hypothèse.

Rachel frémit.

— Votre plan me donne la chair de poule. Comment pouvez-vous m'envoyer à l'opéra pendant que vous risquerez votre vie ?

— Je serai plus efficace si je vous sais en sécurité, répondit son mari.

Elle soupira.

— Et en quoi consistera cette manœuvre, au juste ?

— C'est très simple : j'informerai Rob que je dois rencontrer Birkshaw ce soir, en lui indiquant l'heure et le lieu du rendez-vous. S'il est bien l'instigateur de tous ces crimes, il y a fort à parier qu'il se rendra à l'endroit indiqué ; et qu'il s'y rendra en avance, sachant qu'il aura toutes les chances de me tuer tranquillement

— et de mettre ce meurtre sur le compte d'Anthony. L'alibi rêvé !

Rachel le dévisagea, épouvantée.

— Avez-vous perdu la raison ? Vous voulez vous sacrifier afin de démasquer ce criminel ?

— Je n'en ai pas l'intention, faites-moi confiance. Je prévois de me trouver sur les lieux le premier, de manière à surprendre mon adversaire — et à le confondre.

— C'est bien ce que je disais, vous êtes devenu fou. Imaginez-vous que sir Robert se laissera intimider ? Qu'il se rendra sans tenter de se défendre ? Votre orgueil vous égare, Michael ! En outre, quoi qu'il arrive, vous n'aurez que votre parole à opposer à celle de cet homme, qui jouit d'une réputation aussi solide que la vôtre. Comment le démentirez-vous ? Il vous faut un témoin — pour vous protéger et attester de la réalité de cette embuscade !

Le comte haussa un sourcil.

— Doutez-vous à ce point de mes ressources… et de mes capacités ?

— Rachel a raison, intervint Perry avec ardeur. Vous ne pouvez aller seul à ce rendez-vous. Votre femme restera chez vous et je vous accompagnerai. Oh ! ne me regardez pas ainsi ! ajouta-t-il d'un ton pincé. Je ne suis peut-être pas aussi bon tireur que vous, mais j'ai tout de même une certaine expérience aux pistolets ! Face à deux adversaires, Blount opposera certainement moins de résistance.

— Oui, emmenez Perry ! insista la comtesse — préférant encore cette demi-mesure à l'idée de savoir son époux seul avec un criminel aussi dangereux. Il vous sera plus utile qu'à moi. Que risquerai-je si je reste à la maison, entourée de domestiques, sachant que l'homme que vous suspectez sera avec vous ?

Michael hésita.

— Ce n'est pas ce que j'avais prévu.

— Soyez raisonnable ! renchérit Overhill. Rachel dit vrai : si Blount est le coupable, et s'il a la certitude de pouvoir vous éliminer dans des circonstances précises, pourquoi s'amuserait-il à menacer votre femme ? Ce serait ridicule !

— En effet..., admit Westhampton.

Il soupira et considéra Rachel avec gravité.

— J'accepte de me rendre à vos arguments. Mais seulement si vous me promettez de vous enfermer chez nous sous bonne garde et de n'en pas bouger.

Elle leva les yeux au ciel.

— Je vous le promets, bien que cette entreprise me déplaise toujours autant. Si seulement vous m'aviez laissé le temps d'avertir Dev et Richard...

— Non. Je tiens à battre le fer pendant qu'il est chaud. Qui sait ce que Rob pourrait inventer d'ici demain ? Et je n'ai pas besoin d'une armée. Perry me suffira amplement.

Les deux hommes scellèrent ce pacte d'une poignée de main, après quoi les Westhampton rentrèrent chez eux.

La journée parut très longue à Rachel. Elle avait les

nerfs à vif, l'estomac noué par l'angoisse. La possibilité de perdre son mari alors qu'elle venait juste de mesurer l'amour qu'elle lui portait l'emplissait de terreur — et d'amertume. La vie serait-elle assez cruelle pour les séparer au moment précis où ils se rejoignaient enfin ?

Quand l'heure fatidique arriva et que Michael se prépara à partir, deux pistolets chargés dans les poches de sa redingote, elle tenta encore de le retenir.

— Renoncez à ce projet, je vous en supplie ! implora-t-elle, agrippée à sa manche. Je me demande comment j'ai pu penser que Perry pourrait vous protéger, en cas de péril… Laissez-moi une chance de prévenir Devin !

— Je ne puis attendre, répéta le comte. Maintenant que Rob se sait cerné, chaque jour qui passe augmente les risques qu'il me tue à l'improviste. Ma position sera beaucoup plus forte ce soir.

— Tout cela est tellement horrible ! gémit Rachel. Je ne sais ce que je deviendrai, s'il vous arrive quelque chose.

Michael déposa un baiser sur sa bouche tremblante, puis il plongea les yeux dans les siens.

— Vous ne pouvez savoir à quel point votre inquiétude me touche. Elle m'emplit de joie. Mais vous n'avez nulle raison de vous tourmenter. Ayez confiance. Je serai bientôt de retour auprès de vous, et nous n'aurons plus rien à craindre.

Elle s'efforça de sourire — et de garder son sourire en place jusqu'à ce qu'il quitte la pièce. Mais dès qu'il eut disparu, elle s'effondra dans un fauteuil, le visage entre ses mains. Les heures à venir allaient être les plus longues de son existence, elle le savait. Et il était inutile qu'elle essayât de lire ou de coudre pour se distraire, cela ne servirait à rien. Elle ne pourrait que se morfondre, sur les charbons ardents en pensant à son mari.

Un moment plus tard, un valet la fit sursauter en se présentant à la porte du salon.

— Milady ? Une certaine Mme Neeley désire vous voir.

Le cœur de Rachel bondit dans sa poitrine, son sang se glaça dans ses veines. Lilith, ici ? Pourquoi seraitelle venue, sinon pour lui annoncer une mauvaise nouvelle ?

— Faites-la entrer, répondit-elle d'une voix blanche.

Dès que la jeune femme se montra, elle se rua à sa rencontre, très pâle.

— Lilith ! Que se passe-t-il ?

La jolie blonde lui sourit, un peu crispée elle aussi.

— Rien de particulier, que je sache. Mais Robert a tellement insisté pour que je vienne vous tenir compagnie… J'ai fini par m'inquiéter à votre sujet, et j'ai cédé.

Rachel cacha de son mieux le choc que lui causait cette information.

— Sir Robert vous a demandé de venir me voir ce soir ? En quel honneur ?

Lilith haussa les épaules.

— Je l'ignore. J'ai eu beau lui faire observer qu'une

telle démarche était fort gênante, et qu'elle risquait de vous embarrasser, il a tenu bon. D'après lui, Mike vous laisse trop souvent seule ; il craignait que vous ne sombriez dans la mélancolie, à la longue.

Le malaise de Rachel s'accrut. Ou bien Robert Blount tenait à éloigner sa maîtresse de chez elle pour vaquer aux préparatifs d'un nouveau meurtre, se dit-elle, ou bien il voulait s'assurer qu'elle-même ne quitterait pas sa demeure. Et les deux choses risquaient fort d'être liées. Malgré son appréhension, elle s'obligea à sourire.

— C'est très aimable à lui, et cela me fournit le plaisir de vous voir. Vous êtes tout à fait en droit de venir chez votre frère, Lilith. Asseyez-vous. Je vais commander du thé.

Elle fit en sorte d'entretenir la conversation en attendant qu'on les serve, mais sa tension était perceptible. Au bout d'un moment, elle s'avisa que sa compagne l'observait d'un air intrigué, les sourcils froncés.

— De fait, constata Lilith, je crois que Rob ne s'est pas trompé. Vous me semblez bien nerveuse. Auriez-vous quelque tourment ? Puis-je vous aider d'une manière ou d'une autre ?

Le cœur de Rachel se serra douloureusement. Comment aurait-elle pu avouer à la jeune femme les tracas qui la rongeaient ? Elle apprendrait bien assez tôt la vérité sur l'homme qu'elle aimait…

— Je vous sais gré de votre gentillesse, répondit-elle d'une voix altérée, mais je crains que vous ne puissiez rien pour moi, malheureusement.

Lilith parut plus alarmée encore par cette réponse. Mais si Rachel se félicita alors de voir reparaître le valet, dont l'entrée l'exempta d'explications délicates, son soulagement fut de courte durée.

— M. Birkshaw est là, milady, annonça le domestique. Il aimerait que vous le receviez.

19

Rachel fut saisie d'un vertige. Qu'y avait-il donc dans l'air, ce soir-là, pour que les visiteurs les plus inattendus se pressent ainsi chez elle ?

— Quoi ? s'exclama-t-elle, avant de se reprendre aussitôt. M. Birkshaw, dites-vous ? Bien. Veuillez l'introduire, Debney.

Elle se tourna vers Lilith avec un haussement d'épaules, en signe d'excuse.

— Je suis désolée. Je n'attendais nullement sa visite.

Anthony pénétra d'un pas nerveux dans la pièce ; il semblait aux cent coups.

— Rachel ! lança-t-il précipitamment, sans même saluer la jeune femme. Où puis-je trouver lord Westhampton ? Je dois le voir de toute urgence. J'ai reçu un nouveau billet de…

Il s'interrompit tout à trac en découvrant Lilith, et ne put réprimer un léger sursaut de surprise.

— Oh ! Je vous demande pardon. J'ignorais que vous aviez quelqu'un. Je suis vraiment navré.

— Ce n'est rien, monsieur Birkshaw. Peut-être connaissez-vous Mme Neeley ?

Le jeune homme parut soudain extrêmement mal à l'aise.

— Non, je… Enfin… pas personnellement, mais nous avons dû nous croiser une fois ou deux. Enchanté de vous voir, madame Neeley.

Sa mine déconfite était si comique que Rachel faillit en rire, malgré ses soucis. De toute évidence, Anthony n'aurait jamais imaginé rencontrer une tenancière de tripot dans son salon.

— Moi de même, monsieur Birkshaw, répondit la jeune femme, une lueur amusée dans ses yeux gris.

Anthony refit face à la comtesse, reprenant l'air tourmenté qu'il avait en entrant.

— Il… il faut absolument que je m'entretienne avec votre mari.

— Si j'ai bien compris, la personne dont vous nous avez parlé l'autre jour s'est de nouveau manifestée.

— Oui, c'est cela, acquiesça le jeune homme.

Bien que son soulagement fût manifeste, il jeta une œillade embarrassée à Lilith.

— N'ayez crainte. Vous pouvez vous exprimer devant Mme Neeley, déclara Rachel — en espérant toutefois qu'il ne mentionnerait pas nommément sir Robert. Que disait ce billet ?

Anthony haussa les épaules.

— Il n'est pas plus explicite que les autres. Il me demande de me rendre à une certaine adresse ce soir à 21 heures. Mais comme l'endroit en question ne me paraît pas sûr, loin de là, j'aurais voulu en référer au comte.

— Quel est cet endroit ? s'enquit Rachel avec nervosité.

Elle savait pertinemment que Michael s'était servi d'Anthony pour attirer Robert Blount, mais qu'il *n'avait pas* informé le jeune homme de ce faux rendez-vous.

— Un lieu désert, dans le quartier des docks, répondit Birkshaw. Plus précisément les entrepôts Conover, situés Water Street.

La comtesse se sentit glacée jusqu'à la moelle. Cette adresse était celle où Michael et Perry devaient attendre sir Robert une heure plus tôt. Ce qui prouvait sans doute aucun que Blount était bien l'instigateur de ces sinistres machinations — et qu'il prévoyait également de mettre le meurtre du comte sur le dos d'Anthony.

— Je pense... que vous devriez vous abstenir de vous rendre là-bas, déclara-t-elle d'une voix blanche. C'est l'endroit où Michael a prévu de surprendre... qui vous savez. Ce soir à 20 heures.

— Quoi ? s'exclama Anthony abasourdi. Il sait donc à qui nous avons affaire ? Et il espère piéger l'individu en question à cette adresse ?

— Oui, répondit Rachel sans s'étendre.

Elle jeta un coup d'œil en biais à Lilith et constata que cette dernière les écoutait avec attention, les sourcils froncés.

— Je ne comprends pas, dit soudain la jeune femme.

Rob m'a indiqué que Michael devait retrouver M. Birkshaw ce soir… et que ce rendez-vous risquait de se prolonger. C'est la raison pour laquelle il m'a demandé de venir vous tenir compagnie.

Le pouls de Rachel s'emballa.

— Comment cela ? se récria Anthony. Lord Westhampton ne m'a fixé aucun rendez-vous, sinon je ne serais pas là !

La comtesse était dans les transes. Les choses se précisaient un peu trop nettement à son gré. Elle se trémoussa nerveusement sur son siège.

— A vrai dire, Michael a… prétexté un rendez-vous avec vous pour la raison que je vous ai mentionnée précédemment, répondit-elle en s'efforçant de rester le plus possible dans le vague.

Mais ses précautions se révélèrent inutiles. Lilith les considéra un instant tour à tour, visiblement troublée. Puis la lumière se fit brusquement dans son esprit et elle bondit sur ses pieds.

— Non ! s'exclama-t-elle d'un ton offusqué. Ce n'est pas possible ! Vous ne pouvez pas sous-entendre que Michael a tendu un piège… à Robert !

Rachel chercha frénétiquement un argument à lui opposer, mais elle n'en trouva pas. Son silence était une réponse à lui seul. Les joues de Lilith s'enflammèrent aussi vivement que ses yeux.

— J'ai deviné juste, n'est-ce pas ? Michael a *menti* à Rob ! glapit-elle. Mais pour quelle raison ? Que signifie cette mascarade ?

Rachel la regarda, le visage défait.

— Ce serait trop long à vous expliquer, Lilith. Sachez seulement que Michael espère de tout cœur s'être trompé... et qu'il a mis ce stratagème au point pour en avoir la preuve.

— La preuve de quoi ? insista la jeune femme d'une voix stridente. De quoi soupçonne-t-il Rob ?

— De rien de précis, s'empressa de répondre Rachel. Il se trouve simplement qu'un faisceau de présomptions... semble aboutir à sir Robert dans une série d'affaires impossibles à élucider jusqu'ici. Mais il se peut fort bien que cela ne soit qu'une manigance de plus de la part du véritable instigateur de ces machinations. C'est de cela que Michael veut s'assurer ce soir.

Lilith avait blêmi.

— S'agit-il des investigations que Mike menait ces derniers temps ?

— Oui. Il est parvenu à la conclusion qu'un seul et même individu est à l'origine de tous ces crimes et larcins inexpliqués. De toute évidence, le criminel en question a compris que l'étau se resserrait autour de lui et il essaie maintenant d'éliminer Michael... en se servant de M. Birkshaw.

Anthony avait l'air aussi stupéfait que Mme Neeley.

— C'est Robert Blount qui aurait manigancé tout cela ? s'écria-t-il d'une voix étranglée.

— Je n'ai jamais rien entendu d'aussi absurde ! s'égosilla Lilith. Ni d'aussi indécent ! Rob est le meilleur ami de Michael, il le protège et le soutient loyalement depuis des années ! Comment pouvez-vous ne fût-ce que *suggérer* une hypothèse aussi insensée ? Imagineriez-vous Michael tenter d'assassiner votre frère ou le duc de Cleybourne ? C'est aussi dément que cela !

Sa poitrine se soulevait de fureur. Bouleversée, Rachel la rejoignit et prit ses mains dans les siennes.

— Je partage pleinement votre désarroi, Lilith. Et j'espère de toute mon âme, comme Michael, que la vérité triomphera ce soir.

— Attendez !

Hors d'elle, Lilith tournoya vers Anthony.

— Vous avez dit qu'un billet vous demandait de vous rendre sur les lieux de ce… traquenard. Si j'ai bien suivi votre raisonnement, il aurait été rédigé par le vrai coupable — celui que personne jusqu'ici n'a réussi à identifier. Pouvez-vous me le montrer ?

Le visage du jeune homme s'éclaira.

— Oui, bien sûr ! Je l'ai sur moi. Cette fois, je n'ai pas eu la stupidité de le détruire, ajouta-t-il en souriant à Rachel. Le voici.

Lilith s'empara du billet et le déplia fébrilement.

— J'avais raison ! s'écria-t-elle, triomphante. Cette note n'a pas été écrite par Robert ! Ce n'est ni son encre ni sa main. Même s'il avait cherché à travestir son écriture, je la reconnaîtrais.

Le cœur de Rachel se contracta. Si le manipulateur n'était pas sir Robert, *qui* était-il ? Quel sinistre personnage avait été assez habile pour abuser Michael à ce point ? Elle frémit en songeant que son mari s'était prémuni contre Robert Blount, pas contre quelqu'un d'autre !

— Faites-moi voir cette note, pria-t-elle.

Elle se saisit du message, persuadée de découvrir une calligraphie grossière destinée à abuser son destinataire. Dès qu'elle posa les yeux sur les quelques lignes — tracées avec une élégance recherchée —, le sang se retira de son visage.

— Mon Dieu ! fit-elle dans un souffle. Je connais l'auteur de ce billet. Hâtons-nous, de grâce ! Michael est en grand danger.

L'entrepôt était sombre et désert, ainsi que Michael s'y attendait. Son propriétaire, un importateur à qui il avait rendu des services par le passé, avait gracieusement accepté de lui prêter ses locaux pour la soirée. Outre la clé de l'entrée principale, il lui avait confié la clé d'une petite porte latérale qui permettait d'accéder par les bureaux au corps du bâtiment.

Une lanterne à demi aveuglée à la main, le comte précéda Perry Overhill dans l'immense caverne emplie de caisses, de sacs et de ballots d'où montait une puissante odeur de café. Le clair de lune ne pénétrait que faiblement par les hautes lucarnes, le silence et l'obscurité conféraient à ce décor chaotique une ambiance spectrale.

— Etrange endroit pour un rendez-vous ! chuchota

Perry. N'auriez-vous pu trouver un lieu moins lugubre, Michael ?

— Il convient à merveille à mes desseins, répondit Westhampton. Il fourmille de cachettes et permet de surveiller la grande porte sans être vu.

Il se dissimula derrière une pile de sacs, imité par son compagnon, et vérifia l'angle de vision.

— Voilà. D'ici, c'est parfait.

— Maintenant, nous n'avons plus qu'à attendre que Blount se montre, je suppose, reprit Perry d'un ton nerveux.

— Oui, acquiesça tristement Michael. Pourtant, bien que toutes les apparences soient contre lui, j'espère encore qu'il ne viendra pas. C'est une cruelle épreuve pour un homme de découvrir qu'un ami de longue date, en qui il avait une confiance totale, est un personnage d'une telle noirceur. Je préférerais mille fois m'être trompé.

La voix de Perry résonna de nouveau — sonore et sarcastique, cette fois.

— Vous vous êtes trompé, mon cher. Mais pas comme vous le pensez.

Michael se tourna vivement vers lui. Overhill lui faisait face, un pistolet braqué dans sa direction.

— Vite ! insista Rachel en se ruant vers le vestibule. Nous n'avons pas une seconde à perdre !

— Mais où voulez-vous aller ? s'enquit Anthony abasourdi. Pourquoi ?

— Il faut rejoindre Michael dans cet entrepôt ! cria la comtesse sans se retourner. L'assassin s'y trouve avec lui !

Lilith sur les talons, elle attrapa une cape au vol et ouvrit la porte d'entrée en coup de vent. Puis elle dévala les marches du perron et se précipita dans la rue, où elle héla un fiacre.

Anthony les rejoignit, hors d'haleine, et grimpa derrière elles dans l'habitacle. Il semblait toujours aussi décontenancé.

— Allez-vous enfin m'expliquer ce qui se passe ? De quel assassin parlez-vous ? A qui appartient l'écriture que vous avez reconnue ?

— A Perry Overhill, répondit Rachel d'une voix blanche. Il a offert d'accompagner Michael là-bas, ce soir. Je comprends pourquoi, maintenant.

— Overhill ? se récria le jeune homme d'un ton suraigu. C'est impossible, vous vous trompez ! Ce garçon est la crème des hommes !

Rachel le transperça du regard.

— Le connaissez-vous bien, monsieur Birkshaw ?

Anthony parut embarrassé.

— Je l'ai peu vu ces dernières années, mais… nous avons été assez proches à une certaine époque. J'ai traversé des moments difficiles quand vous vous êtes fiancée à lord Westhampton, vous le savez. Perry… était très épris de vous, lui aussi, mais il avait conscience que c'était sans espoir. Il connaissait votre penchant pour moi. Quand je me suis retrouvé dans la même situation que lui, nous nous sommes consolés mutuellement, pour ainsi dire.

Rachel gémit, effondrée par cette révélation. Lilith lui prit la main et la pressa avec sympathie.

— C'est Overhill qui m'a conseillé de ne pas abandonner, reprit Anthony d'un ton piteux. De ne pas renoncer à vous.

La comtesse se ressaisit, choquée.

— Voulez-vous dire… que c'est lui qui vous a encouragé à venir me rejoindre avant mon mariage ? Qu'il vous a suggéré de m'enlever ?

— Oui. Il était convaincu que vous m'aimiez toujours, que je devais vous sauver d'une union que vous ne désiriez pas. Nous étions deux jeunes étourdis, alors. Ni lui ni moi n'avons mesuré les conséquences d'un tel acte.

— Détrompez-vous, rétorqua âprement Rachel. A mon avis, Perry savait fort bien ce qu'il faisait.

Anthony s'adossa à la banquette, anéanti.

— Qui est ce Perry Overhill ? s'enquit Lilith d'un air anxieux. Michael ne m'en a jamais parlé.

— Quelqu'un que nous considérions comme un ami sincère, répondit Rachel avec amertume. Un gentilhomme qui prisait fort les plaisirs mondains, et sur lequel Michael se reposait sans méfiance pour m'escorter en société. Oh ! il donnait bien le change ! Il m'envoyait souvent des bouquets accompagnés de billets galants, mais ses manières enjouées me laissaient penser que cette cour assidue n'était qu'un jeu, un simple badinage qui le mettait à l'abri des jeunes filles à marier… Pas un instant je n'ai pris ses déclarations enflammées au sérieux. D'ailleurs, *personne* ne le prenait au sérieux, dans notre entourage. Nous avons eu grand tort !

— Croyez-vous réellement qu'il puisse être le criminel de grande envergure recherché par Michael ? demanda Lilith atterrée. Celui qui a orienté ses soupçons sur Robert ?

— J'en ai peur, répondit Rachel, le visage fermé.

Michael déplaça son regard de l'arme pointée sur sa poitrine vers le visage de son adversaire.

— Ainsi c'était vous, déclara-t-il lentement. Le « cerveau » derrière toutes ces affaires.

Un sourire sardonique se peignit sur les lèvres charnues de Peregrin Overhill.

— Pour vous servir, mon cher. Ce pauvre Perry toujours si emprunté, si ridicule en société ! Une jolie couverture, pas vrai ? Qui aurait pu soupçonner un amuseur public de tramer dans l'ombre de machinations aussi complexes ?

— Dire que je vous croyais le plus honnête et le plus serviable des hommes, confirma Michael d'un ton amer. Je me suis bien trompé sur votre compte.

— Et vous n'êtes pas le seul ! se vanta Overhill avec un rictus triomphant. Si vous saviez combien il est aisé de gruger les gens et de les manipuler… Quelques flatteries, quelques menaces soigneusement distillées, des prébendes distribuées à bon escient… Tout le reste n'est qu'observation, déduction, persévérance — et comédie. La première impulsion donnée, les rouages de mon système ont fonctionné avec une facilité déconcertante, tel un mécanisme bien huilé. Vous en êtes la preuve ! Je n'ai guère eu plus de mal à vous duper que ce benêt de Birkshaw.

— Mais pourquoi avoir versé de la sorte dans la criminalité ? insista le comte. N'étiez-vous pas satisfait de votre sort ?

— L'appât du gain, mon cher ! ricana Perry avec complaisance. Je n'ai pas eu la chance d'hériter d'une immense fortune, comme vous. Mon père n'était pas riche, et le legs de mon grand-père s'est vite tari. J'ai des goûts fort dispendieux ; en outre, les maîtresses du style de Leona Vesey coûtent les yeux de la tête.

— Leona Vesey ? s'exclama Michael stupéfait. Vous êtes l'un de ses amants ?

— Est-ce si difficile à croire ? ironisa Overhill. Oh ! je sais que je n'ai pas l'air d'un homme à femmes. Rachel, la première, ne m'a jamais considéré comme un séducteur. Mais Leona fait partie de ces créatures cupides qu'un rien incline à céder — surtout quand ce « rien » prend la forme de diamants de prix…

Ignorant de son mieux l'arme qui le menaçait, le comte observait son adversaire — déconcerté par le changement qui s'était opéré en lui. Il avait sous les yeux le véritable Peregrin Overhill, un monstre au sang froid dont le regard fixe évoquait celui d'un serpent.

Un être malfaisant qu'il avait côtoyé des années durant sans se douter un seul instant de son existence. C'était à donner le frisson.

— Leona..., répéta-t-il en hochant la tête. Je gage que ses « indiscrétions » à propos de Lilith n'étaient pas dues au hasard, n'est-ce pas ?

Overhill gloussa.

— Bien sûr que non ! Elle était trop heureuse de pouvoir jouer un mauvais tour à la sœur de Devin Aincourt — et à vous par la même occasion.

— Mais pourquoi ? s'enquit de nouveau Michael. Si vous aviez prévu de m'éliminer, à quoi bon mêler ma femme à cette histoire en lui faisant croire que je la trompais ?

Le rire de Perry se fit grinçant.

— Décidément, mon vieux, vous êtes d'une naïveté surprenante. Une veuve qui garde des griefs contre son époux défunt est plus facile à consoler, tout simplement. J'aime Rachel depuis des lustres, et je compte bien l'épouser quand vous ne serez plus là.

Ce monstre avait vraiment pensé à tout. Devant son expression suffisante, Michael fut saisi d'une folle envie de lui casser les dents d'un coup de poing, et de les lui rentrer dans la gorge. Il se contraignit à rester calme.

— Si vous l'aimez autant que vous le dites, comment avez-vous pu vous résigner à la blesser aussi cruellement ?

Overhill haussa les épaules.

— Les blessures s'estompent, le chagrin aussi.

— L'attachement que vous lui portez ressemble plus à de l'obsession qu'à de l'amour, riposta le comte avec aigreur.

— Appelez-le comme vous voulez, peu m'importe, rétorqua Perry plus suffisant que jamais. Votre mépris me laisse de glace. De nous deux, c'est moi le plus fort, mon cher. Vous vous êtes laissé piéger comme un débutant.

— Permettez-moi d'en douter, déclara soudain une voix masculine toute proche.

Surpris, Overhill sursauta et se tourna sur sa droite. Une silhouette sortait de l'ombre. Elle s'avança jusqu'au rai de lumière dispensé par la lanterne et Perry reconnut Robert Blount, qui pointait un pistolet sur lui.

— Vous avez pris votre temps, Rob ! lança Michael avec une pointe d'ironie.

— Nous étions subjugués par les explications de notre ami, répondit sir Robert. Nous tenions à les entendre en totalité.

— Oui, ce récit était fort intéressant, confirma Cooper en se montrant à son tour.

Il brandissait deux pistolets, un dans chaque main.

— Je gage que le juge le trouvera aussi passionnant que nous.

Perry comprit alors que c'était lui, qui avait été floué. Poussant un cri de rage, il fit feu.

*
* *

Dès que le fiacre s'arrêta devant l'entrepôt, Rachel et Lilith sautèrent à terre, laissant Anthony régler la course. A l'instant où elles atteignaient la porte, un coup de feu retentit à l'intérieur — suivi de deux autres. Avec un hurlement de terreur, la comtesse se rua dans l'édifice et courut vers le triangle de lumière qui trouait l'obscurité, suivie de ses compagnons.

La scène qui l'accueillit la figea sur place, glacée d'épouvante : sir Robert et Cooper, arme au poing, s'empressaient de rejoindre deux corps qui gisaient à terre, inanimés. L'un était celui de Perry. L'autre, celui de Michael.

La douleur qui transperça Rachel fut si vive qu'elle crut perdre connaissance. Incapable de respirer, elle ne pouvait songer qu'à une chose : sa vie était finie. Au moment où elle venait enfin de trouver le bonheur, tout s'écroulait.

C'est alors que son mari se redressa sur son séant et porta une main à sa tête.

— Sapristi ! grogna-t-il. Je me suis cogné le crâne contre une caisse, en tombant.

Cette fois, Rachel manqua défaillir de soulagement. Puis son cœur contracté, lentement, se remit à battre.

Blount se pencha sur le comte et le saisit par un bras pour l'aider à se relever. Rachel parvint enfin à décoller les pieds du sol. Elle franchit en courant les quelques pas qui la séparaient de son époux et l'enlaça fougueusement.

— Michael !

Suffoqué, Westhampton referma les bras sur elle d'un geste machinal.

— Rachel ? Par tous les diables, que faites-vous ici ?

Elle ne répondit pas à sa question, mais s'écarta pour le parcourir du regard, les yeux emplis de larmes, le souffle entrecoupé.

— Etes-vous blessé ?

Le comte sourit.

— Non. Ce scélérat m'a manqué. C'est lui qui a été touché.

Il se tourna vers Cooper. Accroupi près de Perry, le limier était en train de défaire le foulard du jeune homme pour le presser sur son épaule ensanglantée.

— Dans quel état est-il ?

— Il s'en sortira, répondit Cooper. Je vais le conduire chez un médecin.

— Bien.

Les sourcils froncés, Michael ramena son attention sur sa femme.

— Que signifie cette irruption ? Ne m'aviez-vous pas promis de rester à la maison ? Si vous étiez arrivée deux minutes plus tôt, vous auriez pu être tuée !

Soudain, il aperçut Lilith et Anthony. Ses yeux s'élargirent.

— Vous êtes là aussi ?

Robert Blount pivota sur lui-même.

— Lilith ! s'écria-t-il.

Il rejoignit précipitamment sa maîtresse et passa un bras protecteur autour de ses épaules.

— Par quelle aberration êtes-vous ici ?

— Nous sommes venus vous porter secours, répondit Rachel tournée vers son mari. Grâce au dernier billet reçu par M. Birkshaw, j'ai compris que Perry était le criminel que vous recherchiez… et je vous croyais seul avec lui. Nous avons eu très peur d'arriver trop tard.

La mine sévère, elle croisa les bras.

— Visiblement, nous avons eu tort de nous presser ; vous aviez tout prévu.

— Oui ! renchérit Lilith d'un ton offusqué. Nous ne nous serions pas rongé les sangs de la sorte, si vous aviez daigné nous mettre au courant !

Le comte et sir Robert échangèrent une œillade entendue.

— Je vous l'avais dit, murmura Michael.

Blount tourna les talons.

— Je file chercher un fiacre pour que Cooper puisse emmener Overhill, marmonna-t-il.

— Espèce de lâche ! lança Lilith lorsqu'il passa près d'elle, l'air penaud.

Mais son sourire attendri ôtait toute virulence à cette insulte. Les trois autres entreprirent de porter le blessé jusqu'à la porte. Anthony bouillait de rage.

— Je vais vous accompagner, dit-il à Cooper. Il ne faudrait pas que ce forban vous cause d'autres problèmes en route.

Il darda un regard noir sur Perry, qui avait repris

conscience et crispait les doigts sur son épaule bandée.

— Vous m'avez pris pour un benêt pendant des années, Overhill. Je ne puis vous exprimer ma joie de vous savoir enfin réduit à l'impuissance. Et si jamais il s'avère que vous avez assassiné Doreen, le jour de votre pendaison sera le plus beau de ma vie !

Quand le trio fut parti, Michael et Rachel hélèrent une autre voiture pour rentrer chez eux en compagnie de Lilith et de Robert Blount. Devant un souper tardif, ils évoquèrent les événements de la soirée.

— Depuis quand suspectiez-vous Perry ? demanda la comtesse à son mari, les lèvres pincées. Vous étiez tellement convaincant, ce matin, en présentant sir Robert comme le coupable idéal !

Lilith fronça les sourcils, prête à se récrier, mais son amant lui tapota la main d'un geste apaisant.

— Michael a toujours été très doué pour jeter le blâme sur ma personne, déclara-t-il d'un ton bonhomme.

Le comte eut un petit sourire crispé.

— Rob possédait toutes les qualités requises pour être notre homme, mais je ne l'ai jamais soupçonné, admit-il. Je connais trop sa probité. Et bien que je n'aie pas soufflé mot à Overhill de mes démêlés avec Anthony Birkshaw, ni à l'époque ni plus tard, mes réflexions m'ont conduit à penser qu'il était le mieux placé pour deviner ce qui s'était passé.

Il jeta un coup d'œil incisif à sa femme.

— Perry figurait déjà parmi vos soupirants les plus assidus, alors. Vous courtisant avec une telle constance, il savait forcément que vous étiez éprise de M. Birkshaw — et que ce dernier vous rendait vos sentiments.

— D'autres que lui auraient pu s'en aviser, objecta Rachel, et pas seulement l'un de mes admirateurs !

— Certes, mais dans le cas d'Overhill plusieurs éléments convergeaient, à commencer par le fait qu'il n'a jamais cessé de vous poursuivre de ses assiduités. Quand j'ai compris que le criminel en question ne cherchait pas seulement à utiliser Birkshaw pour égarer mes soupçons, mais qu'il comptait faire d'une pierre deux coups pour nous éliminer *l'un et l'autre,* j'ai commencé à penser qu'il devait avoir des raisons plus personnelles de vouloir nous supprimer. Et vous étiez le seul lien possible entre nous trois.

Michael marqua une pause.

— A partir de ce moment-là, j'en ai déduit que le coupable nourrissait une obsession maladive à votre égard — et que cette passion morbide avait dû sous-tendre tous ses plans depuis des années. Sans le décès inattendu de Mme Birkshaw, sans doute se serait-il contenté de me faire disparaître un jour ou l'autre, l'occasion venue, que j'aie ou non un lien avec ses autres crimes. Mais quand Anthony Birkshaw s'est retrouvé libre, il ne pouvait plus se contenter de tuer votre mari ; il devait aussi éliminer son rival potentiel, celui vers qui vous risquiez de vous tourner une fois veuve.

Il s'interrompit de nouveau.

— C'est pourquoi, à mon sens, il n'a pas orchestré la mort de Doreen. Ce décès n'a fait que précipiter les choses, en affolant son esprit malade au moment précis où je devenais dangereux pour lui. Il n'en a pas fallu davantage pour qu'il commette l'erreur de lier ces deux pans de son histoire « secrète », ce qui a causé sa perte.

Ses compagnons l'avaient écouté avec attention. Les deux femmes étaient figées de stupeur — et d'horreur.

— Quoi qu'il en soit, il a bien berné son monde, conclut sir Robert avec la philosophie tranquille d'un homme habitué à rencontrer les pires perversions. N'importe qui lui eût donné le bon Dieu sans confession.

— Moi la première ! s'exclama Rachel. Je l'ai pris pendant des années pour un doux farfelu, totalement inoffensif ! Ses déclarations enflammées m'amusaient, je croyais qu'elles n'étaient qu'un simple jeu. Quand je pense à ce qu'elles cachaient, j'en suis glacée jusqu'à la moelle.

— Mais comment a-t-il dérivé vers ces pratiques criminelles ? s'enquit Lilith, l'air intrigué.

Michael haussa les épaules.

— Le goût du jeu, je suppose. En attendant de pouvoir épouser Rachel, il fallait qu'il s'occupe — et il a toujours eu de gros besoins d'argent. Les relations douteuses qu'il a pu nouer dans les bouges où il jouait, jointes à quelques « hasards » providentiels, ont dû lui donner l'idée de cette machination.

Rachel secoua la tête, dépassée par ce gouffre de noirceur qu'elle n'aurait jamais pu imaginer.

— J'ai encore du mal à le croire, murmura-t-elle. J'avais de l'affection pour lui !

— Moi aussi, reconnut tristement le comte. Ma peine n'était pas feinte, quand je regrettais de devoir démasquer un ami de longue date. Simplement, il ne s'agissait pas de Rob.

Peu après, Lilith et Robert Blount prirent congé. Il était fort tard. Main dans la main, lord et lady Westhampton gravirent le grand escalier qui menait à leurs appartements.

— Inutile de réveiller votre soubrette, déclara Michael, souriant, en suivant son épouse chez elle. Ce soir, si vous le voulez bien, je vous servirai de femme de chambre.

Rachel acquiesça, le pouls en émoi, sachant quelles délices annonçait sa proposition. Elle s'assit devant sa coiffeuse. Lentement, son mari retira les épingles qui retenaient son chignon ; quand l'amas de ses boucles sombres croula sur ses épaules, il y enfouit un instant les mains, savourant leur caresse sensuelle. Puis Rachel prit sa brosse et la passa distraitement dans ses cheveux.

— Tout est ma faute, n'est-ce pas ? demanda-t-elle au bout d'un moment.

— Quoi ? rétorqua le comte d'un ton surpris. Vous ne pouvez vous accuser des divagations d'un dément !

— Mais c'est à cause de moi, qu'il a tenté de vous tuer.

— Vous n'y êtes pour rien, si votre beauté l'a conduit à de telles extrémités. Perry avait en lui le germe du mal.

Avec un grand sourire, Michael prit les mains de sa femme dans les siennes.

— Je suis certain que vos charmes ont dû rendre fous des dizaines de gentilshommes, ces dernières années. Moi le premier. Mais seul Perry Overhill a envisagé de commettre des crimes pour vous conquérir.

La jeune femme ne se dérida pas.

— Il n'en reste pas moins que j'ai gravement envenimé les choses entre nous, au départ. Et que vous ne m'avez toujours pas rendu votre confiance.

— Que me chantez-vous là ? protesta son mari en saisissant son menton pour l'obliger à le regarder. J'ai en vous une confiance absolue !

— Si c'était vrai, vous m'auriez fait part de vos soupçons à propos de Perry, au lieu de me berner de la même façon que lui. J'ai vraiment cru que Robert Blount était le coupable… et j'ai passé des moments horribles, à cacher la vérité à Lilith.

Michael se mit à rire.

— Petite sotte ! dit-il tendrement. Si je ne vous ai rien révélé avant d'aller trouver Perry, c'était parce que je redoutais votre honnêteté et votre sincérité. Je craignais que votre dégoût ne se lise sur votre visage et n'éveille ses soupçons. Alors qu'en vous laissant dans l'ignorance, j'étais sûr que votre inquiétude fournirait à Overhill le prétexte rêvé pour m'accompagner lui-même à l'entrepôt dans le dessein de me tuer. Sachant que Rob n'était pas le vrai coupable, il était convaincu qu'il ne viendrait pas à ce faux rendez-vous, et que nous serions seuls. En revanche, je n'avais pas envisagé qu'il enverrait aussitôt un billet à Birkshaw afin de l'attirer sur le lieu du crime — ni qu'Anthony se précipiterait chez nous avec cette note.

Il porta les doigts de sa femme à ses lèvres et y posa un baiser appuyé.

— Je n'ai jamais douté de vous un seul instant, ma douce. Enfin… une fois ma jalousie envers Birkshaw apaisée, précisa-t-il en souriant.

Rachel se dégagea et s'écarta, les larmes aux yeux.

— Comment pourriez-vous me pardonner des erreurs que je ne puis me pardonner à moi-même ? se récria-t-elle. Je me reproche tellement de vous avoir trahi, il y a sept ans ! D'avoir tué l'amour que vous me portiez, de vous avoir condamné à un mariage de convenance pour éviter un scandale ! Quelle vie avez-vous eue, avec une femme qui n'était pas une véritable épouse pour vous, et dont vous deviez vous cacher ?

Elle s'effondra, secouée par les sanglots.

— Oh ! Michael… si seulement je pouvais effacer le mal que je vous ai fait ! Si seulement l'amour que j'ai pour vous pouvait enfin nous rendre heureux, nous permettre de mener une existence normale, d'avoir des enfants... Mais je sais bien que c'est impossible, après les blessures que je vous ai infligées...

Le comte la saisit par les épaules.

— Taisez-vous, Rachel ! Vous ne savez pas ce que vous dites. Je ne vous ai pas épousée pour éviter un scandale. Je vous ai épousée parce que je vous désirais comme un fou, parce que je vous aimais trop pour avoir le courage de renoncer à vous.

Il l'attira à lui et l'embrassa avec passion, avant de poursuivre d'un ton fiévreux, en la dévorant du regard :

— Un scandale ne m'aurait pas empêché de vivre. C'est votre absence, qui m'aurait tué à petit feu. J'ai agi par égoïsme, en sachant que *je* vous condamnais à une union que vous ne souhaitiez pas. Pour le reste, si je ne vous ai pas parlé de mes activités ou de Lilith malgré l'envie que j'en avais, c'est que je craignais de vous choquer et de vous éloigner plus encore de moi. Je vous aime, Rachel. Je n'ai jamais cessé de vous aimer.

Elle le dévisagea, incrédule.

— Est-ce possible ? murmura-t-elle.

Il l'embrassa de nouveau, riant de bonheur, et plongea son regard gris dans le sien.

— Bien sûr, que c'est possible ! Pensez-vous que je vous aurais amenée à partager mon lit, si je ne vous aimais pas ? J'ai cédé quand votre réserve à mon égard a commencé à fondre, sans savoir toutefois si vous m'aimiez aussi... ou si vous ne répondiez qu'à votre vive attirance pour James Hobson, ajouta-t-il avec malice. Maintenant que je connais vos sentiments, je suis le plus heureux des hommes, ma petite femme chérie. Et j'ai hâte de fonder avec vous la famille dont vous rêvez.

Enfin convaincue, Rachel se haussa sur la pointe des pieds et posa un baiser joueur sur la bouche de son mari.

— Garderons-nous un peu de place pour quelques investigations, de temps à autre ?

Michael gloussa.

— Autant que vous voudrez, promit-il. A condition que vous soyez toujours à mon côté pour les mener.

— Soyez sans crainte. Je ne vous quitterai plus d'un pas, assura la jeune femme.

— Parfait.

Le comte prit son visage entre ses mains, les yeux brillants.

— Et maintenant, si nous nous occupions de mettre en route un des enfants dont vous parliez ?

— A mon avis, c'est la meilleure idée que vous ayez eue de toute la soirée, milord, répondit Rachel en nouant ses bras autour de son cou.

Le cœur gonflé de bonheur, Michael la souleva de terre et la porta jusqu'à leur lit.

DANS LA MÊME COLLECTION

Par ordre alphabétique d'auteur

MARY LYNN BAXTER	*La femme secrète*
MARY LYNN BAXTER	*Un été dans le Mississippi*
JENNIFER BLAKE	*Une liaison scandaleuse*
MEGAN BROWNLEY	*La maison des brumes*
CANDACE CAMP	*Le bal de l'orchidée*
CANDACE CAMP	*Le manoir des secrets*
CANDACE CAMP	*Le château des ombres*
CANDACE CAMP	*La maison des masques*
ELAINE COFFMAN	*Le seigneur des Highlands*
PATRICIA COUGHLIN	*Le secret d'une vie*
EMMA DARCY	*Souviens-toi de cet été*
SALLY FAIRCHILD	*L'héritière sans passé*
FIONA HOOD-STEWART	*Les années volées*
PENNY JORDAN	*Silver*
PENNY JORDAN	*L'amour blessé*
PENNY JORDAN	*L'honneur des Crighton*
PENNY JORDAN	*L'héritage*
PENNY JORDAN	*Le choix d'une vie*
PENNY JORDAN	*Maintenant ou jamais*
RACHEL LEE	*Neige de septembre*
LYNN LESLIE	*Le choix de vivre*
ANN MAJOR	*La brûlure du mensonge*
CURTISS ANN MATLOCK	*Sur la route de Houston*
MARY ALICE MONROE	*Le masque des apparences*
NORA ROBERTS	*Retour au Maryland*
NORA ROBERTS	*La saga des Stanislaski*
NORA ROBERTS	*Le destin des Stanislaski*
NORA ROBERTS	*L'héritage des Cordina*
NORA ROBERTS	*Love*
NORA ROBERTS	*La saga des MacGregor*
NORA ROBERTS	*L'orgueil des MacGregor*

... / ...

DANS LA MÊME COLLECTION

Par ordre alphabétique d'auteur

ROSEMARY ROGERS	*Le sabre et la soie*
ROSEMARY ROGERS	*Le masque et l'éventail*
JOANN ROSS	*Magnolia*
JUNE FLAUM SINGER	*Une mystérieuse passagère*
ERICA SPINDLER	*L'ombre pourpre*
CHARLOTTE VALE ALLEN	*Le destin d'une autre*
SUSAN WIGGS	*Un printemps en Virginie*
SHERRYL WOODS	*Refuge à Trinity*

6 NOUVEAUTÉS À PARAÎTRE EN AOÛT 2006

Composé et édité par les
éditions Harlequin
Achevé d'imprimer en mai 2006

par

LIBERDÚPLEX

Dépôt légal : juin 2006
N° d'éditeur : 12127

Imprimé en Espagne